汶水之美

雪山之巔

雪霸國家公園管理處三十九梯替代役
雪山東峰登頂證明書
茲證明 石震軒 於民國95年10月24日
攀登 雪山東峰 海拔 3,150 公尺 登頂成功

This is to Certify that . Taro Siba
Have Climbed to the Summit. of
Syue East Mountain 3,150m
OCT. 24, 2006
National Park

Syue East Mountain Certificate of Achievement

四月桐花五月雪

黑翅螢之火把節戀歌

台灣野兔

台灣野兔

領角鴞

白蘭部落

加里山

目錄

推薦序

自序

推薦序

世上有至美之地

綏生成長在國境之北的馬祖，這個散落在閩江口外的海上明珠，因爲長期的戰地政務管制，造就低密度開發的環境，也保留了海島最原始的自然生態，與閩東聚落的人文風貌；島嶼地形起伏甚大，有絕壁險崖，有平沙海灘，山水之美，常讓我徜徉忘懷於美景中，也爲故鄉有如此的人間勝景、至美的生活環境而引以爲傲。

解除戰地政務之初，因鄉親急於建設開發，曾引發數起環境革命，其中以馬祖清水社區守護清水溼地的行動最受矚目。綏生基於愛護家鄉土地的情懷，亦有參與關注，政峯當時也爲此事而經常走訪馬祖，透過旅台鄉親曹瑞芳女士的介紹，我對這位曾於金門服役，因而對戰地投注感情的年輕朋友有所認識。馬祖也有不少曾戍守此地，退伍後視馬祖爲第二故鄉的「金馬之友」。能與這樣的朋友相逢，自是倍感親切與敬佩。

最近得知政峯撰寫的「雪山盟」一書即將出版，綏生很榮幸受邀爲他的新作寫序推薦。書中以替代役故事爲主軸，細述一批批青澀的年輕人，帶著年少輕狂之姿進入國家公園服役，觸及的不只是入園遊客的服務工作，國家公園的壯麗景觀與生態多樣性，更激發出這群年輕人心嚮往之的澎湃與熱情，油然而生起畢生願爲其守護守候的使命感。俗話說：「人不輕狂枉少年」，誰不曾年輕！只要熱情投注在有意義的事物上，輕狂又有何妨！本書也在有意無意中，帶領讀者一步一步地認識台灣的國家公園，所謂「行萬里路，讀萬卷書」，若不實地走訪，怎知台灣有那麼多的名山勝水。綏生任內積極推動交通建設，亦是爲了讓國人能以便捷快速的方式前來馬祖，親身體驗馬祖的閩東風情。

雖然，「雪山盟」以替代役在國家公園服役的生活爲故事主題，用年輕人的語言穿插其間，卻真實地反映人生的悲歡與離合、人性的光明與黑暗，以及對未來的抱負與理想。政峯在公部門服務的歷練，也是多數人職場生涯的寫照，而基督徒的眼光、聖經的字句，隱約詮釋其看待周遭環境的態度，以及對理念的執著。此書不僅是替代役男們共通的語彙，更是遊賞雪霸國家公園、苗栗山水勝景的優質導遊書，我想是值得大家來細細閱讀品味。

連江縣縣長

楊綏生

推薦序

心向雪山

如果不是因爲扁平足，可能沒有成爲書中人物的機會…

我是以正常體位入伍，在斗煥坪新兵訓練入伍體檢三個禮拜後，我體檢報告中出現扁平足字樣，從一般兵改爲替代役，陰錯陽差使我與同學貓頭鷹、小紅帽成爲同一替代役役期。有如神助般我們三個在選兵過程中一同進入雪霸國家公園當替代役，卻是管理處替代役令人風聲鶴唳的時期，與當兵的氣氛相較，多了低迷、緊張與不安定感。

雖說管理上的嚴格，至少管理處離家較近，而解說課部門是以排假的方式，陪家人與女友的時間上較有彈性。慢慢的長官們認同我們這梯次的替代役，並且有了登上台灣第二高峰－雪山的機會。解說課常常需到轄區個部落作環教以及放映部落電影，出身山嵐社會服務隊的我，正巧對山區部落多了一份熟悉，也能盡一點心力。

本書作者楊政峯－峯哥，在管理處是我們的長官，私底下也是我們的好友。峯哥的旅遊經歷相當令人驚嘆，尤其峯哥的專業領域，讓我們認識不少的動植物，對於昆蟲更是專家。退伍之後，出遊會找峯哥，尤其在四、五月螢火蟲季，邀約峯哥賞螢與攝影機乎是一定要，因爲峯哥對於螢火蟲的習性、出沒區域相當知悉，已經有了達人這個稱號。

退伍後再次登雪山的邀約，在此次認識了當時的替代役－柏廷，而經過峯哥的提及我才了解，原來這次的雪山之行是這本「雪山盟」誕生的契機，而有一本描述國家公園替代役的書籍問世，感覺也相當新奇。

我很熱衷地推薦這本書，因爲「雪山盟」這本書中帶有專業知識與旅遊相關經驗，而以圖文並茂的方式呈現，更有身歷其境的感受，也爲曾在雪霸服勤的替代役們，記錄並留下難忘的回憶。

三十九梯替代役
陳榮順

推薦序

「雪」山之「見」

在我服替代役期間原本就不應該在雪霸國家公園管理處的，只因雪見管理站尚未完工，我就駐守管理處的雪見辦公室服役，每天跟著同梯同進同出。原本就對攝影有興趣，工作上常有進出雪見的機會，國家公園週邊的景色山明水秀，常常看得我如痴如醉、流連忘反，乾脆買台單眼相機練功夫也順便紀錄下這美麗的景色，我跟峯哥的交流也從這時候開始。

我們是勇士的一梯，管理處不願意的情況下接受我們，卻像書中的傳奇一樣，我們也創造了一段傳奇，讓替代役的故事繼續流傳。在管理處除了跟阿茂、阿順打屁、「練肖話」之外，每天早晚點名的日子也是過得平淡。阿茂有一次找峯哥買了溫泉票，找出去一起泡湯後，宿舍的日子終於熱鬧有趣起來。拍野兔、找甲蟲、甚至登雪山淨山的壯舉都讓我們體驗了。

我家峨眉就有很多螢火蟲，但常與峯哥出去看螢火蟲之後，我才開始善用我的相機學習拍螢火蟲。在管理處時就跟著峯哥到他的每個「秘密基地」拍，回家後則去我最熟悉的六寮古道拍。我想，在國家公園當兵不是退伍就結束了。我們獲得的，是更多的回憶、生態保育常識，學到的，比自已摸索更多。

在峯哥的安排下，跟四十八梯替代役聚餐兩次，即使離開雪霸許久，但我們替代役見面，話題還是不離當兵種種，永遠是那種熟悉的感覺。峯哥那時有跟我提到要寫一本替代役傳奇，我就一直期待這本書的出現，也一直鼓勵他寫，他也可能工作環境轉換的關係，這本書寫寫停停，等得我十分心急，倒底何時才能看到過去未來替代役的歷史紀錄。就在峰哥離開國家公園又再度回到國家公園後，這本書也有個譜了，我一路陪著校稿，沒想到故事這麼吸引人，我以一個曾經服過替代役及校稿人的立場，強力推薦這本書。

不管未來如何，這本書不僅是一段歷史，也是令人回味無窮的回憶。

三十九梯替代役
王興傑

推薦序

相識在雲海圍繞的大安溪上游

我畢業於大葉大學資訊管理研所，我的專長從來沒想過到國家公園工作。碩士畢業後開始面臨兵役問題，我以ITE網路通訊人員成功申請專長替代役。成功嶺新訓快結訓時，志願表出現兩個國家公園管理處的名額。沒想到我分發到雪霸國家公園。在管理處專訓結訓塡寫志願，我塡寫武陵管理站，卻因爲我家住彰化的緣故被分配到雪見站。

雪見站的範圍不大，我去的時候雪見已經開放遊客參觀了，因爲離大湖只要三十多公里的車程，所以每天都有或多或少的遊客來參觀。我們替代役常需到司馬限沿線各點服務遊客、進行交通管制。但因此常有機會，站在二本松解說站欣賞大安溪上的雲海，以及綿長的聖稜線白雪。而且雪見休假回彰化也很近，不像柏廷從武陵回台中，至少要搭車六小時以上。

在管理處專訓時，峯哥的課算是詳細又有趣介紹管理處動植物的一堂。但我已塡志願去外站，所以汶水的生態應該是沒有機會體驗。我跟峯哥原本沒有什麼交情，因爲在專訓的最後一天我們雪見替代役在上完課後就留在雪見，所以同梯一起泡湯找野兔那次就沒跟到了。不過因爲雪見管理站沒有公車到達，司馬限的路況騎車不但很遠也很危險，主任都在我們放假時讓公務車載我們出去，但收假的前一天申請管理處宿舍，第二天等管理站公務車來接。因爲經常住汶水，就常看峯哥晚上出去找兔子、螢火蟲。就在四月螢火蟲季時，峯哥帶我走遍大湖、獅潭及頭屋，欣賞絢爛的螢火蟲及潔白的油桐花；夏季時，我也拜託峯哥讓我跟他去點燈採集昆蟲，終於有機會見識到專訓「汶水四季」所介紹的各種生物。

我常聽峯哥說以前學長的故事，以前宿舍住滿了替代役，所以可以認識很多好朋友；我們這梯因爲兵源的減少，已經沒有以前替代役那種盛況了。峯哥的「雪山盟」出書，終於可以讓我們閱讀到過去學長們的傳奇，國家公園、

汶水週遭的生態之美，也詳實紀錄在本書之中。此外，對未來想進國家公園當替代役的朋友，「雪山盟」也可以當成一本參考書來看。

五十六梯替代役
梁成揚

推序薦

帶我躺臥在青草地上，領我至可安歇水邊

「小蜜蜂來了耶，他要帶我們去相調，這次要爬阿朗伊。」

「小蜜蜂？」

「是楊政峯弟兄啦，他常常帶弟兄姊妹出外相調。」

「阿朗伊？哪裡啊？」

「阿朗伊起自台東南田，終於旭海，你也不用知道這麼多啦，反正一定是很累的行程。」

……

很累的相調？小蜜蜂？一個個問號在腦海中嗡嗡嗡地盤旋。

這是我初入住高雄醫學大學弟兄之家不久後聽到的對話。當時，不知這傳聞中的小蜜蜂將爲我青澀的大一生活畫下彩色的一筆，且使弟兄姊妹在相調中有敞開的交通，帶進真實的建造。至今，大一生活步入尾聲，回首已過一年來的召會生活，我只有低頭敬拜主，感謝祂量給我們這樣一位弟兄。

每次相調，除了不時有甜美的交通，親近自然的行程也受我們年輕人的喜愛。阿朗伊古道制高點上，迎著強風遠眺，湛藍的太平洋依偎著綿延疊嶂的海岸山脈，海浪輕輕衝擊，浪花連成一條白絲帶，藍綠白交織出壯闊的巨畫盡收眼簾，果有當年柳宗元登西山「尺寸千里，攢蹙累積，莫得遯隱」之快！墾丁相調之行的那夜，顛簸的道路上，隨著強探照燈我們的視線搜索著，發現成群梅花鹿的那一刻，驚喜難以言喻；費盡千辛登上二一二〇公尺的加里山，親眼目睹台灣國寶一葉蘭，那清新脫俗的氣質，使人忘卻一路上手腳並用的汗水；苗栗相調行，大湖的草莓餐每上一道菜就贏得滿滿的讚嘆；賞螢時，雖然不巧遇上提前結束的蟲季，零星的螢火蟲也夠我們追逐的了。

這位楊弟兄，喜愛相調，知識精深，蟲、鳥、魚、動物植物的名字習性盡都嫻熟，台灣各處勝地秘境瞭若指掌；年紀可以當我的叔父輩，對自然的熱情卻又遠勝於年輕人；表面看起來酷酷的，一接觸卻覺得真切單純。他到底是個怎麼樣的人，背後有著什麼樣的故事，我好奇著，謎團直到他撰寫「雪山盟」始得解開。

本書以替代役故事爲主軸，將一批批青年人進入國家公園服役的故事娓娓道來，穿插以自身故事片段。文字也無意間帶領讀者一步一步了解一個國家的文明指標—國家公園裡的工作性質，以及他們爲了生態保育所做出的努力，並傳達出生態保育的觀念。文字清新流暢，讀來行雲流水，能激起內心對國家公園之美麗的嚮往，並對大自然生態多樣性的喜愛。字裡行間也反映著人生百態，並表現出基督徒看世界的眼光、處世的態度。品嘗這部「雪山盟」，將使你發現台灣很美，與自然互動的感動俯拾皆是。

高雄醫學大學醫學系　盧冠瑀

自序

爲你們寫下一篇不朽的傳奇

小學四年級以前我完全不會寫文章。四年級下學期，課後活動首次接觸兒童詩。俏皮滑稽的字句組合引起我對文字的興趣，在一本作文範本的引導下啓蒙了我的文學興趣。小五時，負責課後活動作文課程的侯清欽老師，因爲我對寫作的興趣自願個別教導我，他撰寫的「怡情作文」講述的作文技巧與架構奠定我文學的基礎，我從此立志成爲一個作家。但總覺得出書是一件困難的事，一直沒有行動。

我不喜歡拘泥章法，寫作風格早已跳脫「怡情作文」的框架，後來我唸了生物相科系，寫作題材開始涉入自然書寫的領域，偶爾投稿到報紙或國家公園電子報，登出來也過個小小作家的乾癮。到雪霸工作，雖然管理處所在的汶水並非國家公園範圍內，但苗栗多山及低度開發的環境，保留豐富多樣的四季變化及生態，吸引我整天追逐著四時的交替，尋覓活躍其中的昆蟲、哺乳動物與野鳥。攝影也是我的興趣，來國家公園工作，不僅充實生物專業背景知識，也精進自然攝影的技巧。

與替代役邂逅，也是從自然開始。這群初踏出校門的慘綠青年，雖是帶著「爽兵」的心態服替代役。但大自然的豐富多姿，足以引起不少替代役的注目。草皮上追逐奔馳的野兔、野外架燈採集昆蟲、登雪山攀聖稜…都能與替代役的青春活力相契合。一梯又一梯的替代役來了又走，也使我結交不少契合的好朋友。二〇〇八年暑假，邀三十九梯的阿順與五十六梯的柏廷的雪山翠池之行，他們熱絡的互動引起我的興趣。梯次相隔二年沒有共同在雪霸的時光，卻因爲共同的記憶而擦出友誼的火花，兩人背著大背包在雪東線步道上聊得意氣風發，激發我撰寫「雪山盟」的動機。日後我離開了雪霸，獅山與雪霸替代役的交流、犂丁家川與雪霸阿順、柏廷的相遇，全是我無心的牽引。百年燈會在苗栗，我前往拍照時借住雪管處，又讓阿順與當時在管理處服役的KC互動。不同時空背景下的巧合，

成就本書的寫作題材。

國家公園一直站在世界保育潮流先趨的地位，他無關民生，也跟經濟發展沒有關係，卻是國家文明的指標之一，此書亦有意無意傳達國家公園經營的理念，及從業人員專業的一面，讓國人更清楚國家公園的重要性。雪山盟是我實現作家夢想初試啼聲的一本書，故事以替代役傳奇爲軸心，暗植國家公園觀念爲靈魂。汶水四季、教會生活爲枝葉。並藉一些際遇爲當今公務員的處境發出不平之鳴。希望爲這些編織傳奇的替代役們，留下一段難忘的歷史見證。

初次寫長篇小說，對於出版方式及工作流程十分生疏。全權交給出版社處理，印刷、排版、鋪貨、行銷都不用作者擔心，但每一刷都有一定的數量，是否第二刷要視讀者購買程度而定。自行找印刷公司出書則有自籌經費上的壓力，且尋找銷售通路也是個困難的工作，若第一刷反應不佳，作者辛苦的成果可能從此絕版。於是我以「獨立出版」的方式出書，版面以數位方式製作保存，銷售採隨需列印方式，有讀者訂購才印製書籍。獨立出版是封面設計、排版、插畫、校稿、選圖、編輯皆由作者一手包辦，這省去了與傳統出版公司溝通的時間與支出，在印刷上也節省大量成本，並能持續出版不絕版。

本書從撰寫到發行，耗時近兩年。我要由衷感謝全力幫忙的朋友們：

感謝雪霸前後六梯替代役提供傳奇故事，構成「雪山盟」最主要的靈魂。

感謝朋朋的插畫，活潑了字裡行間描寫的情景。

感謝阿順、貓頭鷹、R的校稿與建議，讓文句去蕪存菁。金門朋友小傅協助封面設計，使本書得以完整。

最後我要感謝幾位朋友及過去服務單位的長官讚助首刷經費，「雪山盟」才得以順利付梓。

這本書不只是一段回憶，因爲你們⋯

至美之地

第一章 聖稜傳奇

苗栗泰安鄉的東邊，泰雅族的聖山大霸群峰巍峨聳立，南邊台中市和平區境內則是台灣第二高峰雪山，兩山間橫亙綿延十五公里的聖稜線，竹、苗地區許多地方均可遠眺，或有堆積山巒之白雪，或見從天傾瀉之雲瀑，時而雲海翻湧，亦常在天空氣清時，遙見壯麗群峰傲然聳立。聖稜雖近在眼前，但攀登難度極高，要親臨仍有群山千壑阻絕，只能在雲霧飄緲中，見它若隱若現，神秘而莊嚴。一九九二年，聖稜群峰劃入了國家公園的範圍，成為雪霸最精華的地標。

民國八十九年，國軍的精實案使得義務役兵員過剩，國家開始徵召替代役至各政府部門服勤，以紓解塞車的役男；二〇〇二年，雪霸開始有自己的第一梯觀光替代役三十三人服勤。分發在管理處、武陵管理站以及觀霧管理站服勤。這些來國家公園服役的役男，不乏喜愛自然的人，有的則是相關科系畢業，更多人是對國家公園保育工作嚮往的，他們正值青春熱情的年紀，來到充滿野趣自然的國家公園，與神秘富挑戰性的高山相遇，兩者擦出驚歎的火花，交錯出一段國家公園替代役傳奇。

時間：二〇〇四年五月份初夏

地點：觀霧遊憩區

夏末陰鬱的樹林中，飄著陣陣的白霧，即使白天，雲霧翻騰下仍不易見到一絲陽光，但這裡卻是觀賞雲海的好地方，因此觀霧之名不脛而走。雲霧步道邊，樹林邊緣的石頭上，一隻國寶級的動物緩緩爬行其上。

「哇~，詔宇，是山椒魚…」一個年少青澀的聲音，如獲至寶喊了出來。與鴻偉同行，排定巡查遊憩區步道的詔宇，一聽到這隻動物的名字，也興奮的將視線轉到步道旁，兩人隨即小心翼翼趴到石頭邊將這隻觀霧山椒魚包圍。

「來觀霧好幾個月了，只聽過義解跟遊客講解山椒魚，卻從沒見過。」身材瘦削，有著一雙機伶眼睛的詔宇微微顫抖的說著。宏偉不回答，注視著山椒魚的一舉一動。

觀霧山椒魚知道旁邊有人，但無路可退下，也只能在石頭上駐足。微濕的皮膚，暗紅色隱約帶白斑如蜥蜴般的身軀，與青蛙同樣是兩棲類，外型卻完全不同。雖然棲息於觀霧地區，但是由於數量稀少，且喜歡躲藏於石縫中，除非是長年住在觀霧的雪霸員工，否則要見到觀霧山椒魚，還真的需要機緣，無怪乎這兩個替代役這麼驚奇。

巡查時間有限，兩人得在晚餐前回到管理站。「你把他拍下來吧，下次未必見的到牠。」宏偉希望有個證據能跟同梯炫耀，詔宇掏了掏背包，表情卻像洩了氣的汽球！「忘記帶了哩～」宏偉目瞪口呆，彼此陷入數分鐘的靜默，而山椒魚也不知何時消失無蹤了。瘦小的宏偉與瘦長的詔宇失望的從步道返回管理站，遠望兩人有趣的背影，想必這隻觀霧山椒魚正在石頭縫中竊笑吧。

連同詔宇在內，觀霧共有十名替代役服勤，連同武陵與汶水都屬於替代役第23梯，也是國家公園遴選的第二批觀光役。第一批替代役陣容堅強，其中不乏專長與國家公園理念相契合的，例如大樹與芒果。因此第一梯替代役除了一般的勤務，還協助了步道勘查與保育研究案，在雪山、大霸與聖稜線留下青春的足跡。

觀霧遊憩區是大鹿林道東線的門戶，前往大霸尖山的唯一通道，聖稜線北端的起點。除了須一般的遊客外，登山客也不在少數。觀霧遊客中心有義務解說員服勤，大霸登山口也有保育志工協助查驗證件，因為登山屬於入山管制問題，東線又須經過國寶蝶寬尾鳳蝶的保護區，因此進入都須申請並查驗證件，各國家公園皆如此。然而志工屬於義務性質，不是每天都排的到志工服勤，因此替代役的進駐補強了人力的缺口。他們的工作就是管理站值班接電話、協助園區巡查、遊客中心福利社幫忙煮咖啡、登山口查驗以及環境整理之類的雜務。

遊客中心只開到五點，離休息時間只剩半個小時，然而義欣仍不停的端咖啡到遊客面前；帶著清潔手套正在洗杯盤的富凱，著急的看著客滿的福利社以及外面還想入座的遊客，恐怕吃完晚餐又得回來洗呢。

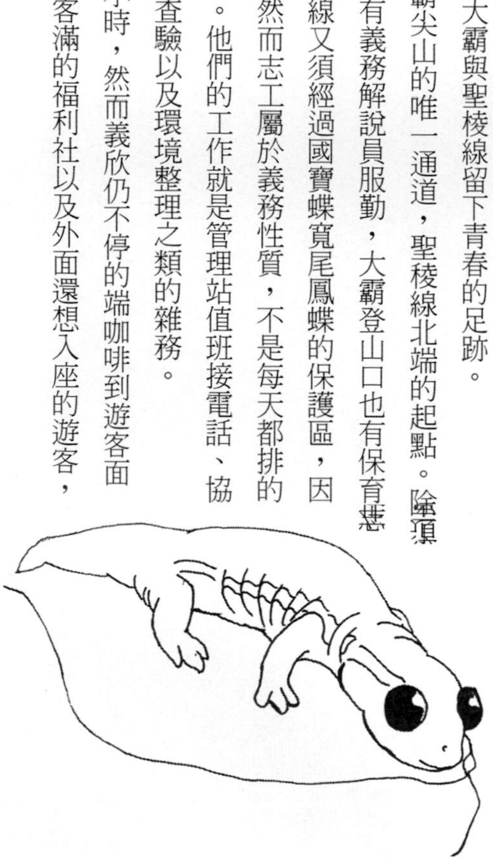

也難怪觀霧遊客如此多，雪霸目前僅有兩個外站：武陵與觀霧。自921地震之後中橫不再維修，武陵交通相對不便；想進入雪霸國家公園轄區參觀，觀霧對於中北部的來說還算是個方便的選擇。雪霸福利社的咖啡沖泡的十分美味，一杯卻只賣五十元，因此來雪霸的遊客很捧場，觀霧這個小福利社兼遊客中心每日都塞爆了。洗杯子的臨時工及替代役常泡水泡到雙手龜裂，之後洗杯子就得上戴手套。

解說員文禮熟練的拿出一個立牌，放在門口，上面寫著：「服務時間已過，停止營業」。人潮終於止住，富凱也鬆一口氣地把剩下的杯子洗完。

雪霸是高山型國家公園，外站地點至少都在中海拔山區，因此這裡的同事、解說員與替代役從未穿過短袖，晚餐時更顯沁涼。

「真的看到了，可是我們都沒帶相機，所以沒有拍照」替代役餐桌上詔宇與宏偉的炫耀引起同梯的騷動，有的人瞪大眼睛，有的人露出不屑表情，沒圖沒真相啊，忽然大家靜默無聲……開飯時間約在六點，近十個替代役坐在一桌，管理站一個主任，二個巡山員，一位司機，及解說員文禮，加上假日的服勤志工，他們坐另一桌。主任很在乎替代役的規矩，所以在他步入餐廳時，大家正襟危坐，立即停止山椒魚的話題。

台灣海拔一八〇〇至二五〇〇公尺的中海拔山區，夏季的西南氣流或冬季的東北季風帶來的水氣，在此高度受到攔截，隨白天入夜氣溫變化時抬升沈降，致山林間常雲霧繚繞，這段高度海拔的森林又稱為「霧林」。觀霧海拔約二〇〇〇公尺，位處班山、三榮山、榛山和樂山形成的山谷，水氣容易聚積，霧氣瀰漫林間，雲海長年可見，這便是觀霧之名的由來，它比台灣其他山區更能榮膺霧林之名。

從五峰上觀霧的大鹿林道有一半的路段未鋪柏油，公車也未設站牌，替代役在這裡服勤，休假收假的交通得配合公務車出差的任務時間，或警察小隊同事的休假時間，不然就是等附近民宿業者上下山採買的貨車搭便車了，最常與觀霧站「往來」的，就屬經營最好的「雪霸休閒農場」，老闆及廚師是附近居民，藉國家公園的旅遊人潮，而有機會在這裡賺觀光財。他們員工常上觀霧站串門子，維持了彼此友好的關係。

清晨薄霧籠罩，早餐後，較遠的山區步道一般不給替代役巡查，但二位巡山員阿kang、阿銘有時會帶有興趣爬山的替代役前往，有時一去就兩、三天。宏偉輪休，一早跟著農場的菜車下山去了，附近的設施設維護由重旋配合著詔宇巡查。觀霧是前往攀登大霸尖山唯一的出入口，因此觀霧還有一個較重要的工作項目，就是在大霸登山口查驗已申請入山的山友入園證明及身份證件。文展及宏煜騎著公務機車從大鹿林道東線到大霸登山口服勤。晨霧濃重，樹林中的每棵樹忽隱忽現，兩個人在曲折的林道緩慢前行，彷復置身童話世界的魔幻森林一樣。隨著陽光射入，白霧散去，視野清晰，來到三十幾公里的登山口，碧玲姐早在查驗口等他們了；碧玲姐是高山志工，專負責高山的遊客安全及服務。國家公園都有招幕義務解說員，協助園區內各種解說活動，高山型國家公園因有遊客高山安全的問題，因此玉山、太魯閣、雪霸三座國家公園都多了一批高山志工，也有人稱呼他們保育志工。

中午過後，雲霧又開始飄了過來。林間的迷霧中，山椒魚又爬上路旁的岩石，注意大鹿林道往來的遊客，在雲端上守候著觀霧一天。

第二章 鴛鴦姐

瀑布「煙聲」，在中海拔的雲霧帶，飄緲中只聞水聲奔騰，水流順著山谷而下，進入冰河孑遺生物的故鄉—七家灣溪。年平均水溫只有七℃的潺潺流水，不斷訴說著國寶魚的美麗與哀愁。

清晨天只微亮，溪畔有一位女子，氣質清麗脫俗，卻一身野外裝扮，穿著雨鞋，背著沈重的攝影器材，沿著溪畔找尋適合的地點。覓得一處濃密的樹叢後，她把偽裝帳打開放妥，架設好相機與大砲，開始等候著她拍攝的主角：鴛鴦的出現。

七點多，在管理站的其他同仁及替代役陸續起床；替代役文展睜開眼睛，正要去梳洗的時候，似乎想到了什麼事一樣，叫了起來：「鴛鴦姐怎麼沒有叫我……，今天早上不是要一起去幫他拍鴛鴦的麼?」祐儒很不屑的說：「文展，你還真是頭豬耶，四點多燕伶姐早就來叫我們了，但你賴床賴的太嚴重，我也不想留下你一個人去，只好陪你一起睡了。」文展攤在床緣「一直都很想看鴛鴦，可惜每次鴛鴦姐拍鴛鴦都要那麼早，鴛鴦為何不像飛鼠一樣夜間也出來，這樣我也能看到了。」

「哈，夢還沒做完」祐儒的手指用力推了文展的頭，走了起來：「誰叫你昨晚又打「世紀」，打超晚的，害我也一起沒機會看到鴛鴦，吃早餐了啦，別想了。」

燕伶是雪霸的約聘解說員，做即時的環境教育算是家常便飯，文展這批第二十三梯役男是雪霸第三次申請的替代役，管理站這兩年新增的替代役小朋友們，自然而然成了燕伶的環教對象；武陵地區的生態是垂手可得的豐富題材，國家公園難得一見的野生動植物，在專業解說員的生動引導下，沒有一個年輕人不拜伏；打從雪霸成立之初，孫元勳教授著手武陵的鴛鴦生態調查時，燕伶就跟在孫老師身邊協助，老師計劃告一段落後，燕伶對鴛鴦產生一份不捨的情感，接手後續的自行研究計劃；因她善於尋找及拍攝鴛鴦，「鴛鴦姐」之名便開始在替代役之間流傳；雖然燕伶拍攝夜間的飛鼠也很行，但「鴛鴦」、「飛鼠」之間的選擇，替代役已把最恰當的身份給了燕伶。

七家灣溪畔，不斷濺起的水花意味著相機中已留下不少鴛鴦的倩影，望遠鏡頭對準的位置，燕伶觀察已久，這個水域範圍食物豐富，鴛鴦來這裡活動極高，器材帳蓬架好不久就來了好幾對，正值繁殖季的鴛鴦跳著求偶之舞，雌雄彼此相對踩著雙腳，完成一段萍水戀情。

七點半，太陽已昇的很高，完成覓食的鴛鴦也陸續離開。燕伶收拾好所有裝備，開車回到管理站用早餐。走到地下室的餐廳，文展跟祐儒跑了過來，文展噘著嘴：「鴛鴦姐，你怎麼不把我叫醒，建國他們跟你出去看了好幾次，我卻沒看過呀…」

「哈，你下次請早點上床好麼?今早四點多我就喊你很多次，祐儒也坐起來了，可你卻像入定一樣，這能怪我麼?」燕伶抿嘴一笑，在餐桌坐下。

「燕伶姐，下次我…」

「下次你早點睡，如果那麼愛戰電動，退伍前都別想看到鴛鴦」台灣是個亞熱帶地區，但因多高山，鴛鴦這種溫帶的鳥類也選擇山區棲息，雪霸國家公園內的武陵地區，年平均溫在十五℃左右，森林野溪交錯，非常貼近鴛鴦在中國大陸棲息的環境，因此鴛鴦族群的分布居全台之冠。孫老師便在此進行了四年的計劃，燕伶接續，使得武陵的鴛鴦資料與影像完整呈現，成了雪霸的代表性生物之一，幾乎與台灣櫻吻鮭齊名。

「我一定會早起的」

「真的喔，別一直賴床下去，等到繁殖季過了，就只能看醜醜的鴨子…」燕伶吃著早餐，神閒氣定地回答他。

鴛鴦的雄鳥，在繁殖季的時候才會披上那華麗的新裝，以及長出那初級飛羽變化而來的帆羽。小鴛鴦出現時，雄鴛鴦也會漸漸褪下華麗的外衣，變得與一般野鴨子無異。現已四月初，離繁殖季結束剩不到兩個月，燕伶雖毫不在意，卻也謹慎的提醒文展把握時間。

第三章 國寶魚

武陵這個「桃花源記」中記載的地名，漁夫從此地划船而出發現了桃花源。雪霸國家公園內同名的武陵遊憩區，一樣充滿生物界的傳奇。

「由於地殼表面的劇烈震動
我們被迫流浪
且駐足於異鄉的河水

……………………

在夜裡
淚水便是思念
　便是海
我是從那裡來的
總想有一天能夠回去

……………………

但是，如果真的可以回家？
或許偏高的氣溫已不再適合我們生存
必須要有潔淨的溪水
必須要有自由的氧氣
必須要有和平的天空
必須要有蒼翠的山林
我們才肯

才肯再溯著當年離家的溪水

一路，游回家去。」

作家方群（林于弘）第一次造訪武陵農場，聞櫻花鉤吻鮭異事後，遂成此詩，活生生地勾勒出櫻花鉤吻櫻數十年來坎坷的命運與前途。

鮭鱒科屬寒帶地區魚類，民國六年，日本人在大甲溪上游各支流域發現屬鮭鱒科的台灣櫻花鉤吻鮭後，視為學術一項重大發現。當時以發現區被命名為「梨山鱒」的櫻花鉤吻鮭，與牠的近親一般需生長在十六℃以下，潔淨溶氧量高的水質中。日人發現之時，上游的合歡溪、南湖溪、司界蘭溪、有勝溪及七家灣溪都有為數不少的櫻花鉤吻鮭悠游其間，且是當地原住民的日常食物之一。

經DNA圖譜分析，台灣櫻花鉤吻鮭與日本北海道的櫻鱒（*Oncorhynchus masou masou*）血緣最接近，因此，學者推斷在八十萬年前櫻花鉤吻鮭是來往北方與台灣之間的迴游性鮭魚，後因地殼變動水路截斷，加上中下游水溫昇高，櫻花鉤吻鮭適應演化成陸封型的鮭魚，留在大甲溪上游。

五十年代後，開發的壓力造成這些流域的森林大量減少，缺少植被的覆蓋，水溫逐漸昇高，台灣櫻花鉤吻鮭被迫往上游的司界蘭溪、七家灣溪及武溪撤退，加上農地農藥的使用，台灣櫻花鉤吻鮭需要的純淨水質被污染，民國七十三年後，僅剩七家灣溪一處溪流可容櫻花鉤吻櫻棲身。

牠們駐足於異鄉的河水已千萬年，如今仍需徘徊於生死邊緣。

民國八十一年，雪霸國家公園成立，便將台灣櫻花鉤吻鮭的復育列為優先工作，將七家灣溪六．八〇六公頃的水域畫為國家公園生態保護區，利用農委會與水試所鹿港分所原先興建的孵化室及養殖池，加以改良作為復育池。積極開發人工繁殖技術。執行這項工作的是畢業於海洋大學水產養殖學系的碩士，武陵管理站的技士廖林彥。

也因此，遴選到雪霸的替代役，若有水產養殖、動物學系、或畜牧獸醫學系畢業的，都會優先考量分發到武陵管理站。因為要協助照顧復育池的鮭魚寶寶。

早餐後，十多名替代役分為兩批人，除一個陪職班的職員在管理站接電話外，一批往雪山登山口值勤，其餘則到復育池幫忙。由於多高山，雪霸七六，八五〇公頃的轄區，生態保護區就佔了三分之二，雪山自然也在保護區之內。武陵是登雪山主要的出入口，登山口入園申請的查驗跟觀霧大霸尖山一樣重要。這部分原委請高山志工協助，但非假日志工可以支援人數不多，替代役則填補了這段時間的空隙。文展與祐儒騎公務機車抵達登山口，接替前一晚留守的川睿。假日遊客非常多，登山的人依自已的計劃不同，出發時間有白天有晚上，甚至是半夜上山的，加上沒有申請進入生態保護區的遊客也會在不知情的情況下走進登山步道。所以到了週休、連假，登山口需二十四小時執勤，一般志工服勤以八小時計一日，但國家公園的高山志工任務特殊，每次執勤以二十四小時計算，一日抵三日的時數。

高山志工比解說志工年齡層低，很多仍在職，與解說志工大多是退休人員組成不同，如果他們工作忙，登山口也會有沒志工服勤的時候。，這時白天登山口有兩個替代役服勤，下班後留下一人過夜，注意不分日夜上山的山友，確保登山口管制的嚴謹。川睿就是前晚留守的替代役。

「睡得好入眠麼?川睿學長，呵呵」。川睿早文展他們五個月來雪霸報到，所以文展叫他學長。

「賣擱頁啊，一群肖仔，歸晚一點鐘吵一擺，是要按納睏?」

「可憐啊，你快回去睡吧，這裡交給我們了。」

晚上值勤登山口，不但孤單，還要應付隨時出現的午夜登山客，由於不能離開去吃東西，所以得利用登山口的廚房準備晚餐及翌日的早餐，服勤頗為辛苦。

這批替代役中，國彰畢業於海洋大學海洋生物研究所，指導老師是國內海洋生物的權威，中研院研究員邵廣昭博士；他跟宏偉一樣都是剛「破冬」的替代役學長，學術背景讓他被分配在復育池幫忙小鮭魚的養殖。輩份的關係，林彥又指派他掌管復育池替代役工作的分配及掌握，可說是復育池的總管。國家公園長期與國立海洋大學合作，工作人員在七家灣溪畔補捉成熟的種魚，人工採卵、孵化、養殖魚苗，要為這個逐漸凋零的族群增加生力軍。

七家灣溪因興建攔砂壩的關係造成棲地破碎，雖然櫻花鉤吻鮭年年繁殖，但可供小魚躲藏棲息的河段卻不多，小魚沒有足夠數量長大填補老化死亡的成魚，多年的調查研究，有好幾個被切割的河段族群的生命表 (Life table) 是呈現老化衰退的結構，能繁殖的魚愈來愈少，使得櫻花鉤吻鮭滅絕的危機更形惡化。櫻花鉤吻鮭在秋末冬初繁殖，為了增加小魚的存活率及提高可繁殖的「同齡群」(cohort)，唯一的策略就是採卵人工孵化，並細心養殖直到長大後野放，但野外採卵失敗率高，且在急流中採卵事倍功半，因此工作人員在十月中至十一月中旬之間撈捕性成熟的親魚，在復育池中利用虹鱒的腦體萃取物注射刺激成魚性成熟，以人工擠壓的方式使成魚排卵及排出精液，受精卵人工受精、孵化，魚苗在復育池受到細心照料，直到能放流的狀況。

自有替代役服勤開始，他們也跟著國家公園的工作人員投入這項神聖的保育工作，不少人有幸參與成魚的撈捕、採卵、照顧魚苗。國彰是相關科系畢業，又是林彥的同校學弟，碩士論文指導教授是國內海洋生物權威邵廣昭老師，是武陵站復育鮭魚的得力助手。海洋大學由助理「藍鳥」領導一群海大學弟妹負責學術性的研究工作，隨時提供鮭魚族群結構資料，及族群波動數據；管理站則由「鮭魚王子」廖林彥領軍，由替代役國彰、景文、宏偉和俊儒組成復育團隊，進行撈捕種魚、注射激素、採卵、人工孵化及飼養魚苗的工作。國彰是本科系的，採卵、人工授精等工作很快上手，景文、宏偉和俊儒跟著學，也具備一身熟練的養魚本領。

現在是五月份，去年繁殖的仔稚魚是二齡魚了，有的超過十五公分長。國彰與宏偉帶著昶丞、俊卿、宏煜、坤龍四個學弟開始將超過二十分公長的魚撈到另外的池子，並將雌雄分開飼養；這個時候的種魚已接近性成熟，鮭魚有爭奪交配權的特性，分開雌雄可避免魚隻打鬥而有損傷。

「國彰學長，什麼時候教我們抓魚。」宏煜小心地撈著種魚，想起了國彰提到去年常跟著保育團隊在七家灣溪撒網的情形。

「哈，在牠繁殖季的時候才能捕捉，那時我就退伍了，你叫鮭魚王子教你吧。」

「哇，那就是冬天囉，但那時又有學弟來耶~~~。」

林彥外型英挺帥氣，有「鮭魚王子」雅稱，直到虛構的偶像劇「聖稜的星光」播出，大家才隨俗地改叫他「鮭爺」。

二齡魚差不多移到新池子了，俊卿和坤龍赤腳站在空池子裡，開始踩著水花玩起來了。

「國彰學長，你跟宏偉學長怎麼抓魚的啊，七家灣溪游泳好玩麼？」來自埔里的坤龍，身材胖胖的，在水池裡踩著腳丫，對復育團隊沿著七家灣溪網捕櫻花鉤吻鮭的行動感到憧憬。

「屁啦，十℃以下的水要游什麼！」不等國彰回答，宏偉搶了話，似乎告訴學弟他們的無知。宏偉外型不似名字「宏偉」，身材瘦小，氣勢卻不輸人。跟著團隊溪裡來去，生龍活虎一般。

「死毒龍，想下水隨時都可以下去，不用等到那個時候!」

坤龍姓毒，很少見的姓，所以大家稱他為毒龍。

本科系出身的國彰，專業背景自有養成保育的使命感，這是他與其他替代役不同之處。他們的對話將國彰的思緒帶回去年底…

深秋的七家灣溪，潺潺流水聲中，林彥與替代役國彰、景文、俊儒與宏瑋來到溪畔，[illegible]個國家公園，這幾年來新成立的機關員額編制都比較少，武陵管理站有專長復育櫻花鉤吻鮭的人[illegible]要負責整個雪山山脈的保育巡查。所以替代役的加入，幫國家公園分攤了許多復育池的工作[illegible]

他們穿著防寒衣及止滑膠鞋，帶二張八卦網。林彥四處觀察地形，尋找適合的撒網地點[illegible]溪水急速奔瀉而下，清澈可見魚群在水中竄動。這份工作神聖而莊嚴，卻也沈重如傾瀉的溪水。國寶魚的復育才接手沒幾年，很多方法仍在嚐試階段。替代役也感受到鮭魚王子凝重的神色，站在旁邊待命不敢大意。

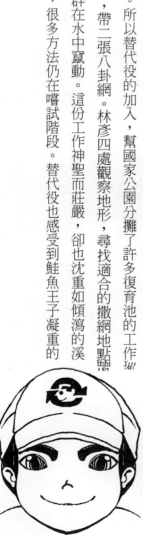

國彰走近林彥：「學長，我們這次不在晚上抓魚，是希望嚐試新的採捕方法吧，但白天魚較難抓，不是麼？」

晚上魚都在睡覺，黑暗中完全沒有警覺性，撒網必定手到擒來，但不能點燈，以免魚被嚇走，只是晚上撒網有危險性，林彥想訓練他們白天的技巧。

「是啊，但為了你們的安全，我們開始試白天捕魚法，若不中，晚上再來同一地點撒即可」林彥嘴角微揚，露出痞痞的笑容。

林彥看到一個河段沒有枯枝倒木，有容易立足的石塊，開始指示他們兩人一組，將八卦網撒下，櫻魚受到驚擾，本能飛躍水面，激起四濺的水花。

四個替代役都開始感受到，復育櫻花鉤吻鮭的任重道遠，不亞於軍人的保家衛國。

「再玩吧，再玩就把你抓來榨油……」

一個稍微嚴厲的聲音將國彰拉回現實，鮭魚王子現身復育，玩水的坤龍及俊卿被喝阻，一時愣住。坤龍較胖重心不穩，一下子跌在池中，弄得一身濕。昶丞與宏煜忍著笑，趕忙去扶他起身。

林彥請替代役做清掃收尾的工作，宏瑋到二齡魚的池子旁，開啟水流開關，由於牠們體型已大，池子有時會模擬自然急流，訓練牠們的游泳能力，讓鮭魚早點適應野外環境。

藍鳥也來到復育池，林彥與國彰跟他一起進入裡面的研究室，他有個自行研究計畫「台灣鮭魚人工復育技術」在做，國彰是他當然的助理。

溪水依舊奔流，從桃山溪注入，經武陵橋、復育池、兆豐橋，至迎賓橋與有勝溪匯流，滾滾而入大甲溪上游，日復一日，四季如常。也許在雪霸國家公園的努力下，大甲溪終得以澄清，櫻花鉤吻鮭將順著當年離鄉的溪水，一路游回家去。

第四章 汶水風情

民國八十一年雪霸國家公園成立，成為國內第三座高山型國家公園。東北往西南延伸的聖稜線為其精神靈魂，轄內百岳有十九座，超過三千公尺的高山達四十九座，為其他國家公園之冠。在雪霸轄區內，難覓一處平坦、交通迅捷、以及連繫容易的地點設置管理處。就比照玉山國家公園的方式，將管理處設於轄區外。興建行政中心的適當土地非一時可以覓得，管理處初期選擇於東勢東關街租賃辦公室，因雪霸第一個成立的外站是武陵管理站。選在東勢，在行政指揮上有交通的便利性。

雪霸所租用的房舍，是三棟相鄰的三樓透天厝，空間上十分侷促。數年後，終於在苗栗縣大湖鄉汶水老街附近，泰安溫泉區的入口處覓得一片河床地；經過徵收興建後，民國九十一年，汶水管理處落成啟用。八〇年代之後成立的國家公園，管理處辦公空間十分寬敞，同時為了發揮國家公園環境教育的功能，管理處也設置遊客中心。行政中心雖不在雪霸轄區內，但布置頗符合生態特色，因此也規劃成雪霸國家公園「汶水遊憩區」。

汶水行政區為東西走向的狹長型，西側苗六十二線入口是遊客中心及福利社八角亭，以生態湖為界，廣闊的草地彷彿無限延伸至行政大樓與員工宿舍，栽植了台灣欒樹、苦楝、刺桐、落羽松⋯等低海拔植物。附近的山都不高，西側比鄰陡峭筆直的金童玉女雙峰，山形奇峻；東側緊倚泰安鄉鷂婆山，山勢宏偉，宛如展翅的草原雄鷹；群山交會的青草地，一泓綠水倒映著無盡的泰安群山，景緻變化萬千，彷彿將國家公園之美濃縮在汶水溪畔的一片青草地上。

管理處位在苗六十二線及台三線交接處，獅潭鄉與大湖鄉之間，屬交通折衝樞紐的位置，完善的解說服務，超自然的空間布置，在這個草莓的原鄉，成了觀光客注目的新焦點。

陽光甫穿透薄霧，照進行政大樓的中庭，兀立其中的一株青楓剛冒出新芽，嫩葉映著陽光，閃耀出一片片的透光綠。

泰雅風格建築的走廊，十餘名替代役由管理幹部帶領，井然有序地從餐廳走向位在收發室門口的刷卡機。十分壯盛的軍容，真可媲美正規軍。其他同仁也陸陸續續來到管理處刷卡上班，開始管理處的一天。刷卡後，替代役各歸所屬課室，只有解說課的替代役走向前棟的遊客中心。

遊客中心為解說教育功能的重心，大部分國家公園的解說課都設在遊客中心，不與行政中心其他課室在一起，以有效管理及執行民眾的解說服務。汶水的空間配置上，遊客中心及福利社「八角亭」位在西側管理處入口處位置，與行政中心相隔一片約五百公尺寬的草皮。

草皮上五個替代役行經一池波光粼粼湖水，湖中綠頭鴨被驚動，群起踩著水面飛起，揚起一條長長的水痕。這群來自北方的驕客，造訪汶水生態湖原只為了渡冬；因為感到環境舒適安全，不知在哪一年開始，鴨群定居在此，湖面上一群群悠游的身影，點綴出生態湖的嫵媚。

替代役走進解說課辦公室，楊課長看到他們上班，一臉和藹找了他們過去。雪霸的替代役一直由解說課負責管理訓練，這是他任內接收訓練的第三梯替代役，前兩梯有不少專長申請進來的，由於符合國家公園的需要，表現亮眼，國彰及宏偉協助台灣櫻花鉤吻鮭復育工作就是一個不錯的例子；還有更早期的大樹、芒果……等，也幫忙不少野外調查及解說教育的工作。這梯替代役申請人數人比前兩梯多，雖然專長上較為遜色，楊課長仍很善待他們，期待他們再造一段聖稜的傳奇。

「你們來一下，有一些事情要請你們幫忙；再過一個多月就是十二週年處慶，時間很緊湊，課裡同事有點忙，不過最近環教活動很多場，需要做宣傳海報，另外也需要借重你們學校社團的經驗，幫忙設計處慶活動；你們有美工專長、社團經驗可以幫忙麼？」楊課長尚稱壯年，但頭髮已漸花白，有著溫柔和善的眼神，簡直是替代役眼中「好叔叔」型的人物。

大家沈默片刻，不知如何接下這項任務……。

「課長，我會一些美工軟體，也有帶過自強活動，交給我！」一個爽朗的聲音回應，原來是學工程的阿哲。

楊課長臉露喜色，笑容更慈藹了：「太好了，給管理幹部幫忙，你又可以指揮其他人協助，這部分就全權交你負責，有調度上的困難或問題，儘管跟我反應。」

「沒問題，課長請放心。」阿哲面露喜色。

交待完任務，大家各自回到自已服勤的位子。阿哲與重旋今日輪值遊客中心櫃檯，阿哲便在電腦前著手他的處慶趣味活動及環教宣導海報。外型穩重的重旋一臉不屑：「你終於爭取機會，達到你來雪霸的目的了吼~~~」

阿哲精神奕奕，顯得很興奮，「來這裡，不就是能參與國家公園的保育工作麼？小花跟蘋果就很讓人羨慕…」

「喔！喔！不過調度人力的事，你還得擺平宗翰、小卓兩個幹部，不然你也沒搞頭。」重旋故意提醒管理處替代役幹部有三個，

「嘿嘿，有課長挺我，妥當的啦…」

「但小花、蘋果常出任務，課長也鼓勵我們多進園區走走，已有很多同梯躍躍欲試了咧，還找得到人支援你麼？」重旋還是要突他的槽！

阿哲輕皺眉頭，似有所思。

後棟的替代役各自忙碌，走廊上偶見三五成群的替代役出入，似乎雪管處替代役才是主力。汶水初夏，河堤草皮、辦公室中庭盛開的台灣百合隨風擺動，潔白花朵迎著這群走過的年輕役男；汶水溪畔山坡上的油桐也在盛開，像蓋上樹梢的一層薄雪，襯托出替代役的朝氣，更為初夏注入一股沁涼。

夜間休息時間，九一五寢室中，蘋果正在擦拭他的單車，小花則拿出一根撿來的粗樹枝，放在房間內兩個大衣櫥中間，腳一蹦，兩手握上木頭，開始當單槓練起了臂肌，除了登山，小花也愛攀岩，所以要常練習臂力。長期的健身運動，身高不到一六〇的小花，全身肌肉線條超man。

「過幾天就要去雪見了耶，沒有人比我們優先進入，呵~。」蘋果放好他的單車，看著「單損」上不斷上下的小花。

小花雙臂仍提著身體上下擺動，氣不喘話不急：「沒想到我們比阿哲他們小一梯，還可以因為雪霸增加替代役名額入選，真是狗屎運，好期待去雪見能發現什麼新路線喔。」

他們是登山界的老手，爬遍雪霸高山是他們所期待的。專訓結束後，替代役準備分發到各課、室、外站時，他們極力向觀光課長爭取，希望到課裡發揮所長。當時雪霸正籌劃雪見遊憩區。常需要進入雪見鄰近轄區勘查。他們的毛遂自薦能為觀光遊憩課增添生力軍，因此陳課長便向解說課指定要他們。

第二天清晨，觀光課的技正安安送完公文後，來看小花他們整理的裝備：「這次去雪見勘查步道，我看還真需要依賴你們兩個幫忙才知道怎麼探路唷！」

「還好啦，每次出去都有安良跟鴻運帶著，人多都可以互相照料，只不過救生的裝備多帶而已，像登山繩、安全確保勾環、D環，還沒開放的遊憩區都比較沒人，多注意安全裝備就是。」蘋果跟安安詳細解說著。長得福泰的蘋果，一臉圓滾滾的，看起來不太像是登山高手。

「學長，雪見何時開放，規畫這幾年，我們又要多一個外站囉。」瘦小的小花縮著脖子，以他慣有的「獐頭鼠目」表情看著安安。他自認笑起來像朵花，所以要大家叫他小花。

「我看剩沒多久了吧，管理站已經開工興建不過我看處務會議紀錄，能不能在你們退伍前開放，我看唷…我想…不容易吧，哈哈哈。」

雪見自大湖司馬限林道進入，管理站預計座落位置約三十多公里路程，可近覽聖稜風光，故取名「雪見」，這是離管理處最近的遊憩區。為了提供遊客完整休憩路線，觀光課積極現場探勘，勾勒出步道路線，然後再交由工務建設課執行設計監造。

汶水溪的潺潺流水聲中，金童玉女峰簇擁的溪畔青草地。生態保育的工作、自然教育的散播，正逐漸在這塊草莓的原鄉上，綻放光芒。

第五章 天地巨變

時間：二〇〇四年八月二十二日

地點：觀霧遊憩區

八月下旬，天氣仍是酷熱難當，高山上充滿暑意。詔宇他們的前一梯學長已經全部退伍，因輪休的關係，每日服勤的替代役也比較少。今天管理站的氣氛卻顯緊張，吳主任早餐後即與所有留站人員到辦公室。

八月二十日輕度颱風艾利在菲律賓東部海面形成，一個小擺尾後，直朝台灣東北方向撲來，強度持續增加。風勢雖不強勁，但氣象局預測雨量驚人，台灣中部以北將首當其衝。深山中的觀霧、武陵不得不嚴陣以待。一如豪雨、颱風、地震等天災來臨之前的慣例，雪霸國家公園這時也成立緊急應變小組。

主任交待巡山人員先巡視登山口及各步道，勸導遊客疏散。文禮請替代役文龍與金林，幫忙福利社遊客的點餐及販售紀念品工作。然後跟主任在辦公室負責掌握防災事宜。

視野開闊的雲霧步道，豔陽高照，白雲在藍天上輕輕飄動，觀霧完全沒有颱風要來的跡象，遊客在步道上仍一派悠然。文龍跟金林忙著洗那些洗不完的咖啡杯，遊客仍是絡繹不絕。金林不禁嘀咕：「颱風都要來了，這多人不怕死喲！」文龍聳聳肩，一臉無奈。

「現是暑假期間，這裡比武陵容易到達，一堆學生都來這裡玩啊……」福利社的泰雅族僱員阿嬌姐拿著很多碗盤過來水槽，插入他們的談話。文龍轉動他骨碌碌的黑色眼睛，笑著看阿嬌姐。阿嬌姐笑了一下，轉過身回到櫃檯：「歡迎來玩，艾利颱風已發布海上警報，請各位儘快下山。」阿嬌姐親切地招呼遊客，同時奉主任之命協助勸導遊客下山。然而好天氣造成的錯覺，觀霧雲海翻湧的美景，讓很多人捨不得下山。

辦公室裡，文禮忙著傳真緊急通報表，同時又要打電話連繫在外巡查的阿星、阿 kang，請他們回報遊客疏散狀況；

吳主任進進出出，確定安全措施確實執行。「文禮，颱風怕進來山路會中斷，休假的替代役通知先別收假。」文禮思忖片刻：「報告主任，現在山上替代役的剩下文龍、金林跟義欣三個，其他人都可以在山下平安度過颱風。」

日將西落，在國家公園警察隊觀霧小隊的協助下，遊客全都疏散下山了，雲海映著晚霞，如染紅的鮮血。太陽西沈，夜色籠罩觀霧。忽然天氣劇變，雨滴開始落下，形成大雨。詔宇與他的同梯們，安心的在山下渡過颱風天。但他們並不知道，這場颱風之後，他們再也回不了觀霧！

八月二十三日，中華民國歷史上八二三砲戰四十六週年紀念日，雪霸國家公園也在經歷一場如大戰般的風災…。艾利已增強為中度颱風，但行進速度變慢，滯留鋒面使得山區大雨傾盆。忽然管理處嗥嗥來電：「主任，陳導還在上面耶，有回去管理站麼?」才剛起床的吳主任一聽到這個消息，頓時緊張了起來。

陳進發導演學的是美術設計，但因為對自然的熱愛，接手多部國家公園的生態影片拍攝；這次他接受雪霸委託，拍攝觀霧山椒魚生態影片；觀霧山椒魚是這幾年發現，卻未正式發表的新物種。為了更詳細紀錄牠的生態，陳導毫不猶豫的接影片的拍攝工作。但由於獵取珍貴鏡頭不容易，加上觀霧山椒魚數量稀少，已開拍超過半年的影片其實沒什麼進展。因此陳導幾乎以觀霧為家，艾利來襲，變天了他仍在山區尋找山椒魚。

吳主任不斷抽著煙，顯得十分焦躁。一個晚上的大雨，大鹿林道已經傳出崩塌及落石好幾處，加上管理站停電。自顧尚且不暇，又如何去尋找陳導的下落。

「颱風陸上警報還沒發布，趁現在時間還早，請兩位巡山員阿星、阿 kang 趕快去找」文禮提出建議。

吳主任把煙屁股丟掉，又點了一根煙。這時把人調出去，只怕人沒找到，又多了幾個失蹤人口。他領導風格一向強硬直接，這時居然也躊躇起來，舉棋不定…。「所有人都不能出去，現

管理站情況也不樂觀，我們不能貿然上山。」

大夥正商議時，觀霧警察小隊的隊員何文村與陳清光進來管理站，村哥一進來就意志高昂：「我們姚小從管理處接到消息，早上也核對下山名單，找陳導我們協助你們。」

吳主任看到警察隊仗義相助，心頭壓力減輕許多，於是態度轉變：「這樣好了，阿星與阿 kang 陪同你們，我們用手機及無線電連絡，儘量下午兩點前回來。」

「放心啦，阮一定將人找到。」村哥充滿自信地回答。

四人出動後，剩吳主任、文禮及三個替代役坐鎮。雨勢愈來愈大，近中午，強風助陣，文禮與三個替代役一整個早上都在管理站及遊客中心門窗加上木條，貼上膠帶，以防風雨灌入。但外面已風雨交加，伴著強風的轟轟吼聲，室外已難越雷池。觀霧由於架設線路不易，至今沒有網路，所以現在幾乎與世隔絕；金林看得膽戰心驚，坐在沙發上緊抓著扶手：「彭哥，我們會不會死在這裡啊⋯」

「署裡的人會把我們運下山，並給你家好幾百萬。」文禮帶著笑容，捉狹著回答金林。在這個風雨飄搖的時刻，這些未經世事的小朋友，更別說面臨深山的災變，為了避免他們心情沮喪，首要是讓他們心情收鬆。文禮故意講反話，設法讓氣氛幽默點！

「小林子，我們會成為替代役的烈士，觀霧就多一個紀念碑，歷世歷代人民都會記得我們的名字。」愛開玩笑的義欣趁機加油添醋一翻。金林自感沒趣地攤在沙發上。而文龍則若無其事地玩他的手機電玩。

中午後，陸上颱風警報布，窗外看去一片迷濛。警察小隊與管理站間有一走道互通，現成了彼此連繫的要道。姚小走過來請管理站的人員過去吃午餐：「我們也有請雪霸農場採買一些戰備存糧，一起過來吃，順便討論一下颱風應變事宜，ㄟ！小朋友們，別吃泡麵了，來吃營養一點的。」

八月二十四日，艾利暴風圈進入台灣陸地。在深谷中的武陵已成孤島，強風怒吼，溪水奔騰。這個颱風移動的是少有的侵台路徑，中北部中央山脈的屏障完全無用，所有武陵站人員全都躲在管理站無法外出。一夜肆虐，武陵路已被倒樹、落石摧殘得柔腸寸斷。

凌晨天剛微亮，鮭魚王子突然驚醒，揉揉眼精，看手錶是五點半。林彥走到樓下辦公室，外面櫻花的枝條瘋狂搖擺，雨水擊打門窗似將破門而入，而七家灣溪土石滾動的聲音更是震耳欲聾。

「不妙，復育池！」林彥心念電轉，不禁擔憂起來。但是外面根本寸步難行，他不由得在辦公室來回踱步⋯。昨夜一場惡夢：七家灣溪禁不起土石沖刷，全線遭到掩埋，大甲溪嚴重堵塞，德基水庫因此除役⋯雖然夢兆不足信，蕭蕭風聲卻使人心腸更為軟弱。

東叔與高叔來到辦公室，見林彥一個人走來走去。「副座煩惱沒用的啦，你出得去麼?衝出去了能幹嘛？」怕林彥真的去搶救復育池，世居梨山的高叔操著泰雅口音反譏他。

「武陵很少遇到這麼大的風雨，復育池也使用多年了，很讓人放心不下。」林彥說著，走向二樓，卻大大吃驚！

管理站前的一號壩好像尼加拉瓜大瀑布，黃濁的溪水夾帶大量土石狂奔而下。喜愛清澈高含氧溪水的台灣櫻花鉤吻鮭，似乎不見生機。林彥臉色發白，凝視前方的土石流出神⋯，時間彷彿凍結在此。

「學長，這時候我們只能為小櫻祈福了，也沒辦法做什麼，現在要想的，是災後如何拯救倖存的小櫻。」不知何時，藍鳥站在林彥身後。痞痞的藍鳥表現比較冷靜，他將事實分析給林彥聽，颱風過後還有更多要做的事。

國彰退伍後回到邵老師的研究室當助理，支援的藍鳥角色調整，成了復育池的得力助手。林彥稍有笑容，不發一語，搭著藍鳥的肩，走下樓去。藍鳥繼續說著：「回去休息吧，等警報解除或風雨小些，我們再出去看看；ㄟ！安撫你那些學弟及替代役。」

這種天氣最適合睡覺了，替代役寢室內，大夥不是窩在棉被裡，就是吃泡麵。中午電力中斷，只能聽著外面的呼呼風聲及怒吼的土石流消磨時間。

已過了一天，搜救人員卻一去不返。吳主任一個早上已經抽了兩包煙，臉上勉強擠出一點苦笑。姚小取出幾個酒杯，拿了一瓶竹葉青：「他們無線電十點後連絡不上，但手機有通兩次，可能基地台故障了；現也不知道人在哪裡，不過主任放心啦，我有限他們搜索的時間，一定要在時間到撤回。」

「取個暖吧！」姚小倒了竹葉青給每一個人，現在平地溫度約二十二度，以每上升海拔一千公尺氣溫降六度推算，觀霧寒意甚重。吳主任一飲而盡，如果是一般颱風天，只要坐守管理站等待警報解除再來討論善後就好了，但是現在卻有同仁及知名大導演在外歷險，這時大家心情都無法放鬆。

天色又將入夜，小隊電話鈴響，小隊長接起了電話，愈講臉色愈凝重。掛電話後，大家急著問緣由。

「氣象觀測，已知道雨量集中在新竹苗栗一帶，颱風直撲東北部，所以我們是避不過了。」姚小告訴大家來自隊裡的消息。

「我想，我再跟姚小出去找他們好了，都快入夜了還沒消息，有點讓人擔心。」文禮擔憂同僚的安危，要自告奮勇出去找人！

「不准，我說誰也不准出去。」吳主任拉大嗓門，已顯得氣急敗壞。大家又開始一番議論。

這時，無線電基地台響了：「姚小，姚小，聽到請回答，這裡是警員何文村…」大家如重獲希望，搶到基地台前，「村哥，你們現在情況怎樣？」吳主任搶先詢問他們的行蹤。

「放心啦，等下你們就知道了…，我們都在」

「啥小，你在講啥米？講清楚。」姚小有點不耐煩。

忽然，小隊大門開啟，強風灌水進來，辦公室的公文、報紙全都旋轉飛了起來。大家驚慌強颱已破門而入，直覺般地起工具要去把門釘牢。卻見六條人影匆忙進入小隊辦公室！

「哈哈哈，平安就好，不負使命如何。」姚小一認出是前去尋人的村哥、清哥；兩位巡山員及陳導和他的助理，與奮地往前拍了他們肩膀，隨即大家合力把打開的門關上固定。

吳主任和文禮倒了幾碗熱湯給他們去寒，大家開始詢問整個搜救的過程。

陳導影片遲未進展，因此深入大鹿林道東線兩側森林。艾利海上警報發布後，山區開始降雨。喜歡水氣的觀霧山椒魚也從石縫鑽出幾隻來。雖然現在還不是山椒魚繁殖的季節，但能拍攝到基本的行為生態，至少可以突破目前的低瀰。生態影片雖然找到拍攝物，但要等到生物對鏡頭跟人視若無睹，也需時間等待。陳導不能驚動出現的山椒魚，又要拍到合乎美學的構圖，動作放得極慢，亦步亦趨，愈拍愈遠，連手機都收不到訊號。

阿 kang 他們出發的之後研判，陳導若在大鹿林導主線，雨勢來的時候，早就跟著遊客下山去了。所以管理處會連繫不上他，很大的機率是在東線，因此他們往東線搜索，村哥、清哥也是朝這個方向尋找。阿 Kang 是附近部落的泰雅原住民，在觀霧又待了多年，對這一帶環境最是熟悉；陳導剛來拍攝時也有請他帶領尋找山椒魚出沒的地點，因此阿星四人都往他們知道的路線找去。

陳導隨著山椒魚進入森林深處，已來到溪水邊，驚覺風雨交加。但鏡頭前的山椒魚卻已對他視若無睹，只要讓攝影機持續運轉，觀霧山椒魚第一手的生態影象就會呈現了。助理深知陳導個性，在他的指示下，持續操作攝影機，陳導愈看愈欣喜。一陣巨響，巨石紛紛滾落，如卡車般的大石居然不偏不倚落在他們身後，不到五步，助理臉色蒼白，陳導也受了驚嚇。想起他那無法來到世上的女兒……

拍攝雪霸生態紀錄片期間，老婆因即將小產而緊急連絡他下山，陳導匆忙趕回家時，當時梅雨季，大鹿主線多有損壞，陳導回的行程也拖延了好幾個小時，到醫院時，妻子還是流產了。這樣的打擊使陳導想永遠放棄生態影片的拍攝。他的妻子卻鼓勵他繼續讓自然的生命真實呈現在膠卷中，唯有如此才能使女兒走的有意義。因此陳導繼續這部片子拍攝。卻在重振精神後沒多久，妻子娘家又有至親亡故。然而夫妻卻更堅強地彼此扶持，山椒魚的影片才能進行到今天。

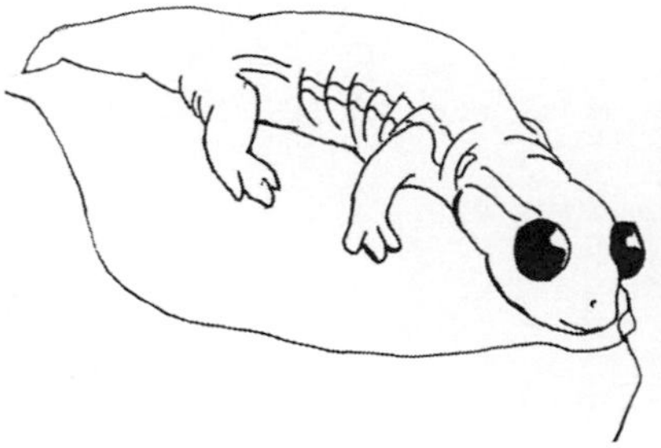

「陳導，怎麼辦，回去路上十分危險，但附近又沒有躲避的地方。」助理十分憂心。

陳導恢復冷靜，他想做的第一件事並不是尋路逃走，反而請助理先把剛剛拍的放出來給他看；助理目瞪口呆，不明白陳導的用意：「導演，現在這個時候，我們應該先走為上策吧？！」但看到陳導態度雖然溫柔卻堅定，助理也只好打開攝影機電源，讓今天拍攝的主題放映出來。

陳導看著下午追逐山椒魚所拍攝的影片，兩眼閃爍！口中念唸有辭：「我的兩位親人在我紀錄山椒魚的時候離世，他們的精神卻是支持我繼續拍攝的力量，阿忠你看看。」

助理了解陳導的性格，他絕不是長期辛勞及風雨的震撼給嚇傻了。他湊過去看了剛拍的山椒魚行為片段。辛苦追逐了數月，卻在這個颱風天拍到一段珍貴的畫面，兩人都同感欣慰。雨水滲入兩人的衣服，卻一時忘了寒冷。

他們專注於攝影機的鏡頭成果，遠處一陣熟悉的叫聲畫破風雨聲：「陳導、你在哪裡啊…，陳導啊！」

是阿 kang、阿星。」兩人隨著聲音尋路而去，很快就找到了前來搜索的四位巡山員及兩位警員。四人便冒著風雨快速趕回管理站。姚小隊長及吳主任熱了湯、溫了酒，給六個人壓壓驚，不在話下。

第六章 聖稜同悲

八月二十五日，艾利的颱風眼接近台北陸地，新竹至台中和平山區累積雨量突破一千毫米。雪霸兩個管理站如山中孤島，怒吼的風雨摧毀道路，破碎山壁，有如末日再臨。就連汶水的管理處都數度停電。為了掌控災情，維持對外連繫，兩個站都啟用備用電力。金林窩在辦公室沙發一角，緊張地直打哆嗦。剛充好電的手機響了，「是詔宇！」義欣接起了電話，那端開頭便是：「你們還活著啊，謝天謝地。」

義欣臉現不悅：「你才死了咧！」他將手機切成擴音，讓其他同梯聽聽詔宇的問候。「你都不知道喔，山裡好大的災情，電視記者報的很誇張呢！」金林緊張地坐起身來，文龍趕忙湊過耳朵來聽。

「講清楚，多大的災情？我們已經吃戰備糧幾天了，備用電力只能用在必要的設備，我們這幾天也沒有電視看。」

「大鹿林道全線中斷，有好幾公里路基沒有了，辦入山的土場檢查哨很慘耶。整個部落都被埋了，檢查哨不見了，現在不知道裡面的人怎麼樣了！我在擔心你們要怎麼『脫困』喲！」詔宇快速地「報告」他今天看到的消息。

膽小的金林忍不住啜泣起來，眼淚不住地往下掉，「我要活著退伍啊，嗚~嗚~」兩個替代役無心理會金林，義欣想到今天文禮一直在傳真機前忙進忙出，主任接電話臉色也很凝重，難道是為了這個事！他和文龍立即走到文禮那。看到他們兩個不安的表情，又見到沙發上金林雙眼紅腫，文禮馬上會意：「你們也知道消息了啊？」

「彭哥！我們⋯⋯」

「這種情形，救災別說你們，即使是警政單位也要等颱風過了才能進行；至於我們的安危，管理站的位置算是安全，有事的話還有廣闊的雲霧步道可以躲土石。下山容易的很，大家說不定有搭直升機的機會喔，你們現在只管好好休息就好了。」文禮還是面帶笑容地安撫他們。

經文禮這麼一分析，兩個替代役心情放鬆不少，於是攙著金林一起回寢室休息。

八月二十六日上午十一點半，艾利颱風海上陸上警報解除，雨也停了。林彥與藍鳥走了出去，宏煜與川睿見狀隨後跟上。幾天風雨的肆虐，平坦的武陵路滿布泥濘，路基塌陷流失，傾倒的樹木與落石讓整條路柔腸寸斷。四個人翻過多處巨石倒樹，漸漸接近復育池。林彥與藍鳥臉色鐵青，宏煜與川睿順著他們的目光望去，不敢想像眼前所見！七家灣溪奔流著黃濁的溪水，斷木亂石堆滿河床。而復育池已看不出原貌！建築物與水池遭解體沖失，數千隻繁殖成功的小櫻則不知所蹤……！世外桃源一夕變色。

「行李整理好了麼？」一早文禮來到替代役寢室門口，催促他們上路。

「彭哥，我們真的要棄站喔？」文龍探出頭來，微笑著看著文禮。

「是暫時封園，不過到你們退伍，應該不可能再回到這裡了。」

文禮及兩個巡山員帶著三個替代役走出來，管理處前的柏油路如經歷地殼變動一般，裂痕處處，落差甚至半尺。大鹿林道全線多處路基流失，所有人員都步行下山。接近黃昏抵達土場部落，眼前卻見到一幅怵目驚心的景象，艾利過境，大部分雨量集中在五峰鄉。這個扼守入山查驗的部落，一夜消失，十五人被活埋，檢查哨整個被沖走，其中三名警員下落不明。雖然風雨已經停歇，一路上看到的都是被媒體擴大報導的的殘破景象，仍是餘悸猶存。

抵達清泉部落時，文禮見前方管理處的司機「山豬」在揮手著，他是準備來接駁下山的同事回管理處的，頓時如釋重負。從未走過這麼長山路的三位替代役，心情也從緊張轉為疲累，一種劫後餘生的感嘆。

夜晚山豬載著他們抵達汶水，收假的詔宇、志忠、富凱、宏偉早已到管理處報到，在宿舍外迎接他們。

「怎樣，還活著喲。你們還把家當完整帶下來，哪像我們很多東西來不及帶走，我連制服也沒有，好像逃難一樣。」

詔宇嘴角微揚，表情慧黠地說著。

文龍輕握拳頭，捶了詔宇胸口一拳，所感受的是歷劫歸來的喜悅。觀霧的替代役將併入管理處，重新分配課室。在這裡他們要過新的生活，也將寫下一篇篇的「替代役傳奇」。

前往觀霧遊憩區的大鹿林道主線，因為不能行車；登大霸的主要幹道東線尋不著路跡，南清公路沿線的部落也需要休養生息。營建署立即公告觀霧封園，開始進入漫長的重建時期，攀登大霸尖山暫成絕響。

武陵在積極搶修下，恢復開放。但七家灣溪的重創，讓復育工作更加艱鉅。但新的復育池也進入規劃設計的尾聲，準備開始興建，以延續雪霸國家公園保育台灣櫻花鉤吻櫻的使命。

巍峨的聖稜下，土地正在逐漸恢復生機，準備浴火重生。

第七章 機緣

我的出現，是促成這部「雪山盟」撰寫的契機。在某種因緣下，我進入雪霸國家公園服務，日後與幾梯替代役互動，激發我想為他們寫一本書的念頭。因為我覺得這不但是一部台灣國家公園「斷代史」，也是一段青春活躍的「替代役傳奇」。

我從小就喜歡自然生態，唸的是生物科系。未來的出路，若不是攻讀博士當學者，進入國家公園服務就是我們的夢想。但我跟雪霸結緣，卻是從金門開始。

我喜愛自然，對課本及少年小說描述的自然鄉間十嚮往。有一首兒歌是這樣唱的：「我家門前有小河，後面有山坡」，情境樸拙而悠閑。但在高雄這個工業化城市，這是不可能看到的。而且在我生長的年代，正值台灣經濟起飛的時期，各種建設此起彼落。我家所在的籬仔內，算是相當市郊的地區，有大片的稻田，偶有池塘錯落。但這種景觀都不長久，常在促不及防的情況下，稻田被大貨車、堆土機用土石覆蓋，或是池塘被填平，蓋起了高樓。所以童書中烏托邦式的生活環境，只能從書中去想像。現實世界裡，除非到了國外，台灣是找不到這種地方的；直到我服役抽中了「金馬獎」。

我當兵時，金、馬已是實施戰地政務的尾聲。長期的封閉，使得島上傳統聚落保存完整。金門歷史源遠流長，文化多元，因此古蹟遍布。國軍積極植樹，造林十分成功，雖然是木麻黃純林，但一片片的樹海，每條馬路皆成綠色隧道，池塘濕地點綴其間，自然與古典相互輝映，村落間雞犬相聞，「不知有漢、無論魏晉」，活生生就是陶淵明桃花源記的呈現。

所以退伍後，我有很強的念頭回來金門定居。一九九五年金門國家公園成立，我徘徊在升學與求職的關卡三年後，決定投身公職，並設定金門國家公園為第一志願。

台灣自第一個國家公園成立後，為其所新設的國家考試職系為自然保育，分為生物、地質及人文三個組，掛在經建行政職組底下。國家公園為新近成立的機關，較於其他機關，在組織成長期中相對員額較少，且人員流動率不高。因此自然保育職系並非每年開缺，且缺額很少，加上只能在國家公園內流動。一旦有人調離國家公園體系，大概只能開高考缺。但等待考試錄取人員填補時間長達數月至一年，對業務的執行有相當大的困擾。於是不知哪年開始，國家公園不再開考試缺，而從其他機關商調人員。商調人員中與國家公園專長最接近的，以農業職系為最大宗。

當我決定參加國家考試時，自然保育職系可能將近十年沒開缺了。生物系在國考裡算很弱勢，農業技術職組大部分的職系我們都有報考資格，但八成考試科目完全沒學過。在選考類科、蒐集資料上十分大費周章，必須自已有把握，又是可以進國家公園服務的類目。最後，我選了每年有開缺，名額在國考中又超多的林業。

即使錄取率不低，考試科目難度也不高。但是很多科目市面上根本沒有書，而是森林系內部的筆記，準備資料真是上窮碧落下黃泉，拖了兩年才敢報名考試。民國九十年終於考上普考，我把這個當成是調往金管處的門票。

退伍後我一直與金門的朋友保持接觸，其中不乏金門國家公園的同事。只是普考資格在公部門仍缺競爭力，而且我考上的那幾年，遇到第一次政黨輪替，行政院各部會正進行員額凍結及人事精簡。連每年開缺的林業，第二年竟沒高考缺，普考缺也只開五名。雖然金管處同事的介紹，認識一些裡面的長官。但金門國家公園缺已經補滿，而約聘僱不被精簡就已算萬幸了。

所以當時的各種跡象，讓我認為不但進金門國家公園的可能性不高，且連準備高考都有困難。我只好轉向其他管道尋求。

我在蒐集高普考資料的過程中，台大森林系學弟泓堯提供很多的幫助。他因為幫忙我的論文野外實驗而與我結識，卻成了我的貴人。他比我早考上高考，卻分發到農委會動植物檢疫局服務。這個機關的高雄分局為了承辦新規畫的小三通業務，成立金門檢疫站。透過他在防檢局的經驗，使我將金門檢疫站列為另一個選擇。在分發單位工作一年多後，我調到了防檢局金門檢疫站。

其實，任何單位不可能都不出缺，只是需要時間等候。但因為我進入公門歷練不深，以為政策不會改變。但也因為如此，卻成了我進雪霸的機緣。

小三通只是暫行條例，到現在仍是「試辦」。儘管出入大陸的台商不斷成長，那時我們的同仁還是只有五個，卻要輪值兩個通關點每日三至五人的人力配置。工作其實不辛苦，但時間休假上較不自由。旅客最多的時段是週休、國定假日及過年，卻也是我們上班的主要時段。所以很多活動我都無法全程參與，像二〇〇三年的閩南文化研討會、二〇〇四年的世界島嶼會議在金門，還有社區規畫師培訓。而上班時間「異於常人」，當金門朋友相邀聚會，我卻是在上班；當我放假時，大部分的人又在工作。因為只有五個同事，臨時有事想調班，幾乎是牽一髮而動全身。這與我想深入金門社會的本意相違，而有些微的惆帳。雖然同是動植物防疫檢疫局，金門站的輪班性質跟泓堯那邊是不同的。

我們教會在金湖鎮有個聚會所，是一個已遷台定居的年長姐妹留下的。但金門沒有定居服事的聖徒，聚會的人以在金門服役的弟兄為主，退伍的把鑰匙交接給來服役的，代代相傳。與弟兄聚會也是我的排遣之一，不過我也只能在週日有派外差時前往與弟兄們唱幾首詩歌，就得匆匆離去。而這些弟兄們也非每個主日都會出現，常為了部隊戰備的緣故，或是內務不合格被禁假。到會所等了半天仍大門深鎖也是常有的事。

為了公職生涯的發展，我還是繼續準備高考。而金管處的朋友，常有意無意透露給我「訊息」，使我又開始注意金管處的職缺。

那時我剛考完高考，正處於等待放榜的空窗期。金管處開了一個資訊室的職缺，資格卻是林業技術職系，我毫不猶豫地投了履歷出去。這個缺其實公告好幾次，但一直徵不到人。後來大概在各國家公園徵詢到類似的人才，但這個人卻不是資訊職系，所以才開這個缺，專長需要 SQL 資料庫語言。但我不知這個關節，還是投了履歷，所以當然不會錄取。

不過，我的應徵卻引起了金管處人評委員及當時許處長的注意。處長還請人事管理員電話通知我，雖然這次沒錄取，但是我的學經歷不錯，會有同事因籌備東沙國家公園而出缺，屆時再請我考慮。

等放榜期間，以前服事台大學生的朱弟兄前來金門開研討會，順便來探望我。我帶他們夫妻遊了一趟金城附近。朱弟兄了解我的上班情形後，我告訴他希望藉這次高考放榜，能有個正常的上下班，但也希望留在金門。

我打的主意就是金管處的職缺，但要達到這個安排，考試成績要落在增額錄取部份，而當時，增額錄取是可以自己找單位分發的。我預測我的高考成績應該會落在這個範圍。以往我考的大考試，考完後對成績落點的第六感總是特別敏銳，放榜後的結果也與我的預測相去不遠，因此我會有這樣的自信。

於是朱弟兄陪我禱告，希望我有個能過「正常教會生活」的工作。

我要的其實不多，只要有一個「正常生活」又可以在金門的工作就好了。

之後的一切過程真是主的安排…。

高考放榜後，我是增額錄取第十九名。在金門朋友的建議下，我利用這個優勢寫了一封毛遂自薦的信給處長，並強調我已有高考增額的資格，不需經過商調程序。

許處長見信後立即約見我。但很不巧的，雖然保育課有同事調往海洋國家公園籌備處。限於總量管制，缺額反而被吃掉了。處長要我先去找其他機關保住高考錄取資格，日後有緣再談。

但我仍對金管處抱一絲希望，想留在金門又想進入金門國家公園的空虛心情。我的原單位雖希望我留下，但也尊重我的決定。一個月一個月過去了，我心裡盤算在年底之前若金管處沒有奇蹟出現，我就選擇留在原機關。至少還是沒有離開金門。

十一月份，我準備放棄等候，決定留在檢疫站時，卻接到一個陌生的電話。

「您好，這裡是雪霸國家公園管理處。我們在候用名單上看到你的名字，請問您願意來我們雪霸麼？」是雪霸人事管理員打來的。

我對其他的國家公園表現的十分意興闌珊，告訴他我只想留在金門。

沒想到他一句話就打動了我的心！

「是這樣喔，那好辦啊，你想不想進金門國家公園。如果你想進金門國家公園，那先來雪霸啊，以後要去金門國家公園比較容易！」

這句話，讓我心志開始動搖。

「你先把履歷 E-mail 給我，我陳核給處長後再通知你」

我不知道是半推半就還是被騙，下班後立刻打好履歷寄了過去。我對雪霸完全陌生，當晚上了他們官網瀏覽，管理處感覺頗有美感。

第二日，陳人事員電話通知我，雪霸決定任用我，請我把同意遴用的切結書寄過去。

我問他我未來的業務是什麼，他說是秘書室的工作。

很陌生的業務名稱，不管他，反正就是可以進國家公園服務就是。就這樣，一句話就把我騙走了。

十二月中旬，我前往雪霸報到。再度離開金門，難免有淡淡的離愁，但我相信我會再回來的。

傳奇便是從雪霸汶水管理處開始⋯。

第八章 草莓原鄉

報到前一天，我打算前一日去大湖過夜，第二日就不會太晚報到了。我請在台大十九會所服事的同學正平連繫到銅鑼的盧弟兄，他安排我去住大湖會所的宋弟兄家。報到前一天回高雄分局領取離職證明的時候，受到分局長率眾歡送，北上又錯過交流道。與盧弟兄會合後，到大湖時已過了晚餐時間。

我們從苗栗交通道走台六線到大湖。去宋弟兄家之前，盧弟兄特地帶我進雪霸汶水管理處看我未來的工作環境。我隨著他的車進入一個像公園綠地的地方時，只有一片黑暗。星光下，西邊兩座陡峭的山峰，有奇峻黃山的氣勢；正值草莓盛產季節的大湖，空氣中飄散著濃郁的草莓芬芳。

我來雪霸國家公園時，觀霧替代役也徹下來四個月了。吸收一個外站的「兵力」之後，管理處的替代役人數似乎能與職員數量匹敵。上班時間常可見到走廊上行進的「壯盛軍容」，不戰而屈人之兵。估計管理處替代役近三十人之譜，宿舍一樓原本規畫為替代役寢室。艾利風災後，替代役的版圖擴張到二樓的房間。

大湖是有名的草莓產地，我剛到雪霸管理處，所聽所聞的第一件事並不是國家公園內的保育議題。同事及教會弟兄談的都是草莓的品嚐。這種水果原產於溫帶地區的歐洲，在台灣需在冬季低溫時種植。最早是日本人引進草莓，種植上卻不順利。直到一九五八年一位大湖鄉民無心插柳將草莓帶進大湖栽培，這裡冬季溫度及濕度非常適合草莓生長，因此推廣迅速。從單純產銷，演進成自由採果的觀光草莓園，草莓至今成了大湖的代名詞。

十二月底，我正好趕上第一期草莓上市的時候，從汶水老街到大湖街上，省道兩旁一盒一盒的草莓待價而估，以及無盡頭的大片草莓園，又紅又綠的，令人垂涎欲滴。同事認識不少莓農，常有人拿草莓來辦公室「進貢」。而大湖召會（註一）的負責邱弟兄也有一塊祖傳草莓田。剛來大湖，草莓幾乎吃到吐。

「政峰，公文這個部份麻煩你改一下」詔宇以他慧黠的笑容拿著公文來給我。我一看是未修

改的用語，立即在電腦上更正存檔。詔宇俏皮笑了笑：「謝了！」

在防檢局的業務性質是機場、碼頭的現場通關查驗，幾乎沒有承辦公文的工作，我又是初任公務員不到三年，在金門一年多來文書的經驗累積不足。相對的，秘書室的工作公文量很大，剛到雪霸的幾個月，公文本文常少了一些東西，例如附件、發文日期、同音錯別字等⋯⋯。這使得我與收發室的替代役有不少交手的機會。

收發室由鳳娥姐負責，隸屬秘書室，負責收發電子公文外，還有收寄包裹、信件及宅配。有三個替代役在此服勤，海棠一品、鳳爪，及收編自觀霧的詔宇。公文本文檔案會跟著連接區內網路的公文系統跑，所以內容有長官修改的錯誤，承辦人沒有在檔案做處理，公文傳到收發那，他們無權幫我們修改，沒辦法發文，替代役就會來找我改公文。

鳳娥姐的小孩已經唸大學了，講話如連珠炮般急促。她有高血壓的毛病，卻偏愛美食，每當我到收發室跟替代役處理公文問題的時候，她就會順手塞給我一些零嘴，還不是一般市面上常見的糖果餅乾。

有一次，我去收發室時又跟替代役鳳爪處理事情。鳳娥姐走了過來：「中午你有沒有搭伙？明天不要吃餐廳了，我們去公館吃福樂吧。」鳳娥帶著一慣的笑容，露出他特有的小暴牙，熱情地邀請。久而久之，我大概知道收發室有定期的「美食午餐會」，食客除了我，固定都是收發室的替代役。

我加入雪霸的時間，二十三梯、二十四梯替代役已破冬數月，離退伍剩半年多。且不論我們身份的差別，管理處的業務、行政規定他們比我熟悉。我在他們的眼中，分明是經驗不足的「菜鳥」。工作上很多地方，經常要向他們請教。這梯替代役不像雪霸前兩梯素質那麼整齊，遇到好的替代役，像詔宇、坤哲、志謙等，會耐心教導。但若遇到比較沒修養的替代役，就沒那麼客氣了。

鳳爪長得很粗壯，一身的「江湖味」，讓人感覺很不友善。所以在我跑幾次收發室後，他開始會跟我「大小聲」：「都跟你講過多少次了，你怎麼都教不會！」遇到這種人，我只有摸摸鼻子。而鳳娥姐就會在旁邊陪笑臉打圓場：「趕快跟鳳爪道歉。」因為多解釋只會火上加油。

我們另一個替代役海棠一品，則是出了名的「散仙」，散到被我們主管轟走的下場。我們主任是個女性主管，我初報到時，遇到她去日本考察一週。他回國後我們初次見面，發現他是個年輕女子，相貌神似影星林青霞。但公務年資歷練比我長很多，神情上自有一股圓熟及威嚴，領導風格亦是飛揚果決，海棠一品的散漫讓我見識到他霸氣的一面。

收發有三個替代役幫忙，所以工作分攤下來也不算太累。分文工作常需送文到各課室，這卻給海棠一品摸魚的機會。只要送文出去，他就會趁機到園區其他地方閒逛或找人「喇豬賽」。因為收發人手充足，起初鳳娥姐也沒察覺。他一去不返的情況卻變本加厲，即使沒有送公文，也突然消失，常「失蹤」超過半天。漸漸同事們也注意到有個很「閒」的替代役，張主任終於忍無可忍。

主任辦公室在我座位的右邊，一日早晨，他突然把海棠一品叫進去，眼神透著冰冷：「上班時間都跑去哪？很多人跟我反應，你都沒事做到處玩。」

海棠一品表情呆滯，也不回話，被主任責罵地不知如何自處，像木頭般站著，兩手緊貼褲管，好像聆聽訓話的士兵。辦公室內，我是最首當其衝感受到這股威勢的人，一下子也不敢輕舉妄動。

「回去堅守崗位，不准亂跑，要是再讓同仁跟我反應，我馬上送你回成功嶺！」

海棠一品轉身要離開。

「聽好，我是來上班的，不是來看你有沒有服勤的，出去吧。」主任一邊批閱公文一邊說，口氣雖輕，威勢卻不小。我吞了一口水，心裡想以後我要是想調金門的話，主任會不會刁難啊！

雖經責備，海棠一品安份沒多久，竟又故態復萌，真不知他是臉皮厚還是沒神經。主任又叫來訓話，要求他每一小時要來主任辦公室報到，嚴厲控制他的行動。

但這還是無法管住海棠一品，俗話說事不過三，令人佩服的是他卻「無三不成禮」，這次主任再也不放過他！他又被叫進主任室，罵聲震耳欲聾，幾乎把屋頂掀開來。

「坐在這，一步也不准離開。我馬上簽辦把你送走。」

主任面罩寒霜，下降的氣溫，整個秘書室就要結凍冰封了……不久，楊課長進來解決這個僵局，還沒開口，張主任先聲奪人：「什麼人說都沒用，馬上帶走，否則我馬上簽辦。」楊課長立刻幫忙緩和現場氣氛：「快跟主任道歉，說以後不敢了。」

「今天只要再讓我看到這個替代役在我秘書室，我就簽辦送回成功嶺管訓。」

看來事情已無轉寰餘地，楊課長只好帶著海棠一品離開。

海棠一品後來被留在解說課，工作是餵食生態池的魚及番鴨，這也很符合他愛四處跑的個性。

這是二十三梯替代役的一段小插曲。

我們秘書室協助水電維修的替代役小卓，是三個管理幹部之一。加上收發所剩的詔宇、鳳爪，平時公事上一些鎖碎的事情可以請他們跑跑腿。不過這不是我個人專用的替代役，而我的同梯跟我比起來卻要幸福多了。

與我同時增額分發到雪霸的還有一個女生，嘉義大學森林系畢業的怡慧。分發時也考上研究所，變成他要學校機關兩邊忙。比我幸福的是，他分配到的課室是俗稱「遊山玩水課」的觀光遊憩課，而且有蘋果、小花兩位高手當他的專用左右護法。由於雪霸在規劃雪見遊憩區時，吳主任調至雪見站主任，安安則即將陞任觀霧站主任。觀光課只剩一個承辦職員。小花與蘋果的強悍，居然協助撐起一半的業務。怡慧報到後，除了交接業務外，他們還傳授登山的技巧與常識；他們之間名為主僕，實為師徒。

觀光課的工作是要有體力爬山的，在蘋果的教導下，下班後常見怡慧在汶水遊客中心跑步的身影，或是爬管理處對面的法雲寺步道。

「怡慧，這副女用的大背包給你。」

準備第一次上雪山主峰，嬌小的怡慧，管理處只有一個大背包適合她背，蘋果特

地找出來給她。

怡慧接過大背包，放在地上，再拿出其他的裝備。

蘋果開始示範登山背包的打包，「看好喔，東西的順序是底部睡袋、睡墊、衣物…，重的物品放中間高度靠你的背部的地方，這樣重心才會穩。」

裝好後，小花把裝備再全部拿出：「換你練習一遍。」

怡慧照著「師父」的教導學習打包背包，這時隔壁工務建設課的景祺走了進來：「蘋果，雙眼相機還你。喔，這對焦還蠻吃力的」

景祺學的是建築，喜歡山岳攝影，因緣際會下進入雪霸服務。他偏好徠卡相機，兩個替代役則玩傳統 135 及 120 底片相機，因此與景祺多有交流。

「怡慧，終於要上山了呀！」景祺注意到地上的一堆裝備。

「對啊，你要不要一起去，這樣我也比較安心。」

「可以啊，我的步道驗收也差不多排這個時間，到時候可以同行。」

怡慧的同學跟景祺是早就認識的朋友，所以剛到雪霸，就受到替代役跟景祺的照顧。同梯不同命啊！

我們在九十三年底來到汶水，正逢大湖觀光草莓季開鑼的時候，觀光客人潮湧入這個人口僅兩萬餘人的小鄉鎮。過了跨年元旦，第二期的草莓也開始收成，由於溫度更低、日照較短，品質更勝第一期的草莓。汶水遊客中心外的車流量，也在逐日增加。我們與雪霸國家公園的關係，在草莓季中慢慢拉開序幕。

註一：我們教會稱自已為「召會」，取自聖經意義：蒙召的會眾。

第九章 教會生活

大湖真是一個純樸的鄉間，中山高速公路苗栗交流道下，進入公館鄉走台六線接台三線就抵達大湖，車程約半小時，可說是交通十分方便。但一進入公館後，景色就不一樣了。台六線沿著後龍溪谷一路通往東邊，風貌也瞬間變化，由車水馬龍的交流道一變為客家農庄。過了公館鄉後，週圍山巒起伏，後龍溪穿越山谷，景色怡人。但台六線也變得蜿蜒曲折，為了改善行車便利性，交通部在台六線的對面興建七十二號東西向快速道路，貫通後龍及大湖。

國家公園因轄區位置多位在偏遠的地方或山區，因此都有預備員工宿舍。我跟怡慧來報到時，職員只有我們兩個住宿，宿舍幾乎是替代役的地盤。我在報到前顧慮到網路的便利性，曾上雅虎奇摩家族的「雪霸聖稜家族」問宿舍有沒有網路，而上面是這樣回答的：「房間沒有網路的喔，但是交誼廳有一條網路線，大家都去那邊用」顯然是個替代役回答的。

從我的業務交接人得知，我們副座為了防止替代役電腦玩通宵，所以宿舍的網路佈線一直喊停；我覺得奇怪，不給替代役用，但我們職員怎麼辦。但我住進來後，資訊室也開始規劃宿舍無線網路，雖然沒有有線來的穩，但至少對外通訊不會中斷。現在這個時代，可以沒有電視，可以沒有報紙，但卻不能沒有網路。

白天看替代役絡繹不絕，夜晚也很熱鬧。宿舍一、二樓都充斥進出的替代役。他們有三個管理幹部輪流值星，晚餐後的課程也一板一眼，晚餐後是自由活動的時間，宿舍運動設施算齊全，除了有人在園區跑步外，管理處有籃球場、網球場、羽球場及撞球台，足可讓他們消耗體力。七點後幹部就會招呼他們集中大會議室研讀雪霸出版品，九點晚點名後回寢室。作息儼然就像正統部隊一般。

所以下班後的生活很單調。大湖雖然海拔不到三百公尺，但山谷縱橫，易沈降冷空氣，冬季寒意甚重。在這個完全陌生的地方，讓我感到親切的，是大湖召會的聚會。這裡是傳統客家農村，除了草莓及衍生的產業，其他的行業很少，年輕人幾乎都到外地發展，大湖的人口十年內少了一半。

也因為如此，大湖的聖徒聚會人數一直不超過二十人，雖然沒有年輕人，大部份的人從小在大湖長大，性格質樸，邱弟兄的帶領也很人性。有別於都會區的大會所，聚會動輒上百人，人少彼此生活都關照得到，大湖召會反而更有家的感覺。我們平常小排的地方在邱弟兄家（註一）。邱弟兄世居大湖，他家是獨棟獨院的透天厝，外加一個草莓園，現一樓租給他的姪子開草莓餐館，只在草莓季有人潮的假日才營業。我們聚會的場所就在草莓餐廳裡，冬季常有草莓可以吃，很舒適，但也很屬靈。

我算是我們教會裡，少數到國家公園工作的人吧。台大十九會所的朱弟兄，知道我來雪霸工作後，也蠢蠢欲動。就在二〇〇五年春節的除夕，他呼召了會所的聖徒來相調（註二）。大湖應該很少有這麼多的外地聖徒前來，宋弟兄租了大湖國小禮堂，我則是犧牲半天的假期接他們。我與他們吃了午餐，就趕回高雄過年假了。雖然只短短地陪他們半天，卻為日後的相調埋下伏筆。

註一：我們教會所稱的小排，其他教會稱為團契或小組。

註二：我們教會稱聖徒一同外出旅遊聚會為「相調」，有彼此調和之意。

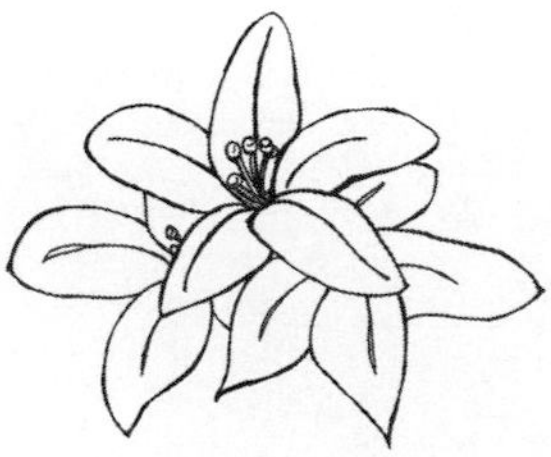

第十章 毒禍

過完年假，草莓季進入高潮，在三月之前草莓會愈來愈好吃。台三線南自大湖，北至獅潭，包括公館的一小部分，路旁攤販擺滿了一箱箱的草莓吸引遊客佇足，鮮紅欲滴。

三月十四日，天氣仍然寒冷，但白日漸長，已嗅到春天的氣息。來大湖採果的遊客明顯減少，草莓季步入尾聲，這裡慢慢恢復往日的平靜，汶水卻將掀起一陣驚濤！

我一如往常上班刷卡，在收發室刷卡機前，氣氛十分詭異，幾個替代役在收發室前的窗台看著一本雜誌議論紛紛。

「是什麼有趣的事呀！」我好奇湊前打量，見到他們盯著一本「壹週刊」討論。

「政峯，是你跟壹週刊爆料的喔。」韶宇笑著用他慧黠的黑眼珠看著我。

我看到雜誌斗大的標題寫著「雪霸國家公園爆替代役男集體吸毒」！

我吃了一驚，把報導約略讀了一些：「韶宇，這是什麼時候的事，怎麼現在報出來。」

小花縮著脖子，用他的鼠目笑著說：「可能很久了，我們也是這兩天放假同梯跟我們說才知道的。」

這麼天大地大的事情，在雜誌爆料後，管理處的同事們才知道替代役有人吸毒！而且就在我們的宿舍裡。同事議論紛紛；家醜外揚，內政部高層自然就積極關切，管理處的長官們為了這件新聞密集研商，如何因應接下來的媒體渲染。整個管理處的氛圍很不和諧。

雜誌中所指的數名吸毒替代役中，其中一名嫌疑者就在我們收發室當差，我偷偷問了韶宇：「真的是他麼？」韶宇微微一笑，「不只有他，剛被主任調離開的那個也是。」看來秘書室的替代役也中箭了。

鳳爪脾氣不好，不僅對職員無禮，在宿舍也很會鬧事，他常因為與同梯起衝突而有數次肢體衝突。有一次他在宿舍為了跟同梯搶電腦遊戲大打一架，第二天帶著一張「花臉」來上班。所以他被禁假的次數也很「可觀」。他會吸毒，恐怕也是意料之中。

但是海棠一品身體不好，一副傻乎乎的模樣，居然也被同梯帶壞了。

這幾天替代役間風聲鶴唳，誰都有可能是吸毒的嫌疑犯。大家上班作息一如往常，卻顯得暗潮洶湧，因為不知還有暗藏多少「毒患」，替代役們個個繃緊神經。

三月底，風和日麗，位在管理處最後方，保育課替代役維恩協助外包人員青嫂整理苗圃，他剛澆完了水。

「維恩，把溫室角落的花盆搬到花台上，春天來了，我們要開始種蘭花了。」青嫂囑咐維恩為了春季的蘭花做準備。

「嗯！」維恩收拾水管，走進溫室。

他排好一些小花盆，將蛇木屑一個一個填入盆中，灌了水。然後拿出去年採的蘭花種籽，一顆顆埋入。正用手覆蓋木屑時，聽到門口青嫂說話了：「請問你們是…？」

維恩猛一抬頭，四、五個人拿出證件在青嫂眼前晃了一下，只見青嫂表情出現驚訝。還來不及反應，這幾個人已來到維恩面前。

「你是○維恩？，請跟我們去貴處副處長室，有事情需要你的配合。」

維恩緊閉嘴唇，安靜地跟著他們離去。

行政中心服務台，金林與小倪坐在那接聽總機。

「小倪，你想不想以後路通後回觀霧看看，真想去拿回我的塔羅牌喔！彭哥都去了武陵，我們可能也回不了觀霧吧」

「不過汶水的日子挺無聊的，也不能像以前一樣到步道巡察，是吧？ㄟ，小倪，小倪。」發現小倪不回答，金林疑惑地轉頭看了小倪一眼。只見小倪雙眉微鎖，臉色泛白，顯得十分焦慮。

「你怎麼了，不舒服麼？」

這時，桌上的電話響了。金林接了起來：「雪霸國家公園您好，我是替代役○金林，很高興為您服務。」「啊，是曲曲姐，喔喔，知道了。」

這下子膽小的金林也被小倪的情緒所感染了，「曲曲姐叫你上去副座辦公室那，檢…檢…察官要問你事情，你…你該不會也…！」

小倪不說話，輕輕點了點頭，蹣跚地上樓去了。

金林跑到隔壁收發室窗，一臉驚慌：「詔宇、詔宇！小倪他們…」

詔宇不改他那慧黠的笑容：「我也不知說什麼耶，呵呵…」

裡面卻傳出鳳娥姐的大嗓門：「還不回去接電話，沒事不要亂想，回去！」

三月二十二日週二，每個禮拜只有這天晚餐後可以自由活動，詔宇牽著腳踏車敲了蘋果寢室的房門：「喂，蘋果，一起出去騎單車了。」

房門開了，蘋果早換好裝，手執單車手把牽車子出來。

「這次要騎哪一條路線？」

詔宇黝黑的皮膚，笑著露出的牙齒更白，說：「往獅潭方向騎，到永和村後折回。」

詔宇及蘋果都喜歡騎單車，詔宇下山後沒有步道可以運動，就學了蘋果把腳踏車運過來放在寢室內，下班後兩人便相邀一同去騎車。出了管理處，兩台單車騎往獅潭鄉的台三線上，兩山夾道，公路隨著地勢起伏，在寬廣的路面上，前後競逐有如兩隻穿梭的遊龍。

晚上八點多，蘋果與詔宇剛騎回管理處，一身的汗水不斷滴下，沾溼了腳踏車，詔宇推開宿舍側門，與蘋果進入走道，準備回寢室休息，小卓卻站在中央擋了去路。

「呃，小卓，今天不用集中閱讀吧？」蘋果一臉疑惑。

「不，今天你們不能回寢室。」小卓表情嚴肅，他們二個一下子不敢向前。

走道及樓梯傳出宗翰的聲音，受建築結構影響，回音不斷：「所有替代役都到第一會議室集合，有重要事情宣布。」一時間，大家疑惑地向行政中心走去，我聽到這股騷動，好奇地從寢室走出來，才走到樓梯，卻看到管理處長官帶著幾個陌生人走進一樓某間寢室，我趕緊回房間，哇～，搜索耶。

「副座、課長，這是從XXX寢室的冷氣夾縫中查出的。」負責搜索的某位官員拿著一包藥粉狀的東西。由於放置時間過久，已潮解硬化了。

副座及楊課長端詳了那包「物品」：「去年移送驗毒的時候，鳳爪都不承認宿舍有藏東西。這次要不是媒體爆出，他們還真不肯說咧，唉～。」楊課長嘆了一口氣，搖了搖頭。

壹週刊所引發的媒體效應果真一發不可收拾。管理處檢察官進出頻繁，記者也不斷登門拜訪。我們副座每天應付記者來訪，還要上法院做證。楊課長也七竅生煙吧，原本期待再造聖稜傳奇的一梯，如今卻使管理處蒙羞。雪霸頓時成了台灣最受矚目的國家公園，卻不是因為卓越的保育成果。

雪霸之前的替代役，大多來自環保役，而且很幸運的，幾乎專長都很適合在國家公園中發揮，他們為正在成長的雪霸寫下閃亮的一頁。二十三梯之後，改為觀光役，人數也比較多，但卻未講究專長背景，素質也參差不齊，其中可能有類似像海棠一品這類的平庸之輩，行為不檢、素行不良的替代役也可能「混」進了國家公園中。這梯替代役就有幾個人有吸毒、吸安的惡習，近墨者黑，這幾個人帶壞幾個把持不住的同梯，演變成今日局面。

不過同事們也議論紛紛，雜誌中直指管理處早在去年八月就有處置吸毒替代役，因關係到機關聲譽，管理處發現替代役吸毒後，就依法定程序處理，對涉案替代役驗尿及移送，且交由苗栗警局大湖分局調查。為了避免引起同仁間不必要的騷動，整件事只有承辦的少數幾個人知道。大家就在已查獲吸毒案的平靜中正常作習。

這件事過了半年突然讓雜誌掀開爆料，是從觀霧替代役因風災回歸管理處後，開始引發的導火線。這批替代役的素質因為落差很大，新增觀霧的七人後，更顯得「龍蛇雜處」，「江湖惡習」逐漸蔓延開來。一些較為「清高」的替代役開始容不下這些害群之馬，管理處的低調處理反而使得少數的替代役心存僥倖。少數幾個「模範生」忍無可忍，打算給這些「老鼠屎」一個教訓。

於是他們選擇向壹週刊爆料，目的是讓這些人有所收斂。但大部份的媒體獲得這種消息不會只打打少數替代役的屁股，讓雪霸雞飛狗跳才夠「辛辣」。結果這把刀反而砍向管理單位，內容直指雪霸包辟替代役吸毒，並波及執行移送的大湖警察分局。營建署因此大為震驚，強烈要雪霸徹底檢討。

不過這件「內情」原本只有少數替代役知情，但時日一久，也不是秘密了。

晚上晚點名後，阿哲拉住小卓及宗翰。「兩位偉大的幹部，來一下，有事跟你們討論。」

「課長又有什麼新的政策指示了？」小卓有點不耐，這陣子的新聞八卦，讓大家生活陷入緊張，管理處隨時都要檢查寢室，幹部更是神經緊蹦，怕又出事時，責任追究到幹部身上。

「我昨天聽到課長說，署裡以後分配替代役給雪霸的部分會重新檢討。」阿哲表情嚴肅的說。

「蛤～～，是說以後不給替代役，還是？」宗翰睜大了眼睛。

「我覺得要私下找大家開個會，請爆料的替代役自已站出來向管理處道歉。」阿哲在解說課有深刻感受到楊課長的怒氣，因此對壹週刊的報導非常反感，講話有點失去理智。

「你幹什麼？這樣哪會有人承認！你還是注意一下課長那邊的動靜，說不定以後有我們受的。」小卓反而比較沈穩，不同意阿哲的做法。

「對啊，你那麼受課長器重，有機會就探一下消息咩。」宗翰附和小卓的看法。

經歷了一個多月，壹週刊風波也逐漸平息，小倪、海棠一品、維恩等人遭到檢察官移送並停役，可謂「災情慘重」的一梯。

次日，阿哲照常在解說課服勤，貴賓室剛接待完客人，阿哲與重旋、肇駿幫忙整理，楊課長送走貴賓，見只有替代役在打掃，獨自在茶水間吸煙沈思。阿哲見狀，信步走了過去：「課長要喝點水吧？」

楊課長露出慈藹的笑容：「阿哲，我剛已喝了很多茶了，你應該不是要找我喝茶吧？」課長看出來阿哲欲言又止。

「是啊，我是想問，這次吸毒事件，管理處是否有什麼做法。」

楊課長吐了一口煙，收起了他的笑容，「你們要是能平安退伍，這些事也跟你們無關了，不是麼？」

「是沒錯，不過我們也覺得榮譽受損，畢竟來國家公園服役本想學一些東西的，現在搞得烏煙瘴氣的，我們幹部也覺得不太舒服。」

楊課長請阿哲坐了下來，將煙蒂在煙灰缸擦熄，輕聲跟阿哲說：「管理處原本希望替代役能分攤人力，協助職員做一些瑣碎的事情。不過這次替代役惹了麻煩，署裡認為我們的管理有問題，以後會檢討替代役的分配。」

「是喔，那以後名額會減少喔？」阿哲有點失落。

「不過，為了避免麻煩，處務會議已經決議，你們這梯退伍後，管理處不再收替代役了。」

阿哲一時愣住，課長的話有如晴天之霹靂，嗡嗡作響。沒想到他們二十三、二十四梯，竟成雪霸末代替代役。

第十一章 世紀大雪

今年的春天特別冷，過年後低溫持續一個多月仍不見回暖。三月初，武陵替代役管理幹部景富，趕著收假返回管理站。武陵位處深山，對外道路曲折，卻有國光客運及豐原客運負責公共運輸，因此替代役沒有自己開車的話，都搭乘這兩種客運放假、收假。景富一早從台北搭火車抵宜蘭，再轉搭一天只有兩班車的國光梨山線回武陵。

客運進入台七甲線後，天空雲層極厚。景富縮在座椅上，將外套裹得緊緊的，心想：「怎麼這麼冷啊。」抵達思源啞口時，客運忽然停住，景富看了窗外，也被眼前的景色震懾住了。

武陵管理站的總機響了，輪班總機的毒龍接起了電話，呵呵大笑：「哈哈哈，你現在才發現，其他人都自動延假，拍謝，忘記通知你，你等一下。」毒龍把電話拿給旁邊的燕伶：「鴛鴦姐，是我們的班長，呵呵。」

「景富啊，忘了跟你說，罕見的大雪，一直下到思源啞口那裡，路都管制了，只有四輪傳動車加雪鍊才能放行，武陵這裡積雪很深喔，等你回來打雪仗。」燕伶笑得聘婷。

「啥毀！有雪耶，我也要。」景富反而想早點回武陵。

在壹週刊掀起吸毒波瀾的那段期間，台灣出現五十年來難得一見的「三月雪」。可能是反聖嬰現象，這一年的冬天特別漫長，至三月，氣溫驟降，下雪的海拔降到一千公尺左右。台灣從北到南，未曾下雪的山區都變成銀色世界，武陵管理站及遊客中心，屋頂塗了一層白色雪糕，週遭的華山松枝條也覆蓋白雪，好像童話王國。

這場五十年來罕見的「三月雪」，新聞媒體大肆報導，還以直昇機從空中拍攝。我來到雪霸這個經常下雪的高山型國家公園，因為工作的汶水是平地，還沒有機會見過雪景，這場三月雪引起我的高度興趣。

我排了週休加一天的假期，邀了英瑞及泓堯，一同上合歡山去賞雪。我們上山的地點在南投水里，為了方便在山下過夜，是我找泓堯的原因，他老家住水里鎮上。他們兩個都在動植物防疫檢疫局工作。泓堯是新竹分局的人，早已認識；英瑞則是總局的國防役，屏科大獸醫碩士。我們在去年防檢局主辦的新人訓練，因為同寢室而結識。他們一口答應去賞三月雪，時間就選在三月五日到七日。

三月四日週五晚上，英瑞先來汶水借宿一夜。第二天清晨，生態湖起了薄霧，我們在遊客中心短暫停留，帶他參觀展覽室、特展室及八角亭。英瑞漫步在煙霧朦朧的湖邊，很羨慕國家公園的工作環境。之後我們驅車南下水里。

按著住址抵達泓堯的老家，是一棟綠色的獨門木屋，泓堯跟他的老婆正在院子整理車子，他們把前座椅拆下來，卻在研究怎麼裝回去。

泓堯邊裝椅子邊接待我們：「學長，還有這位朋友唷…，裡面請。」

經由我的介紹，在同單位工作的兩個人因此認識了，日後泓堯到總局出差，多了一個可以拜訪的朋友。

我們放好行李，泓堯帶我們上水里市區吃有名的水里肉圓。前方不遠的集集大山，才海拔一千三百多，罩了一片斑白；我和英瑞開車往水里的台十六線上，已見到沿路兩旁，不高的山巒都白了頭。吃完肉圓，我們去吃台糖的冰棒，坐在冰店的廣場上，週遭圍繞水里鎮的白色群山，讓我們的想一賞年度大雪的興緻更高了。晚上我們到街上買雪鍊，竟全鎮缺貨，一直問到埔里才找到。回來討論好上山的行程後，在泓堯家中過了一夜。

為了避開車潮，三點我們便起床，四點出發，仍然遇到蜂擁來賞「三月雪」的車潮。但已有車輛賞過雪往回走到水里，有的車子在引擎蓋上載了一堆的雪當紀念品，到山下仍未溶化。我們自水里進魚池、轉埔里上霧社景觀驟變，道路兩旁一片銀白。當然上合歡山的台十四線早已寸步難行，車堵了數小時，不過我們在車上已把雪景「看飽了」，絲毫沒有塞車的疲累。

過了清境，積雪甚厚，路面已看不到柏油面，道路變成高山停車場，我們也下車玩起雪來。大部分的車輛還在努力往上前進。我們把車開進清境的民宿停車場休息，並找個角落煮火鍋。這裡的民宿幾乎採歐式斜屋頂建築，整月的降雪讓每棟房子像薑餅屋一樣可愛。我們坐在石頭上吃午餐，一聲巨響，見到一個奇景，面前的民宿，屋頂積雪太厚，靠屋頂下方的雪承受不了地心引力，裂開滑下一大片，砸中屋簷下停放的車輛。我們四個立刻手忙腳亂找相機，接著屋頂上層的積雪也開始裂成一片片滑落，如雪崩般壯觀，我用連拍拍下這個有趣的畫面。

很多四輪傳動箱型車開始拉生意，帶上合歡山莊每人要價一百元，由於已經盡興，我們討論後決定結束行程下山。回到魚池，我們在日月潭休息，此時豔陽高照，和煦溫暖的日光映著湖水，竟與不久前的冰雪天地截然不同，彷彿經歷了兩個不同的世界。我們在夕陽斜暉中結束行程，只有「不虛此行」四個字可以形容這場旅程。

第十二章 桃花源記

合歡山之行後一個多禮拜，負責財產管理的柏哥要前往武陵管理站清點財產，因為有多件報廢財產要拍賣處理，柏哥便請負責採購招標業務的我一同上武陵會同辦理。

我來雪霸時，觀霧正處於封園，較近的雪見尚在規劃中，只剩距離最遠的武陵開放遊客進入。我上班及生活的地方都不在園區內，所以幾個月來，雪霸國家公園內的名山勝水，好像遙遠的神秘國度一樣，是個傳說，是個夢境。而今終能有幸一覽高山型國家公園優美的風光。

除了我和柏哥，負責開公務車接送我們的司機是阿光。阿光原是武陵管理站的駕駛，因為待滿一年以上，近日處長依往例讓他輪調回管理處。早在他下來之前，我就聽說阿光與其他的駕駛不同，他在梨山長大，擅長登山，且具有保育觀念。他接送同事進入園區，也常順便支援同事山區的各項任務，我與他的初識則是隔著一扇窗。

過年後一個晴朗的日子，我正忙著處理公文。我的座位背對秘書室的一大片窗戶，窗戶外則是鄰近汶水溪河堤的區內馬路。忽然窗戶玻璃一陣急促的敲擊聲，回頭一看，見一個人身材清瘦，頭戴一條登山頭巾，只露出一撮頭髮，一隻手插在口袋，劈頭就問：「ㄟ！ㄟ！請問你知道瑞雯在哪？」

我見這個人咧嘴微笑，一雙眼睛像彈珠一樣圓，這副豹頭環眼的模樣，如果再留個虎鬍，活像是三國演義中的張飛再世。我知道檔案室同事瑞雯的老公是阿光，莫非這個人就是…！

「我不知道耶，你要不要去問別人。」被這樣唐突打擾，我有點不爽。

「OK，謝啦。」說完，他小跑步地走了，一副活蹦亂跳的模樣。

自九二一大地震及敏督利颱風後，中橫受損嚴重，但考量維修難度及經費龐大，行政院決定暫不修復。所以之後前往武陵只有兩條迂迴路線可供選擇，一是從苗栗往北走二高穿過雪山隧道到宜蘭後，走台七甲線進入武陵；另一條則是苗栗上中山高往南走台十四線進埔里，越過合歡山接梨山轉台七甲線進入武陵。不管選哪一條，幾乎都要繞台灣半圈，車程六小時以上。

三月十五日，我第一次進入園區，充滿探秘的期待，我背了相機及所有鏡頭出去。阿光選擇合歡山的路線，中餐在埔里「李阿哥」爌肉飯解決，這個鄰近台灣地理中心碑的餐廳，為鎮上埔霧公路東行西向的要衝，所以成為前往霧社、清境遊客最常用餐的小吃店之一，更是雪霸同事首選的午餐中繼站。

我因為是職員，柏哥讓我坐在駕駛座旁邊。一路上柏哥談天說地，阿光偶而跟我講解武陵的環境，有時轉頭露出那「張飛式」的微笑。我多是回應他：「嗯」、「喔」。

「政峰，阿光也喜歡攝影，所以他帶我們走合歡山，到時候你有很多雪可以拍了。」近清境時，柏哥轉頭跟我說話，這時阿光又睜著他的環眼對我微笑。

這條路我半個月前才走過，但現在是非假日，交通十分順暢。三月雪的威能並未稍減，清境的民宿，仍像半個月前的童話王國一樣，屋頂覆蓋著雪糕。到武嶺時，阿光把車開進停車場讓我們中途休息。都快一個月了，白雪仍眷戀山頭，現場遺留幾個遊客做的雪人，連圍巾都沒有取下。

拍了幾張雪景後，繼續上路。抵梨山加了油後，轉進台七甲線，穿過層層群山，過了雪霸國家公園界碑，抵千祥橋，旁邊一塊石頭用隸書刻著四個大字「武陵勝境」。

三月雪期間，燕伶經常 E-mail 武陵管理站的雪景照片給我們看。不過我們到達時，雪已退去，滿山的櫻花爭奇鬥豔。穿過群峰，越過有勝溪，豁然見一勝境⋯

「晉太元中，武陵人，捕魚為業，緣溪行，忘路之遠近；忽逢桃花林，夾岸數百步，中無雜樹，芳草鮮美，落英繽紛；漁人甚異之。」（晉．陶淵明　桃花源記）

位處山谷中的武陵，臨七家灣溪，芳草鮮美，落英繽紛。

抵武陵時已近傍晚，在管理站用過晚餐，住宿過夜。第二天開始清點財產，二層樓的管理站，加一個地下室，財產也不少，柏哥清點花了很久的時間。不知何時才輪到清點報廢品，我坐在藍球場前的階梯等待，見到一名解說志工正在球場旁賞櫻花。各外站都有解說志工服勤，所以我並不覺得奇怪。不過在旁邊的阿光卻給我一個眼色：「你看一下他是誰？」

我看這個人身材清瘦，臉型狹長，因為帽子戴得低低的，看不清楚容貌。

「我不知道耶，他是誰，不就是解說志工？」我搖搖頭，看不出來這個人是我認識的。

「他是苦苓啦。」阿光笑著說。

苦苓聽到我們的對話，仍一派從容地賞他的櫻花，口中哼著歌，無視我們的談話。不久，柏哥走了出來：「好了，我們下去地下室吧。」

事情都告一段落後，阿光說：「政峰，你第一次來武陵，帶你四處看看吧。」這倒引起我的興趣，便答允跟他一起四處走走。

遊客中心櫃檯，替代役正幫忙福利社販售出版品及餐點。解說志工則在服務台接受遊客的諮詢，專業的素養、整齊的制服、親切的態度，以及端莊大方的解說，是國家公園解說員的特色，世界各地的國家公園一向如此，台灣亦然。

遊客中心以展示為主，以生動的圖片、影片及園區內的環境模擬帶領遊客認識國家公園，以補未能親臨園區的不足。一樓展示主題為台灣櫻花鉤吻鮭，福利社前的地板，模擬成七家灣溪的水流，鮭魚模型悠游其中。武陵遊客中心紅瓦白牆，兩側延伸長廊，除了環教的功能，還提供遊客休憩的地方。

「走吧，要看活生生的櫻花鉤吻鮭，帶你去看。」阿光又用他圓睜的環眼笑著看我。能一睹國寶魚的丰采，我當然一口答應。

阿光開車帶我從遊客中心前的斜坡下去，七家灣溪畔一片稀疏的五葉松林中，一棟斜屋頂的建築座落其中，一個替代役走了出來。

「文展，幫忙開一下鮭魚館。」阿光熟悉地跟他打招呼

「光哥，你帶朋友來看魚喔。」文展笑著看著我。

「耶～，這是長官，他姓楊。」

「喔～，原來是長官啊，楊大哥好。」文展恭敬地跟我打招呼，我回給他一個靦腆的微笑。

「這棟鮭魚管及復育中心是新蓋的，因為舊的復育池設備太老舊已不合用了，誰知道還沒開始蓋，去年的艾利颱風沖毀了原有的復育池。我們上二樓，有飼養櫻花鉤吻鮭。」阿光熱心地為我講解。

文展開了門，是一個明亮寬敞的鮭魚活體展示區。靠牆兩側，掛了台灣櫻花鉤吻鮭生態資料，並有海洋大學捐贈的世界各地鮭魚標本，動線簡單明快，最末端則是仿效七家灣溪流域環境的玻璃缸，幾隻展示用的二齡魚悠游其中，另一缸急流區則放養苦花。我興奮地看著負有盛名的國寶魚，目不轉睛。

阿光告訴我復育中心現況：「這棟建築還沒驗收完成，本來給遊客做環境解說的鮭魚館，目前只開放給貴賓參觀，因為櫻花鉤吻鮭復育工作不能中斷，所以養魚工作已在新的復育池進行了。」

我看了一樓的復育池，一整面的玻璃牆內可見一條條溝狀水槽。出入口設有保全設施，僅讓工作人員及服勤的替代役進出。

「哈，那我享有貴賓 VIP 的禮遇喔？」我笑著回應阿光。

回到管理站休息，我坐在客廳看這兩天拍的照片，一個女生走了過來，相貌清麗，卻一身登山的裝扮，也在旁邊沙發坐下來，一副四顧無人的樣子。武陵站的同事只有一個女生，我猜應該八九不離十，於是跟她打了招呼：「請問你是燕伶吧？」

燕伶抬起了頭，微微一笑，大方介紹她自己，看我正在檢視數位相機的照片。「D70 喔，我以前跟你一樣也是用 Nikon 相機，不過我現在已經改用 Cannon 系統了。」

我們聊了一會「攝影經」，燕伶便上樓，帶了一張印有她名字的鴛鴦照片送我，是一隻雄鴛鴦，拍攝距離之近，幾乎填滿整個畫面，背上的帆羽紋路清晰。原來跟名人交朋友這麼容易，真有點受寵若驚啊。

第三日回程，我們改走台七甲由宜蘭返回管理處，出千祥橋，「武陵勝境」很快隱於群山之中，過了狹窄的山路，兩旁都是高冷蔬菜園，景觀為之丕變；就如同那位離開桃花源的武陵人，欲再回，遂迷不復得路也。

第十三章 金門召會

二〇〇六年五月十三日

離開金門數個月了，五月初夏，想起了栗喉蜂虎應該已抵達金門準備繁殖。我請兩天假，訂了機票由台中飛往金門。過去在尚義機場一同服勤的航警同事盧禮萍，讓我借住在他金城的家。雖是週休假日，但他假日都是要上班的，白天我們都在外面，所以他也省去招待我的功夫。

我借了金門好友大任的摩托車在島上遊蕩，公路兩旁偶有蒼翡翠飛越，濕地留鳥花嘴鴨游過池塘，激起一陣陣水波，很悠閒的夏日島嶼風情。北風剛走，金門正處於春夏交替的時候，常有濃霧瀰漫。我來的這幾日，烏雲遮蔽天空，十分陰霾。

去年秋天，金門縣政府為了蓋三條馬路，引起了抗爭，金門自解嚴後馬路愈蓋愈多，導致路網密度為東南亞之冠，但路上車流量卻少的可憐，一分鐘看不到十輛車通過，縣政府卻還要興建新馬路，有二條還是四線道。其中一條是由馬山沿著外海填堤造路，在官澳沙青路、新塘路之間連接一條聯外道路。馬山是離大陸最近的軍事據點，戰略上易守難攻，所以在官澳村某間民宅外牆，有無名氏提字「撼山易。撼馬山連難」，馬山的地理不止有視覺上的隱密性，更有歷史上的神秘性地位。這條馬路的興建，完全改變了這個特質。

我掛念馬山外海是否已經築堤了，安頓好行李後便往島的東北角走。由於觀光的沒落，小三通政策僅使運輸業者業務成長，繁榮只有機場至金城鎮沿線，蕭條則由島的西南往東北加大。抵達官澳不久，開始下起大雨。這個大金門的楊氏單姓村，與鄰近的青嶼村都在最東北的海濱，除了老年人以外，幾乎人氣散盡。冷清與安靜，無法與當年十萬大軍轟鬧街市相比。

我進入龍鳳宮躲雨，這個金門最華麗的古剎，牆上保存相當多壁畫，我脫下雨衣，坐在廟中歇息，細雨夾著薄霧，蒸騰出一片白色的朦朧。我待雨勢稍歇走出廟外，望著海堤外的泥灘地，這片鱟的棲地，監視犬、小嶝的神秘堡壘，能常存麼？

陰雨一日不停，我回金城，在牧馬侯祠附近拍了幾張木麻黃的照片後便返回盧禮萍家休息。

五月十五日是主日，我想起山外的聚會所，以前大部分都是來此服役的弟兄開門聚會的。在我離開金門前，有兩個剛考上金門科技學院的弟兄入學。今天我想碰碰運氣看有沒有弟兄在聚會。早上九點多，我騎車到山外，進入復興路，經過山外郵局、鎮公所、民眾服務站，看到會所燈光開著，令我又驚又疑！

三個身穿草綠服的弟兄在會所裡排桌椅、掃地，去年離開金門時，剛到金門技術學院入學的兩位弟兄承聖及茂榮也在。我把車子停妥走了進去，所有弟兄都疑惑地看著我，一位高大英挺，穿著淺藍襯衫的弟兄走了過來，面帶微笑：「請問你是弟兄麼？」看起來他是這次聚會帶領的弟兄

「當然啊，我待過金門，才離開幾個月而已。」於是我約略地介紹自己，以及我與金門的淵源。

「喔，你好，我叫凱臨，凱旋的凱，歡迎光臨的臨，我在後勤指揮部當預官。」凱臨接著介紹目前來聚會服役的弟兄們：冠至、雁宇…，加上承聖、茂榮。而凱臨跟冠至都是我台大的學弟，冠至是藥學系，在一會所聚會；凱臨是土木系畢業，雖然在校本部，但他下課後都回北投家裡聚會，所以我出差到台北借住十九會所時，從未看過他們。一會兒，來了一個姊妹，帶一個小孩進來。

「玉瓊姐，有新的弟兄來了喔。」凱臨告訴我，玉瓊姐是道地的金門人，古寧頭李姓宗親。他從小離開金門，故鄉的印象很模糊。最近有心願要回金門定居，從中和市公所商調來金門縣水試所，先帶小孩回金門定居，之後先生再過來。

金門由於聚會的都是服役的弟兄，退伍便離開，所以聚會人數非常不穩定。我以為自我離開後，會所應該會長期「塵封」，沒想到看起來更興旺，且將有本地人回來定居。

凱臨出身北投十二會所，是我們教會吉他訓練最紮實的一個會所，吉他彈奏自成一格。自他來金門後，聚會司琴幾

乎由他負責，這天聚會凱臨選了「蘆葦之歌」作為聚會詩歌，以分享他曾受環境壓傷卻如蘆葦，受眷顧而不折斷的經歷。輕快的旋律伴著聖潔的歌聲，金門召會此時充滿年輕活力。

聚會後，玉瓊姐做了午餐愛筵大家。「峰哥，你這次回來，只是單純走走，沒有別的事麼？」凱臨首度這樣稱呼我，但我未料此後，「峰哥」這個名稱是替代役給我的代表性稱呼。

「嗯，我是回來看栗喉蜂虎的，金門最美麗的夏候鳥，鑽洞築巢。但這幾天陰雨濃霧，也不適合去拍照。」我描述一下我所知道的金門夏季生態，並給凱臨看了我前兩天拍的鳥類。凱臨接過我的數位相機，看了幾張照片後，眼睛一亮：「峰哥，我對野外的動物很有興趣，下次我跟你一起出去看好麼？」

這趟金門行之後，多了個陪我出去玩的弟兄，而且出我意料的，凱臨與我的淵源，將從金門延伸至高雄，再到雪霸。

第十四章 夏去秋來

七月暑假開始，炎炎夏日也是昆蟲相最興旺的時候。大學時候，唸生物系有機會接觸我最喜歡的昆蟲。大三修普通昆蟲學學期結束前，助教要求我們收集三十種不同目的昆蟲標本，以驗收我們昆蟲分類的學習成果。

我自國中開始對昆蟲產生興趣，尤其是完全變態的昆蟲。出生的幼蟲外觀異於成蟲。在終齡的那一刻，幾分鐘的蛻皮，出現與幼蟲形貌迥異的蛹，羽化時就像哈利波特魔法般神妙，成蟲脫胎換骨成另一種形態。昆蟲這種奇妙的變化，以及繁複多姿的種類一直吸引著我。我在那時候已具備了基本的昆蟲知識、飼養昆蟲的與製做標本的技巧。擁有一隻美麗長角的獨角仙或魁梧大顎的鍬形蟲，是我們這些昆蟲愛好者渴求的。台灣那時仍沒有飼養昆蟲的風氣，加上我只是個國中生，所以沒有完整的裝備，也無法獨自上山找蟲。

製作三十種昆蟲標本對我而言輕而易舉，對我的同學來說也不是難事。因為昆蟲是動物界中分佈最廣泛的生物，宿舍翻箱倒櫃一翻，就能蒐集一堆了。困難點就在要三十個不同的「目」，我們在收集到十幾目的時候，分辨上就開始混亂了，常為了出現重複的目而需重新採集，這時便是屍橫遍野，血流成河。

在我收集標本的那段期間，中興大學昆蟲系舉辦昆蟲展。我興緻勃勃跑去參觀。一個個昆蟲生態缸，看得我目不轉睛。當我看到幾個獨角仙飼養箱時，裡面的雄蟲頂著漂亮的角，身體如盔甲般的光澤，十分驚喜。趕忙問現場的同學，他們指點我獨角仙的大本營是日月潭。

為了我喜歡的昆蟲，也為了交出比同學特別的標本，我約了一起修課的外系同學蔡孝倫，帶了一頂帳蓬，在週六一起騎摩托車從大肚山直衝日月潭。我上次遊覽日月潭是幼稚園時期，是完全沒有印象的年紀。抵達時，日月潭在夜色中湖水閃著月光。我們找了救國團附近不遠的草皮上紮營，再繞著環湖公路撿燈。我跟孝倫都是第一次見到這種大型的昆蟲，何況…這裡的獨角仙多到每個路燈下都停了十多隻，救國團附近一棟樓房，騎樓天花板的燈，獨角仙圍著它呈放射狀停放。一路下來檢個一水桶是沒問題。

從那時候起，我一直以為獨角仙的大本營是在日月潭，其他地方很少！國家公園的夏天，讓我想起了獨角仙；七月凱臨返台，茂榮放暑假。苗栗距日月潭不算遠，而且我現在也有車，我去金門時，曾告訴凱臨抓獨角仙、養獨角仙多麼好玩，他對我去野外找獨角仙很有興趣，於是我邀他們一同前往日月潭，找了省道旁一家大而便宜的民宿落腳，然後前往不到五分鐘車程的日月潭找路燈。

沿著湖畔一個一個路燈找，我的疑慮卻愈來愈深。當年走幾個路燈就可撿滿一水桶獨角仙的盛況卻不復存，路面也很乾淨，看不到被車壓扁的獨角仙屍體，難道大發生已經過了。前幾天，我還跟凱臨誇口，很輕鬆就可採集到他想要的數量，這下可糗大了…！

當我們走到德化社部落，還在努力翻找路燈旁的草叢時，一個經過的邵族原住民看到，開口便說：「日月潭已經沒有獨角仙了！」

「怎麼可能，我以前念大學時來這裡，隨便撿都一堆。」我認為這個原住民在開玩笑。

「以前獨角仙是很多沒錯，但後來許多昆蟲店都跑來抓，日本人也來抓，獨角仙一年比一年少，現在『蟲況』已經不行了。」原住民告訴我們真象。

原來在幾年前，日本養甲蟲風氣吹進台灣，昆蟲店一家家開，山裡甲蟲的需求大增，日月潭因為交通方便，獨角仙捕捉容易，很快的在這裡變成了稀有動物。

當晚我們只找到一隻雌獨角仙，對住在台北的凱臨來說已很希奇，第二天我們在木生昆蟲館買了一隻雄蟲跟他配對。埔里是台灣負有盛名的昆蟲王國，在甲蟲淪為流行商品後，到當地找獨角仙卻要用買的，這般囧境頗為難堪。

回到汶水後一週，我心血來潮，騎著摩托車到泰安尋路燈後才發現，其實獨角仙不是只有日月潭才有。就我的生物背景判斷，台灣低海拔的天然林，一定都有獨角仙、鍬形蟲分佈。在學校學了那麼多的基礎科學，到國家公園工作才逐漸驗證，且從中學到更多知識。

泰安的獨角仙雖然多了點，也有大型的鬼豔鍬形蟲。但仍比不上當年的日月潭。我以前沒有在日月潭之外的地方採集過，無法斷定是否昆蟲商人所為的結果。不過令我驚訝的是，這年在泰安溫泉區騎車找路燈時，讓我發現那裡有保育類昆蟲台灣長臂金龜。

夏末，二十三、二十四梯替代役開始退伍。管理處已決定不再收替代役，汶水的替代役開始減少，已折抵軍訓役期的首先退伍，宿舍愈來愈冷清。八月二十三日，八二三砲戰過了半世紀，觀霧風災一週年，管理處也充滿離情。

往泰安溫泉區的苗六十二線旁，高級的民宿餐廳及溫泉會館一大湖雲莊，中午觀光課所有同仁在此為兩位替代役餞行。僅剩下的替代役蘋果與小花，背著行囊準備返回台北。「真是感謝你們這一年多來的幫忙，觀光課才可以維持到現在，東西都收拾好了？」一頭白髮的陳課長拍著他們的肩膀，怡慧捶了小花一下，小花眯著鼠眼笑著，蘋果臉紅如初熟的蘋果。

終於，汶水末代的替代役走了，從此再無替代役。

九月時仍天氣炎熱，每個人更顯得懶洋洋的。生態湖週圍，樹稍悄悄染上鮮黃。汶水遊憩區種植許多台灣欒樹，此時是它的花季，兩週後轉為紅色的蒴果。汶水溪河床上，甜根子草也鋪滿了飄動的白毯。秋天在不知不覺中接近。蕭瑟的季節，為這群青春年少送別；詔宇、小花、蘋果、宗翰、小卓…藍球場上搶球的身影、行政中心井然的隊伍，將成為久遠的追憶。唯有樹上唧唧吵雜的知了，依舊延續著夏日的熱情。

第十五章 消失的返鄉之路

入秋後，日夜溫差漸大。農民進入草莓田翻耕，草莓季悄悄開鑼。十月二十五日，我收到朋友為聖的一封 E-mail，告訴一些曾在金門當兵的朋友們，高雄十三號碼頭即將走入歷史，由於現在金門服役的軍人，休假都搭飛機往返台、金，金門人返鄉也不再受戰地政務限制需事先船位。十三號碼頭輸運軍民的功能日益式微，軍方便將碼頭撥交給高雄市政府管理。

為聖晚我幾年在金門當兵，他對金門戰役遺跡的喜愛不亞於我對金門風光的懷念。他與一群金、馬後備軍友常組團回到金門尋找逐漸廢棄的據點、碉堡、坑道。到後來形成一個團隊，系統性調查整理出各陣地位置、歷史據點，甚至傳奇軼事。也因此，他們跟國防有許多接觸的機會。對軍事相關設施的動向都有第一手的消息。

在告別十三號碼頭的典禮那天，我搭車南下。高雄市代理市長葉菊蘭與阿扁總統都來到現場致詞，十三號碼頭改名為光榮碼頭，以紀念它曾有的貢獻與歷史價值。高雄女中、高雄市各小學學童表演女子操槍及舞蹈，歡欣鼓舞地慶祝一面高牆又將拆除。

天空烏雲密佈，吹著冷風陣陣，與現場歡樂的氣氛並不搭調。當一個有歷史意義的遺跡，除去了神秘的面紗，換上亮麗布置，以及完善的休憩設施時，它的生命早已結束，精神與靈魂也已不存。從十三號碼頭告別台灣，或費力在擁擠人群中搶得登船返鄉的機會，那種奇特的情感，若沒有經過適當的陳述或引導，一般民眾是無法了解這個地方的意義，更無法體會那種歷史的情愫。

金門許多陣地，由於國軍精實案，軍人逐年銳減，衝擊到依賴軍人消費為生的居民。營區一個個空了，再來就是拆了、沒了。少了隨處可見的軍營，金門還保有它的靈魂麼？

今年夏末，我再度返回金門賞栗喉蜂虎，凱臨所屬的後備指揮部也因花崗石醫院裁撤，任務結束準備撤回台灣。另一個當年金門的跳板：高雄鳳山的衛武營新兵訓練中心，軍方已全部撤出，原址將交由文建會改建為藝術中心。這個日據時代保留至今的營區，營舍格局歷經半世紀仍沒有任何改變，卻在藝術中心的需求下煙消雲散。為何不能原貌保存使用呢？

屬於金門的東西一個個在消失中……。

改名為光榮碼頭的十三號碼頭，在我的心中其實已經死了。

返回大湖，天氣已有些微寒意，草莓園萬叢綠中點點紅。就像我去年剛來大湖時的田園風光。週一上班刷卡時，卡機旁邊的人事室，人事管理員走過來跟我說：「政峰，我要調回台中市政府了，好好幹吧，再慢慢看金門那邊有沒有缺，祝你早日達成願望。」

怎麼突然要調回去呢？我心裡奇怪的感覺卻高過疑惑。覺得有什麼事情未了。我突然想起，人事員去年就是跟我說雪霸是金門跳板，一句話就把我騙來雪霸的，結果他自己卻先離開了。雖然我的動向不是他所能決定的，這時我也感到啼笑皆非了。我有種被過河拆橋的感覺。

十三號碼頭不再是傷心的港口，衛武營卸下時代的任務。海峽另一端，距離愈來愈遙遠。

第十六章 神兵

新竹市以北，湖口工業區以西的新豐鄉，小叮噹科學遊樂園區的所在地，鄉內有不少軍事營區，唯一的最高學府是明新科技大學。

九十四年夏末，二技將畢業的貓頭鷹，打電話給明新科大的專科部同學小紅帽：「阿茂，你要入伍了嗎？」

「還沒啊，阿順實在太屌了，所以確定七月要去國軍 online 囉。」小紅帽講話老一副吊兒啷噹的態度，不忘把他們唸明新五專部時的死檔阿順也拉進來話題。

貓頭鷹早有了盤算，於是開門見山：「我們用專長申請，可以到比較好的單位去。」

「我們有什麼專長？」小紅帽一時反應不過來。

「你忘了，電腦乙級證照啊。」

六月底，驪歌輕唱。阿順來不及等貓頭鷹回到新竹，七月一日率先進斗煥坪新訓中心入伍。小紅帽在返回桃園之前，趕來參加明新五專部的同學會。

「貓頭鷹，我們專長申請聽說出來了？」

「你沒上網查喔，懶得理你。呵呵……。」貓頭鷹推了他的大黑框眼鏡，圓滾的臉蛋跟身材，鏡片下微張的眼睛，活像一隻智慧深沈的貓頭鷹。他打開一瓶啤酒，自顧與其他同學話別，故意吊小紅帽胃口。

「說啦，最近電腦掛了，工作時間又長，沒時間去查，拜託啦。」小紅帽又一副賴皮樣。

「跟你講啦，我們都抽中『內政部營建署專長替代役』，應該是它下屬的國家公園喔！我覺得是不錯的缺。」貓頭鷹笑容深沈，眼神卻充滿豐富的語言，讓人有無限解讀的空間。那種圓滾的臉型、穩重的談吐，再配上一副黑框大眼鏡，所以同學直接封他外號「貓頭鷹」。

「哇、喔、喔」小紅帽長長的臉上，兩排潔白的暴牙咧嘴笑著，活像一匹馬在笑。

貓頭鷹、小紅帽及阿順在五專部的時候，同時就讀明新科大電機系。他們是三個不同性格的人，但彼此互補得恰到好處，所以三人五年來就像「三劍客」一樣同進同出，就差沒說要同年同月同日死。

五專畢業後，阿順跟小紅帽直接考試錄取自己的學校二技部；貓頭鷹卻一時大意飲恨落榜，轉戰其他較冷門的學校，遠赴南部繼續二技部求學。阿順跟貓頭鷹都是新竹人，即使不在同一學校唸書，但放長假時三人仍常有相聚的機會。

只是二技畢業後，三劍客卻無法一起共渡進國家公園的替代役生涯了。阿順入伍後，小紅帽留在新豐鄉的加油站打工，貓頭鷹找了個園區的時薪工讀生工作，消磨待役的日子。

八月初一個週末清晨，貓頭鷹在家補眠，手機響了。他揉著惺忪睡眼，拿起手機，話筒中的聲音使他突然清醒。

「貓頭鷹，你們何時入伍？」住在新豐的阿順打電話過來了。

「不會吧，你新訓結訓了喔」

「我沒結訓，也不用去了，我被驗退了，哈哈哈」阿順以他斯文帶著陽剛的語氣笑著。

「所以…你也要跟我們去當替代役。」貓頭鷹坐起來，兩隻小眼睛睜得大大的。

九十四年十一月，三劍客同日在成功嶺聚首，而且分在同一中隊。

智囊型的貓頭鷹某一日跟阿順、小紅帽提出建議：「我們有台中都會公園、高雄都會公園、雪霸國家公園、玉山國家公園可以選，我們都選雪霸，阿順你不能像我們用專長申請，所以選兵時你要善用你的專長打敗對手，才能跟我們在一起。」

「選雪霸是離新竹近麼？」小紅帽顯然頭腦沒他們靈光。

「貓頭鷹在大湖有朋友希望他過去，所以他決定選雪霸，我們要在一起，當然選雪霸啦！」阿順瞪了小紅帽一眼。

已決議不再申請替代役的雪霸國家公園，竟又出現替代役名額！

九十四年十二月中旬，美瓊主任與同事金王爺出現在成功嶺。

「主任，這梯的專長幾乎都很持平，沒什麼優秀的，我看又是雪霸的負擔。」金王爺看著資料，跟美瓊主任這樣說著。

「對啊，營建署因為爭取的人數，其他有申請的國家公園遴選後還有超額，只好叫沒有替代役的雪霸吸收，這下我們又有得忙的了。」雖是發牢騷，但美瓊仍露出燦爛的笑容。

參與選兵的替代役，萬頭鑽動，大家都想擠進國家一流的保育機構服務，體驗山水壯麗之美。專長申請的替代役，因為分發單位早成定局，都站在旁邊「旁聽」。美瓊採專長篩選的方式，一個個「面談」。

人群中，一個白皙皮膚、嘴唇紅潤，俊俏而神情充滿自信的大男孩引起了美瓊的注意。

「在學校我是山嵐社會服務隊社員，常到山地部落做公益，也喜愛爬山，所以原住民我算了解很多。電腦乙級證照專科時就拿到了，協助維護資訊設備沒問題。」阿順侃侃而談，自信地沒話說。而貓頭鷹跟小紅帽，在旁邊一直忍住不笑。

「金兄，就勾選他吧，你叫陳榮順是吧！」美瓊決定選這個帶著陽光氣息的男孩進雪霸服勤。

阿順轉頭向貓頭鷹跟小紅帽比了個中指，這是他慣有的手勢，所表達的意思是「爽」。貓頭鷹跟小紅帽立刻擊掌，發出響亮的聲音。

第十七章 風雲際會

寒風凜冽，低溫使草莓盛產，大湖通往市區及鄰近鄉鎮的道路只有一條台三線，小鎮承載不了大量湧入採草莓的人潮。九十五年的元旦假期，大湖整條中原路的車輛擠得水洩不通，車龍排上七十二號快速道路數公里。鄰近的馬拉邦山，原以賞楓聞名。此時正逢楓葉染的鮮紅，人潮蔓延上近郊的馬拉邦，大湖這幾天人聲鼎沸，熱鬧非常。

草莓旺季裡，雪霸國家公園管理處也顯得騷動，一股山雨欲來之勢。原將空出恢復為員工宿舍的替代役寢室，打掃人員又忙著清理，好讓三十九梯替代役入住。

九十五年元月二日一早，司機阿昇及財哥開兩部九人座公務車駛進成功嶺。中午十二名替代役抵達汶水管理處，這梯還將挑選出四個人在武陵管理站服勤，他們被安排在宿舍二樓的二間通鋪，等兩週專業訓練完，武陵站人員分發後，再正式將汶水人員分配到一樓的替代役寢室。

管理處很慎重安排了兩週的專業訓練，除了處長、副處長的雪霸簡介、課長的課室業務介紹外，有講課能力的同仁全部上場。這梯專訓也是我在國家公園當講師的初試啼聲。

替代役們在宿舍放下行李，中午與我們一起用餐。自從詔宇、蘋果他們退伍，兩張替代役餐桌在冷清幾個月後再度出現人氣，同事們不斷投以莫名的眼神。下午，處長致詞，副處長介紹各國國家公園，管理員訓話後回寢室休息。三十九梯風塵樸樸的一天，行程不算緊湊，但初次來到陌生的環境，晚上回到寢室大家都略顯疲憊。兩間通鋪各睡六人，除了三劍客，彼此都不認識，入夜的汶水更為濕冷，大家抱著棉被，如睡似醒。三劍客打破了沈默…

「ㄟ，驗尿的惑覺如何？靠，好像嫌疑犯，是誰說我們有吸毒，幹。」阿順講話一直很「機車」，講話用詞雖然沒品，語氣卻是神閒氣定。

「呵呵呵，你來以前沒聽說喔，我們前一梯的學長偷偷吸毒，報章雜誌報得很大，所以我們進來，馬上要檢查，有問題的立刻送走。」貓頭眨了眨小眼睛，習慣性地輕推他的黑框眼鏡。

替代役名額原本是單位提出需求申請才會有，但這次分配過來營建署的專長申請名額超過了提出需求的國家公園。署裡審度各國家公園，有的管理處才進替代役幾個月，只有雪霸國家公園沒有任何替代役，於是營建署請雪霸吸收多餘十二名缺額。不想事後亡羊補牢，管理處擬定許多預防措施。替代役進門第一天先安排驗尿，有吸毒反應者馬上排除。分配在管理處替代役管理者換成綽號「貓熊」的同事，下班後作息嚴格掌控，晚餐後全部集中第一會議室研讀國家公園出版品，九點晚點名後禁止離開宿舍。每週三晚上則各課室主管輪流安排講課。

三個人的議論愈來愈起勁，有的同梯把頭蓋進棉被中，同寢一個輪廓深、眼神犀利、但身材壯碩的同梯靠了過來，毫不避俗地插入三劍客的話題：「三位，我叫Taro．Siba。確定是替代役體位時就決定選雪霸，因為我女朋友是天狗部落那邊的原住民，我也想上我們泰雅族的聖山走走看，你們說的吸毒事件，我知道得比你們更清楚。」Taro其實不需要自我介紹，他一開口，聽口音就知道是原住民。

「真假，說來聽聽。」帥帥的阿順口氣漫不經心，講話「機車」，一副跩樣是他獨特的風格。Taro也不是等閒之輩，說起話來行雲流水，成語連編：「我未來的岳父是雪警隊退休的員警，雪霸的風吹草動我是瞭若指掌，這種小事我當然清楚。」

「吸毒是怎樣，跟我們有什麼關係？」其他替代役有的坐了起來，有的翻開棉被睜開眼睛，希望知道一些「內幕」：

這兩週替代役專業訓練，為了補足兩週的課程，許多學有專長的同事都排了授課講師。除了Maya、燕伶、林彥曾經上過替代役專業課程外，其他包含我在內的同事都是臨危授命，在前一月就開始準備自已專長的題目。

我選的題目是「雪霸的昆蟲」，但我才來一年多，哪有園區內所有昆蟲的資料，相關照片也拍的不多？又正逢年底，許多採購案正如火如荼辦理結案及經費核銷的時候，冬天也找不到幾隻蟲可以拍照，讓我準備起來十分吃力。只好犧牲假日及晚上的時間準備簡報大綱，再從現有的書上掃幾張圖片應急。

雖然是湊合著準備，這堂專訓卻是我跟三十九梯替代役建立友善的開始。在東海選修普通昆蟲學時，授課的陳胖舉了系主任陳老師實驗應用昆春青春激素的例子。完全變態的昆蟲，靠兩種荷爾蒙決定是否維持幼蟲狀態或化蛹。幼蟲期青春激素分泌量高過蛻皮素，因此昆蟲處在幼蟲期，不斷生長後外皮容納不下長大的體型，蛻皮素便啟皮蛻皮機制產生蛻皮。終齡幼蟲青春激素已低於蛻皮素，無法再維持幼蟲狀態，蛻皮素便主導化蛹的發生。

昆蟲激素可以從皮膚吸收，且可自生物藥品廠商處購得。陳老師實驗室的學生以好玩的心態將青春激素塗在家蠶身上，使得牠一直維持在幼蟲期。由於不能蛻變，蠶寶寶就一直吃一直生長，尺寸重量超出自然應有的尺寸。結果就養出一隻米腸般大的家蠶來。

我將這段「實驗室情節」放進課程中充時間，沒想到激發共鳴。現在的年輕人，對生物學上基因突變、異種、侏儸紀公園這種生物技術創造出來的生物興趣濃厚。所以為了這隻巨蠶，他們上課發問熱烈，沒有冷場。

兩週課程很緊湊，全天候上課外，晚上全集中在第一會議室研讀出版品、看雪霸 DVD。十二個人開始彼此熟悉。除了明新三劍客，Taro 這個泰雅勇士是這群人中最健談的，又具有原住民的爽朗性格，是這梯每個人彼此認識的媒介。

「我們有四個名額要去武陵管理站，你會去麼？阿順。」專訓一週後，業務課室提[illegible]十二個人會依專長分配到各課室去，但有四個人需由武陵站遴用，小紅帽不知兩位同窗的想法，晚上回寢室問了阿順。

「我們當然想呆在管理處，你要自願去我不反對。」阿順直率地回答他。

「那萬一沒人要去，是要用抽籤決定的。」小紅帽有點擔心。

「你們放心啦，我們有三個人就志願要去了。」插話的是建楷，台大畜產研究所畢業，因有畜牧技師專長申請資格，因此對到鮭魚館服勤並不排斥，而且林彥也第一個屬意他。

Taro 這時笑了起來，「還有誰這麼勇氣可佳，去深山裡服勤。」

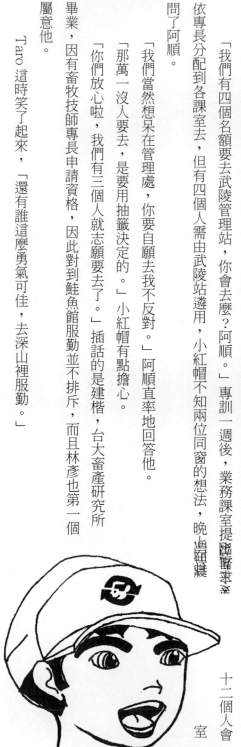

「就我跟大砲，還有⋯。」建楷正要說明，一個同梯突插話進來！

「還有我，我有多座百岳經驗，還有野外救生專業執照，我不去還有誰能去。」說話的是老把第一掛在嘴邊的余帝V，阿順私下給他取名No.1。

「誒，我看這傢伙一直很臭屁，真想揍他一頓。」阿順偷偷挨近貓頭鷹耳邊，竊竊私語。這可能是三十九梯第一道裂痕。

「那第四個不就是籤王。」最不想去的阿貴驚呼。

專訓接近尾聲時，竣期抽中武陵籤王。剩下八個課室也都確定，阿順因為山風社會服務隊的背景，被認為適於面對櫃檯遊客，與Taro、孟杰一同選入解說課，貓頭鷹分配到尚未成立的雪見管理站籌備辦公室，扛起協助雪見遊憩區籌備工作的大任；至於小紅帽則到收發，成了多話又愛吃的鳳娥姐助手。三劍客各有所歸。

最後兩天的專訓，所有替代役搭管理處租用的小巴往武陵認識高山生態，講師是曾當過雪霸第二批替代役的司事「芒果」，並由鴛鴦姐及鮭魚王子協助室內課。分配武陵的四個替代役此行結束後留下，其餘八人原車返回管理處，正式開始服勤生涯。

第十八章 清泉農場角鴞之歌

三十九梯並不是受歡迎的一梯，他們在管理處的工作就定位後，下班時間的作息就受到嚴格控管，所以我們住宿職員與替代役在宿舍的生活並沒有太多交集。同為秘書室的收發助手小紅帽，以及隔壁人事室的阿貴，算是有較多互動的。

初期小紅帽仍多侷限與他另兩個鐵三角同學的小團體。阿貴喜歡攝影，但他不會買單眼相機使用，他滿足於從一般消費相機中創造好作品。那時我剛換掉原來的 nikon D70 機身，新買 Nikon D200 中階相機在把玩，卻引起阿貴的興趣，於是他借了我的新相機回家試玩。阿貴是附近苗栗公館人，對自然生態也很有興趣，因為觀察自然的緣故我們兩個較其他替代役熟稔。

適巧同事華真介紹我認識一位任職獅潭鄉公所，熱衷於附近貓頭鷹生態調查的邱華勳大哥。與他連繫後，邱大哥很樂意我跟他去找貓頭鷹。而阿貴也很想隨行。我們兩個一同去找了邱大哥兩次。

苗栗獅潭大湖這一帶，貓頭鷹族群很大，夜間常聽到兩種角鴞的叫聲：「呼呼…呼呼…」、「旺！…旺！…」。由於交通方便，很容易在台三線旁觀察到棲息樹上的貓頭鷹。據說這裡的貓頭鷹數量是全台之冠。但為了有較科學的數據，邱大哥多年來一直進行族群調查，並比對 DNA 確定族群繁殖情形。

二月十日第一次去找邱大哥，因為我從台北回來，接了阿貴後抵達獅潭，他已經到各樣點巡視過，並抓回一隻領角鴞。被抓的貓頭鷹會套上腳環及抽血，以了解獅潭地區貓頭鷹的親緣關係及族群數。抽血的地點是獅潭清泉農場，在這裡我們也認識一個為台灣淡水魚默默付出的農場主人何恭炤。農場是食用魚養殖場兼做魚類餐廳料理。台灣的淡水水域，因為污染、填土及撈捕，本土種的淡水魚種類愈來愈少，苗栗野溪縱橫，有不少野生溪魚。何老闆有感於此，遠在民國三十七年便在此成立第一座淡水魚博物館，內有一條四十呎長的水中隧道，自費復育七十多種淡水原生魚類。民間自費經營博物館，沒有充裕的經費來源，很難維持下去。何先生一度陷入窮困之境，九二一地震差點震碎他的夢想。後來他引進珍珠石斑魚作為餐廳招牌菜，經營上才有所起色。我是第二度造訪清泉農場，上一次在此與我的東海學長周大慶巧

遇，大慶說何老闆雖有熱忱，但不懂行銷及宣傳，所以幫何老闆登錄了旅遊網頁，現在農場的經營已步入正軌。

位在獅潭大東勢的清泉農場，隱身獅山古道的溪谷間，清幽僻靜；若空有熱忱很難廣為人知。幸好藉著網路的幫助，讓他的保育工作得以維繫下去。

這時還是用餐時間，餐廳仍有許多遊客在吃晚餐。邱大哥抓出領角鴞準備抽血及套腳環，引起小朋友們的騷動，爭相觀賞貓頭鷹。領角鴞受驚嚇時會鼓起羽毛，使自己看起來很大隻，實際上他只有一個二五〇西西的利樂包那麼大。邱大哥教我跟阿貴抓領角鴞。因為他的頭可以轉近三百六十度，所以用食指及中指夾住他的頸部制住他以免回頭咬我們的手，其他指頭握住他的身體並順勢夾住他的大腿，避免他利爪攻擊。那種抓起來的樣子，好像單手操作一尊布袋戲偶那麼滑稽。

抽完血套好腳環將牠野放，貓頭鷹在卡通中一向是學識廣博，智慧的代表，這大概是他的一雙大眼睛像一副近視眼鏡，看起來很有學問的樣子，但事實上牠在某方面是很遲鈍的，牠的翅膀寬而短，夜間飛行寂靜無聲卻不靈巧。台三線兩側，貓頭鷹常沿著山坡飛越馬路，容易遭疾駛而過的車輛撞擊。準備野放的貓頭鷹不知牠已重獲自由，還呆呆地在地上慢行，惹得小朋友們大笑。我們錯過了到野外觀察貓頭鷹的時機，所以邱大哥約我們第二次行動。

三月三日我們在義民廟會合，不過邱大哥下班就跑去救一隻中網的領角鴞，所以他車子跟上次一樣多了一隻貓頭鷹。他帶我們兩個沿著獅潭幾個草莓園尋找農民架的透明網。整個計畫包括調查、採血、送檢體及寫報告全由邱大哥一手包辦，所以沒有多餘時間架鳥網。架了鳥網也無法一個人每天巡視一遍。但在草莓季時，很多農民為了防止野鳥吃草莓，會在田裡架透明網。邱大哥就地取材，利用他們的網定出幾個樣點，也藉機救出不慎中網的珍貴鳥種，他最常救出的是鳳頭蒼鷹。

一個晚上，我們一無所獲，也該慶幸沒有鳥中網。邱大哥在義民廟抽那隻領角鴞的血，套上腳環，抓到鳴鳳古道的竹林野放。我們把牠小心放在竹子枝條上。牠渾然不覺已獲自由，還在竹枝上鼓張羽毛，左右搖晃，以致摔下好幾次。等牠羽毛不再劍拔弩張，也差不多恢復神智，振翼飛去，只閃過右腳上的紅色腳環。

阿貴相機拍個不停，收錄不少貓頭鷹保育紀錄，我也獵取不少珍貴的鏡頭，都提供給無暇現場拍照的邱大哥使用。在這個生態豐富的小地方，邱大哥每晚默默尋覓角鴞；清泉農場何老闆為復育淡水魚無私地付出，雖只是茫茫人海中的兩道身影。但仔細探索，獅潭仍有不少負起生態育重任的小鑼絲釘；從事貓頭鷹救傷的咕嚕嚕貓頭鷹生態農場，及時治癒不少飛越馬路遭車輛撞擊的貓頭鷹，為這些粗心的小猛禽搶得一線生機；源自蠶桑養殖全盛時期的泉明蠶寶寶生態農場，規劃不少生態旅遊行程，也帶動獅潭生態觀光的發展。

除了草莓文化，許多地方特色不斷地被這些帶著傻勁的小人物發掘出來，源源不絕，歷久彌新。

第十九章 相調初體驗

替代役們下班晚餐後就全部集中到行政中心的第一會議室，我們職員並不容易碰到他們。過了一段日子，我有一種宿舍沒有替代役的錯覺，久遠的記憶只是二十三梯在的那段青春歲月。就在日子過得平淡沈悶之際，主差遣了幾個弟兄來大湖攪動我這一池死水。

我因為業務關係經常到台北營建署出差，常借宿十九會所學生中心。幾次的住宿，使我在畢業多年後，與現在的學弟妹又連在一起。他們對我的工作環境漸心生嚮往。二月份去台北時，台大生科系的學弟詔中告訴我，他想帶弟兄來相調。我們討論後決定四月初的春假成行。

為此，我跟大湖邱弟兄交通有一個共識（註一），由於人口外流嚴重，大湖召會在我來之前沒有學生與青職（註二），詔中他們的造訪對大湖是個不小的激勵。邱弟兄願意安排接待及愛筵。

共有六位弟兄要來，那年政府取消春假，但很多學校的老師及學生仍無法適應沒有春假的日子，台大技巧性地以期中考溫書假延續春假傳統，所以他們來兩天，我就必須請假，只是我不好意思請兩天，只請了四月三日，第二天就交給邱弟兄，也好讓他們調一調（註三）。

我們九點就抵達管理處，六個大男生在汶水短暫休息，被這裡的美景吸引，十分興奮，雖然這裡不在國家公園範圍內，但他們似乎也沒來過大湖。

「政峰，這裡就是雪霸喔，真美。」日籍華人西村達也看著汶水的布置，週遭山巒起伏，掩不住驚奇的表情。他出生在福建省，十二歲時全家入籍日本東京，大學來台灣當日本僑生。對台灣很陌生，即使外出，也是跟著會所的帶領，所以大湖這個小地方他根本沒來過。

「這裡是國家公園的邊緣外三十多公里，雪霸內是需要登高山的。走吧，我們去一個沒有人打擾的地方。」我叫他們準備起程去我們相調的地點。

汶水遊客中心外的苗六十二線，往東進入山區泰安鄉。那是個溫泉四溢而出的地方，汶水溪穿過週遭山巒，在雪霸管理處前的金童玉女峰下與大湖溪合流。泰安地區在日據時代就已開發溫泉會館，警光溫泉是最早營運的溫泉，當時稱為「上島溫泉」，日本人在此建「警察療養所」。光復後名稱幾度更迭，從「警察招待所」、「水雲山莊」到經國先生命名為「泰安溫泉」。現由警政單位接管，並改建為「警光山莊」。如今泰安溫泉旅館林立，苗栗縣政府就在此設立泰安溫泉風景特定區，積極推展觀光。

車行至日出溫泉會館，我離開原有道路左轉到會館後方的農路，進入馬凹溪溪谷。泰安漸靠近中央山脈，山泉匯集，汶水溪流域支流眾多，沿線形成許多峽谷、瀑布，除了泡湯外，溯溪活動也很盛行。馬凹溪是汶水溪支流之一，但對外通行的只有簡單窄小的農路，且路標隱密，加上來泰安的遊客仍以泡湯為最多。所以很少有人會進入馬凹溪，這個地點是管理處規畫國家公園計畫委員參訪汶水遊客中心週遭環境，我與同事先行到泰安探路的行程之一。

馬凹溪內山坡有很多當地農民的梅子園及李子園，所以這條農路是為了農事用途。我們在一個灌溉用的蓄水池前停車，步行進入馬凹溪。原本行駛在熱門的觀光區，週遭忽然變得幽靜，只有潺潺流水聲。弟兄走在溪澗間，水聲伴著鳥鳴，交織出輕脆的大自然樂章。以勒不覺拿出吉他彈奏，大家唱起詩歌。整個山谷只有我們七個人，再沒有比這裡更釋放的地方。

一路上邊走邊玩，中餐以乾糧解決。走走停停，午後大家走到這條路的目標：馬凹瀑布。瀑布的形狀也許是這條溪的名字由來，高約十公尺的瀑布，垂直的岩壁內凹，像一個馬蹄，我想這大概是「馬凹」的意思。

不高的瀑布傾瀉下一條白練，水深僅及腰部。走了一個多小時的山路讓人汗流浹背，弟兄們興奮地跳下水潭玩水，沖著天然冷泉 SPA，一消全身暑氣。

玩了一下午，我們往回走出溪谷，回到蓄水池。達也仍然玩興不減，隨手拔起隨風搖曳的狗尾草，吹氣讓花絮飛散，噴向尚未回神的新綸。

我們前往大湖，太陽已經西斜，邱弟兄夫婦正笑容滿面地迎接我們，他為每個人泡了杯咖啡，請大家坐在庭院裡閒敘。

「好玩麼？時間還早，我田裡還有很多草莓，可以請你們吃。」邱弟兄說完，拿出幾個藍子讓大家採草莓。大湖草莓季將近尾聲，邱弟兄家的草莓只供餐廳做菜使用，不撒農藥，任其自生自滅，所以可以邊採邊吃。六個弟兄又採得不亦樂乎。

我喜歡大自然，更喜歡尋幽訪勝。不過規劃一個旅程與弟兄們分享則是第一次，但交通的感覺甜美，不只自己，參與的弟兄都覺得拉緊了彼此的距離，這也為我日後的相調服事埋下伏筆。

註一：交通原指神與人的互動方式，後擴大沿用到弟兄之間的互動、溝通也稱為交通

註二：我們教會稱已經工作的，尚未結婚的或未滿四十歲的為青職聖徒。

註三：這是相調的「調」，意思是多與其他聖徒相處，交流的意思。

第二十章 星光大道、四月白雪

一場春雨過後，辦公室中庭、附近草皮及河堤邊冒出許多小苗，成長快速。四月中旬，吐露花苞，綻放出一朵朵潔白的百合，一片白色花海，吟唱著春天的風。黑翅螢的星光盛宴，也在悄悄展開。

去年夏天我在汶水附近發現了低海拔豐富的昆蟲生態，來大湖一年多了，常耳聞苗栗山區在春天的時候會有螢火蟲大發生。詔中他們來的時候，我本想安排賞螢，但我對大發生的時間及地點全然陌生，因此作罷。

雪霸過去曾經協助大湖鄉的大窩社區營造步道、解說設施，因而有了良好的夥伴關係。今年大窩社區又與雪霸合作首次的「與國家公園有約—大窩賞螢」生態旅遊。這個訊息無異透露了螢火蟲的芳踪。

春末初夏的黑翅螢大發生，我早有慕名。公共電視「我們的島」節目，在反對三條馬路興建抗爭時，前往金門製作「尋找金門的老靈魂」專題，我因此結識公視記者郭志榮。他告訴我，台灣中部地區螢火蟲保育很成功，他曾親眼目睹，大發生時壯觀的閃爍，如同一張由地面升起的發光地毯。

去年我也聽說附近熱門的賞螢景點在三義的龍騰斷橋。但因為沒有事先做功課，我去的時候是六月初，現場只剩下點點殘火。

我問阿貴有沒有興趣一起去找螢火蟲，他略顯難色。上次看貓頭鷹是週末，所以他從家裡出來跟我會合即可。不過現在晚上有研讀及晚點名，看螢火蟲有困難。

「喔，原來是這個，那簡單。」要一起出去看螢火蟲，還不容易！

晚餐因為只剩住宿同仁及替代役，所以職員全坐在一桌。副座跟我們同桌吃飯時，我提出建議：「副座，最近大窩螢火蟲大發生，我想帶替代役去觀察，當作是今晚的環境教育，副座要不要一起去？」

「可以啊，都交給你帶，你們去就好，我不去。」

有副座的允許，職員負責帶著，大家就可以放心外出了。

「哈，峰哥，那我們都一起去囉。」阿貴興奮地說。

於是阿順、小紅帽、銘毅、聲君、貓頭鷹也跟著我外出；Taro 那天休假，同是解說課的孟杰是個宅男，寧願窩在宿舍玩電腦，螢火蟲的奇景誘惑不了他。

大窩位在大湖與南湖之間的一個山谷，大窩的客家話意思是三面被山包圍的谷地。這是個歷史悠久的老社區，有多條灌溉用的古圳道、曬蘿蔔絲的大石壁、「王忠爺」紀念石碑、及「涂敏恆故居」等客家文史遺跡，這裡居民發起社區共識，成立「大窩文史生態協會」。由於環境潮濕遮蔭，棲息許多種的螢火蟲，每年四月黑翅螢大發生尤其壯觀。協會致力棲地環境維護，與雪霸合作規劃社區營造，賞螢成了大窩生態旅遊的重頭戲。為了使遊客找到位在山谷的大窩，協會四月初時就在台三線設立賞螢的指標，對我們這幾個第一次去的人，省去了問路的時間。

協會在賞螢地點入口處放置一個「奉獻箱」，收取每位賞螢遊客一人五十元的「服務費」。因為社區為了維護這片棲地，田地不撒農藥、除草劑，大發生前幾週，要讓遊客更清楚看到螢火蟲，協會就開始割草，清出賞螢的視野。所以他們維護棲地時，在農作上是有所「虧損」的，另外他們也派出解說員導覽。遊客參觀給一點捐獻，也是對他們保育工作的支持。我跟替代役都約定穿制服來賞螢，工作人員看到雪霸的人，熱情地打招呼：「雪霸的夥伴呀，那我們就不用引導了，裡面你們很熟，請自便吧。」

太陽剛下山，光線仍足夠尋覓路徑。山坡披著一片片淡淡的雪白，正值油桐花初開時期，山徑已有數朵白花點綴。隨著天色漸暗，一閃一閃的小光點浮現開來，剛開始一隻、兩隻…，愈來愈多，傳言中的星光大道舖陳開來，飛舞在四月殘雪的小徑上。

「哇，峰哥，你看那裡，還有那裡。」阿貴拿著他的消費型相機，架腳架拍螢火蟲。我也是第一次拍攝螢火蟲，技巧來自陳燦榮寫的「台灣螢火蟲」，為此我還購買一個遙控快門。不過阿貴的相機長時間曝光只有十秒，只能拍到少數螢火蟲飛過的軌跡。拍完群飛後我們開始拍特寫，我特地準備一隻手電筒，燈頭用紅色玻璃紙罩著，這招是從報紙上學來的，據說這可以避免干擾螢火蟲，但我發現這樣遮住光線太弱，反而不易對焦，索性拿掉玻璃紙，用手遮住多餘的燈光，也有不錯的效果。阿貴幫我拿燈，我用一〇五 mm Micro 鏡頭拍攝。第一次還掌握不住訣竅，拍出來差強人意。

胖胖的聲君坐在田埂上，慵懶地拍打飛過的小光點。阿順跟小紅帽忽上忽下追逐著螢火蟲，螢火蟲實在太多，怎麼樣都會飛近身旁。週圍好像裝了燈泡的聖誕樹一樣，一閃一閃，此起彼落。替代役們驚呼聲不斷，此生從未看過這麼美的畫面，我也是一樣。

第二十一章 夏豔、夏宴

黑翅螢大發生是如此的吸引人，讓我整個四月都往大窩跑。看出我拍螢火蟲的興緻，住獅潭的同事鍾哥透露他家的黑翅螢復育也很成功，找我去看。我下班後去他家，發現不輸大窩。鍾哥家有個很大的空地，種植許多樹木，旁有山泉流過，所以濕度、遮蔽都足夠，他又不撒農藥、不裝庭園燈、房子每個窗戶都裝深色窗簾，所以黑翅螢在這裡有很大的族群。他家離管理處較近，於是我轉移了賞螢的陣地。

我開始接觸螢火蟲後，才知道牠們的閃爍的美麗只有二十天。螢火蟲的幼蟲是兇猛的肉食昆蟲，以捕食蝸牛等無脊椎軟體動物為食。成蟲口器退化，無法進食。所以一年的幼蟲期大吃特吃，只為了蓄積能量，在二十天的璀璨裡完成種族延續的使命。

為了把握有限的大發生時間，我每天下班後就背著相機與腳架追螢去。詔中他們走後我才發現黑翅螢大發生的時間地點，感覺蠻遺憾的。但他們台大的教會行動很多，要再邀也找不到時間了。反倒是基隆召會李明智長老聽我說了螢火蟲的訊息後，四月三十日帶了二十多個青職聖徒來賞螢。

我跟基隆召會的淵源與以前十九會所念書時的同伴陳弘正有關。早在我任職於防檢局時，我有一次到台北出差，順道去信基大樓的福音書房編輯部找帶我受浸的兆平弟兄。弘正的姐妹麗娟（註二）也在書房工作，他趁機介紹他的姐妹淘，也是同在書房服事的一個姐妹給我認識，因為麗娟認為我拍的照片及寫的文章很有藝術氣息，這個姐妹也是學藝術的，她認為我們兩個很搭配。不過那時我遠在金門，又專心在高考上，這事就不了了之。

我調到雪霸後，因為常上台北出差的關係，弘正夫婦重提舊事，我沒有覺得不妥便答應了；我們教會裡受到介紹的男女雙方會有一個服事者，也就是介紹人，隨時注意兩個人感情進展的狀況，隨時提供「協助」，且教會慣例，接受「交通」的兩個人，一年內就要完成終身大事。我卻不知道這個「規定」，神閒氣定地跟那個姐妹談戀愛。

接受交通的姐妹大多會急著結婚，女生青春很短，所以他受不了我的「進度」不夠快，於是他撇棄弘正夫妻，自己找士林一個專門服事婚姻的師母來服事我們的「交通」。這個師母見了我們之後，卻私下跟姐妹表示我們彼此不合適。沒多久，我們果然分手，原因是我不喜歡台北。姐妹是土生土長台北人，不習慣我一下子帶他拿望遠鏡賞鳥，一下子用相機捕捉美景，便開始定罪：「我們要喫甚麼？喝甚麼？這一切都是外邦人所急切尋求的，但你們要先尋求祂的國和祂的義，這一切就都要加給你們了。弟兄，我看你一直沈迷在大自然的美景中，卻忘了神。雖然你一直我接觸大自然，但我不喜歡。」

姐妹的家人有留給他一棟公寓，所以他不想離開台北。就在我直接跟他說我不喜歡台北，因為空氣不好，沒有自然。他的情緒立刻失控，認為我嚴重污辱了他的故鄉。同時他抱怨：「以前我跟人家交往，只有人家幫我開車門、幫我開車，從來不是我幫人家開車的。吃飯時，也輪不到我付錢。」

因為我有一次帶他出去玩後送他回台中的房子，他看我開一天的車很累，便主動幫我開車。回台中的路上吃飯時他卻搶著付錢。原來這正是他在評估我的「溫柔指數」，好作為是否分手的依據。

不過我的資料也進了那位師母的「紅娘簿」。這位師母自作主張地再幫我配對，介紹一個基隆的姐妹跟我認識，很巧也是學藝術的。我們的交往過程並不暢快，這個姐妹不愛說話，白天在海大當助理，下班後還有畫畫安親班，工作時間手機都關機。只有晚上他下班洗完澡後我們約定的時間，我們才會上 skype 交談，週休我則北上跟他見面。也許是學藝術的特質，也可能是柔弱的個性。姐妹有什麼話不會馬上說，她的心思也多。常累積一肚子委屈後突然爆發開來，在電腦那端哭個不停，但又說不上來他在難過什麼，我常因為這樣被搞到半版兩、三點才上床。

也許是對上次跟那個姐妹交通的失敗，弘正對我存有一絲虧欠。他在得知我是跟一個基隆的姐妹交往後，馬上安排我跟基隆的長老見面。因為弘正大學唸的是海洋大學，在基隆聚會四年，與明智弟兄頗有淵源。也希望藉由長老的老練服事好這段交通。

不過，我還是無法接受姐妹的柔弱及依賴性而分手了，但我卻因此與明智弟兄成了忘年之交。明智弟兄服事很人性，而且深諳年輕人及在職弟兄的心思。對我的工作及興趣持正面及鼓勵的態度。在我透露螢火蟲訊息後，他想起了小時候看過的螢火蟲，至今戀戀不忘，這段情愫讓他迅速帶了基隆的聖徒來賞螢，在百忙中匆匆一天基隆苗栗來去。我帶他們去剛造訪過的清泉農場主日，並到大窩賞油桐花。但我所知的黑翅螢大發生地點有限，只能帶他們去鍾哥家的院子。這時螢火蟲大發生已近尾聲，數量已少了一半。但仍讓他們驚嘆不已。

最後一隻螢火蟲放出閃亮後，季節進入炎炎夏日，我對汶水環境的探索也更深入。草皮上的雜草長得好快，引來一群黃頭鷺。剛來的時候全身雪白，只有那支黃色的喙與黑色的腳趾可以分辨出與小白鷺的不同。隨著夏季來臨，白頭轉為黃色繁殖羽，這時的模樣符合牠「黃頭鷺」的名稱。牠們秋冬不見蹤影，初夏才再度造訪，楓紅時節又一夕消失。沒人知道牠們來自何方，往哪裡去！

苗栗進入夏季後，常有午後雷陣雨，高溫及水分滋潤，草木生長茂盛，昆蟲也因此大盛。在食物充足下，很多動物在夏季進入繁殖季節，到處可見到鳥兒叼草葉枝條築巢的行為。

五月十八號，華真找我去解說課看一個「奇觀」。國家公園的同仁，大部分有正確的保育觀念。汶水又是山區內的鄉間，很多野生動物都會在行政中心內活動，因為同事不會驅趕，牠們會毫無忌憚地接近辦公室。在低矮灌叢築巢的綠繡眼，居然選擇遊客中心的盆栽做窩。在二樓一般展覽室與特展室間的走廊，才一人高的馬拉巴栗，一對綠繡眼築巢在掌狀複葉間的小葉柄，一個小酒杯狀的巢，遮隱在稀疏的枝葉間。雖然在人來人往的走道，但兩隻親鳥很謹慎，趁遊客沒注意時才迂迴且快速地飛進巢中，不仔細觀察，還不知道身旁的盆栽有鳥巢。

我趁親鳥外出時靠近觀察，三顆潔白的鳥蛋安穩地躺在巢中。之後幾天，我將相機、大砲及腳架帶在身邊，工作空檔就去拍攝。記下了我在汶水第一件綠繡眼育雛紀錄：

五月二十三日親鳥開始孵蛋，卵因為胚胎成形重量增加，馬拉巴栗小葉柄一度承不住斷裂掉落，華真用透明膠帶及免洗筷子復位鳥巢，親鳥未棄巢繼續孵蛋。

五月三十一日幼鳥孵出，成長快速。六月六日上午八點觀察時已長滿羽毛。同日五點下班前再觀察，幼鳥已站上枝頭，在親鳥的誘導下迅速離巢了。幼鳥在巢中的時間約只有一週。

「最危險的地方就是最安全的地方」，有人活動的公共空間，蛇類等天敵不敢靠近，反而是個保障。這裡的綠繡眼偏愛盆栽及中庭的植栽做窩。我在這個夏季的觀察，牠們築巢的地點是遊客中心走道盆栽、樓梯口盆栽，甚至是出入玻璃門的盆栽也受到青睞。其他地方是工務課辦公室前的綠籬、及宿舍中庭綠籬。

生態湖的畫面也變得溫馨了，水面上綠頭鴨帶著小鴨划過水面，形成一條長長的水痕。牠們來自北國，因為國家公園的友善對待而不再南來北往，在生態湖休憩戲水，尋覓湖畔岩隙築巢，遊客常可見到綠頭鴨腳踩水面群飛而起的畫面。附近濃密的樹叢中，黑枕藍鶲寶藍色的身影穿梭林間，「回!回!回!回!」悅耳甜美的叫聲此起彼落，與繁殖季的各種鳥兒一起唱出熱鬧的夏日協奏曲。

註一：只要提到某弟兄的「姐妹」，就是指那是他的妻子。

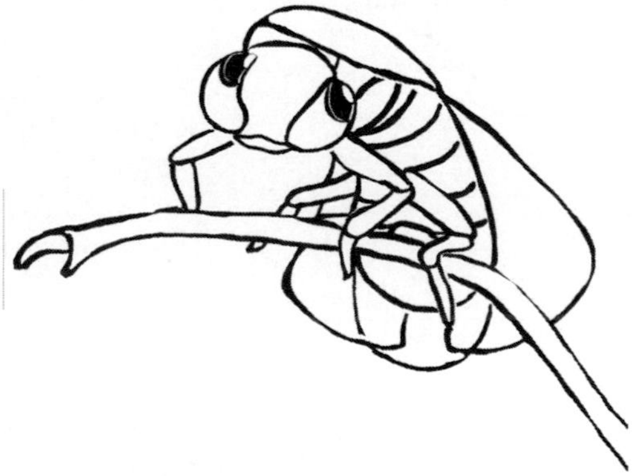

第二十二章 雪山主峰

人與人的相遇實在奇妙，基督徒更常有神的手在其中。由於我學妹接雪霸研究計畫的緣故，讓我有一登雪山主峰的機會。

我目前的職務在秘書室，工作性質以行政庶務為主，不像業務課室，工作內容要常上山進入園區內。汶水東方若隱若現的雪山、大霸山脈，就像幽遠的國度一樣，可望而不可及。

這要從今年的武陵生態文化活動說起…

各國家公園為了宣導自已的保育主軸，每年不同的國家公園都會舉辦大型的生態系列活動。雪霸國家公園視國寶魚的保育為最大的成就，又因武陵遍植楓樹與櫻花，生態活動便選在武陵地區進行，且發展出結合植樹、研討會及高峰論壇的大型活動：「武陵生態文化創意產業系列」，活動皆選在三月春天花苞吐蕊的時節進行，年年如此。

今年度活動「生態武陵」，承辦的皞皞請我與燕伶當攝影工作人員。使我有幸參加雪霸一年一度的大型活動。活動內容十分熱鬧，產官學界有名的人士匯聚武陵。我緊跟活動流程捕捉重要活動鏡頭，當時有一個師大博士班學生黃嘉龍也在攝影工作人員行列，是與雪霸淵源較深的汪靜明老師高足，現在是汪老師的兼任助理。我們在工作中有不錯的互動，這場活動下來我們成了朋友。當他得知我的指導老師姓名後，告訴我我的同門學妹姍樺也在師大生命科學系當助理教授。巧的是，他接了今年雪霸「雪山、武陵地區外來種植物調查」計劃。

「喔，他已從加州戴維斯分校畢業了？」時間過得真快，這個驕驕女，居然當大學教授了。不過他是如何跟嘉龍扯

上關係的？

「我們實驗室幾年前接過寬尾鳳蝶的調查計劃，我的博士論文做高山地區永澤蛇眼蝶生物學研究，她對雪山不熟，做調查就找我同行了。」

「真的！那我可以跟你們一起上雪山麼？」我一直想登雪霸聖山雪山主峰一探，上次財產清點，我的剩餘時間也只能走到七卡山莊稍微體驗高山風情。姍樺接雪霸計劃，我倒是希望藉此機會能有體驗在園區內工作的經驗。

「好啊，你們應該很久沒見面了吧。」嘉龍很歡迎我的加入。

於是我跟主任報備，他答應我在業務之餘支援這個調查計劃。

五月底，我到台北跟他們會合。嘉龍博士班的指導老師是徐堉峰教授，我進他的研究室跟他整理裝備，才知道他有多忙。今晚我們要開夜車上武陵，但嘉龍是研究生的大學長，還要張羅很多事情，一直在忙進忙出。徐老師的研究室，像個小型的昆蟲館，裡面的學生飼養了一箱箱採集來的昆蟲，以蝴蝶跟蛾的幼蟲最多，大概是徐老師的研究主題著重在鱗翅目有關。

嘉龍忙完後開始教我跟著他一起整理裝備。嘉龍從大學就開始登山，雖是匆忙準備，也是很熟練就打包好了。我是第一次上高山，選購裝備完全沒有經驗，我的背包是在台北「登山友」登山用品店找的，選的還是三千多元的特價品。後來上了山我才知道，登山用品都是一分錢一分貨的。

我們在志佳陽杜鵑簇擁下走到七卡山莊，在五、六月份的高山花季，步道沿路奼紫焉紅，像雲端上的花園一樣。姍樺這次的調查區域僅止於雪山東峰，我們重裝全放在七卡山莊，背輕裝上山。

國家公園成立的目的，為保存特有及特殊的動植物、地質、景觀，阻絕人為的干擾。但為了環境教育的功能，又容許遊客適度的活動。十四年前這裡並不是國家公園，農業及觀光活動頻繁，已出現外來種動、植物，其中尤以中國大陸的紅嘴藍鵲最為人熟知。姍樺懷疑雪山地區已有外來植物入侵，在一個研討會趁機向雪霸申請這個計劃。

外來種植物在入侵生態系生長，完成「歸化」後，若能開花繁衍，就成為入侵植物，或稱「外來種植物」（invasive species）。我們沿著雪東線步道，每一公里拉一個二平方公尺的小樣區，紀錄其中外來植物。調查至今，步道沿線歸化及入侵植物加起來已近百種，內含多種菊科及禾本科，以禾本科最佔優勢。過去武陵農場經營的全盛時期，帶進了許多蔬菜及牧草，管理站附近，大扁雀麥就繁衍出一片草地，溫帶植物更侵入步道沿線。

氣溫每上升一千公尺降六度，我所帶的衣物更顯我對登高山的陌生。我穿管理處年初發的一件 GO-TEX 外套出來，其他的都是夏季短袖的排汗衣。上了哭坡，突出陡峭的地形容易受風，僅有攝氏十五度的強風狂吹著。我跟著嘉龍後面走，頭上卻一頂防風的保暖帽也沒有，只好把 GO-TEX 外套的連頭帽拉起來套著，卻抵擋不了四面八方吹進縫隙的利風。過了哭坡，終於抵達我的第一座百岳—標高三二五〇公尺的雪山東峰。

不過我已頭痛欲裂，暈頭轉向。回到七卡，拼命「抓兔子」。

山的偉大，令人敬畏。為了下一次的上山，我需謹慎採購裝備及衣物。

第二次支援外來種植物調查已是七月暑假，計劃主持人無法前來，只有嘉龍一個人。由於他的博士論文「永澤蛇眼蝶生活史研究」樣區也在雪東步道沿線，除了幫忙姍樺的外來種植物調查外，也「順便」採集永澤蛇眼蝶。

這是一種全然陌生的名字，卻與櫻花鉤吻鮭一樣，因為冰河期的結束、地殼的變動，牠也留連在三千公尺的高山，與居住在溫帶地區草原的近親永久隔離，成了唯一分布在北迴歸線以南的孑遺物種，珍貴性不容忽視，卻不為人知。

雪東線的植物調查已近尾聲，下個月計劃樣區會移到雪見地區，倒是永澤蛇眼蝶的調查仍未完備。前人的研究中，牠的食草可能是玉山箭竹或高山芒，但未經證實，且行為生態仍有許多未知的部分。為了深入了解牠的生物學，秋天嘉龍會在沿線的植物葉片上尋找牠所產的卵，現在則以蟲網捕捉成蝶。蝴蝶為了避開鳥類的捕食，翅膀上長有眼斑，讓鳥兒分不出頭部位置而有攻擊錯誤的欺敵效果。嘉龍說永澤蛇眼蝶的眼斑變異很大，從一個至六個不等。他採集的地區從太魯閣國家公園至雪山地區，希望從地理位置觀察出眼斑數目的關係。我更從嘉龍口中得知，永澤蛇眼蝶成蟲大發生在秋季，幼蟲孵化後在大雪寒冬中休眠渡冬。

嘉龍腳程很快，一支捕蟲長竿權充登山杖。我兩支登山杖仍「鞭長莫及」。難怪師大生物系的學弟妹封他「小遊龍」的稱號。上升的速度卻使我出現高度適應問題。這次我們住宿三六九山屋，又突破了我高度界限。煮晚餐時，嘉龍有個提議：「峰哥，上次你上山，一定很遺憾沒有上雪主吧？」

「喲？你要上主峰？」我十分驚喜，以為他要帶我上主峰了。

「我明天還要去東峰收我的採集陷阱，明天是週末假期，你有興趣的話就自已去一趟主峰看看，我們再到七卡會合。」

原來是放我自由行動，那也好，我已有點高山症狀，跟不上他的腳程。一個人可以有拍照的自由。

第二天天氣十分晴朗，三六九山莊是七K，雪山主峰一一．九K。離開三六九，通過白木林，進入幽鬱的黑森林，一個遊客也沒有。這裡已是森林界限，只剩台灣冷杉純林。樹冠擋住光線，養分全被高大的冷杉吸收，加上低溫及惡劣天候，幾乎沒有其它植物能與之競爭。森林地面很乾淨，路徑錯綜複雜。但隱約可見步道痕跡，且每五百公尺就有木製里程碑標示里程，沿路有看到里程碑就表示沒有離開正確路徑。我小心翼翼地循著有里程碑的步道前進。海拔逐漸爬升，頭愈來愈痛，但為了上主峰，我採走走停停的方式，希望這趟不要白跑。

出了黑森林，如同巨碗般的圈谷呈現眼前，翠綠色的杜鵑花生長谷中，白雲萬里，天空氣清，果真是國家公園世界級的美景。

稀薄的空氣已讓我喘不過氣，但離主峰只剩一公里了，那就咬緊牙關走吧。步道沿著圈谷外緣而上，碗狀的山形使得步道隨著高度上升而更為陡峭。我有快呼吸不到空氣的窒息感，走個兩三步就要停下調氣。我硬拖著快沒意識的身軀，終於！看到了主峰石碑。算算時間，五公里的路程，我走了四個多小時。早上六點半出發，十點四十五分到主峰。站在台灣第二高峰，有很好的展望。遠處群山漂緲，雲海翻湧其中。

青山嫵媚，卻多變。很快烏雲密佈，太陽不見了，氣溫也直線下降。我用石頭堆起當臨時腳架，拍了張登頂照，只為了申請雪霸的雪山主峰登頂證明。然後迅速收拾下山。回程路好走多了，且隨著高度下降氣壓升高，呼吸也順暢許多。出了黑森林，已過了中午，卻看見那隻小遊龍正往這裡走來。

「我本來打算，走到圈谷如果還沒看到你，我就要衝到管理站報救援了！」嘉龍面帶微笑，卻感覺出來他鬆了一口氣。

「不好意思，走走停停，路也不熟，拖延了很多時間。」我其實還蠻慶幸嘉龍沒獨自回到七卡，不然我出了黑森林還得趕著去跟他會合。

「但我覺得你還蠻厲害的，一個人走黑森林竟不會迷路。」嘉龍笑著，原來他還是會顧忌的，但為了他的永澤蛇眼蝶，還是大膽讓我一個人嘗試獨行。

這兩次上山，讓我上了一門登山課程。下山後，我馬上換掉我的登山背包，買新的羽絨睡袋。背包的背負系統太弱，對登山真是一種拖累，這種東西還真不能貪小便宜啊。

第二十三章 Taro · Siba

泰雅，是台灣原住民族群中分佈最廣的一族，北台灣中央山脈兩側皆有部落分佈。西邊從南投霧社、台中東勢到烏來鄉，東自花蓮秀林、萬榮至宜蘭南澳。雪霸國家公園的轄區內幾乎涵蓋了泰雅族的傳統領地，泰雅文化成了雪霸的人文特色。如此，雪霸區域及週邊有相當高比例的原住民，行政院原住民委員會的「促進原住民就業方案」中規定：位在原住民鄉鎮中的公部門，一百萬以下的勞務需優先給原住民團體投標。所以雪霸的清潔工作、植栽維護等勞務工作，大多是原住民團體得標。而我們的警察隊的警員，也任用天狗部落的原住民柯董，他在前兩年退休，但也因此促成三十九梯替代役出現泰雅族人：Taro · Siba。

三十九梯替代役來雪霸之後，我一直跟他們沒有交集。「武陵生態文化創意產業系列」活動期間，解說課派出兩名替代役 Taro 與孟杰支援活動雜務。泰雅族是個勇武善獵的種族，Taro 具有族人熱情豪邁的性格，個性外向，容易打開話匣子。在活動的這三天，我們幾次交談，他就跟我「裝熟」了。

Taro 曾說過，他是為了他的女朋友才想辦法來雪霸的。他女朋友也是泰雅族天狗部落的原住民，Taro 則屬宜蘭澳花部落。Taro 的未來岳父正是雪警隊退休的原住民警員。雖然同是泰雅族人，但相隔一道中央山脈，又是怎麼認識？原來 Taro 跟他女朋友大學都就讀東華大學民族語言與傳播學系，因而擦出愛情的火花。

他們東華畢業後訂婚，兩人各回自已部落，卻得分隔大半個台灣。Taro 身材健壯，卻因為扁平足被判定替代役體位。透過柯董的訊息，Taro 及早得知雪霸開出替代役缺的訊息。由於已經訂婚，所以他以照顧家庭為由，加上原住民身份的保障，成功申請了雪霸替代役。

雖然受到替代役身份的規範，仍藏不住 Taro 原住民樸野的性格。自武陵生態文化活動後，我就常在宿舍吃到山產做的宵夜。Taro 每次回澳花，一定上山打獵帶回「好料」的煮給大家吃。Taro 不僅打獵技術高超，廚藝更是一流，他做的三杯飛鼠肉尤其讓人回味無窮。

那時貓頭鷹為了排遣晚點名後侷限在宿舍活動的無聊，就從家裡水族箱帶了幾隻蓋斑鬥魚來養，引起 Taro 的興趣。我們的宿舍每間房間都有個陽台，Taro 在陽台弄了個塑膠桶，跟貓頭鷹要了幾對蓋斑鬥魚來養。這種魚對環境不挑，且會親自照顧小魚。Taro 只在桶子中放了個幾個水芙蓉，隨便丟些飼料，蓋斑就繁殖出整桶的小魚。他把過剩的小魚分給想養的同梯，喜歡觀察動物的阿貴一定收留幾隻，一下子替代役宿舍吹起養蓋斑的旋風。Taro 也塞了一對給我，他認為我既會養蟲，繁殖蓋斑也不是問題。其實他給我魚只是個籍口，找機會跟我交談才是他的目的。

當時我在寢室也有一個水族缸，所養的孔雀魚常生產，我另有一個放小魚的小海灣缸目前閒置著，就用來裝蓋斑，結果我也繁殖出一桶的蓋斑。

Taro 拿魚來我的房間放好後，坐下跟我閒敘：「政峰，不要裝得酷酷的樣子，你知道麼？專訓你上的課很有趣，但是我們都沒機會交流，好歹也跟我們說一下話啊！」

這個原住民講話毫不保留，語氣流暢而理直氣壯，我心中暗想：臭小子，你也太直接了吧。

「喔？但你在前棟服勤，也沒機會講話吧，你要跟我交流昆蟲麼？」

Taro 卻很陽光地笑著：「不是啦，平常見面時也跟我們打個招呼啊，吃晚飯時也說一下笑話啊。」

這是繼阿貴之後，三十九梯主動跟我做朋友的人。自從 Taro 打破我們之間的藩籬後，我跟他交談的機會增加了。後來他邀請我去澳花部落走走，因為那裡的山間有我感興趣的事物，我也欣然答應。

那已是汶水溪河床上甜根子草白花翻飛的時節，我在九月初的週休搭車前往澳花部落。我搭國光客運到台北，轉火車到花蓮和平火車站，再連絡 Taro 來接。雖然澳花部落在宜蘭境內，但已接近花蓮縣界。所以 Taro 放假都說回花蓮，而不是回宜蘭。

澳花村內大部分是鐵皮搭建的低矮房屋，有種貧窮、落後的感覺，讓我無法與 Taro 的性格聯想在一起。回到部落，Taro 脫了上衣、鞋子，恢復為赤膊光腳的泰雅勇士，然後他開他家的貨車帶我參觀部落。雖然是個小部落，還是有所獨立小學澳花國小。Taro不諱言告訴我，他家跟大部分村內家庭一樣，長輩酗酒、沒有穩定職業，他的成長過程少不了暴力、無奈與憂傷。在澳花國小的操場旁，我們坐在一株六百年樹齡的老樟樹下，Taro 帶著微笑，開朗地訴說他的童年。老樟樹粗壯的主幹，枝椏茂盛地向外伸展，覆蓋的面積與高度，超過旁邊的三層樓教室建築容積。Taro 在老樟樹寬廣的樹蔭下啟蒙知識、度過童年，之後考上東華大學，Taro 說他是部落裡唯一考上國立大學的人。

老樟樹下休息一陣子後，他帶我往澳花溪走，這是澳花村主要的水脈。匯集山裡的泉水成為一條野溪，溪水漫溢在山徑上，只有四輪驅動車可以開車進入。山路遍布小碎石，Taro 赤腳走在上面依然健步如飛，我只敢穿拖鞋跟在後面。現正值淡水陸蟹的繁殖季，路面上有許多抱著一堆幼蟹的雌蟹跑來跑去。

山徑盡頭是傾瀉而下的澳花瀑布，網路上可以查得出來是個旅遊景點，但連外的道路必須涉水步行，所以杳無人跡。瀑布下有一個內凹的山壁，就像西遊記小說中的水濂洞。

「欸，走吧，到那個洞去。」Taro 說完，一躍而下瀑布前的深潭。我來不及反應，杵在現場，面帶苦笑。我學過自由式，可是還不會換氣，深潭絕對超過一人身高的深度，所以我猶豫不前。Taro 鑽出水面，顯得有點不耐煩。

「快點啊，帶你來就是要到瀑布下看看的，快點下來。」他一直催促我下水。

我頂多只敢在淺水處泡個水，至於游到瀑布下，心理建設則還沒做好。Taro 看我無意下水，只好上來。他在岸邊升了火，抓了幾隻蝦子跟魚，煮了麵當午餐。

晚上 Taro 安排一個行程，使我更能貼近原住民的生活。晚餐後，Taro 拿了一把長槍，告訴我他要帶我去打獵，他邀了他的姐夫同行。我坐上他騎的野狼摩托車，摸黑上山。這天沒有月光，兩部機車循著山路摸黑前進，辨不清方位也看不清景物。他們戴著頭燈，搜尋獵物的經驗豐富，樹上飛鼠幾乎無所遁形。

不過也許是我「帶賽」，雖然飛鼠的叫聲此起彼落，一夜下來只打中一隻白面鼯鼠。出現在山崖的長鬃山羊也是稍縱即逝。Taro 跟他姐夫跑了一夜，乾脆在林道上休息，他們把飲料罐擺在大石頭上當靶，拿出土製獵槍玩起打靶的遊戲。寂靜的夜空中，不時發出類似鞭炮的槍響。我不知他們打獵要跑通宵，實在擋不住濃厚的倦意，早已在林道找一處平坦地躺了就睡。

東方開始泛白，他們也收拾回部落，Taro 把那隻飛鼠剝了皮，整隻吊起來在太陽下曬乾，他說因為沒有馬上要吃，這是保存野味的最好方法。

這趟澳花之行，泰雅原住民自給自足的生活，我體驗到了。

第二十四章 新綠赴鹿場

十九會所六位學生來過大湖後，我與台大這些「斷層」好幾年的學弟妹們，關係進入另一新的階段，會所有相調他們就會找我北上。五月底端午節連假，青少年剛考完段考，服事者帶他們去內洞相調，朱弟兄特地請我配搭講解沿路的動植物。服事青少年的仲君弟兄是高雄人；值得一提的是，嘉龍在知道我是基督徒後，跟我「承認」他也是我們中間的弟兄，我跟仲君提這件事，才知道他跟嘉龍是住過雄中弟兄之家的同學，仲君便因此連繫嘉龍邀請他來聚會。

馬凹溪相調時，以勒及有鈞已經是大四了，詔中、新綸是大三，只有達也是大一新生。才不到兩個月，會所辦的畢業生愛筵，以勒及有鈞成了被歡送的人，詔中、新綸也將投入研究所入學考試，未來我們相處的時間確實不長。

這年我對苗栗地區環境的了解，也從汶水往外延伸擴大到南庄、三灣。由於觀霧持續封園，除了去年驗收衛星網路曾與阿光上觀霧外，幾乎沒機會造訪這個迷霧森林。但我卻發現一個環境很類似，常有雲霧瀰漫的地方：鹿場部落的加里山。

鹿場屬苗栗縣南庄鄉，鄰近觀霧，但沒有直接的道路相通。我會注意到鹿場，是因為去年觀霧一行，對那裡無邊延伸的雲海十分懷念，但又不能帶朋友上去，後來在地圖上看到隔壁的鹿場。在網路上查了資料，才發現這是一個曾經盛極一時的地方。Mitsubishi 汽車多年前一部越野休旅車廣告「美麗新視界」，選在鹿場拍攝。部落簡單粗曠的形象，使得遊客蜂湧而至。但觀光業總禁不起「大起大落」，鹿場熱鬧沒多久就「繁榮落盡」。艾利風災重創觀霧，緊鄰的鹿場也沒有倖免，走山造成大片山壁滑落，土石沖毀鹿場對外連絡的苗二十一線道路，三十三戶居民的部落頓成孤島。後來縣府在蘿拉橋附近的風美溪河床開了便道便橋才恢復對外交通，從此鹿場歸於平淡。

我偏好往遊客少的地方走，旅遊才能細細品味美景不受干擾。我仍懷念馬凹溪的歡樂時光，於是發了訊息邀他們前來。同時我想到已回台灣一段時間的冠至及凱臨，也藉此邀他們一起去。

冠至雖然讀台大藥學系，但他的第一志願原本是醫學系。退伍後他還是決定完成夢想，繼續補習報考學士後醫學系招生考試。他們在一月份退伍，離考試只剩半年，但他全力投入準備，並將心願交託給神。七月放榜，他如願考上後醫。

至於凱臨，因為花崗石醫院裁撤，他跟部隊一起移防到鳳山八〇二醫院，便在鳳山召會聚會，退伍後他卻沒返回台北，而留在鳳山聚會所的弟兄之家。所以我回高雄就會找他出來走走。凱臨在金門的時候，常是帶領聚會的人。為了延續金門的福音工作，他促成了一個全時間服事的弟兄去金門定居開展（註一）。但我回高雄找他的時候，卻發現他不太對勁。那時高雄新規劃一個生態園區洲仔溼地，去年我支援武陵志工聯盟大會的攝影工作時，高都的志工提到洲仔有鴛鴦棲息，只不過都是人工繁殖定居的，三是亞熱帶平地溼地唯一有鴛鴦的地方。因為洲仔溼地開放時間只有單數週，我把握開放的機會約他到洲仔走走。透過望遠鏡，看著浮葉植物上的鴛鴦及水稚，凱臨卻不像金門看到栗喉蜂虎時帶勁；他眼神透露些許憂傷，完全異於金門時的神采飛揚。幾年後他告訴我，因為退伍後對自已未來要走的路失去方向，所以他選擇滯留高雄，情緒上也不太穩定，他沒去看醫生，只憑著禱告尋求，症狀就漸漸好了，至於詳情，他就不便透露，但這已是後話了。

我覺得該帶他出來走走，為了增加他來的「誘因」，我連他的「死黨」冠至一起邀過來，並加邀回台灣放暑假的金技學生承聖。剛考完試的冠至時間很釋放，毫不考慮就答應了。那時凱臨已回台北十二會所，知道冠至會來，也決定來苗栗。十九會所則是以勒、新綸、凱昱、昱友、信評及明隆。他們在週五下午就到了，只有凱臨必須下班後才能出發。我跟大湖召會商量特地把小排改到這一天，讓大湖的聖徒與這群年輕人聚聚，宋弟兄煮了他拿手的牛肉麵愛筵大家。當晚我也邀了 Taro 一起，因為他曾說他是基督徒。早期很多傳教士深入台灣山區，向原住民傳福音。原住民除了祖靈信仰外，並沒有拜偶像的習俗，基督信仰很容易進入，如今部落幾乎都是基督徒或天主教徒。所以 Taro 是基督徒也不意外。

冠至也有半年沒見凱臨，我們小排開始後，看得出來他有點焦躁。七點半凱臨搭火車抵達苗栗，打電話來告知。冠至毫不猶豫跟我上車去接凱臨。小排後，信評他們住邱弟兄家，我刻意安排凱臨和冠至睡我寢室，我想他們一定有很多話要說，Taro 與他們兩個搭我的車回汶水，他的妙語如珠擾亂了他們的互動。

我們兩天的行程，住宿鹿場山莊民宿。部落連接只有橫跨風美溪的便橋苗 21 線。風美溪穿越的鹿場部落，切割出險峻的峽谷，並有許多瀑布散落其中。百餘人的部落，僅有一條主要街道，往下是到南庄，往上則是加里山登山口。居民經營咖啡屋、民宿，看不出曾有過的繁華。這麼簡單的部落，少了泰雅族的粗曠氣息，卻有小品文學之美。

我們花了六個小時登上加里山三角點，他們幾乎來自台北，加里山在接近登頂的路段，坡度很陡，要靠繩索攀爬，中午後霧氣上抬，路面濕滑難行，這群都市的小孩，穿得都是普通的運動鞋，幾乎摔得一身泥巴。上到一等三角點，東方的觀霧，卻隱身在起伏的雲霧之中，無法看見「真快樂」三座山（榛山、檜山、樂山），受到觀霧特有氣候的影響，我們下山時，沿路的杉木林飄起陣陣白霧，如夢似幻。

回到民宿已是晚上，只怪我對路況不熟，且風災後道路走向改變，使衛星導航不斷出錯，早上出發後浪費不少時間，延遲了下山的時間。大家一身髒污，討論著去南庄泡湯或在民宿休息，後來考量鹿場到南庄實在太遠，便在民宿洗澡，晚餐我們在院子裡煮麵，鹿場山莊是庭園式民宿，戶外空間寬闊，花木扶疏，很適合聚會。飯後大家在原地唱詩歌並自我介紹，十二會所的吉他小排是我們教會中很有名氣的，彈奏技巧更是我們之間的翹楚。所以大家都拱凱臨司琴。雖然凱臨心情低落，他的演奏仍引起以勒的注意。以勒出身全時間服事者世家，讀台大電機系，但鋼琴與吉他雙修。之後他告訴我，凱臨的彈奏技巧特殊，他很想學。

第二天我們在神仙谷主日，這是風美峽谷群瀑中最大的一個瀑布，神仙谷高約三十公尺，岩壁如階梯般層層疊疊，且有雙瀑傾瀉之美。它跟其他瀑布不同，步道第一個抵達的地點是瀑布頂，而非瀑布底下深潭，所以許多遊客常因地面濕滑失足墜落谷中，造成多起死亡意外。我們本想再探風美瀑布，但艾利風災使土石大量崩落，翻了好幾個石頭才「爬到」瀑布，風貌已與網路上的照片不同了。

這次我雖邀了冠至及承聖，卻對凱臨的心情沒有幫助，第一天下山路上，他竟以台北另有聚會為由，要求我送他下山搭車回去。這麼多人歡樂地享受山中時光時，我怎麼可能漏夜送他下山搭車回台北。不過第二天到頭份吃午餐後，他還是跟著冠至趕回台北，不像其他人回到邱弟兄家道別。找冠至來，沒有留住他，沒有讓他更舒坦，反而連冠至也一起早退。

自馬凹溪相調後，十九會所的弟兄「呷好倒相報」，聞名而來相調的召會愈來愈多，加上我四處攝影拍了許多照片，於是我成立兩個部落格，一個是跟教會生活有關，一個放我自已的攝影作品。網路無遠弗屆的力量引起一個聯合大學學生的注意，使我跟苗栗市召會有了進一步的接觸。

註一：我們教會為了有聖徒全職服事教會，每年會訓練一批全心奉獻的年輕聖徒，在真理上加強裝備，為期兩年，訓練後分配到各召會服事，所領的供給（也就是薪水）全由聚會的聖徒奉獻來的，沒有一定數額，這樣服事的人，稱為「全時間」。

第二十五章 聯大弟兄之家

加里山相調後，我把照片貼在部落格，整理成六個「新綠赴鹿場」系列。九月一日，系列五的文章出現一個名字叫Cgeng-Han的網友留言：「好厲害 找到那麼多可以相調的地方。」用到「相調」這兩個字，顯然是我們教會的弟兄，我便回他的留言，於是有了以下的對話：

小蜜蜂於 2006/09/02 00:10 回覆

弟兄你好：你怎麼認識我呢？你又怎麼知道我的部落格的？：^^

Cheng-han 於 2006/09/02 00:16 回應

我架自己的 blog 的時候，上網搜尋 yahoo blog 的〝召會〞…

然後一口氣就加了三十八個在我的部落格聯播裡…

所以… 我並不知道你的名字… ＝＝

感謝主囉！

我叫承翰，高雄人，現在在苗栗讀書，聯合大學三年級。

去年開始這邊有弟兄之家囉！

小蜜蜂於 2006/09/04 00:03 回覆

我在雪霸國家公園工作，我還有個部落格

所以 來相調吧 台大會來第二梯

Cheng-han 於 2006/09/02 01:25

haha 有時間的話，沒有問題呀！

承翰也是雅虎部落格的會員，我從他回應的圖示連往他的部落格。發現他不僅愛玩，在加拿大也有親戚，因此常跑國外旅遊。聯大離這裡不遠，於是我用私密留言留下我的電話，邀請他參加我第二次的加里山相調。不久，他在我部落格留言：

Cheng-han 於 2006/09/10 13:41

服事者說我們去相調應該沒問題！可以給我整個相調的行程規劃資料麼？我再跟弟兄們交通交通。

苗栗市離汶水只有十多公里，去見面認識很容易。不過接下來的週休，九月中全召會的青職特會，有三天去台北世貿中心訓練。九月二十三日兩天的週休，有兆平弟兄帶領台北一會所三部遊覽車來泰安相調。在我剛考上台大碩士班的暑假，兆平當時是三會所的全時間學員。我因走錯路誤入三會所，而由兆平帶我受浸成為基督徒。現兆平是一會所的長老，一會所主要服事台大醫學系學生，與服事台大本部的十九會所常有連繫。馬凹溪相調自然也傳到兆平這裡，加上我跟他的淵源，便促成一會所來相調。

三部遊覽車我選擇兆平搭的那部車。這樣的相調沒什麼品質，很多時間是在招呼上下車、乘客上廁所。成員從抱在懷裡的嬰兒到滿頭白髮的年長弟兄都有。結果我規劃的行程大半「破功」，因為很多人沒有那個體力抵達，有的年長弟兄出來相還穿著西裝領帶皮鞋，很多景點無法進入。最後只在泰安找一段交通方便的溪流給小朋友玩水。

他們住宿虎山溫泉山莊，大家泡了湯，第二天主日完便返回台北。我還有半天的時間休息。睡個午覺後，因為我跟以勒、信評、達也等報名 2006 年萬人泳渡日月潭活動，想去游泳練體能，突然想到聯大的蔡承翰曾跟我說，聯大游泳池他有學生月票，可以「掩護」我進入游泳。於是我撥了通電話給他。

「喔，是政峰弟兄！因為我們有畢業後去當兵的弟兄回來聯大弟兄之家，我們正要去通宵海邊玩水耶，你要不要也來。」

「是喔，不過你不想來雪管處附近走走？馬凹溪也能游泳。」我提出建議。

「嗯…，讓我問一下弟兄們，我再告訴你。」說完他掛了電話。

不久，承翰回了電話，表示他們可以改變行程過來我這裡。於是我留在宿舍等他們。

三點半，八位年輕的弟兄出現，由宜蘭大學畢業的青職弟兄宏恩帶來，承翰上了我的車。這個弟兄身材高瘦，笑起來眼角上揚，俏皮得像童話小說中的小飛俠彼得潘。

「政峰弟兄，接到你的電話，聽你的聲音感覺比我想像的年輕。」承翰用飛揚的笑容作了開場白。

我心裡偷笑：「大家都這麼說。」

這裡面真正是聯大的學生只有四個：電子系的適豪、承翰、嘉程及華文系大一的守正，值得一提的是，守正今天才受浸。畢業後正在當兵的是敬翔。另兩個是還在唸苗農的俊達、俊蔚兄弟。

暑假侵台的兩個颱風：寶發及桑美，雖沒對中部造成災情，但大量土石滾落堵住馬凹瀑布的出水河段。改道後的出水口變窄，因此瀑布下的深潭蓄水水位升高，已無法走到瀑布下沖SPA了。這些人裡面，似乎只有承翰泳技比較好，一個人在深潭游泳，其他人只敢泡泡水。玩了一個多小時，日將西斜，我們到大湖山東餃子館用餐，並約定了十月份再上鹿場相調，到時他們會有更多的聯大弟兄出現。

聯大弟兄之家剛成立，承翰希望我常過去做客，他會準備一張床接待我。於是我在一個週五下班後，帶著簡單的行李造訪了弟兄之家。弟兄之家在一區會所的樓上，是頂樓加蓋的空間。我提著行李按了門鈴，接待我的只有壯碩的適豪，我問他怎沒見到承翰？

「他去參加福音聚會了，沒聽他說你要來。」適豪一副爽朗的笑容。

我疑惑地說：「但今天是他邀請我過來的呀！？」

「很正常，他常忘記重要的事情，你坐著等他回來，看他會不會嚇死。」適豪漫不經意地笑著。

我們正在交談時，樓梯口傳來熟悉的講話聲。

「看吧，他回來了，」適豪走過去開門：「回來了呀，你看看是誰來了。

承翰穿著白色襯衫黑色西裝，打著領帶，高瘦的身高更顯得英挺，就像一位年輕的紳士。見到我後，臉上出現尷尬的笑容。

沒多久，一個在職弟兄走了上來。承翰跟他介紹：「他是要帶我們去期中相調的雪霸弟兄；政峰，他就是我們的服事者崇興弟兄。」

自此之後，我與一區的弟兄有了接觸。因為苗栗市距離近，假日沒有人找我的時候，我便往苗栗跑，偶爾住在弟兄之家，於是我與苗栗市召會有更進一步的關係，期中考後的苗栗市福音聚會，他們就邀我參加，並希望我帶福音朋友來（註一）。福音聚會是教會專為福音朋友辦的聚會，會中會安排幾位弟兄姐妹做得救（註二）的見證。若有福音朋友受到感動並願意信入基督，就會安排受浸。那陣子我與Taro的互動很密切，他因為剛結婚，岳父將苗栗市的房子讓給他們夫妻居住，所以他假日都待在苗栗。我於是邀請他前來。幾位聖徒做完見證後，教會按慣例當場詢問是否有福音朋友願意受浸。

Taro竟轉過頭來推我一下：「政峰，我想受浸。」

「耶～？你不是已是基督徒了？」

「其實我也不確定，我很小的時候可能有印象，但也可能沒有，反正再浸一次沒差啦。」

就這樣Taro在苗栗二區會所受浸，成了我第一隻小羊（註三）。十月聯大上加里山相調，來自雲林的福音朋友政憲在三角湖受浸，又成了我第二隻小羊。如此一來，今年是我福音豐收的一年，在雪霸，Taro不僅是好朋友，也成了我的屬靈同伴。

註一：本身不是基督徒，但常參加教會聚會，或認同聖經真理的朋友稱為福音朋友。更廣義的定義，凡沒有受浸過的朋友，都可為福音朋友。

註二：信入基督，並完成受浸的過程。我們教會施行受浸是把人浸到水裡片刻後上來，因已在基督裡重生，脫離死亡與罪的生命，故稱「得救」。

註三：得救的人等同重生，而幫助人受浸的人，要有一段時間帶新生的基督徒認識真理，如同餵養小羊食物一樣，所以帶得救的人被稱為「小羊」。

第二十六章 幹部之爭

三十九梯之後，替代役的管理者換了我們將屆退休的同事「貓熊」。也許是老人家觀念比較守舊，與這批血氣方剛的年輕人有代溝，Taro 常跟我抱怨這位同事的管理方式不合理。這梯替代役選舉管理幹部時，貓熊的處理方式引起替代役們不滿，造成他們同梯間的裂痕。

九月初的一個週三下班後，我因為重要公事須跟處長報告，但處長在晚餐後才返回管理處。七點多我上樓走向處長室，這天也是管理處各主管輪流給替代役上課的時間，第一會議室燈火通明。跟處長談完公事，再經過第一會議室時，門半開著，替代役們集中在會議桌一側，貓熊坐在主席位子上。我瞥見會議室裡面，覺得他們似乎在進行什麼有趣的活動？於是信步進入找個位子坐下，想看看他們在做些什麼。

不過他們好像正在對談一件嚴肅的議題，我覺得無趣，而且今晚是大湖小排聚會的時間，我只待片刻就起身離去。

原來他們為了管理幹部選舉的不公，整梯替代役反彈很大，於是貓熊集中他們開會「溝通」。但我一直不知道這個會議的內容，直到他們退伍半年後，我才在一次聚會中，從貓頭鷹及 Taro 口中得知整件事始末。

役政署規定每個機關管理幹部數量不得超過總額十分之一，換言之，機關滿十個替代役就需選擇一名管理幹部。三十九梯有十二個人，正好符合這個條件。八月九日夜間研讀的時間，貓熊照例在主管上完課後，與替代役交換生活輔導的意見，這天他宣佈一件事：

「役政署通知我們要選一個管理幹部，武陵只有四個人，給主任管理就夠了。我想幹部就選在管理處吧，你們想一下，誰有意願，我們就開放投票，受到支持的就負責管理你們。好吧，就這麼說定。」

會後，大家在寢室討論幹部選舉的事情，幾個人集中在貓頭鷹他們這寢。

貓頭鷹半睜著眼，氣定神閒地說：「怎樣，誰要出來選？每個月多六千元耶。」

雪霸宿舍寢室不算小，但五六個人進來在裡面談事情，也略顯擁擠了。大家你一言我一語，開始嬉鬧起來了，「給他啦」、「好啦，就他啦」…

「我來當幹部吧，我有意願！你們就支持我當選。」一個渾厚的聲音發出，大家立刻悄然無聲，轉頭看著這個人。

這個替代役身材矮壯，右手握拳，姿態明顯表現出強烈企圖心。

靜默不久，大家又熱鬧起來，貓頭鷹說：「聲君可以喔，那就給他當吧！如何？」

跟聲君同寢的阿順說話了：「讚啦，以後就讓你晚點名就好，就不用讓那個貓熊囉嗦太多時間，聽得耳朵都痛死了。」

小紅帽也附和：「你不當阿順要當啦，你快決定吼！」阿順立即補一拳給小紅帽。

有了鐵三角的相挺，其他人也清楚表態，聲君成了當然候選人。

幾天後，幹部的選舉出現變化。週五下午，除了解說課留下值勤的替代役，所有替代役準備放假返家。阿貴送完公文，正從二樓要回辦公室，遇到貓熊。

貓熊攔住他：「阿貴，你當幹部如何？」

阿貴一時錯愕：「我…？為什麼？」

「你看起來很乖，是替代役應該有的榜樣，當幹部最合適了。而且每個月多六千元薪餉喔」

阿貴摸了摸自已的頭，傻笑著回答：「真的喔，如果大家支持，那我可以啊。」

貓熊回答：「嗯，好吧，到時候再看看。」

八月十六日週三晚上，所有替代役集中第一會議室，大家顯得有點興奮，今日就要公開選舉替代役管理幹部，不過大家心裡都有了腹案，今天只消一個投票程序就好了。

看大家都到齊，貓熊開口了：「好了，今天選舉管理幹部，大家安靜。」

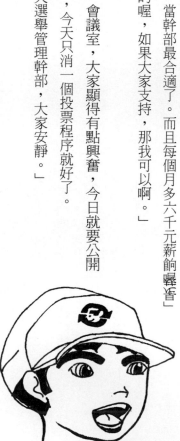

他看了看座位上的替代役，微笑著說：「這次我們開放競選，有誰願意出馬的。」

語末畢，聲君站了起來：「我有意願，請給我登記第一號候選人。」

貓熊看著這個矮壯的替代役，對他是否受到支持帶著存疑的眼光。便轉頭望向這些替代役們說：「還有誰要『參選』的，請舉手。」

半晌，現場都鴉雀無聲，聲君一直站在座位上。看來參選者只有一位，得進入下一個程序了。

其實只有一個參選者是好的，代表這梯替代役很和睦。我唸大學時，生物系傳統上大二升大三那年，必須推出系學會會長競選人，由全系投票選舉，得票數最高者當選會長。生物系每個年級只有一個班，每屆的參選人已是班上眾望所歸之人，所以都只有一人參選，投票只是完成合法程序而已，再出現一人反而顯得尷尬、不團結。到了我們這班卻出現兩位候選人，引起全系矚目。我們班小團體很多，且形成彼此敵對的派系，每次班級活動同學的參與人數都不多。學會會長競選，各有理念的人馬互不退讓，結果落選的候選人失去所有系學會資源，鬱鬱寡歡下以自殺收場，這件事一直讓生物系視為震撼及遺憾。而當選者也沒好到哪裡去；雖然系學會是全系的，但「執政組閣」的卻只有大三同學。當選會長的人並非其他「派系」都接納，在缺乏團結之下，系學會差點垮在我們班手裡。

「好吧，那就開始投票，一人一票，支持吳聲君的人用舉手表示。」貓熊宣佈投票化解僵局，卻出現令他意外的結果：所有人都舉手投下贊成票。

吳聲君面露喜色，如釋重負地坐了下來。

「咳！咳！阿貴你過來一下。」貓熊乾咳了幾聲，卻對結果視而不見，反叫阿貴坐到他那邊去，大家開始起了疑惑。

「我想，管理幹部就由阿貴擔任，長官們認為他會是個好的管理幹部。好了，結果我會報給役政署，今天的聚會就到這裡，你們把這裡整理一下，解散。」

貓熊說完就逕自離去，阿貴卻一臉欣喜，脫口而出：「真的是我，我好意外喔。」

但現場其他人卻擺出臭臉，聲君更是一臉死灰，大家默不作聲回到宿舍。

聲君與阿順同寢，其他人紛紛趕來慰問，與阿貴同寢的銘毅可尷尬了，他不知該去安慰聲君，還是留在寢室恭賀阿貴，而日後生活作息，勢必夾在阿貴與同梯間為難。

「幹！那傢伙是幹什麼，這樣擺我一道，這種管理員！」聲君氣急敗壞地把帽子摔在桌上，難過地攤坐在椅子上。

Taro 拍拍他的肩膀：「沒關係，我跟他提出不少管理的建議，他也從沒聽進去過，反正阿貴當幹部也沒差，還是我們同梯在掌握晚點名及夜間研讀，以後會比較輕鬆啦。」

阿順接口：「阿貴這小子傻呼呼的，我看當幹部也不會苛到哪裡去。明年就退伍了，想那麼多幹什麼？」

大家正議論間，聲君電腦 MSN 的好友登入音效響了，大家一時把眼光移到螢幕上。是阿貴上線，但每個人臉色卻開始轉怒，聲君氣得站了起來，阿順冷然說：「不管他做得再好，我不會當他是朋友，永遠不會。」

阿貴的 MSN 帳號後面，輸入了這樣的近況文字：我好高興，終於是我的了。

第二十七章 破冰

今年開始，管理處的資訊設備維護換了別的廠商，且個人電腦改為租賃包在這個標案中。因為資訊設備升級很快，電腦汰換率高。若把它編列為財產，日後報廢年限還未到，市面上電腦不知進化幾代去了，因為電腦零件是愈舊愈貴，愈舊愈難找，到時候維修會是一個不小的麻煩。改為租賃，兩年約滿，剛好市面上電腦也更新了。

四、五月份廠商才找好一名駐點維修人員，因為他彰化人，大湖偏遠之地也不易有住宿的地方，管理處便安排一間宿舍給他，並按月收費。

炎炎夏日，替代役才打完藍球回來。阿順與聲君的房間就在東側最後一間，從藍球場回來只要從側門進入，就可直接進寢室。他們兩個開房門的時候，斜對面寢室燈火通明，兩人頓感疑惑。走近見到房裡書桌上一個陌生男子，又矮又胖，目不轉睛盯著擺在書桌上的電腦螢幕看。阿順跟聲君看了半晌，覺得無趣，便回房間，阿順又跑到小紅帽的房間，找了他跟貓頭鷹出來。

「咦，那是誰啊。」小紅帽露出暴牙，睜大眼睛看著。貓頭鷹卻在他們耳邊輕聲說著：「還一直玩著魔獸，當這網咖喔，找個時間給他一個下馬威。」

大湖地區交通方便，卻是個偏僻的小鎮。外地來這裡工作的人不但租屋不易，吃飯也極不方便，所以住宿的同事與替代役三餐都搭伙。早上，替代役到餐廳用早餐，幾個人圍著一張餐桌吃飯。這時餐廳紗門開了，走進來昨天那個矮胖子，在職員桌上拉了一張椅子坐下，開始啃起饅頭。小紅帽跟貓頭鷹轉頭看著他，小紅帽眼睛都斜了，而阿順則若無其事地吃他的早餐。

銘毅看到他們三個這個舉動，推了阿順一把：「欸，你們三個是中邪喔，幹嘛盯著人家看。」

Taro 接口：「你沒看到喔，他們三個看他很白目，所以眼睛都開始白目了，呵呵呵…」他說話到不改油嘴滑舌的樣子。

替代役的議論使得這個人抬起頭看他們，圓圓的臉、卻有炯炯的目光。小紅帽立刻低下頭吃飯，阿順卻轉頭看他。

「你們好，你們是這裡的替代役喔？」

其他人繼續吃飯，Taro 卻開口笑著：「是啊，他們說，怎麼宿舍有一個陌生人，還一直玩電動。你是新來的長官喔？」

這個人立刻笑了起來，用字正腔圓帶著自信的語氣回答：「我不是，我是新來的資訊駐人員，幫忙修大家的電腦，還有網路的維護，以後會住在宿舍，你們可以叫我小洪。」

小紅帽立刻抬起頭，問他：「那你電腦很強喔，你昨天都在玩魔獸，是不是以後可以找你連線？」

阿順用筷子敲小紅帽的頭：「就只會找牌友。」

「我昨晚看他玩魔獸玩得那麼爽，一定是個對手，欸！你看起來很年輕，幾年次的？」

小洪回答：「七十X年次的，請多多指教。」

阿茂睜大眼睛，用他特有的「馬臉」叫了起來：「喔喔喔，是同年級的同學啦，那就自己人啦，以後多關照，唉喲！」話沒說完，阿順又用筷子敲了他的頭。

我們宿舍用的是無線網路，在每個樓層都有裝兩台無線 IP 分享器。其實兩台的訊號是不足的，因為每個樓層的寢舍外是長廊，訊號要進到寢室得繞過曲折的隔間，而且分享器又是評價最差的 D 牌。所以我們上網都斷斷續續的。但小洪的資訊處理功力很強，晚上又住宿舍，替代役們請他第一個解決的就是無線訊號的改善，沒想到他巧手一修，網路變得較以前順暢多了。

年齡相近，又朝夕相處。小洪幾乎變成三十九梯的一員。

管理幹部選出後，管理處主管把部分權力下放給幹部，阿貴每天回報點名、休假人數即可。所以他們在會議室集中的時間一週只有一天，其他時間交由阿貴掌控，但活動範圍侷限在宿舍內，有事要外出需貓熊或其他住宿的職員同行。雖然行動仍然受限，但替代役的行動稍微自由了，宿舍的羽球場、撞球檯、卡拉 OK 及電視等康樂設備，足夠他們排遣時間。而 Taro 也比以前更常來找我聊天，阿貴也跟著我學習養蟲，我在獅潭路燈採到的雌皇蛾，生下的幼蟲就是他養大的。但我與他們的同梯卻沒有關係上的交集。

當台灣欒樹鮮黃的花序開始轉為紅色蒴果，風中已有寒意。翻耕的草莓田也在忙碌中透出鮮綠。一天我送公文進收發室發文，鳳娥姐拉了我說話。

「幹嘛？」我有點不耐煩。

鳳娥姐拿出一張溫泉業者的 DM：「解說課遊客中心櫃檯有石湯溫泉的老闆推銷超值湯券，買一百張每張只要一百元，我跟小紅帽想找人合資，你要不加入？」

我看了正在猶豫，從沒想過在這裡泡湯。

小紅帽走過來說：「我們都要贊助耶，你可以買個十張，或五張啊，有空一起去泡。」

看在集資的份上，我出資五張。

於是在一個溼冷的夜晚，我在替代役的邀請下，跟副座報備帶他們一起去石湯溫泉會館泡湯。之後每逢冷氣團來襲，晚上就是我們泡湯時間，低溫下泡在暖暖的溫泉中，那真是一種享受。之後換我們找同事出資買湯券，鳳娥姐、莉莉、曲曲都是我們合夥人。而泡湯的人除了替代役，小洪也是常客。但原本與我最熟的阿貴卻總不同行。我原以為是他為了謹守管理幹部的本份，事實上他早在幹部選舉後就被排擠了。

幾次「泡湯聊八卦」後，小紅帽跟我說：「你看我們對你多好，可是你都酷酷的不跟我們講話，你只跟 Taro 好，Taro 都煮飛鼠肉給你過生日，我們心裡很不是滋味耶。」

「不然你們要怎樣哩？」我歪著頭問他。

「當然希望你對我們跟對 Taro 一樣啊」小紅帽說出他的心聲。

有一天，Taro 一副心血來潮的樣子，跑來問我：「什麼時候辦淨山？以前的替代役都有參加淨山，我們想上雪山。」我無奈地看著 Taro：「有沒有搞錯，這個業務不是我辦的，你去找怡慧，跟他講你的願望，他會為你們實現。」Taro 一聽，回給我一個很陽光的笑容便離去。

半個月後，怡慧簽出雪山淨山的公文，開放職員及替代役參加。我們將與三十九梯一起登上雪山主峰。

第二十八章 雪山之巔

國家公園的成立宗旨，除了保護特有物種、生態系及地質地貌外，選立更以景觀瑰麗獨特、文化歷史背景源遠流長且保存完整，並有成為世界遺產潛力點為首選。國家公園又是生態解說及環境教育的先趨，為了給民眾實地的教育及體驗，適度開放給民眾進入；然而有人的活動就會有失序的行為，隨意棄置垃圾自然無法避免。因此國家公園常舉辦大規模的環境清潔活動，例如墾丁國家公園及金門國家公園的淨灘活動、三個高山型國家公園的淨山活動等。玉山國家公園更有每年固定的「靜山」，為期一個月管制暫停入園申請，讓生態休養生息，以更美麗的面貌呈現給國人。

自觀霧封山後，雪霸園區內只剩下武陵遊憩區可開放給遊客，因此雪東線的遊憩壓力很大。淨山活動原本大霸及雪山都會舉辦，這幾年則只侷限在雪山地區。淨山活動不只一場，有民間登山團體與國家公園合作的淨山、有高山志工發起的淨山、也有雪霸員工內部舉辦的淨山。這次怡慧舉辦的就是第三項的活動。

我雖已登過雪山主峰，但那次是一個人獨自攀登。我跟三十九梯相處愈來愈融洽，能跟好朋友們一起登上台灣第二高峰是很興奮的事，所以我也報名了這次的淨山活動。

三十九梯唯獨孟杰不去。因為解說課要求三個替代役中必須一個人留守。Taro 是山裡的孩子，又是淨山的提案人，不可能錯過。阿順出身「山嵐社會服務隊」，表態一定會參加。而孟杰自認是個「阿宅」，不想為了一個舉世聞名的美景而搞得自已筋疲力盡，留守人員在無異議下確定。

七個替代役加上我、怡慧、國銘和景祺四個職員，至少十多個登山大背包，需派兩部八人座公務車才裝得下，司機是阿昇及善於爬山的阿光。十月二十五日清晨，七個青春無敵的大男生，大小背包搬進搬出，好像準備行軍一樣。主辦的怡慧招呼他們，她個子本來就不高，在這幾個替代役之間，顯得更為嬌小。

兩部車北上從雪山隧道下宜蘭，走台七甲線進入思源啞口，下午三點抵武陵管理站，自一月專訓後，今天是他們再次造訪武陵。下完行李，其他四名武陵替代役也服勤完畢剛回到管理站。

「大砲、建楷，好久不見了。」Taro熱情地打招呼。

大砲卻拿出籃球，開始運球，其他人使個眼色，立刻默契式地分成兩隊，開始一場球賽。管理站前的廣場放了兩個籃球架，給同仁及警察使用，一方面運動，一方面休閒。替代役在這裡除了山以外，沒什麼娛樂，下班後的籃球賽成了消耗精力的活動。又能與管理站同事、警察小隊聯誼。替代役打籃球的時候，來支援淨山的二位高山志工秀女姐及徐台華大哥也抵達管理站。高山志工由遊憩課管理，請他們支援可以借助他們的登山經驗協助照顧替代役們。

十月二十六日，一群以替代役為主的淨山隊伍出發了，從觀霧調來武陵的文禮及武陵司機「馬場」也加入淨山的行列。中午抵達四公里的哭坡前賞景平台，秋冬氣壓較低，雲朵如一片白毯般飄浮在中央尖山山腰，天空湛藍，如無垠的大海。替代役體能好不好，這段路就可分出高下了。Taro、阿順、貓頭鷹及阿貴在平台休息，阿貴更拿出他的高級傻瓜拍個不停；十多分鐘後，小紅帽與銘毅才氣喘吁吁地走了上來。

貓頭鷹以深沈的笑容看著他們，Taro開始妙語如珠：「平常就只當宅男喔，現在腳不聽使喚囉！銘毅你不是跆拳道黑帶的麼？現在變一條蟲喔。」兩個人鐵青著臉，喘得無法接話，無力地上了平台。

秀女姐拿了水果給他們兩個吃，怡慧取了面紙幫他們擦汗。銘毅一副陶醉的神情：「怡慧你好好喔。」突然貓頭鷹用力拍了小紅帽肩膀：「吳聲君呢？」

山坡下卻傳出微弱的聲音：「你們在哪啊？我在這，好累啊。」

阿順一貫冷然地說：「他穿一雙籃球鞋，在宿舍準備裝備的時候，我早叫他不能穿這雙，他偏不聽。」

聲君走了上來，阿光及阿昇扶他上平台。文禮指著西方的山坡說：「下面的才是挑戰，過了就輕鬆了。」

另一側的山坡，陡直而上，像一座摩天大樓，五百公尺的路程，卻有五十度以上的坡度，足以讓筋疲力盡的人潸然淚下，故有「哭坡」之名。

「完了，這真的要掛了~」三個落後的人攤坐在木椅子上，因哭坡而肝膽俱裂。

深秋雪山，巒大花楸染紅的羽狀複葉迎風招展，西斜太陽的映照下，三六九山莊前的玉山箭竹草原一片金黃。一行人終於抵達夜宿的地點。小紅帽眼神呆滯，懶洋洋地坐在床緣；聲君一股腦兒倒下，如一攤爛泥。

十月二十七日，淨山從雪山主峰開始，當然需先有體力上到主峰。大家輕裝上路，我走過這段路，所以駕輕就熟，一路上跟 Taro 有說有笑，邊走邊玩。但昨日已不支的三個人，卻走走停停，進入黑森林後，他們休息的次數變多，林中氣溫很低，他們乾脆坐在倒木上。

怡慧急著回轉看情況：「聲君，你們不能休息太久，會愈來愈累。」

銘毅說：「他高山症發作，頭很痛。」

小紅帽則是一臉茫然，張開嘴巴露出暴牙，那張馬臉十足的頹廢。

怡慧問他：「那你要不要下山，叫銘毅及小紅帽陪你下去三六九。」

聲君卻撐起精神：「我不要，我也要上主峰。」

怡慧關心地問：「那你高山症怎麼辦？」

聲君拿出一包膠囊：「沒關係，我有普拿疼。」

沒有體力，又有點高山症狀，卻堅持跟同梯上山，拗不過他們的請求，於是怡慧請文禮及阿光壓後，看著整隊人馬前進主峰。阿順與貓頭鷹一馬當先，Taro 緊跟在後，三個人逐漸走上圈谷白木林，將隊伍拋在後面。

北稜角傲然向著雪山主峰矗立，白色雲朵不斷升起，飄動在深藍色的天際。主峰石碑上標示著：「雪山主峰　標高三八八六公尺」，排排坐著一群年輕人，遙望著綿延的群山，讚嘆著高山的雄偉與秀麗。

「休息好了麼？」怡慧打破沈默。

一向冷俊卻 smart 的阿順靈活地在石碑座台跳上跳下：「怎麼了，怡慧姐，要拍照了麼？」

「對啊，拍一拍，開始工作撿垃圾了。我這次有簽你們的登頂證書經費，所以你們要留下照片為證喔。」

大家一聽到登頂證書，精神大振。一躍而起，姿勢原本是坐著站著的中矩中規。Taro 開始恢復他山裡野孩子的本質，擺起各種奇怪的姿勢，團體照也開始活潑起來。

怡慧拿出黑色的大垃圾袋，分配給大家淨山，這麼高的地方，仍有遊客有意無意丟棄垃圾，在台灣第二高的地方撿垃圾，別有一翻體驗。

十月二十八日，太陽尚未升起，這天即將告別三六九山莊。文禮拿出掃把、畚斗給大家清掃山屋內外。打掃完畢，怡慧集合所有人，請馬場帶隊往東峰出發。因為有登山旅遊團體在附近箭竹叢中藏睡袋。這種登山團體良莠不齊，很多為了讓交錢參加的人輕鬆上山，會把睡袋藏在山中隱密處，但山中動物常會將這些裝備翻出，造成垃圾問題。

武陵管理站最近盯上了這個登山團體，鎖定他們藏睡袋的地點。趁著這次淨山清走。馬場帶著大家走到鎖定的地點，便請大家鑽進箭竹叢中。Taro 與阿順一馬當先，探手一伸一收，二十幾個睡袋就找出來了。淨山告一段落，整裝下山。通常登山活動結束時，因為糧食消耗完畢，背包重量會輕很多。但我們的背包反而增加重量，每個人都多背了一、兩個睡袋，並提了一包包的垃圾。縱使如此，這趟淨山之行大仍讓大家充實而回，山徑山掌葉槭掉落的紅葉，在步道上舖上一道紅毯，迎送著下山的輕快步伐回到登山口。

建楷從登山查驗站跑了出來：「哇~了不起，都完成壯舉。」

阿貴走了上來，拍了他的肩膀，「你下次可以上去喔，很不錯捏。」

其他替代役轉過身去，不想理會阿貴。建楷指著東方說：「看吧，美景在迎接你們。」

大家眼光轉到他說的方向，四秀之一的桃山山頂，因山之兩側氣壓差的關係，大片雲海變成傾瀉的「雲瀑」，從山頂向下流動的白雲，似乎要流進無盡的紫色鼠尾草花海中，似仙境、如夢幻。

這次淨山，每個人都拿到了雪山主峰的登頂證明，這是管理處員工消費福利社統一製發的格式，提供給登雪山主

峰的遊客申請製發用。但走完哭坡後第一個抵達雪山東峰也是百岳之一，卻沒有特地為東峰所設計的登頂證書格式。在Taro的央求下，我用我拙劣的修圖技巧為三十九梯替代役做了一份東峰登頂證明。我以哭坡至雪山東峰間拍到的山坡為背景，剪貼上我上次查財產時拍的國寶魚及這次的巒大花楸，運用修圖軟體的透明及風格化技巧，文字中英對照，每個替代役的英文名由阿貴統一登記，然後檔案拿去新竹市出圖。一同登雪山，證書又出自我手，這份獨一無二的東峰登頂證書，象徵我與三十九梯替代役情誼的更進一步。

第二十九章 神秘部落

新竹、苗栗地區氤氳的山林中，居住了另一支有傳奇色彩，人數不滿千的原住民族─賽夏。一個曾與矮人有著恩仇糾葛的種族。

十一月底，管理處接到賽夏族五峰部落的矮靈祭邀請函。這個祭典二年一祭，十年一大祭。而今年，正逢十年大祭。管理處於是請解說課主政，由他們選擇參加祭典的同事。當時我與國銘的交情正打得火熱，我們的淵源是我在台中準備國考時，我上中興 BBS 找善心人士提供考試「密笈」，竟有一個已考上高考的人願意幫忙，並約了我在他們實驗室見面。今年初，他從陽明山國家公園管理處調來雪霸，承接了皞皞原來辦的武陵生態文化活動，而採購招標過程則需與我配合，如此巧遇使我們在多年後重新「相認」。

當國銘成為參加矮靈祭的人員後，便請主辦的美螢姐連帶也把我列入貴賓名單。參加這個活動讓我知道，原來賽夏部落就在附近。賽夏南北兩群皆在雪霸邊界附近。南群居住南庄向天湖，北群現分佈新竹縣五峰鄉。向天湖矮靈祭一向為人所熟知，每次祭典必人潮洶湧，苗栗縣政府因此在這段期間出動專車疏導交通壓力。而五峰部落因為鄰近雪霸週邊，於是與雪霸簽訂夥伴關係協議書，這也是台灣第一份國家公園與原住民部落簽訂的協議書。因此，五峰部落每逢祭典就會邀請雪霸來參與。

十二月四日，我們同事七個，加警察隊一位警花一同上新竹五峰賽夏族矮靈祭場。從竹東轉南清公路，往觀霧的方向，剛過五峰鄉公所沒多遠就到了。這裡沒有向天湖那眾所皆知，祭場外空間不大，我們下午抵達時還有停車的地方。圓型的祭場上，點著熊熊的火。族人穿上紅色的服裝，忙著準備祭典的物品。

出外參加活動我一定隨身帶相機，但美螢姐卻阻止我先拍照。我有點疑惑。她說：「你先去那個地方，做一件事後才可以使用相機。」

祭場邊的祭台旁，我看到一個竹竿搭建的屋子，門樑上寫著「祭屋」。來參觀的遊客則排隊依序進入。我湊近一看，一個賽夏的女性拿著芒草葉子綁在遊客身上。

「他們是幹什麼？一定要綁那個麼?」我跑回來問他們。

司機財哥要笑不笑：「你問山豬啊，他是賽夏人，他會跟你講。」

我今天才知道，朱家也是賽夏的大戶，山豬是五峰部落的人。而朱家則是每年矮靈祭的主祭。

這時美螢姐著說：「唉呀，他們習俗上綁芒草葉為了避邪，所有參與祭典的物品都要繫上芒草，你要拍照就要先把相機綁上芒草啊，不然人家不會給你拍的。」

於是我走向祭屋。美螢姐在後面喊著：「記得給一些錢啊，十元也行，討個吉利。」

祭典開始在七點後，冬天這時早就一片漆黑，但因每次祭典是選在農曆十月的月圓之夜，月光伴隨地上的火光，祭場一片明亮。男女穿著紅衣，臀鈴繫在腰間垂於臀部，伴著祭舞叮噹作響，徹夜進行「巴斯達隘」。舞蹈進行到高潮，連遊客也下到祭場同歡。

矮靈祭分為迎靈、娛靈、送靈，一直到聚飲慰勞及河邊送靈結束，進行的六天中日夜歌舞不中斷，族人以接力的方式日夜交替跳著。我們參加第一天的迎靈，雖然觀禮到深夜，但不可能跟著「爆肝」通宵。過了十二點後，便到下榻的小錦屏美人湯就寢。

賽夏族真的是相當單薄的族群，五峰及向天湖已是全台灣唯一的兩個賽夏部落，真叫人擔心他們未來存續問題啊。

兩個賽夏部落週圍的廣大山區，卻為泰雅族所包圍。泰雅族勇武善獵，與賽夏族一樣有精緻的染織技術，且都有黥面的文化習俗。在今天的時代，他們的傳統也受到現代化的衝擊。畋獵已無法維持生活所需，出草已不合大時代的環境，替代役 Taro．Siba 白淨淨的臉上沒有任何紋彩，黥面的美麗印記只存在逐漸凋零的耆老身上。所以部落開始種植高山蔬菜，經營民宿，並發展出生態旅遊。但生活仍然艱辛，年輕人出了部落，再回來的很少。

鹿場相調後，十九會所弟兄有意無意的分享，致使今年下半年來訪的召會絡繹不絕。卻使我有機會深入泰雅部落造訪。鹿場相調的弟兄之一凱昱是個台中人，而他在台北工作的資訊公司，則是台中幾個聖徒開的「新人資訊」分公司。凱昱回去後跟公司的弟兄傳講鹿場的好玩，以及我服事的特別。就在楓紅灑落的時節，台中六大區也跑來相調了，但他們人數很多，共三輛遊覽車，所以行動上沒有很機動，只能跟大湖召會主日，然後到獅潭仙山繞繞。

但這場相調卻有後續，六大區的相調只來一天，一半的時間主日，只剩半[illegible]玩，但三輛遊覽車在鄉間行駛，光是招呼上下車就花了不少時間，也玩不了什麼[illegible]個職排希望我單獨服事好好玩一次，因此讓我有機會一上鎮西堡。

這一帶的泰雅、賽夏部落，除了鄰近雪霸國家公園，還連接不少旅遊景點及路線，這些景點算算：苗栗大湖草莓季、仙山宗教寺廟、南庄老街、向天湖、獅頭山、北埔老街、綠世界生態農場、北埔冷泉、五指山風景區、內灣老街…等。景點還真不少，所以很多部落規畫民宿、風味餐廳，希望能在觀光產業上獲得一點收益。但這方面經營較成功的，應算是司馬庫斯及鎮西堡。它們都位在新竹縣尖石鄉山區，從台三線轉內灣風景區後走 120 縣道上山，在泰崗部落叉路上才分為兩條道路，分別通兩個部落。

司馬庫斯在我學生時代就已久仰其名，我學弟小皓常去部落服務，聽他敘述，司馬庫斯路途遙遠曲折，給我的感覺神秘而飄緲。在我剛來大湖工作時，卻有機會前往一遊。那時泓堯跟他們檢疫局的同事在揪團上司馬庫斯，我就報名參加。到司馬庫斯時，發現這個部落從傳統生活模式轉型，成功發展生態旅遊。我們到司馬庫斯時，雖然訂了民宿及餐廳，卻不知住哪個民宿，吃哪家餐廳。因為我觀察到司馬庫斯採企業化經營，整部落的民宿、餐館都交由一個旅遊中心櫃檯負責，按空缺分配給遊客。如此一來，全村業者的競爭問題都被消除了，也不怕沒有生意上門。

司馬庫斯另有解說員制度，也是統一交由櫃檯「發落」，只要遊客願意付錢，旅遊中心就會派解說員全程導覽。剩下的高山特產攤位則放任自由經營。這樣的經營方式把團結精神發揮到極致，每個人都有工作機會。

由於我對汶水週邊熟悉的地方愈來愈多，因此我探索的「秘密景點」開始向北延伸。司馬庫斯之行一年多後，我因為台中六大區青職的相調而來到一山之隔的鎮西堡。前往這兩個部落有一大段路都是走同一條縣道，並且在秀巒部落辦乙種入山證後入山。直到接近海拔 1500 公尺的泰崗部落，縣道一分為二，往左變成司馬庫斯產業道路，往右則叫新光道路，仍繼續爬坡直通鎮西堡。路途實在遙遠，翻過一座山又一座山。難怪在縣道開通前，平地人對它們的了解不深，故而司馬庫斯有「黑色部落」的稱號。

鎮西堡是繼司馬庫斯後幾年興起的新觀光景點，它們環境接近，共同的特色都是擁有廣大的神木群森林。因為林相仍保有自然樸拙的特色，這兩個景點不但讓原來擁有神木群的達觀山失色，更搶走了同一風景線上李棟山的「客源」，從此李棟山的記憶愈來愈模糊，鎮西堡、司馬庫斯則更耳熟能詳。

六大區青職除了帶領的阿山弟兄全家跟另一個家庭外，出來的幾乎是姊妹，只有一個未婚弟兄新宇。同是泰雅族的鎮西堡，就沒有像司馬庫斯那樣統一由部落經營民宿，但也經營得很好。各民宿佈置的很雅緻，我們住的阿慕依是一棟檜木搭建的兩層樓建築。內部通舖採雙層床的樓中樓設計，以原木製成的梯子連接上下兩層床舖。庭院舖草皮種植花卉，就像一座漂亮的花園。不過最吸引人的，是這間民宿的泰雅風味餐，食材都是自己種植，或就地取材，高山高麗菜甜脆可口，蜂蜜石板烤山豬肉入口即化，口齒間回味無窮，一盤不夠接著又加一盤。

我發現鎮西堡與司馬庫斯的神木群不同，司馬庫斯部落到神木群要走很長的路，約二至三小時才抵達入口，且神木生長集中，走了很遠的路，卻很快就逛完整區神木。鎮西堡有二區神木，雖有路互通，但距離上無法讓人同一天同時參訪兩處，大多數的遊客只走B區。而每區神木散布範圍很廣，需一日才能遍覽。在錯綜複雜的巨木林中行走，常有「柳暗花明又一村」的驚嘆。鎮西堡原住民在B區做了很完善的規畫，為了因應日漸增加的人潮，每株神木都圍上木柵，避免根部土壤被踩實而窒息死亡。步道也設置標示及階梯，做出動線，使遊客走完神木區時剛好回到入口停車處。綿延不盡的巨木，就像電影「魔戒」中的深邃森林般神秘。鎮西堡雖沒有企業化經營，卻靠更美的自然資源與司馬庫斯的旅遊產業一較長短。

以扁柏及紅檜構成的神木林，生長在中海拔霧林之上。司馬庫斯與鎮西堡這兩個雲端上的泰雅部落，打獵圍捕猛獸的殺伐之聲漸漸遠了，族人們仍以群體的力量捍衛部落；高麗菜園有更多的收成。解說員與旅遊產業的推動，讓部落以另一種形式展現生機。只希望遊客能繼續青睞這兩個崇山竣嶺中的部落，讓它們在尖石山區依舊綻放光采。

第三十章 野兔

汶水自然生態豐富，小型野生動物常不期而遇。草莓季裡，台灣鼬獾出沒的機會增加，這種以土壤中無脊椎動物為食的動物，草莓季翻耕鬆軟的田土使許多蚯蚓現形，於是鼬獾出沒在草莓園。有時為了另一片農田的食物，橫越馬路卻遭車輛輾斃也常見到。白鼻心也是常見的動物，在樹上有時可見到一雙閃亮的眼睛，在燈光照耀下現出白色的額前斑紋。

但野兔的出現最讓我振奮。我聽同事說，管理處草皮常有野兔活動，卻一直沒親眼到。十一月二十九日晚上七點多，我騎車自苗栗返回，進入管理處經過遊客中心河堤旁的道路，眼前躺著一隻動物屍體，我緊急煞車查看，竟是一隻被輾斃的台灣野兔，鮮血滲了一地。棕色的皮毛及粗壯的體格，顯現出野外奔馳的俐落。自那日開始，我每次騎車或開車由外返回，就會特地注意遊客中心週遭，是不是有野兔的動靜。那日之後，我曾在宿舍旁的網球場草皮撞見一隻跳躍的野兔，此後就沒有任何發現了。

直到有一天，我在遊客中心遇到 Taro，才開始我拍攝野兔的行動。那天我跟往常一樣，回來時特地留意附近有沒有兔子動靜，只見遊客中心階梯上，似乎有人影，且拿著手電筒四處照射。我好奇走近察看，那人兩眼炯炯有神看了過來。是 Taro．Siba 帶著他的老婆，在遊客中心階梯坐著聊天。

Taro 用他帶著「殺氣」的眼神看我：「喲，是政峰，你不回宿舍幹嘛？」

「我在找野兔，你又在幹嘛？」

Taro 拿著手電筒，轉動著把玩：「這前面草皮就有很多兔子，牠們傻傻的，用燈照就呆掉了，我都跟我老婆安靜接近他們不知幾次了，這群笨兔子。」說著，繼續搖晃他的手電筒。

我用懷疑的眼神看他：「說實話，你吃了幾隻？晚上你是不是吃三杯兔。」

Taro 突然用嚴肅的眼神看著我：「政峰，你太看不起我的人格了，我花那麼大精神就是來保育野生動物的，為何要吃他。」

我看他犀利的雙眼，往後退了兩步，他卻又陽光般地笑了起來：「我在花蓮都吃得不想再吃了，要真的想吃，草皮上的還不夠我抓咧！」

唓！這個山裡的死小孩。

從 Taro 這裡得到靈感，我於是拿了我的手電筒，裝上我的一〇五 mm 的微距鏡，選一個晚上到遊客中心草皮上「獵兔」。

那晚確實看到幾隻野兔奔跑的身影，我也按下幾張快門。但是野兔奔跑速度很快，每次看到的距離至少二十公尺以上，手電筒的亮度不夠，照到野兔時，他也立刻驚覺，跑得無影無蹤。而且 105mm 的鏡頭也太短了，在光線不足下，只拍下模糊的兔形靈異照。

於是我到新竹 HomeBox 買了一盞大探照燈，把我的三〇〇 mm F2.8 Sigma 小砲管裝好，約了阿貴出來。

「阿貴，幫我拿燈，我要用大砲拍兔子。」

「哇，兔子，好啊。」

這就是我抓了阿貴出來的原因。那個大探照燈直徑也有二十公分，大砲重也有三公斤，不太可能同時拿著追兔子拍攝，所以我一定要拉一個也很會追兔子的幫手。阿貴跟我一起出去探索自然多次，而且他聽到是拍兔子也很有興趣，是我找幫手的首選。

當晚我們從行政中心走向生態池的草皮，阿貴點亮了探照燈。這把燈果然夠亮，足可照射五十公尺遠。阿貴邊走邊左右移動燈的投射，我扛著這支大砲仔細搜尋。我發現了一個問題，跟阿貴說：「阿貴，萬一我們遇上兔子，會來得及麼？」

我想到了以前在金門拍環頸雉時，是躲在車子裡拍的，我們這樣走在草皮上，腳步聲也實在不小，所以我提議回到車裡，從草皮外圍開車用燈照，反正我的大砲五十公尺內也能拍得清晰。於是

我跟阿貴上了車。

這個方法果然輕鬆，幾隻野兔在解說課的草皮上蹦蹦跳跳，按得我快門卡擦卡擦響，阿貴也拿燈照得不亦樂乎。

這是我第一次這麼清楚地觀察野兔，遊客中心的草皮修剪得短而整齊，在上面活動的野兔無所遮蔽。短短的耳朵與身體，在燈光下閃耀著金黃的棕色毛皮。牠們跳躍在廣大的草皮上，就像奔馳的草原小精靈，既機靈又可愛。

不過拍攝動物的生態照片本來就不易，因為不容易抓到他「恰到好處」的姿勢與行為，何況晚上光線不足，我又得找幫手才能出動，所以我幾乎有機會就會找阿貴出去拍野兔，希望拍張好照片。

為了解決國家公園用餐不便的問題，管理處及外站的同事都有成立伙食團，三餐在餐廳搭夥。中餐吃飯時的同仁較多，分為長官桌、員工桌及替代役桌。二十三梯在的時候，由於人數較多，所以替代役桌固定坐兩桌。三十九梯只有八個人服勤，解說課的替代役因為假日值勤，及其他替代役也有因支援假日活動而補假，所以替代役桌不一定每天都坐滿，因此我們職員也常坐到替代役桌遞補「缺額」。

十一月底，第一期草莓季開放採果，大家也換了長袖冬衣。一日我與替代役同桌吃飯時，我問阿貴晚上要不要出去拍兔子。小紅帽坐我旁邊，他突然插話：「你每次晚上都找阿貴出去拍兔子，都不找我們的喔？偏心喔！」

「什麼？那你們的意思是要想出去拍野兔。」我很驚訝原來也有人想當掌燈幫手，我以為他們只喜歡待在宿舍上網當阿宅。

小紅帽接口：「欸~，你什麼都只找阿貴，我們看在眼裡，心裡也酸酸的，我們對你不好麼？」

我有點語塞，不知如何解釋…只見阿貴低著頭吃飯，不發一語。

「喔，我以為你們對這個自然生態的沒興趣，你們不是只愛上網而已喔？」

聲君眯著眼睛說：「那今晚我們就去，我們也想看看峰哥你拍兔子。」

銘毅也附和起來：「就大家一起去，在退伍前有個留念，說走就走。」

無雲的夜晚，只有灑遍天幕的群星，陣陣的涼風輕柔吹送，正是找野兔的好天氣，我拿了探照燈及大砲下樓，替代役寢室的門不約而同地打開，小洪也探出頭來，受兔子吸引參加行動的有小紅帽、孟杰、聲君、銘毅、貓頭鷹及小洪。我也邀了阿貴一起。共八個人行動，是拍兔子陣容最龐大的一次。我跟小洪各開一部車，開始繞著行政中心找兔子，阿貴仍然坐在我副駕駛座上幫我拿燈。其實我跟阿貴出來那麼多次，兔子並非每次都會出現。所以這大隊人馬出來，也可能敗興而回。

但是今夜兔子很賞臉，我們開到解說課，草皮、停車場馬上發現有幾隻兔子奔跑跳躍，小洪那部車的人都下車了。阿貴拿的探照燈照射下，野兔的眼睛閃著紅光。

「哇！好可愛，好小隻耶。」銘毅興奮地叫著。兔子被人聲驚擾，開始在草皮上奔跑，並往河堤的方向移動。

「快，快去河堤邊看，不然牠們要跑了！」貓頭鷹機警地提醒大家。

於是，一群人散了開來，成了包圍之勢，野兔前路受阻，頓時在草皮上徘徊，隨即往不同方向移動。我跟阿貴拿著大鏡頭及大燈，一下子往東，一下子往西，也被他們亂了方向，照片拍得很多，卻也很亂。少數幾隻野兔在小紅帽他們手電筒的照射及兩部車的包抄下，逗留解說課旁的小型車停車場，不知要往哪裡去。但由於地面是柏油路，雖然我拍了幾張較清晰的照片，但背景很不自然。野兔被燈光迷眩了幾分鐘後，逐漸辨清了方向，很快找到人牆的空隙奔跳而去。

我問了小紅帽：「怎樣，看到野兔很高興了吧？」

小紅帽的馬臉笑得誇張，暴牙更明顯了：「當然啊，就是爽啊。」

我想年輕人看到電視生物性節目才出現的野生動物都會很有興趣，也會更認同來國家公園服役的意義；尤其是看到台灣野兔可愛的身影飛躍在草地上，那種興奮與悸動，只要是年輕人都是一樣的。

第三十一章 交替

雪見管理站雖然主體建築還沒完成，但已算成立了。企劃課隔壁的房間就是雪見管理站的臨時辦公室。這種不在所轄遊憩區辦公的外站，在國家公園有不少例子，如金門國家公園的東、西區管理站；墾丁國家公園的鵝鑾鼻、貓鼻頭及後壁湖管理站。

貓頭鷹一來雪霸報到就分配到雪見管理站。當時雪見站除了吳主任及三個巡山員之外沒有其他職員。文書作業就需要替代役的協助，熟悉電腦軟硬體的貓頭鷹便肩負起吳主任左右手的角色。草創時的辦公室在地下室一間儲藏室。業務步上正軌後，為了連結網路的方便，再次移到現在的空間。十一月底，卻見辦公室開始打包，因為管理站已完工，而遊憩區的規劃也告一段落，人員即將入駐雪見地區。

宿舍裡，阿貴看著一個巨大的繭。我送給阿貴飼養的皇蛾幼蟲，數十隻只有一隻存活化蛹。經過漫長近兩個月的等待，牠在冬天的夜晚羽化，阿貴不敢移開視線，拿著相機靜候牠的出生。一個小時後，皇蛾終於咬破蔴絲般堅韌的繭，展開巨大的雙翅。大湖附近有許多低海拔原生闊葉樹，皇蛾的食草鵝掌柴、茄苳還算普遍，阿貴給的食物源源不絕，皇蛾長得很好。但後來他為了方便，改採附近的楓樹飼養，雖然蛾類幼蟲不挑食，卻降低了存活率，結果只活了一隻。

這隻皇蛾幼蟲期食物充足，翅膀展開達三十公分寬，他停留在書架上，微微抖動著兩翼，展現世界最大型鱗翅目的王者氣勢。

與阿貴同寢的銘毅，看著注視皇蛾的阿貴，開口說道：「貓頭鷹要搬去外站了，他們要請吃飯送他，你要不要去。」

阿貴緩緩低下頭，緊咬嘴唇。自他當上管理幹部後，他與同梯間就有一段距離，尤其聲君更不願跟他有太多交談。而銘毅與其他人站一同個陣線，但他又與阿貴同寢，多少了解阿貴的心情，常夾在雙方之間時有為難。

「你就去啊，貓頭鷹對你也不錯啊，他一去雪見，我們就很難見面了，而且大家也快退伍了，以後見面機會更難了。」

三十九梯裡，也不全然都與阿貴冷戰，也有會偶爾關心他的人，像陽光男孩Taro就不太計較這個芥蒂。這梯的互動，若以阿貴為中心來看，則向兩個極端態度分散成一個光譜。貓頭鷹並非不在意阿貴當上幹部時的態度，只是沒有很深的怒氣罷了。

最後，貓頭鷹的餞行，是Taro與貓頭鷹一同把阿貴邀去的。十一月過去後，管理處的雪見臨時辦公室也人去樓空了。

一年即將結束，各地教會也開始辦年終數算恩典聚會。聯合大學的學生今年與我相遇，互動頻繁，弟兄之家如同我的第二宿舍。苗栗市召會辦年終愛筵時，承翰邀了我去。當天我到的時候，會所擠滿了人，一、二區的人加起來也有上百個。我在人群穿梭，好不容易擠進聯大學生的座位區。適豪與承翰轉頭看到我，笑得開懷。

這場愛筵，讓我多認識一位學生弟兄，是未來一起上山下海的弟兄。

聚會後，大家逐漸散去，因為十九會所的弟兄正跟我計劃雪山之行，承翰也在參加之列，由於日期幾乎已經定了，所以我留下與承翰討論準備事宜。會場裡，另有一位弟兄與承翰坐在一起，承翰彈著鋼琴，他則彈著吉他，兩人正在研究一首詩歌的伴奏方式。我拉了一把椅子坐下，承翰看到我，跟那個弟兄介紹：「永騰，這是政峰弟兄，他帶我們去很多地方相調喔。」

這個弟兄身材高瘦，鼻樑高聳，有明顯的輪廓。聽承翰這樣說，他笑得爽朗。承翰接著說：「政峰，他叫永騰，苗栗人，在草屯南開唸書，放長假才回來。他家的羊肉爐很好吃喔，我們常去光顧。」

我看了永騰，他散發著一身的運動特質。於是我想到了雪山之行，試圖邀他，沒想到他一口答應。

「不過永騰，我們去的時候會下雪，這是你要知道的喔。」我好意提醒他。

永騰卻搭上我的肩說「真的？我要看雪，沒看到雪我不去。」

我們聊了開來，永騰對自已做了詳細的介紹。他家是開羊肉爐餐廳的，父親賴弟兄以前是統聯的司機，永騰在賴弟兄訓練下，十八歲就會開大客車，上大學時他家買一台二手車給他代步，是少數學生弟兄中駕駛技術高超的；因為客運駕駛工作時間很長，常疲勞駕駛，賴弟兄乾脆辭去工作。由於廚藝了得，賴弟兄自己在為公路上開了一家羊肉爐餐廳，弟兄姐妹讚不絕口，因此生意不錯。永騰放假的時候就在店裡幫忙，聯大的學生常來店裡找永騰，久之，只要永騰放假，他們就成了愛筵的常客。

承翰這時插了話：「對了，政峰，我們下週要去永騰家吃羊肉爐，賴弟兄愛筵的，你也一起來。」

有大餐可以吃我當然一口答應。我依約前往，賴弟兄的餐廳開在為公路靠署立醫院附近。這個餐廳應該說是一個竹子搭起的棚子。我走進去，聯大弟兄都已坐齊，正在盛裝佐料，而永騰穿著圍裙，忙著招呼店裡的客人。我坐了下來。這時賴弟兄把調理好的羊肉火鍋端了上來，承翰興奮地跟他介紹：「賴弟兄，這是政峰弟兄，在雪霸工作那位弟兄。」

賴弟兄身材福泰，雙眼半睜，一副生意人的模樣，說起話來卻更令人噴飯。

「是這樣啊，弟兄以後都找你相調好了，在舊造裡好好服事主，哈哈哈…」

我回他一個傻笑，他突然拍了我的肩膀：「去雪山好好照顧我家永騰啊，要平安回來。」

接著他睜大眼睛：「大家好好吃，這餐是我發明的牛奶羊肉鍋，吃了會精神百倍，呵呵呵。」他說著說著就開始咧嘴輕笑著，感覺反而像個歷經江湖的郎中，真耐人尋味。

今年即將結束的時候，小紅帽又邀了我跟其他替代役去石湯溫泉泡湯。我們在池子裡八卦時，小紅帽突然跟聲君說：「欸，我們有學弟了，明年初就會報到，我在收發有看到公文喔。」

我好奇問他：「你們不是末代喔，怎麼突然又有了。」

銘毅眯著眼，不屑地說：「我們優秀啊，所以這是管理處主動申請的。」

三十九梯的表現，讓傳奇再度延續…。

第三十二章 櫻花簇擁上雪山

我負責的業務並沒有很多機會到轄區去，更別說上山了。但在教會弟兄的推動下，使我有一賞雪山雪景的機會。限於地形環境與裝備的關係，來找我玩的人都只在國家公園週邊的景點。信評及十九會所弟兄與我過去一年的相調，使他們國家公園內的風光景色產生興趣，日月潭長泳活動後，信評便一直 push 我規劃雪山登山。

我一直到年底才與弟兄們定案雪山之行。登山裝備項目繁多，且價格不斐，去年日月潭長泳時，信評他們為了借魚雷浮標，與以勒在台北打聽到一家裝備出租店，這家店出租泳具及自行車裝備，當然也出租登山裝備。裝備有著落後，接著開始呼召參加的弟兄，老班底信評、以勒、凱昰、達也、弘翔及淵琳；達也邀了他的小羊宜聖，弘翔邀了二十六會所的世豪，而我這裡是苗栗的承翰與永騰，承翰又邀了他的小弟小龍；我回高雄時想到了冠至，跟他提出時他也答應了。去年一起參加日月潭長泳的光田，是信評大學同學，也加入行列，共十四人成隊。

雖然裝備租到了，但一些個人隨身物品及貼身衣物還是得採購。我整理出一份清單寄給每個人；登山裝備並不便宜，參加的人大部份是學生，開始尋找價位低的商店，進行省錢大作戰。我帶承翰與永騰在苗栗唯一的登山用品店買東西，但選擇性仍然太少，且它代理的主要是長毛象的商品，價位上兩位學生負擔不起，承翰只買了一隻偏光鏡，永騰按捺不住，立刻開車載我及承翰衝上台北採購。

冠至一個人在高雄，則是等我回去時約他一起去買裝備。我帶他去我常光顧的國旅卡特約店。這間算是平價的商店，令我噴飯的是，冠至買裝備毫不保留，我表列的物品幾乎都買，他買了登山鞋、長褲、雪鏡、甚至高價位的 GO-TEX 也買得下手。我看了一直吞口水，問他這樣買都不會「痛」喔？冠至回答更妙：「這還好吧，生命安全比較重要。」

參加的人大部分都是十九會所及台北的弟兄，冠至也會返回台北放寒假。所以我們時間敲定一月三十日在十九會所會合。我要連請三天的假，但年初是採購案最忙的時候，我加緊趕工，在入園申請一個月前的第一申請時間上網填表。

我沒告訴任何人，但是因為入園申請是同事審核的，還是引起騷動。皞皞有一個重要活動要發包出去，一度很緊張，不斷追蹤我的進度，怕到時開天窗。美瓊主任開玩笑說：「你去爬山要不要再幫你宣傳？」算是這個過程的一個插曲。

為了載十五個人，除了信評推說他的車老舊外，包括我、永騰以及光田，有車的人都出車了。並借宿十九會所。我們到會所那天，正好是福音聚會，結果承翰的弟弟小龍在這個聚會後受浸。

我們申請入園的行程自一月三十一日開始，信評的工作只容許他自當天開始請半天假，我們只好睡到自然醒再整裝。三部車十五個人加上十五個大背包可真的窘了，車子再無任何多餘空間。於是所有人都是抱著大背包坐在座位上搭車。走雪隧從宜蘭進入開了五、六個小時的車，在晚上七點抵登山口。原本我們要在木平台上燒水準備晚餐，再摸黑上七卡。登山口辦公室卻燈火通明，走進一看，見燕伶陪著另一個保育志工碧玲姐服勤。天氣凍寒，碧玲姐煮了一鍋火鍋，與燕伶及幾位解說志工在裡面圍爐。

燕伶看到我卻一點也不驚訝，只淡淡地說：「怎麼這麼晚才到，是要夜攀喔？」我傻傻笑著回應他的詢問。所以我們水也不用燒了，直接使用辦公室的熱水，大家坐在簡報室舒適地吃晚餐。我們給保育志工檢查入山與入園許可證件後，背包上肩，鎖好車輛，戴上頭燈往七卡山莊前進。寒冬的中海拔山區，氣溫甚低，山徑瀰漫著霧氣。今天是農曆十五，月光遍灑山徑，景色依稀可見，過了觀景台，忽見步道變白，走在最前面的以勒首先發出驚呼：「有雪，下雪了。」永騰隨即快步向前，踩的雪地上的細冰清脆作響：「政峰，你說的沒錯，果然有雪。」

我也很興奮，其實我也是第一次在雪東線看到雪。然而降雪的高度這麼低，是很令我意外。弟兄們受到激勵，走起來特別有精神。很快抵達七卡。非假日期間七卡山莊完全沒有人預約，我們從容找了床位。然而因為太陽能發電這陣子故障待修，大家用頭燈照明整理床鋪後歇息。旅途勞頓，卻遇見雪景，心情得到舒緩，因此一夜好眠。

二月二日，陽光普照的好天氣，大家踏著雪上雪山。元月後的高山，氣溫夠低，水氣也足。隨著高度上升，路上雪愈來愈厚，到了哭坡前觀景台，地上已經像一片白毯。我們在平台上煮中餐，就地取材拿了雪塊當水源，直接放在瓦斯爐裡煮溶煮沸，統一由我們的主廚凱昱烹調，品嚐雪山純雪水煮麵，別有一番風味。

午餐後登上哭坡，氣溫更低，路面的雪混合雨水結成冰塊，大家換上冰爪以防滑倒，抵達東峰，終於在人生的紀錄裡留下第一座百岳，弟兄們更加振奮，紛紛在山頂拍照。東峰下面的直升機停機坪上，山友遺留一個雪人，大家跑下山坡圍著它嬉鬧起來。永騰跟弘翔拿了枯樹枝，把雪抓成球狀，開始打起雪中壘球了，忽然永騰踩到一個洞，叫了起來：「哇，這是什麼？還有寫字『黃嘉龍』…」

熟悉的名字，我趕忙去看：「是嘉龍弟兄的博士論文實驗啦，不要給他弄壞了。」

回想去年暑假我跟著嘉龍上山，為了探究永澤蛇眼蝶幼蟲的越冬行為，嘉龍設計了這個裝置，把牠的食草關在一個空間中，定期觀察。這個關幼蟲的罐子歷經了秋冬，有遭到白雪覆蓋的痕跡，上面用洗衣袋克難式地做成隔離網，內有紙條寫著：「實驗中，勿擾」。

弘翔好奇看著：「是仲君的同學麼？這個罐子中有蟲麼？」

「不知道耶，這不能隨便打開吧，還是別動牠比較好。」我要弟兄們小心繞過網袋，天將黃昏，我們得儘速到三六九，希望嘉龍的實驗能順利。只要永澤蛇眼蝶的雪山地區生物學研究完全，雪霸的冰河孑遺生物就能再添一名。

二月三日，一樣的攻頂路程，不一樣的情景。黑森林仍舊陰鬱，只是冷杉枝條上覆蓋了厚厚白雪，我從未想過雪山的雪有這麼多，林中唯一的山泉，凝成一根根銳利的冰柱，這世界，似乎也隨著低溫凍結了。進入圈谷，彷彿電影中的白色大地，北國世界的降臨。山谷的杜鵑已被埋在雪堆中，望去一片平坦。雪好深，不小心踩到較鬆軟的地方，都會陷到腰際。

十五個大男生通過險峻的圈谷，抵達白色的雪山主峰。峰頂受風大，雪易被吹散，露出斑駁的石塊。一眼望去，冬季的高氣壓迫使雲霧沈降，雪中矗立的主峰，突顯在雲海之上，更顯出巍峨的莊嚴。大家坐在標高石碑上，欣賞這天地盡在腳下的美景。

我指著西北方向說：「那裡就是觀霧、旁邊是加里山，再過去就是苗栗。」

信評一聽，興奮地問：「加里山在哪裡？讓我高興一下。」

還記得我們的加里山之行，配件不足跌得東倒西歪。這次上了雪山，裝備完整，還登上比加里山高近一倍的台灣第二高峰。大家更有著睥睨俯瞰的喜悅。

遠望加里山，真的好像在山腰間的一座小山而已。

賞完雪景，因為我們的入園行程只到今日，回到三六九便立即整裝下山。回到武陵才中午而已，我另有安排參觀鮭魚館。午餐後，復育中心午休結束，我便連絡替代役NO1（余帝）幫我開鮭魚館，讓大家一睹國寶魚的丰采。

也許是登過百岳的欣喜與輕鬆，大家注意到武陵一片落英繽紛。整片山谷的萬紫千紅，是退輔會武陵農場數十年來，栽植不同品種櫻花的成果。這次登山行程，讓我們巧遇武陵一、二月份的櫻花季。

「這就是所謂的桃花源麼？」正在路邊教冠至開車的永騰，伸手碰觸隨風飛散的櫻花雨，笑得開懷，是對這次行程滿意的表示。

鋪滿一地的花瓣，願我們下次再來訪的時候，仍舒展著笑靨迎接我們。別像「桃花源記」中的結局：「尋向所誌，遂迷不復得路。」

第三十三章 碗公

雪山相調後緊接著就是農曆過年，我習慣過年不出門的，因為我不喜歡人擠人。但在今年春節假期，我卻要忙著做一份上課簡報。因為四十八梯替代役將在過年後到管理處報到，我是他們的專訓講師之一。這兩年來，我累積的攝影作品已經夠多，所以我不再以「雪霸的昆蟲」為課程主題，改以管理處週邊的生態之美分享「汶水四季」。這等於是重新做一份二小時的簡報，所以我必須利用春節一個多禮拜的假期來趕工。

三十九梯替代役原本是不受歡迎的，管理處的立場是等到他們退伍後快快送走，以後別再有替代役了。不過他們的表現卻十分優秀，至少沒有吸毒、打架、逃兵事件發生就勝過二十三梯了。他們更分攤不少同仁的工作量，填補業務上的空隙；像武陵的復育池，在建楷的貢獻下，又恢復了國彰時的氣象，NO1 的野外求生技能，常是雪山地區山難搜救時的得力助手。如果少了這些年輕人，許多同事一下子會覺得不習慣。管理處決定第二年繼續提報替代役名額。

一月十七日，阿順已先退伍。二月十三日，Taro 提著行李走出宿舍，卻見門外人聲沸騰，阿貴領著一群替代役集合在廣場，跟他們講解注意事項。

「是學弟喔，阿貴！」Taro 露出陽光的笑容，阿貴點點頭，準備跟這些學弟介紹：「學弟們，他是…」

「我是 Taro，來自山中的泰雅族，呵呵呵，我要走了，叫阿貴多多照顧你們啦。」不等阿貴說完，Taro 就興奮地介紹自己，發揮他的社交專長，與四十八梯聊了起來，開始傳授「服勤秘技」。阿貴面露尷尬，一直給 Taro 使眼色，Taro 察覺後立即收斂，向阿貴眨了一下左眼，就飄然而去。

「Taro，等一下。」阿貴叫住了 Taro。

「幹嘛，捨不得我喔。」Taro 轉頭一笑，俏皮地看著阿貴。

阿貴跑了過去，說：「這陣子，很謝謝你」

Taro 搭了阿貴的肩，說：「沒關係啦，選幹部是一場錯誤，過了就算了，同梯都是要退伍的，人要往前看，對不對？」

阿貴輕咬著雙唇，看著 Taro 離開。

我的課是二月二十六日上，時間剛好是午休後，我先到遊客中心視聽室開啟檔案及單槍。不久，阿貴帶著替代役陸續進入，排排坐好。以軍人式禮儀問候：「起立、敬禮『楊老師好～』、坐下。」讓我好不彆扭。因為阿貴不是一個肅穆的人，這回卻硬擺出教育班長的架子，讓我笑在心裡。

阿貴把學弟交給我後便離去，眼前十來個理著小平頭的年輕人，生澀地看著我。我秀出過年做的投影片，濤濤不絕地講課：這是我把這兩年來於管理處週邊觀察到的四季生態變化，用照片以串接故事的方式介紹出來，並輔以隨時提問的方式，希望這種生態之美能引起年輕人的目光，也讓分配到管理處服勤的替代役有觀察自然的題材。

講完課，我想他們應該感到興趣，因為沒有人睡覺，而且應答及互動很踴躍。下課後，我收拾簡報器材，解散替代役正要離去，一個瘦削的替代役，卻站在座位旁的走道上，表情深沈，以犀銳的眼光注視著我，似乎有話要說。我停了下來，他便開口：「請問楊大哥，你用的是什麼牌子的相機。」

機車哩，上課時怎麼不問。我告訴他我剛換的 Nikon D200 機型。

「那以後可以多向你請教攝影的問題麼？」

「當然可以啊。」

這更機車，小子，你也要分配在管理處服勤才有機會吧。

一週後，所有替代役分配完畢，這個瘦小子叫煒鵬，與另一個較黑壯的替代役阿翔分配到解說課，所以三餐我們都遇得到。煒鵬十分圓滑，講話又機敏，很快與我攀好關係，並加了我的 msn 帳號。我上線後看到他出現，暱稱寫著「碗公」兩個字，於是我敲他：

「煒鵬喔，問你一件事。」

「什麼事？峰哥，請說。」

「為何你叫碗公，都吃一碗公麼？」

「沒錯，我食量很大，所以暱稱乾脆叫碗公。」

每餐都吃一碗公還這麼瘦，他若不是腸胃有毛病，就是吹牛。

這梯替代役人數比三十九梯少，三十九梯只剩下阿貴、小紅帽及銘毅還沒退。我在三餐時常有機會與他們同桌，於是我特別去注意煒鵬吃飯。他們自備個人的碗筷，煒鵬的碗確是個大碗，他一碗吃過一碗，我算算共三碗。哇靠，真能吃！

除了煒鵬，其他的替代役與我交集很少，與小紅帽他們剛來時一樣。直到銘毅退伍的前一天晚上，四十八梯與另兩位三十九梯阿貴、小紅帽，以及小洪在宿舍一樓交誼廳買了滷味、鹽酥雞、飲料給銘毅送行。小紅帽打分機請我下樓參與，我坐好後，小紅帽立刻跟學弟們說：「這是峰哥耶，你們要多找他去泡湯，主動跟他說話，不然他都不會理我們。我們剛來時他對我們很冷淡，找他泡湯才跟我們說話的。」

我笑著看了這些新生，那個黑壯的替代役拿起飲料敬我：「峰哥，我是阿翔，多多照顧啊。」

我看了他，頭髮稀鬆，皮膚黝黑，於是問他：「請問你是原住民麼？」

四十八梯替代役立刻起鬨：「峰哥，你猜他是哪一族的？你絕對想不到。」

我以狐疑的眼光看著他，阿翔反應有點大：「我不是，我絕對不是。峰哥，我是閩南人而已啦

「喲，我看你長得很像原住民。」我再仔細打量他。

「我經常被誤會啦，我只是閩南人而已。」阿翔一直澄清自己的身份。

這梯在管理處的學歷很不整齊，有高職、專科，還有碩士班畢業生及博士候選人。

當時國銘也住宿舍，自那次聚會後，我們就常邀替代役一起去泡湯。

而因為三十九梯的表現，管理處也取消了替代役每晚的集中閱讀，晚上可以在宿舍自由活動了啦

第三十四章 雪見三劍客

二月底，晚餐時吳主任跟貓頭鷹說：「貓頭鷹，你學弟來了後，你就是班長，要負責把工作都教會他們，你再草擬一份『雪見替代役生活規範』給我，以後站裡依據這個規範管理替代役。」

由於雪見管理站正式運作，四十八梯有三個分配到雪見站。三月五日由駐站司機阿昇開公務車與貓頭鷹一起去接送回去雪見。公務車是高底盤四輪傳動車，適合行駛在巔跛的司馬限林道上，需開三十多公里的路程才會到達。車行深入泰安鄉，兩旁櫻花開得正盛，點綴出夾道的紫紅色，看得三個替代役睜大了眼睛。

貓頭鷹看到他們的表情，轉頭說話了：「雪見很冷喔，有沒有多帶衣服，你們是哪裡人？」

一個表情常保笑臉的替代役說：「我叫小蟲，家住屏東。」

另一個替代役馬上回應：「我也住屏東，我叫小雞。」

阿昇張大眼睛，笑著說：「都是同鄉喔，那你也是屏東喔？」

剩下一個體格精壯的替代役，卻面帶羞澀，安靜地看著大家。

小蟲用肩膀推了他一把：「欸，換你啊，怎不說話。」

這個役男笑得靦腆：「我叫小黑，住大湖，是原住民。」

阿昇不假思索，轉頭看他：「是泰雅族人喔？」

「是…是的。」

中午，公務車抵達雪見站，管理站位在林道邊，配合地形設計成一座長扁的建物，有兩層樓，一樓是遊客中心、福利社。二樓則是辦公室及多媒體放映室。役男們提著行李下車，貓頭鷹告訴阿昇：「昇哥，帶他們到宿舍去，因為要吃中飯了。」

公務車繼續往宿舍開去。員工宿舍在管理站後方，也是兩層樓的建築，二樓有餐廳及員工休息用交誼廳。兩棟建築相隔約三十公尺，相通的步道穿差在柳杉林與櫻花樹之間。

下車後，貓頭鷹領著三個役男把行李放到二樓，權充替代役寢室的唯一通鋪。然後一起到餐廳去。吳主任已與其他員工在餐廳等候，他嚴肅地說：「歡迎各位，貓頭鷹是你們的學長，以後你們的生活、工作都要向他請教。」

三個人不約而同回答：「是的，主任。」

海拔一千八百公尺的雪見，是屬於針、闊葉混生林帶，冬季林間常有霧氣瀰漫，如罩上一層薄紗。沿著步道規劃的遊憩區呈現帶狀，因此旅遊腹地不大，但東邊是綿延的山脈，下雪時可見莊嚴的白色聖稜，故有「雪見」之名。秋冬時氣流沈降，大安溪谷上空常飄浮潔白雲海，是這個地方的遊憩特色。

三月六日，清晨七點，貓頭鷹已先起床，看到其他床鋪上的三位學弟卻仍在被窩中，他走過去搖了搖：「起床了，小蟲、小雞、小黑……」

三個役男睜開眼睛，翻開棉被準備下床，小雞卻叫了起來：「好冰呀，怎麼這麼冷？」小黑與小蟲則臉色蒼白，棉被無法離手。

貓頭鷹看了，兩眼眯成一條線，露出他招牌的深沈笑容：「這裡濕氣重，而且是中海拔，當然比較冷了。快試著起床，還有很長日子要過耶。」

小黑是泰雅原住民，體格精壯，只是從小住在大湖平地，不適應雪見的低溫。他是第一個忍著低溫下床盥洗的。

貓頭鷹拉了其他兩人的棉被：「快點啦，等下有很多事要交待耶。」

小蟲對小雞痛苦地下了床，進浴室盥洗，貓頭鷹便到外面走道等候，突然聽到數聲慘叫！貓頭鷹急忙奔進浴室……

「學長，這水怎麼這麼冰，臉好痛呀。」小雞一張臭臉，攤著手，不敢碰他的毛巾。

貓頭鷹大笑：「哈哈哈，這也是要習慣的，慢慢來。」

三個替代役漱洗完畢，換上運動服走出宿舍。貓頭鷹帶領他們到步道上，說「因為你們以後要常跟著安良及鴻運兩個巡山員大哥上山協助處理事情，主任交待早上要我帶你們跑步維持體力，你們可以吧」

小蟲個性爽朗，臉上常掛著笑容，神經又大條，是三個役男中適應環境最快的，他拍著胸脯說：「學長，我們雖然沒念什麼書，但是我們的體能可不差。」

「那就跑吧，我們從管理站跑到盡尾山步道再跑回來，加油喔！」說完貓頭鷹帶頭往林道跑去，跑著跑著，貓頭鷹卻覺得這三個學弟喘氣聲非常地大，無法跟上他的腳步。

「天啊，你們這是剛下成功嶺的體能麼？」貓頭鷹只好停下來。

「呼！呼！呼！學長，我們不知道為何喘不過氣啊。」高瘦的小雞彎著腰，兩手放在膝蓋上輩過地喘著，其他兩個則一臉呆滯。

貓頭鷹恍然大悟：「哈，我明白了，這裡海拔較高，空氣比平地稀薄，你們還沒調適過來，那我們跑短一點，跑慢一點吧。」

小黑問貓頭鷹：「學長，為何你都不會喘啊？」

貓頭鷹笑著說：「很快你們也會像我這樣了，因為我經常跟巡山員巡山，體力就這樣練出來的。」

三十九梯的替代役幾乎退得快差不多，貓頭鷹與小紅帽因為是專長申請的替代役，所以役期要比一般替代役多上三個月。由於他是開站的元老替代役，雪見許多軟硬體都仰賴貓頭鷹從旁協助，所以被主任視為左右手，至今地位仍屹立不搖。雖然加上三個四十八梯，但管理站仍在草創階段，人力永遠是吃緊的，四個役男常出外會同巡查、修復設施及勘查路線。

四月中旬，梅雨紛紛，已連續半個月未曾放晴。因為天候不適合外出，所以替代役都留在站內整理環境及協助處理雜務。剛吃完早餐，吳主任坐在辦公桌處理公事，電話卻響了，主任接起了電話，一陣交談後，他站了起來，叫了正在整理器材的巡山員安良：「安良，屏科大裴老師的學生上來雪見架相機，司馬限十八．八K的地方大雨沖斷道路不能上來了，你開公務車去接駁。」

安良收到命令後開了車出去，其他人則繼續份內的工作。小雞站在影印機前幫主任印資料，拿取紙張時卻推倒一個杯子，清脆的碎裂聲讓每個人都抬起頭來！

「幹什麼，印個東西也印不好，小黑，你們把地掃一掃。」吳主任大聲斥責。小黑與小蟲彼此對望，小蟲低聲嘀咕：「每次都出狀況，害我們被叮。」小黑則有點無奈的表情：「沒辦法，他動作不靈活。」

這時辦公室電話又響了，主任接起電話，講完後，臉現不悅。他把蝙蝠俠叫來：「蝙蝠你連絡小馬租車，安良車開到二十k的地方，排氣管撞到坑洞壞了。」

蝙蝠是去年雪霸開出的自然保育高考缺中，增額錄取進來的，處長把他分配到雪見站。他正在東海生命科學系修博士學位，由於論文主題是研究蝙蝠，所以大家都叫他蝙蝠俠。

蝙蝠打了電話後，跟主任說：「主任，小馬租車的說他們的車無法到安良那邊，因為路斷了。」

吳主任忖了半晌，眼神轉向貓頭鷹：「你帶三個學弟，騎摩托車過去，把修車師父及排氣管接駁到事故地點。」

這陣子梅雨鋒面過境，天空一直烏雲密布，司馬限林道陰霾地像黑夜。三部摩拖車行駛在林道上，抵達十八．八K路段，苗栗來的修車師父已等在那裡。他把工具放到小黑的車上，再坐上小蟲的車，五個人就這樣騎著機車往雪見去。

安良看到貓頭鷹出現，如釋重負。「謝謝你們啦，我等好久，車子不能動，也不能去哪裡。」

「安良哥，天氣冷，你先吃點東西。」貓頭鷹遞上主任交待準備的熱食。同時修車師父察看車況，跟替代役說：「我要請你們幫忙，在我換排氣管時，你們幫我扶著。」

四個替代役合力幫著協助修車師父，一個小時後，修好了車，天空也飄起了細雨，他們沒帶雨衣出來，四個人頭髮也濕了，身上脂肪最少的小雞最怕冷，開始顫抖了起來。公務車上只有二件雨衣，安良拿給了貓頭鷹及小黑，讓小雞及小蟲上車，立刻發動車子，奔向十八．八k的地方接了裴老師的研究生上來回到管理站，結束了這場雨中道路救援記。

梅雨漸緩，雪見站連外的道路多處損毀，除了修補路面，雪見站也必須規劃明年開放初期時的遊憩路線，因此替代役們會同巡查的頻率增加了。一天晚上，貓頭鷹坐在電腦前，聚精會神，右手一直點著滑鼠。小蟲發現他今晚不多話，趨上前去：「學長你在幹什麼？」

貓頭鷹仍然不發一語，雙眉微鎖地看著電腦螢幕；小蟲順著他的目光看去：「哇，這是我們的地圖耶，讚喔。」小雞及小黑也靠了過來。

貓頭鷹跟他們說：「雪見要設置一個導覽圖，因為我跑了很多點，心裡有個底，主任叫我把圖畫出，提供給廠商製作。」

小蟲看了說：「嗯，還蠻詳細的。」

四月底，吳主任、蝙蝠俠、巡山員鴻運、安良及四個替代役，大家站在遊憩區的入口停車場叉路前，貓頭鷹架好了腳架，裝好相機：「大家找好位置，留一個空位給我喔。」這時每個人都已站定位，貓頭鷹按下定時十秒的快門，跑了過去，「咔擦」一聲，留下一張雪見站合影，背後正是貓頭鷹設計的導覽圖。

吳主任握了貓頭鷹的手：「貓頭鷹，謝謝你的幫忙，祝你一路順風，以後要常回來走走。」

三位替代役也來跟貓頭鷹握手：「學長，多謝照顧。」

鴻運已發動公務車，準備送貓頭鷹下山。雪見因為沒有大眾運輸工具，替代役休假都配合公務車下山的時間。

貓頭鷹上了公務車，往司馬限林道離去，車子消失在視線中。雪見，這個最親近聖稜線的地方，雲海翻湧的大安溪谷上，何日再造傳奇！

第三十五章 驪歌落幕，宅男進行曲登場

汶水偌大的青草地上，綠草鮮嫩肥美，除有野兔跳躍其間，許多棲習於草生地的動物也經常出現。北側靠溝澗的林緣，住著一個黑冠麻鷺家族。我會發現牠們，還是我邀阿貴早上去拍一個奇景而見到的。在二、三月間，季節正在轉換時，冷暖空氣交會下，清晨常有濃霧發生，偶然地我察覺隨著太陽的昇起，氣溫升高，在生態湖上的霧氣則慢慢沈降，瀰漫在湖面上，有如舞台上噴乾冰的仙境場景。但季節進入初夏後，這個景觀就會消失。

二月三十日早上五點多，我邀阿貴一起去拍這個奇景。天氣很冷，我們都是很「努力」地從被窩中鑽出來。帶著睡意走到生態湖邊，白色的霧氣已受到陽光蒸騰，不斷往上飄散。我們雖抓緊時機拍攝，美景總是稍縱即逝。沒幾分鐘，白霧便隨著陽光逸散，湖面再現清澈。

這麼短的時間很難拍到好照片，我們帶著睡意，悵然走回宿舍，卻瞥見一隻不小的鳥在北側的草皮踱步，斑駁的羽色排列擾亂了我們的視覺，不易辨清牠的輪廓。我拉了阿貴上前，鳥抬起頭來，胸肌開始左右擺動。

「峰哥，那是什麼?像一隻雞耶。」

我看清了他的外型，告訴貴維：「是黑冠麻鷺，跟小白鷺、黃頭鷺都是鷺科的近親。」

「是喔，那牠不去水裡找魚吃，在這裡幹嘛？」阿貴疑惑地問。

「哈，鷺科的鳥也沒有全都要下水的啊，黃頭鷺就只在旱田上覓食昆蟲，黑冠麻鷺也是只在草地上覓食。」

阿貴恍然大悟：「喔，原來如此。對了，峰哥，我想麻煩你一件事。」

「什麼事？」

阿貴收斂起笑容，正經地說：「峰哥，我四月三十日以後就退伍了，我要在管理處放煙火慶祝，你幫我拍下來好麼？」

放煙火慶祝退伍，真新奇的想法，於是我一口答應。

四月二十九日晚上，我帶著相機、腳架，偕同阿貴來到遊客中心。我們花了一點時間選景，最後阿貴決定在污水處理廠放煙火，而我則是站在生態湖邊的木平台上拍攝，希望捕捉到煙火映照湖面的構圖。商議已定，我們各自就位，以手機連絡。

「峰哥，好了麼？我要放了喔！」

我調好快門光圈，回電給他：「好了，放吧。」

夜空中，沒有光線的汶水遊憩區，迅速升起一條光束，斯斯作響。隨即在空中爆發開來，我立即按下快門，卻沒抓住煙火綻開的時機，失敗了。

阿貴共準備三顆煙火，於是我重新調整快門速度，重新嚐試，第二顆又失敗了。

我告訴貴維，我要重新評估按快門的時間，請他再小心放。

手機那端：「好了麼？三、二、一，放了…」

光束直上雲霄，我看著煙火速度減緩的時機，接下二秒的快門，就在煙火炸開時拍攝完成，終於成功拍到了。藍色的放射光線，鑲在八角亭的夜空，湖水映照一輪火花，很歡樂的圖騰，卻也有藍色的憂鬱。

「保重了，阿貴。」

「謝謝你的照顧，峰哥，我都在苗栗，常來找我啊。」

四月三十日，小紅帽及阿貴收拾著行李，辦理了退伍手續。開啟了四十八梯替代役的時代。而資訊外包人員小洪的稱呼，也被四十八梯改成「五哥」。

宿舍原有的無線網路極為不穩，加上資訊安全的考量，資訊室在今年發包施工，宿舍也改為有線網路。四十八梯替代役由於已取消集中研讀出版品，在寢室的時間變多了，他們大部分的時間都待在電腦前，幾乎都足不出戶，簡直就是在演出宅男進行曲。

四十八替代役分配到管理處只剩六個，包括學歷最高的逸旻及富棋。煒鵬雖然說希望跟我出去走走，但這小子還是喜歡跟電腦做伴。我實在好奇他倒底有什麼事會那麼忙；一天晚上，我去他們寢室看他們在做什麼。煒鵬坐在電腦前，看我走近仍在注意他的電腦。一台華碩的筆電，外觀仍很新穎，看來還沒買多久。煒鵬注意到我的目光，臉現得意：「這台電腦是廠商送給我的，不用錢。」

「廠商？送你？」我帶著非常大的疑惑問他，他正在瀏覽的是個拍賣攤位。煒鵬看我注意他的網頁，轉過頭來跟我說：「我家是開美容及洗澡用品的啦，都在網路上銷售，但是我家的人不太會用網路，所以我要幫他們處理訂單。」

當替代役也要抽空幫家裡處理生意，我真是服了你了。

我有好一陣子沒出去拍兔子了，全因這些宅男拖不出去。一樓走道上，卻不時傳來五哥的喊聲：「你們不要再給我下載東西了～～～～～～。」

宅男們都把時間花在電腦上，所以連線的電腦遊戲就佔了不少頻寬。由於宿舍是另一條獨立的網路線，太多遊戲的動作就會影響到流量。身為網管外包廠商的小洪，察覺網路速度變慢，就會出面制止。

「唉喲，五哥，再等一下，就要下載完了，不會影響到大家的啦。」我終於知道煒鵬為何講話那麼油滑了，因為他是生意人的嘴。台灣俗話說：「生意嘴，呼蕊蕊。」

終於，小洪認為無法再通融下去，而且他也擔心這些不經事的年輕人下載了什麼爭議的東西，於是他關閉了 p2p 及 FTP 通道。這下可好，連我也受到影響了。我有一個個人網頁要維護，沒了 FTP 伺服器，我只好找其它上傳軟體來更新我的網頁了。

並非每個四十八梯都那麼宅，高知識份子逸旻及富棋就沒有把所有時間放在電腦上。巧的是，兩個人住同一寢且都有學過氣功，逸旻練的是養生氣功，富棋學的則是先天功。那時我也剛學了武術氣功，因此我們都約了每天清晨早餐前到生態湖邊練功。初春的早上，房間地板很冰涼，棉被外面也是涼的，起床是很痛苦的事，但兩個替代役每天都定時打分機上來「morning call」，有伴一起練氣功，至少有起床的動力。逸旻在專訓時受到我「汶水四季」的內容吸引。一直希望我帶他跟他老婆出去玩，因此我們也在籌備鎮西堡之行。

四月螢火蟲季，解說課辦了幾場大窩螢火蟲之旅。而過去一年來，我也發現不少螢火蟲「秘密基地」及油桐花步道。星光大道的奇觀，終於讓這幾個宅男肯走出戶外，不再死守電腦了。

第三十六章 螢火蟲大瘋狂

煒鵬專訓時跟我提到想買單眼相機，他一直拖到四月才買。連帶的逸旻也跟著買了，兩個人都買Nikon D80。買相機後總要走出戶外拍照，那時又正逢螢火蟲大發生，我與阿貴每天出去瘋螢火蟲，拍回來的照片十分誘人，就像我在課堂上講的那麼精彩。於是這些替代役晚上全都跟著出來了。

黑翅螢成蟲的口器退化，無法進食，僅憑幼蟲進食一年貯存的能量維持生命。受限於壽命，大發生只有二十天左右的時間。有了去年的經驗，我告訴他們當各處角落開始閃爍時，就要抓緊時機拍攝。

管理處在大窩辦了賞螢活動，解說課的煒鵬及阿翔都有去支援，我則受託支援攝影工作，通常這是雪霸替代役第一次與螢火蟲的接觸。不過大窩已是個生態旅遊景點，經過雪霸兩年的推動，賞螢的遊客愈來愈多，這個地點開始顯得擁擠了。我不喜歡人多的地方，過去一年，依據我對黑翅發生地的了解，在大湖、獅潭尋覓幾個我推斷可能大發生的環境，在今年季節初期去觀察，幾乎都印證了我的判斷。

於是我放棄了大窩，帶他們去獅潭清泉及義民廟的「基地」。螢火蟲的魅力無法擋，每天下班晚餐後，他們也是跟著我去星光大道報到。逸旻及煒鵬因為已買了相機，他們兩個跑得最勤快。拍螢火蟲所需要用到B快門、腳架及電子快門線來做長時間曝光。對剛接觸攝影的兩個人來說，所有器材卻很快就買到定位了。因為他們都有自已的財源或事業，煒鵬是家中網路商店的小老闆，逸旻博士候選人拿到後就辦了休學，專心經營自已的通訊及網路規畫公司，所以兩個人購買攝器材，在資金上並不成問題。

苗栗鄉間的螢火蟲大發生，過去我傳了不少照片給朋友及我認識的教會弟兄看，很多人大為驚豔；季節將開始的初期，便開始有人預約了。但二十天的發生期，高峰期卻只有兩週，因為四五月份是梅雨季，若再加上天氣的因素，黑翅螢的「賞味期」就很短了。一堆朋友都爭著要來看螢火蟲，幾乎擠在同一個週休，我算算共有六團，抵達及離開的時間都不一樣。那一週，我練就了「六分身」的特技。其中有三個召會是與凱臨及冠至關係最密切的台北十二會所、二十六會所及高雄市後驛區召會。但是兩位男主角都沒有來。

我曾幾次邀十九會所的弟兄來賞螢，但十九會所與三會所都是台北市召會中相當「操練」的兩個會所（註一），學生的訓練、特會很多。而賞螢時間又是螢火蟲定的，他們很難抽出時間以團體行動出來，結果我只邀到以勒。以勒生長在教會家庭，是標準的兒童班出身，然而他喜愛運動及新奇的事物。自他認識我之後，我邀約的每一場相調他幾乎都參與，因此賞螢他早期待已久，所以一口答應來找我。

冠至在台北的家位在二十六會所，但二十六會所會來賞螢卻非冠至之故。去年底北台灣的全時間服事相調選在大湖，他們與我們小排時我談到螢火蟲大發生，二十六會所的全時間服事者陳有喜弟兄聽得兩眼閃爍，告訴我蟲季時「務必」通知他們。

十二會所則是我想邀凱臨，卻只有他的兒童班同伴李讓及宏邦來；高雄市後驛區召會本希望冠至帶著高醫學生北上，結果只來了美玲姐妹一家及二個高醫學生。

其實我只邀以勒、高醫學生及金門朋友小白而已。我們時間都定四月二十日的週休，也就是解說課舉辦的大窩賞螢活動時間。以勒因教會特會，所以要在週六下午到。不久我接到有喜弟兄的電話，說他要帶二十六會所的青職們來看螢火蟲，但他們分兩梯前來，而此時高醫美玲姐妹也來電他們可以成行。這麼多團，我要怎麼接待！

還好有喜弟兄他們大部份只計劃一天來回，我就幫後驛區申請兩間宿舍。我想一切都安排妥當，應該可以喘口氣了，那個週四，調去大甲鎮公所的老同事乾財回來找我看螢火蟲，那時解說志工多乃曾介紹他在司馬限部落的木雕工坊也有黑翅螢大發生，所以我就趁這個機會帶乾財全家去看。那天景祺因為晚下班也跟著我們的車去，而煒鵬跟阿貴他們因為第二天支援賞螢活動沒有回家，貓頭鷹則休假來管理處。我跟乾財開兩部車帶了他們前往司馬限部落。多乃是當地原住民長老，人們戲稱他是司馬限的「限長」。

就在我們於「限長」家附近「撲流螢」時，我的手機響了。我接了電話，竟是李讓帶著宏邦前來，且已在苗栗往大湖路上，我必須去接他們前來。我只好開車火速走司馬限林道接了他們來，至於住宿問題，我把他們兩個塞在我房間。

今年的螢火蟲季，人跟蟲都瘋狂！

第二天週五李讓他們兩人因為晚上有聚會先行離去，一早上班前，我送他們到管理處外面台三線上的水尾車站搭車。下午，高醫弟兄姐妹先到了，美玲姐妹帶著三個小孩，學生只有漢弘及仁傑，我帶他們去我發現的新景點「好望角」後，便走苗二十六線這條捷徑穿過山區前往獅潭，抵達我今年的秘密基地之一：鳴鳳古道附近的檳榔園。這個地點很隱密，且園子用鐵柵門隔開，但裡面陰暗潮溼，很適合黑翅螢繁衍。我帶他們從柵門的間隙穿入園子，這裡面沒有路人遊客，主人在太陽下山後也離開，可以安靜賞螢不受打擾。我們把晚餐帶進去吃，在水泥路面上席地而坐，吃著吃著就唱起詩歌來了，伴隨著週遭如聖誕樹般閃耀的檳榔園，度過一個驚奇的夜晚。

返回宿舍時，二十六會所第一梯聖徒也抵達，他們只有四個人，我分出第四個分身去接他們過來，然後把他們拆開，與後驛區的弟兄姐妹分住我申請的兩間寢室；四月二十日，我帶他們兩團到馬凹溪走走，吃過中餐，後驛區弟兄姐妹先行離去。因我是賞螢活動的攝影工作人員，下午我跟替代役都必須去遊客中心做準備。這時有喜弟兄帶著二十六會所其他的弟兄抵達遊客中心，這是我分出第五個分身接待他們。但他們沒報名賞螢活動，當有喜弟兄看到遊客手拿螢火蟲造型燈籠，他就請我找同事要兩個給他，結果他們會所的小朋友很喜歡，又叫我去凹兩個。我臉上頓現三條線：這活動我可不是贊助廠商，我只是一個小小的工作人員耶！

活動前所有遊客在遊客中心櫃檯繳報名費後登上接駁車往大窩，在那裡聽取螢火蟲簡報。這時以勒來電告知他已搭車到苗栗，因活動還沒開始，我的「第六個分身」立刻出動，飛車趕到苗栗火車站，同時小白也帶了朋友抵達，我一併帶回。回到大窩，大家已開始享用活動中安排的桂竹筍大餐。四月份是黑翅螢的大發生及油桐花的花季，桂竹筍也趁著梅雨冒出。所以大窩文史生態學會在賞螢活動中安排竹筍炒米粉及竹筍湯，算是推廣這地方生態旅遊的一環。

其實我原本想接待的只有以勒、小白及後驛區的學生而已。但「聞螢火蟲盛名」而來的實在太多，反而讓我像個應接不暇的「職業導遊」。我原本只是喜歡與朋友一起享受大自然的美景，和教會弟兄分享神造的奇妙。自這次賞螢相調後，我開始重新思考接待的方式。因為我希望的只是「同樂」，而非「服事」。

今年我拍攝的螢火蟲，也從大發生的大景，開始嚐試螢火蟲的特寫。為此我特地添購一支105mm micro 防手震鏡頭。由以勒幫我拿手電筒補光，我用十秒以內的慢速快門拍特寫，在耐心等到螢火蟲安靜不亂動後，一個晚上下來終於拍到一張發光的黑翅螢獨照。

註一：操練是表示對真理的追求無時無刻，並積極參加各項訓練、追求、特會及叩門傳福音，因此聖徒行程都滿檔，沒空想「世界」的事。

第三十七章　火把節戀歌

在我思想漸漸成熟的時候，立定目標想當一個老師，講授我所學的知識、為學生解惑、分享人生經驗。所以在東海生物系時，我算是系上公認數一數二的用功學生之一，希望能有機會唸到博士，在大學任教，完成我教育的夢想。可惜因為家庭因素，我最多只能唸到碩士班。

不過在一些機會中，證實我有講課的天份。上台北唸台大碩士班時，為了賺取生活費，我應徵了一個家教，科目是國中理化。那個學生是個從小功課就不好的國中男生，因為家境還不錯，所以家教就沒中斷過。高三即將升學，功課卻一直沒有起色。他的父親很著急，決定換一個家教，我第一次當家教就接這個難搞的 case。但因為家教中心收一次費用可以連續應徵三次，所以我也不慌張。他父親同時還找另一個家教，然後要我們兩個自行找時間來給他兒子「試教」，最後由他兒子決定他最能吸收誰的教法來錄取。

我一眼看出這是個對家教完全依賴，不會自己主動唸書的小孩子。我用最慢的進度及最淺的課程來講課，結果還真的讓我「矇到」這個家教。只是他的功課已病入膏荒，我撐了一個學期後，他還是扶不起來。但他對我常談到的自然、生態之類的很有興趣，我們從師生變成好朋友，至今仍保持連絡。我這個學生輪廓很深，因為他有四分之一荷蘭人血統，只是我覺得他的外貌很神似一位諧星。他最後告訴我，他的叔父是演員廖峻。

當然我的授課技巧，還得感謝當時在東海生物系時，鄭葳老師上專討課紮實的 seminar 訓練。

在與三十九梯替代役上專訓時，算是我上台做自然分享的初試啼聲，那時已有相當回響。到了四十八梯，我的資料及自然觀察經驗已經很豐富，之後的替代役，只要我為他們上一堂課，就能把他們的心緊緊抓一年。

所以就算四十八梯再怎麼宅，要賞螢、抓蟲、爬山，還是「拖」得出去。溫文儒雅的逸旻就主動請我幫他夫妻安排一個旅遊，這陣子我為了這個事常到他們寢室討論鎮西堡的行程。

逸旻跟富棋同寢室，富棋是這梯替代役中學歷第二高的，所以與逸旻很談得來。北科大都市計劃及建築研究所的學歷使他被延攬到企劃課，這個執掌國家公園土地管理與五年一次通盤檢討的第一大課，很需要這樣的人才。但他與逸旻不同，跟人說起話來充滿世故，笑時眼睛半睜不閉，活像一隻陰險的狐狸。

「哼嗯，嘿嘿，政峰喔，來找逸旻出去玩喔，不錯喔⋯。」他上下左右打量著我。

我覺得不自在，他拉了椅子坐下，指著他的床緣：「來啦，坐啦，聊聊天，呵呵呵⋯。」馬上那狐狸般的笑容又露了出來。

我坐了下來，逸旻也湊近過來藉機力邀富棋一起出遊，但他卻一直保持狡猾的笑容，不予正面回應；我們話題從鎮西堡行程轉到自我介紹。忽然富棋拉了我的手，看了掌心說：「嗯嗯，不錯，事業線很長，好命喔。」

「你也會看手相喔，不過這只是雕蟲小技吧。」我不屑地說。

沒想到他笑得更奸，轉頭在他電腦開了一個部落格給我看，名稱是「有所求」。

我約略看了內容，是一些命理、風水及勘輿的文章。我轉頭問他：「你也在算命喔，是『半仙』麼？」

富棋側著頭，嘴角上揚，讓人覺得他更為深沈：「不是啦，那是我爸的命理館，我只是跟著學的小學徒，這個部落格是我幫他經營的。」

原來是個江湖小郎中，難怪那麼油滑。

「螢火蟲季到了，你要不要一起出來看螢火蟲。」我順便邀請富棋賞螢。因為大家對我專訓課程中滿天飛舞的螢光照片十分感興趣，所以在螢火蟲季時這梯幾乎都跟著我出去。

清泉農場是上次我跟阿貴來觀察貓頭鷹的地方，如今我與逸旻、富棋、煒鵬、阿翔、阿彬及百軒來到在這裡，看著一閃一閃的螢火蟲飛舞。兩個剛買相機的替代役拍得不亦樂乎。在都市裡，是不可能看到螢火蟲的，大部份的鄉下，因為農藥、土地開發及光害的緣故，也很難見到成群的螢火蟲。所以那種「輕羅小扇撲流螢」的景象也只能在國小課本裡品味，虛幻而不真實。

苗栗地區多山地，開發不易。這裡的產業幾乎往休閒農業及觀光旅遊業發展，所以環境上是保持在自然低度開發的狀態。只要不灑農藥，保存多一點的陰濕草生地，螢火蟲就會生生不息，復育上很簡單。苗栗這樣的地方特別多，但看過螢火蟲形成「星光大道」的人太少了，所以這幾個宅男才會這麼稀奇，一蹲就一個晚上。螢光蟲閃著華光，熱鬧於安靜的夜晚，無聲勝有聲。

逸旻走過來跟我說：「峰哥，我想帶我老婆小孩來看螢火蟲，你下個週休在麼？」這時富棋也應聲：「是的。政峰，我也要帶我女朋友來看。」富棋從不叫我「峰哥」，而直呼我的名字，跟他世故的個性一樣隨性。

「好啊，我可以留下。」事實上，跟我去年螢火蟲季一樣，我四月份的週休幾乎是滿檔了，說不定五月初也排了行程。這時我轉向煒鵬，問他要不要留下賞螢，其實我很希望他留下。不知是我的誠意，還是他同梯的魅力，他也答應了。

人多時間就難配合，他們一直拖到五月中才來，那時螢火蟲已接近尾聲，盛況遠不如一個月前。他們選在週五夜晚前來，這樣賞螢後還有假期可以回家休息。逸旻開他的三菱 Savrin 載著他老婆、小孩、富棋及他的女朋友，我開車載煒鵬在清泉與他們會合。逸旻與富棋一直問我怎麼螢火蟲這麼少。

黑翅螢成蟲只能活二十天，當然不可以一年到頭都有。他們以為來到原地就可以看到閃閃發光的美景。在大發生結束後，一夜之間所有螢火蟲消失無蹤我也是常看到的。幼蟲蓄積了一年的能量，只為了這二十天的璀燦。雄蟲在體力耗盡之前，隨風飛舞，用他的光，與蟄伏於草叢中的雌蟲相看兩不厭後，完成物種傳續的任務。

儘管週遭螢光閃爍已很稀疏，對從未見過滿地螢火蟲的都市人來說仍引起驚喜。

「不會少耶，我覺得很多啊。」富棋的女友卻很開心，逸旻的老婆也很滿意看到伸手就能接觸到的螢火蟲，他的小孩還沒入學，頑皮地到處探索，然後吵著要回去睡覺，沒把螢火蟲放在眼裡。

「對了政峰，鎮西堡你跟逸旻去就好，我要專心準備考試。」富棋突然表情正經起來。

「怎麼了，你要考什麼？」

「就國家考試咩，我來當替代役就是要有時間讀書，以後再說啦，你帶逸旻好好出去玩嘿。」

替代役做的是輔助性的工作，晚上又不用操課，所以只要把事情做好，會有很多空檔的時間。有的替代役就會利用服役時唸書，準備未來的升學或國考。

因為有家眷，他們兩個先行離去。週休假期，宿舍只剩煒鵬跟我，第二天晚上，我們兩個到檳榔園拍螢火蟲。只有一絲星光照亮路徑，螢火蟲也只剩點點微光，伴隨著黃嘴角鴞回盪在鳴鳳古道中的叫聲。我們席地而坐，我問了煒鵬：「專訓那天，你是主動找我講話的麼？」

「耶~，峰哥，我只是想跟你做朋友、學攝影。」煒鵬嘴角微揚，他學歷不高，但可從服勤上看出他的機敏與世故。而世故，正是這梯的特色。

一梯一梯替代役來了又走，他們為了一個國民義務來到這裡，卻體驗了其他替代役所不曾接觸的蟲魚鳥獸，以及一同分享的情誼。我告訴煒鵬，我們的萍水相逢沒有任何利害關係，反而是不可多得的朋友。

夜空下，林緣草生地的閃耀逐漸歸於平靜。當來年地上再度星光燦爛時，又是一批新的替代役報到，年復一年。

第三十八章　四月桐花五月雪

今年我帶朋友賞螢的地點都是私房景點，不用跟著遊客擠也不用煩惱停車位，很快做出「口碑」了。一直到五月初我還閒不下來，近在苗栗的聯合大學原是我必然服事的對象；貪玩的承翰自認識我以來，找我追兔子、野溪玩水及爬山，以致於聯合大學的相調一年來幾乎由我規劃。螢火蟲他仰慕已久，季節來臨時，他已先把我「預約」了，只是他邀的竟不只聯大學生。承翰是高雄人，上大學之前在高醫受浸，與那邊的學生關係密切。上大學後，後驛區有個高中同儕，也是兒童班出身的佳恩考上了中國醫藥大學，承翰便邀他們學校弟兄之家前來，他們弟兄之家還住兩個中臺科大的學生。承翰又找了南開的永騰，他負責提供他家的羊肉爐當晚餐，正在服役的敬翔也聞風而來，共有五校的學生來賞螢。

而一起橫渡日月潭、登玉山的光田，因為也對螢火蟲有期待，我就請他一起來。說真的，整個四月我也排不出其他空閒的週休了，還有很多朋友要來，能合在一起的，我就儘量把時間排在一起。光田跟我們教會出去兩次，這裡面也有他認識的人，雖然這批都是大一到大三的學生，我還是請他一起來了。

在螢火蟲飛舞的日子裡，桐花也鋪陳出一地的白雪，與大地的閃亮螢火相互輝映。成片的桐花林我找得不是很順利，雖然常看附近山坡在四月中出現一塊塊的斑白，但因當地缺乏規劃、或山勢陡峭、或罕無人跡，常尋不著路徑接近。承翰帶學生來賞螢，卻讓我們遇見桐花林。

在第一天夜晚賞螢後，我只是從網路上查到神桌山有桐花林，連探都沒探過。四月行程這麼緊，當然沒時間去找了。所以我就帶著碰運氣的心態，帶他們往獅潭及三灣交界處的神桌仙境民宿。我不知神桌山名字的由來，但這座山在獅潭有一個大斷層，也許是這樣遠看像一座神桌。他與附近的仙山連成登山者喜愛的路線之一：「神仙縱走」

神桌山在三灣及南庄各有一個登山口，我們走獅潭上去，山路很窄且陡，幾乎不能會車。上到標高五百多公尺的地方，抵達民宿，大家卻頻頻驚呼，三部車停在山路上，遲不進前。

民宿前約三米寬的馬路上，蓋了一層厚厚的白花，大家看了只有驚豔，而不忍心把車再開過去，深怕壓壞了一地的雪白。但停車場就在前方，附近不能停車，猶豫一陣子後，只好忍痛向前，留下兩道胎痕。

神桌仙境前方的上山道路，有一株高大的油桐樹，開的花足夠下一場大雪。春末初夏的白色山徑，每個人興奮地捧著滿地的白花往上丟擲，享受春夏之交，踏雪尋梅的樂趣。這個民宿遍植油桐花，附近的步道也成了雪花小徑，充滿清新純潔的美。

在聯大走的那個週日下午，馬祖清水社區的朋友治龍搭火車來找我賞螢。清水社區前面面海的地方有一塊濕地，對沒有任何河川溪流的馬祖來說相當珍貴，是列島唯一的濕地。但解除戰地政務的馬祖，清水濕地也在開發的壓力下面臨填平的危機。於是治龍糾集社區內陳姓的眾堂兄弟姐妹及一些熱心人士，成立清水社區發展協會進行抗爭。由於馬祖與金門有太多相似的歷史背景，因此我跟當初關心金門三大馬路的夥伴們，透過荒野的介紹認識了清水社區的朋友，我並藉去馬祖刷國民旅遊卡的機會與他們見面，我與治龍在當時認識成了朋友。

如今清水因為夥伴理念分岐而分道揚鑣，治龍也辭去連江縣政府約聘的工作渡海來台，暫時韜光養晦，先接計劃研究台灣各地社區的營造現況。苗栗地區的油桐花及螢火蟲特色則是他想參訪的目的地之一。

很多 NGO 團體就是這樣，如果沒有辦法互相包容成員觀念的差異，如果大家目標不同，通常很難維持下去。

四月二十九日晚上，我帶治龍到鳴鳳古道。在天未暗之前先行等候，我故意要讓治龍體驗夜幕低垂時，螢光一閃、一閃，慢慢出現，愈來愈多……的景象。

愈近夏天，白晝漸長，過了六點半，天才要暗下來，現場仍一片寂靜。

治龍耐不住性子，懷疑有沒有螢火蟲，跟我說：「政峰，我看這裡應該沒有螢火蟲，要不要快點換個地方再看。」

我神閒氣定地說：「再等一會兒，會有的。」

治龍疑惑地在木橋上來回走著，有點沈不住氣，我比較怕他海盜祖先遺傳的脾氣會發作，所以我也希望螢火蟲快點出現。

「看吧，有了。」我眼睛一亮，指著橋頭，治龍快步走了過來，草叢裡，一閃一閃的，先是一隻、兩隻…，不久整個步道開始火光飛舞。

「這麼多啊，你知道麼？在馬祖也有螢火蟲。可是都是零星的幾隻，沒有這種盛況，要如何保育出這麼多螢火蟲呢？」

馬祖金門都有螢火蟲，我第一次看到很多螢火蟲在身邊飛舞，是在金門當兵站哨的時候，那時我從未看過這麼多的螢火蟲。但我跟治龍一樣，看到苗栗的黑翅螢，金、馬的螢火蟲根本是小兒科。

「恐怕不容易喔，治龍！海島上的食物來源有限，可供生存的螢火蟲數量不多，你要先解決食物的問題。」

治龍未再接話，沈默不語，似乎仍在思索營造大規模的螢火蟲。

第二天我開車走台三線帶他往南庄過去，我沒帶他進任何桐花步道，但是沿山盛開的油桐花吸引他的注意。

「政峰，為何油桐花跟客家人密不可分？我正在思考這個文化的問題。」治龍左手托腮，看著滿山的桐花出神。

你這個問題真是考倒我了，台灣各地都有油桐花，為何客家人跟桐花這麼密切？。

我帶治龍到神仙谷，山谷上多了一座吊橋，可以鳥瞰瀑布全景，卻讓人遠離了水邊。我們爬下木棧道，在風美溪上賞景，治龍發現這裡陰離子旺盛，便走到瀑布頂上打坐，練起了氣功。

治龍走後二天，換嘉龍來了，因為他受不了趕論文的壓力，週二晚上帶了四個學弟妹跑來找螢火蟲及油桐花抒壓，我又請了半天的假陪他們。這次我們改走神桌山另一面在南庄的登山步道。這裡因為接近南庄老街這個熱門景點，原本遊客就很多，我們來的時間是非假日，所以登山步道空無一人。但步道鋪了水泥，卻沒有做其它路面的修飾，土白色的路面超難看的，油桐花掉在上面很不搭調，我們也不想入鏡。南庄的神桌山桐花步道是五月雪數量最可觀的景點，花期的高峰，長長的路面都會變成白色，可惜景觀被粗糙的工程破壞了。

看完桐花後，我帶他們去附近的三角湖。三角湖並非湖，是在大東河一個支流上的深潭，有一片山壁高底落差形成的天然滑水道。我在去年發現這裡時，常找聯大學生來這裡玩水，以勒來賞螢時我也帶他來玩過。坐在滑水道溜下去，非常刺激，是不需要買門票就可免費玩的天然八仙樂園。清涼的溪水除了消暑氣，也去憂悶。

嘉龍帶來的四個學弟妹是大學部的學生，嘉龍則是他們生物課的兼任助教。他們一看到清澈的溪水，水流順著一道像溜滑梯的斜坡急沖而下，便歡呼著：「是滑水道耶，喲吼。」所有人興奮地坐上滑水道，滑下水潭去。

嘉龍脫了上衣，卻站在上游笑著看著大家，因為他是旱鴨子。

「學長，快點啦，好好玩啊…」一個水性較好的學弟鼓動著，其他人則在深潭浮沈，追著溪魚跑。

「給我個心理準備，好了我再下去。」嘉龍已坐上滑水道頂端，卻賴皮不滑下去。最後在那個學弟的安全監控下滑了下去。大家坐著滑完改趴著，沖去一身的灰塵、暑氣與煩躁。

五月過後，桐花落盡，油桐樹換上綠油油的新葉。震耳欲聾的蟬鳴，宣告酷熱難當的夏季來臨，大地上的生命又開始熱鬧起來了。

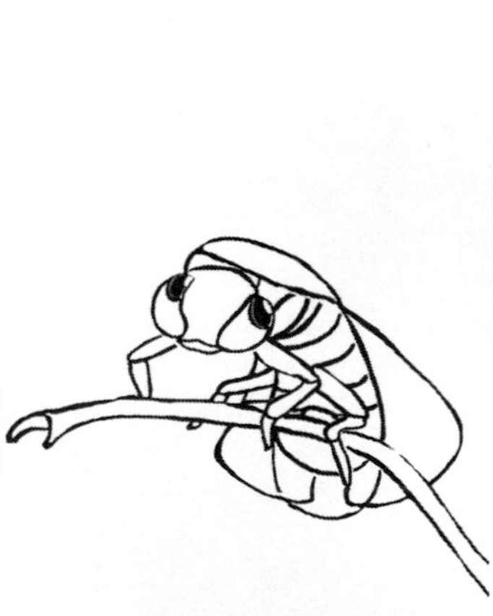

第三十九章　蟲癡

自前年我發現附近有許多獨角仙、鍬形蟲後，連續兩年夏天的每個晚上，我都騎著我的機車，沿著台三線及苗六十二線「撿路燈」。因為這兩條道路不在國家公園範圍內，我撿到喜愛的甲蟲可以酌量帶回飼養，順便當活教材來用。

宅男中沒有人想跟著出去沿著路燈找蟲，因為他們嫌累。煒鵬居然還叫我抓到再送給他養就好了，真叫我氣結。後來，阿彬告訴我他希望跟出去。我很高興終於有人有興趣了，沒想到他的動機卻讓我跌破眼鏡。

「峰哥，其實我最近認識一個女孩子，他是學昆蟲的，我想如果抓一些甲蟲，他會很有興趣跟我討論的。」

原來跟我去撿路燈是為了充實把妹的實力，我真的被打敗了。

連續採了兩年，我發覺大湖、泰安及獅潭一帶，除了獨角仙外，鍬形蟲只有台灣扁、兩點鋸及鬼豔鍬形蟲三種，最稀奇的僅在泰安溫泉區發現過一隻台灣長臂金龜。那麼其他低海拔的甲蟲像鹿角鍬、鏽鍬、高砂鋸…等怎麼沒有呢？我以為找得不夠仔細，車愈騎愈遠，最遠從汶水翻過仙山騎到獅頭山勸化堂，結果看到的甲蟲仍是一樣。

國內養蟲風氣開始興盛後，網路上開始出現相關論壇讓昆蟲同好在上面交流心得。當時有三個主要的相關論壇：「安妮的昆蟲世界」、「甲蟲屋」、「昆蟲論壇」。後來，「昆蟲論壇」加上昆蟲商店登錄宣傳，使得註冊人數不斷成長，擊敗另外兩個論壇，成為飼養甲蟲主流網站。我經常瀏覽昆蟲論壇的採集文章，以前在學校實驗用的點燈架白布抓蟲方法，已愈來愈多養蟲的人採用。我看了兩年，覺得外面路燈看到的總是那幾種昆蟲，不再有新發現，決定今年暑假購買一組點燈設備。

夜間採集昆蟲的點燈設備是由幾樣很普通的日常用品所組成：為了吸引趨光的昆蟲，使用一顆二五〇～五〇〇瓦的白光水銀燈泡；趨動的電力用一台發電機，為了讓燈光擴散的效果更好，要用一至三個夜市架掛上白布，並把燈架上，形成一個反射出強光的大屏幔。我考量預算後，覺得我買不起一台發電機。就參考論壇上其他人的方法，用汽車電瓶當電力來源。我在苗栗五金賣場買了三支夜市架，上拍賣網站買兩個汽車電瓶及電流轉換器，再到布店剪兩塊白布，完成我的點燈裝備。

我猶豫到七月中才有一套點燈設備，夏天已過了大半，買了後還要熟悉這些設備的使用，等上手時已月底，蟲季也接近尾聲。不過煒鵬對點燈吸引昆蟲自投羅網的方式大感興趣，器材剛買沒幾天，他們就願意跟我出去抓蟲。除了富棋要看書，逸旻留下陪他不出去外，幾個替代役在下班後就跟我開車衝上加里山登山口，大家七手八腳架好了燈，坐在現場等候。雖是盛暑，但登山口一千二百公尺的高度，微風中透著涼意。替代役裹著他們白綠相間的外套，我坐在車子看著燈光。過不了多久的時間，白布上飛來一隻鍬形蟲

「你們看，有了。」

幾個替代役衝上前去，圍著白布議論了起來。

阿彬用手指撥弄這隻蟲：「牠的角好美喔，還有突起。」

我拿了車上的圖鑑，這是台大李惠永博士最近寫的台灣鍬形蟲圖鑑，附了一本口袋小冊子，我把它放在車上以備隨時查閱。

我看了牠的耳後突起，「是台灣深山鍬形蟲，好大的雄蟲。那是大顎，不是角喔」

阿翔跟煒鵬拿了手機狂拍，不同於平地的甲蟲讓我很興奮，也讓他們感到新鮮。大家正把注意力放在這隻台灣深山鍬形蟲時，旁邊草叢響起一個很大的振翅聲，然後一個黑色不明物體掉落。

我大叫了起來：「一隻很大的蟲喔，找一下。」

煒鵬跟阿彬一馬當先，衝入了草叢，一陣搜尋，抓出一個大傢伙，身體黝黑發亮，長牙像月牙兒彎曲，身長約八公分。

「哈，鬼豔鍬形蟲，長牙型。」

阿彬抓了牠打量，問我：「這很稀有麼？」

我說：「在大湖也有很多啦，但我看到的都是短牙型，還沒發現過長牙的。」

如果繼續點燈到十一點，應該會有更多種的蟲出現，但有了收穫，宅男們就想回宿舍了，他們並不想在野外待太久，我無奈，只好開車下山回去。

這個蟲季，阿彬跟煒鵬都收養了一對獨角仙，這算是很容易飼養的入門甲蟲。

雪霸在去年的時候，待了近八年的林處長輪調了，換了另一位林處長。而在那位待得最久的林處長之前，也是另一位創處元老林處長任雪霸首長。我們同仁戲稱，要當雪霸處長，必須姓林才可以。第三位林處長就任後，管理處的一些同事做了職務異動。我的主管美瓊主任也因為一個課長退休，陞任保育課長。自我來雪霸工作，擔任採購及庶務業務兩年多，因為這與我所學的興趣及專長背景不甚符合，一直想轉換業務到業務課室去。因為在解說、保育、遊憩、企劃之類的業務課室，能接觸到與國家公園保育理念相關的業務，且可以了解國家公園政策的核心觀念。第三位林處長很重視個人的學歷背景，在我爭取後，終於同意將我安排到業務課室。那一年為了國家公園的發展，署裡修訂國家公園的組織，幾個單位改了名稱：秘書室改行政室、觀光遊憩課改為遊憩服務課、工務建設課改為環境維護課，以符合國家公園保育的本質。

七月底我在辦公室處理公文的時候，電話響了，我接了起來，是鳳娥姐的聲音：「政峰，有沒有空，過來收發一下。」

我想一定是鳳娥姐又嘴饞，想約時間出去吃好料的。

收發就在隔壁，我走了出去，還沒進收發，鳳娥姐的聲音已震耳欲聾！

「你看，又弄錯了，跟你講過多少次了，怎麼老是教不會？」

我在門口往內瞧，阿軒坐在電腦前傻笑著，一副不知如何是好的樣子，鳳娥姐正站在他旁邊大罵。

收發室接收外單位發給管理處的所有公文，也是將管理處所有公文書對外發送的窗口單位，而且寄到管理處的公私郵件也由收發統一簽收，所以這裡的「進出口吞吐量」很大。鳳娥姐有高血壓及心臟的毛病，做這項工作很辛苦，幸好幾梯分到收發室的替代役能力都不錯，詔宇細心、小紅帽機靈，讓鳳娥姐工作輕鬆不少。但不保證每梯替代役都可以選到這麼好的幫手。到了四十八梯，領悟力差的阿軒被分派到收發，繁雜的電子公文、紙本公文一時無法上手，缺乏耐性的鳳娥姐脾氣上來，經常在收發室外就聽到他大罵阿軒的聲音。

「咳，咳！」我出了個聲音。

鳳娥姐收起他的臉色，馬上轉換個口氣：「政峰啊，恭喜，於於如願了。」說著拿出一張公文給我，正本受文者是我。處長已同意我調遊憩服務課，八月十日生效。

「鳳娥姐，我以為又要出去吃東西了。」

鳳娥姐馬上抬起頭來，臉上堆起了笑容：「啊，對了，最近想到阿軒他們來之後，都沒請他們出去吃東西，我們找個時間出去吃好料的，你有什麼建議？」

我馬上想到一家餐館，這是我最近發現的，很有大湖地方特色的餐廳。

「鳳娥姐，我們去『鄉村』，就在汶水加油站旁邊。」

「這家有什麼特別的？」

「老闆獨家發明的，用草莓作菜，號稱水果餐廳。」

喜愛美食的鳳娥姐眼睛更亮了：「讚啦，替代役約一約，這個禮拜Ｈ４就去吃。」

八月十日，我離開了兩年多的行政室，搬到遊憩服務課辦公室，課長給我的工作以高山業務及志工為主，我終於能一親雪霸群山之芳澤，真正參與國家公園的本質業務。

現在替代役少了很多，再也不像詔宇那梯的時代，走道上已無軍容壯盛的身影。但下班打卡時間，後棟行政中心及前棟解說課的替代役一定不約而同出現在打卡機附近，這時才勉強有替代役的「陣容」出現。調課室第一天快下班時，我還在整理新的電腦，煒鵬、阿翔、逸旻…等人走了進來，聚在我的辦公桌前。

調皮的煒鵬率先開口：「恭喜峰哥高升啊，要不要請客，我這些同梯都要請。」

「你們來不會只是要討吃的吧？」我白了煒鵬一眼。

「當然不是囉，峰哥我們想爬山，辦個淨山吧！」

哈，其實不用替代役們提醒，我來遊憩課的第一件事，就是想辦一個淨山的活動，延續每年遊憩課邀請同仁及替代役上山的傳統。

第四十章 喜相逢

自從買了燈具後，我就一直找人陪我出外點燈，因為點燈要選沒有光害的地點，燈光的引蟲效果會比較好。但這種地方沒有人跡，怪恐怖的，我不想一個人去，而且架燈也需要幫手。替代役太宅，只出去一次。我找過弟兄永騰一次，那次在神仙谷飛來不少鬼豔，引起他對抓蟲的興趣；但找他也只能等他回苗栗時才有機會，所以我常有找不到幫手的時候。為了把握所剩不多的蟲季，七月三十日，我決定一個人去泰安溫泉區水雲橋旁的木平台上點燈。

水雲橋位在泰安溫泉區的東邊，是通往水雲瀑布、巨石谷的吊橋。巨石谷沿著汶水溪佈滿大石，崢嶸景象好像電影侏儸紀公園的場景。但我今年探索這個景點，沿線步道已不復舊觀，四年前的艾利颱風不僅壞了大鹿林道，汶水溪上游也被沖刷改道，我看到時已滿目瘡痍，沒有巨石之風采。水雲瀑布則深處於上游。今年暑假，苗栗市召會除了帶聯大學生、永騰，加上青少年來找我暑期相調，我那時就安排了水雲瀑布之行。汶水溪沿線山壁陡峭，有不少大小瀑布，水雲瀑布水量奇大，奔騰如傾瀉的雲水。

我第一次單獨架燈，木平台上還算好搬東西，但四週一片漆黑，我藉助車的大燈照明把器材架好，迅速把燈點亮，一個人坐在平台邊緣等候。二五〇瓦的水銀燈把平台照得光亮，但空無一人的山區，山峰如巨大的鬼影般矗立，四週只有風吹樹葉的細碎聲，安靜地叫人害怕。我有點後悔一人獨自在這荒郊抓蟲。

這時遠處一個閃爍的燈火逐漸逼近，我打了個冷戰，該不會是不想遇到的事情真的出現了吧！這盞燈來到木平台前，我的水銀燈竟照出一隻母山豬，不久，山豬後面跟著一個戴著頭燈的原住民，面相甚為不善，我嚥下幾口口水，內心升起莫名的恐懼，萬一他拿開山刀打劫，我去找誰來救！我放在平台的燈光及白布使他的表情充滿疑惑，看了半晌，由他打破沈默⋯

「你是來做論文研究的麼？什麼學校的？」

（我離開學校快十年了，居然還被當成學生，感覺蠻爽的。）

「不是的，我是自己好玩、興趣。」我故作輕鬆，內心卻保持高度警戒；「咦？你牽山豬來做什麼？」我看這隻山豬不算大，應該還未成年。

原住民聽到我在講他的山豬，終於有了笑容，開始談他牽山豬出來的目的：「這隻母山豬是我從小養大的，我用來抓公山豬用。」

「抓公山豬？」他的說法令我好奇了。

「是啊，抓公山豬很危險，被他的獠牙刺到會死的，我想到的方法是：我在山裡大樹上蓋一座樹屋，我把母山豬綁在樹下後爬到樹上，公山豬聞到氣味就會出現，我在樹上只要開槍就可以抓到牠了。」

說完，他便牽著那隻山豬走向吊橋另一端的虎子山，頭燈的光芒逐漸消失在樹林中。我擔心現場母山豬的氣味不散的話，那我不是陷入險境！於是我迅速收好裝備，疾駛下山。自那天之後，我點燈抓蟲，一定要拖一個人出去，打死我也不會再一個人上山了。

上個月的時候，也喜歡收集甲蟲的景祺跟我說，他去鎮西堡驗收工程時，在路燈下撿了至少五種鍬形蟲。這個種數比我在大湖撿路燈還多上近一倍，很吸引人，於是我拉了阿彬在八月初的週休衝上鎮西堡，我們沒訂民宿，直接睡車子中。我們也沒進入鎮西堡，只在前面的新光部落停留，因為這裡一條生態步道的入口有一盞很亮的路燈，所以我們就乾脆守在這盞路燈附近。為了避免引人側目，我跟阿彬都坐在車子裡，注意著路燈。

跟鎮西堡相比，新光部落的原住民較多，設有一所國小，以及幾家商店，這裡感覺較鎮西堡「熱鬧」一點，可以見到許多小朋友帶著燦爛的笑容，好奇地注視著來往的遊客。幾個原住民兒童嘻鬧著靠近路燈，我們深怕「獵物」被這些小孩子劫走，也緊張地下車，站在步道附近注視燈下。

說時遲那時快，二隻巨大的生物飛向路燈，一個輕脆的撞擊聲後掉了下來。我跟阿彬還搞不清楚什麼昆蟲，掉落在什麼位置，這幾個小朋友已經一個箭步上前，熟練地草叢中撿起兩隻長臂金龜，剛好是一公一母，孩童們彼此玩弄著。

阿彬一臉咋舌，我走上前去：「小朋友，這是保育類的昆蟲耶。」

一個長得較魁梧，講話聲音洪量的小孩子，看起來是這些學童的帶頭。他一副不干示弱的態勢：「保育類？哈哈哈，在我們這裡，撿到不想撿了。」說完，一群孩童又嘻鬧著離開了。

我跟阿彬覺得無趣，到步道階附近查看，一隻雙鉤鋸、一隻刀鍬外，別無他物。一個晚上下來，除了那兩隻大傢伙，「蟲況」並不如景祺說的那麼熱鬧，我們回到車上睡了一夜後下山。

在竹東吃早餐時，阿彬突然說今後他不會再跟我抓蟲了。

「為什麼？不好玩喔？」

阿彬反而苦笑了起來：「不是的，是因為那個喜歡昆蟲的女生，他交男朋友了。所以…所以我養蟲也沒有意義了，我會把那對獨角仙及飼養器具都送給你。」

愛情激發學習潛力，失戀讓人放棄所有。阿彬，希望你早日走出失戀陰影。

今年暑假，雪霸有一件盛事，冒著生命危險與承受妻子流產之痛的陳導，終於以三年時間完成觀霧山椒魚的紀錄片，並於今年發行。影片水準可比美 Discovery 節目，除了得到行政院「二〇〇七年政府出版評獎」優良電子出版品獎外，國際間亦給予肯定，紀錄片榮獲第三十屆美國國際野生動物影展電影藝術榮譽獎，以及二〇〇七年第四十屆休士頓國際影展（自然與野生生態類）白金牌獎兩項大獎。這不僅是陳導個人的成就，也使台灣的國家公園在世界上展露頭角。

雪霸便與中華民國生態教育推廣協會合作，在木柵動物園舉辦近一個月的教育宣導活動，以與國人分享「觀霧山椒魚」的傑出成果。活動開幕當天也是紀錄片發表會，我與許多同事都伴隨處長與會，也讓我一睹陳導的風采。短短二十分鐘的影片，山椒魚的行為生態細膩呈現，搭配生動而富情感的旁白、融入自然的背景音樂，影片比真實見到的山林景色還美。陳導在開幕會上感性致詞，原本他是一個廣告片導演，這是一份收入不差的工作。一場溺水意外後的奇蹟生還，讓他體悟短暫的人生還能做更多有意義的事情。他看到了台灣各地高度都會化的結果，孩子看不到蔚藍的天空，腳踩不到芬芳的泥土，決定要為我們的後代留下一些東西。此後，他便投入生態影片的拍攝。除了Discovey及世界地理雜誌，國內幾乎找不到在這個領域的拍攝人才。陳導因為不是自然保育科系背景，原本不被看好。但他卻以豐厚的美學基礎，將台灣的生態之美，如詩、如畫、如歌般的呈現國人面前，至今，他已是拍攝生態紀錄片的翹楚，國內仍無人能出其右。轉換領域後他經常入不敷出，但他不會放棄，因為世界上有很多東西是金錢買不到的。

陳導的人生經歷讓人感動，就像我抓住了戰地政務的尾巴見識了金門的美，激發我想學習攝影的心願。但如今，我又為這個小島做了什麼？

暑假過後，小洪基於生涯規畫離開了資訊外包公司。企劃課則調來一個新的資訊技士，才從學校畢業沒多久。他姓洪，因為長相酷似歌手周杰倫，所以大家都稱呼他「洪董」。他一來，資訊外包人員增為兩人，雪見以前辦公的空間在洪董來了之後開始隔間施工。

我問來送公文的阿彬那邊在幹嘛？

阿彬笑得奇怪，故意咬文嚼字：「峰哥你有所不知，我們洪董上任升為資訊室『主任』耶，所以要有一間獨立的辦公室，那個隔間就是他爭取來的。」

好個新官上任，底下有兩個外包人員供差遣，還要專屬辦公室，果真有董事長的架勢。我好奇走過去企劃課瞧瞧，卻聽到富棋的罵聲！

「你這樣做一定出包，到底要我講幾次，每次都講不聽，再這樣搞我就要翻臉了⋯⋯」

洪董一臉茫然，他搞不清楚，是替代役大還是他大，正要辯解，富棋狡獪的眼神一瞇，又開始連珠炮般唸了起來。企劃課長趕忙過來緩頰：「富棋，適可而止就好了，有什麼問題我來處理。」

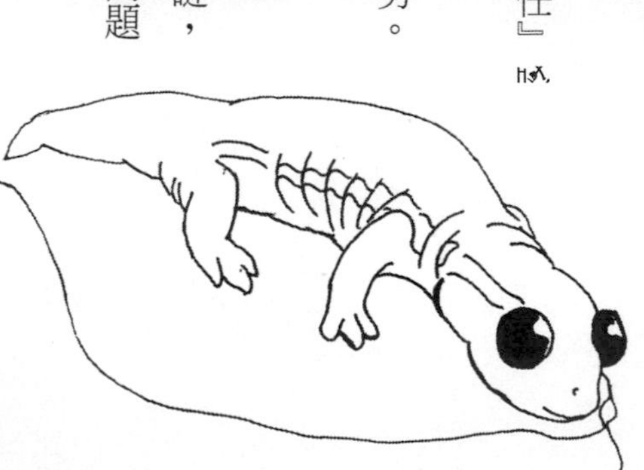

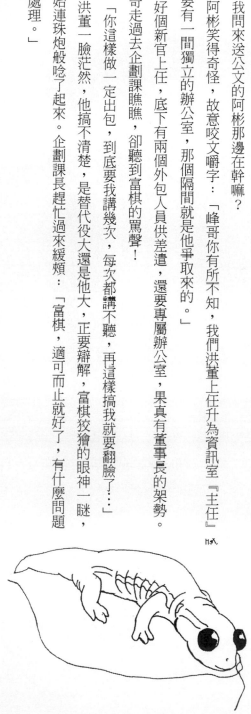

我看情況不太對，只好走回辦公室，才一轉身，就撞到來送出版品的煒鵬。他卻嘴角微[illegible]笑得俏皮。

「嚇人喔，幹嘛站在人家身後。」

煒鵬卻示意我跟他一起走遠點，我們走到遊憩課外面草皮。

我想煒鵬應該知道這是怎麼回事，而富棋早察覺我剛出現在企劃課附近，也跟了過來。

經他們說明後，我才了解狀況。洪董才剛學校畢業，年齡與他們這些替代役相當，讀[illegible]士班的逸旻還比他大了近十歲，但這梯替代役的社會歷練卻比洪董豐富許多，富棋的能力很[illegible]課長也十分倚重；做事經驗上洪董較為生嫩，但因為是職員，對替代役並不放在心上。老練的富棋常給洪董[illegible]從不採納，富棋再也不顧倫理分寸了，反正洪董也沒有他老。

「哇，富棋，你這樣不會被課裡的人說話喔？」

「怎麼會？課長還要我幫忙洪董不會的地方，我還算他師傅哩。你放心，我罵太兇，課長會來打圓場啦。」

替代役罵職員，還真是這梯的一大奇事。這讓我想起了小花及蘋果在提攜怡慧時，他們始終以禮相待；我也想起初來雪霸時，詔宇及鳳爪把我當菜鳥看待的情景。這世界真是什麼人都有啊！

溪畔的甜根子草已悄悄地抽出棕色細穗，暑意並未有分毫的消減。小紅帽卻來電告訴我他來竹科工作了，三劍客再度會聚，問我要不要泡湯。

「太熱了，有沒有搞錯，好久沒看到你們了，一起吃個飯如何？」

「好啊，那我找阿順、貓頭鷹出來，阿順說東門的新橋燒烤超好吃，就去那裡。」

依約前往新竹市東門圓環，非風季的風城絲毫無風，空氣中瀰漫著燥熱的黏膩，現場不見一人。當我正四處觀望時，人行道上紅十字會的捐血車走出了阿順，我高興地迎上前去，他卻面無表情，視而不見，一開口就是一貫地帥氣而冷俊：「我剛捐了五百西西的血，峰哥你要不要捐啊。」

「我…我貧血。」我還真不知怎麼回應他這種無厘頭的問候。

「開玩笑，你是…峰哥耶，捐個一千西西。」說著他微微笑著。貓頭鷹與小紅帽也出現了，一同進入運河旁的新橋燒烤。

這原本只是一場久別重逢的敘舊，卻意外讓我知道了一件事情的真相。原來阿貴當上幹部竟有一場波折，傷人又自傷。想當初我無意間闖進會議室的時候，只覺得他們的討論十分無趣。原來，阿貴已與同梯貌合神離；難怪，我們要一起出去泡湯時，我邀他總是遭到婉拒，因為大家並不歡迎他。

阿貴家住苗栗，所以我們仍有連絡；但退伍後常出現在管理處的人卻是Taro，因為老婆的關係，他便留在天狗，經常來往於苗栗與泰安。最近他乾脆在大湖創業，做起葬儀社生意了。所以他經過時都會進來管理處逛逛。

Taro看到我，他還是一樣妙語如珠：「怎麼你還是一樣沒變啊。」

「開什麼玩笑，你才走半年多而已，我要變到哪裡去？」

「我當然開玩笑的嘛，只是打個招呼而已，幹嘛那麼認真。說真的，最近好不好？」

我思考片刻，想到一個活動：「Taro，今年生日你要不要再煮山產給我吃？」

Taro以陽光般的笑容回答：「生日又要到了？你要吃什麼，台灣黑熊還是帝雉？」說完他又不正經笑了起來。

我搥了他一拳：「隨便啦，但因為你這梯的學弟有一個叫煒鵬的，他是九月二十一日生日，他們打算申請卡拉OK慶生，你可以來煮給我們吃。」

Taro一聽笑得更大聲了：「九二一生日喔，那這個人一定是驚天動地，我會來，時間確定告訴我。」

煒鵬是沒有到驚天動地，不過他在解說櫃檯服勤太常搞笑了，常惹得服勤志工及外包解說員樂不可支。

九月十三日，替代役們申請了二樓卡拉OK，開心的唱著流行歌曲。Taro 帶了他老婆依約前來，便立刻拿出他的鍋子，抓出一隻土雞開始料理。

我趁機尋他開心：「這就是你說的帝雉麼？好肥喔。」

Taro 皺著眉頭，帶點殺氣的表情：「天狗養雞場放養的放山『雉』，如何？」說完如往常一樣又哈哈大笑起來。

當雞湯上桌，掀開鍋蓋的剎那，酸的、甜的味道伴隨著薑絲的辛味，引起四十八梯一陣騷動。一個個拿起碗舀起雞湯來品嚐。湯中有鳳梨、薑絲及許多不知名的佐料。

我稱讚一下他：「Taro，你手藝真好，這些學弟像餓死鬼一樣，你怎麼不去開餐廳。」

口齒伶俐的煒鵬始拍馬屁：「學長，這雞湯真好吃，謝謝你的生日禮物。」

Taro 的外向，加上四十八梯的隨性，很快他們就打成一片了。於是 Taro 有了一個提議。

「我們同梯也很久沒見面了，要不要你連絡一下，大家在苗栗聚餐，也找學弟們一起來。」

四十八梯異口同聲：「好啊，大家認識一下也好，我們也很久沒見到小紅帽了，聽峰哥說他在新竹工作了，找他來啊。」

因為 Taro 幫我跟煒鵬煮生日餐，卻促成兩梯替代役相識的機緣。

第四十一章 一圓教師夢

獅潭鄉，台三線縱貫其中，東西丘陵圍繞兩側，為一個南北狹長山谷地形的鄉鎮。由於明德水庫位在獅潭與頭屋兩鄉境內，許多地方被劃為水源保護區，開發的限制更為嚴格，所以自然生態很豐富。過去這一年來，我發現的螢火蟲私房景點就有三分之二在獅潭鄉。位在這個山明水秀之地的獅潭國小，雪霸國家公園的替代役基於服務公益，每週三都會出現在這裡，帶著小朋友進行球類運動。

下午四點多，阿光將公務車開到獅潭國小操場外的側門停放，等待阿翔與阿彬活動結束後帶他們離開。正發呆時，有人輕敲車門！兩位替代役站在車外笑著，示意要阿光開門。

阿翔一開門上車就說：「光哥，天氣好熱，帶我們去買仙山仙草好麼？」

阿光笑了起來：「我知道，你一定要去跟你的仙草妹聊聊才行。」

阿翔笑得開懷，與阿彬上了車。

獅潭鄉經營一甲子的甜點仙山仙草，清涼甘美，經過三代的經營後，以仙草為主原料開發出許多美食，如今已成為獅潭鄉遠近馳名的老店。獅潭鄉公所週邊是鄉內住戶較集中的地方，因為開發上的限制，人口及店面不多。除了仙山仙草，幾乎找不到其它冷飲攤位。所以雪霸幾梯的替代役在夏天來這裡陪學童打完球後，都會幫管理處同事買一些仙草冰帶回去。

「小姐，我要十份紅豆牛奶仙草冰，外帶喔。」阿翔對著一個女店員點餐，表情俏皮，卻眼露深情。

女店員臉頰微紅，羞澀料理著阿翔點的仙草冰：「幹嘛，每個禮拜你都可以出來，其他人不出來了喔。」

「唉喲，煒鵬又不會打籃球，阿軒、富棋跟逸旻工作忙得走不開，當然每次都是我跟阿彬囉，怎樣，最近好不好？」

阿光跟阿彬使個眼色，兩個便往店內坐下，阿光看阿彬一臉落寞的神情，拍了他的肩膀：「天下何處無芳草，你看阿翔也是因為打球的緣份就遇到了，你會遇到你所愛的人的。」

一個失戀，一個熱戀，多辛酸的畫面啊。

替代役回到管理處，阿翔提著仙草冰發給解說課同仁，煒鵬接過了紙碗，卻拉了阿翔過去！

「怎麼了？」

「欸，聽說峰哥要去學校當老師欸。」

「真的假的？那等下我要問問他」阿翔說完提著仙草往後棟行政中心走去。

我在唸台大研究所時，同住十九會所的教會同伴弘正弟兄正在唸博士班，結婚後原本在台北新莊老家附近買了房子。但因台灣每年畢業業的博士愈來愈多，大學教師缺額已供不應求。弘正無法在台北找到工作，輾轉應徵到中華大學的講師缺；他原本唸的是台大應用力學研究所，主攻流體力學，指導老師是十九會所朱弟兄。但在中華大學卻接觸了多媒體的領域，以他流體力學的背景進入 Flash 程式設計的領域；兩年後他被挖角到親民技術學院數位媒體技術系擔任系主任（註一），這個轉變讓人稱奇，親民數媒系便是我當老師的機緣。

今年暑假還沒開始，我接到了弘正的電話。他告訴我，系上的大一有一門必修課「基礎攝影」，因為專任老師出國進修，他臨危受命任系主任，必須解決新學期授課老師的問題，因為我常寄國家公園內的攝影作品給朋友們分享，弘正第一個就想到我。

必修課，又得在暑假過後立即開課，從沒有經驗的我一時躊躇。

弘正有點急了：「你可以的啦，這門課我規劃成兩大部份，你上自然攝影的部份，我另外的新聞攝影會請一個報界的朋友上。大一有兩個班，你們各上半學期，上完自已的部分後就對調班級。」

既然只上半學期，那我只要準備八週的進度就可以了，其中包括外拍及期中考的話，簡報只要做七週就好。於是我便答應了。在外兼課需徵得處長同意，我跟有在兼課的同事 Maya 借了簽呈內容上簽。為了不影響平日工作，所以我選在夜間上課。

阿翔提著紅豆牛奶仙草冰滿面春風地走進我的辦公室，我接過了仙草，看他笑這麼開心，知道他又跟仙草妹談情了。

「怎麼了，什麼時候要把人家娶回家。」

阿翔這個「偽」原住民，笑起來沒有 Taro 那麼陽光，卻一臉憨厚。

「唉喲，我退伍後就離得比較遠了，誰知道我們怎麼發展？先不提這個，你要去當老師了喔？」

「對啊，要趁著暑假趕快把簡報跟教材準備好，不然會開天窗耶。」

「好啦，如果你學生有漂亮的美眉，介紹給阿軒耶，我們就他還沒有女朋友。」說完，阿翔蹦跳著離開。欸，你忘了還沒戀愛就失戀的阿彬麼？

我所有的簡報全部用 MAC 電腦的 Keynote 製作，這是蘋果版的 Powerpoint 軟體。我第一次使用這個軟體做簡報，由於身邊學蘋果的人太少了，為了使用它，我還跑了幾次台北誠品信義店，因為裡面的德誼數位每週五都有免費蘋果電腦教學。今年過年時我從 Windows PC 轉到 MAC 電腦上，因為認識承翰時，看他使用一台筆記型蘋果電腦 macbook。我被它畫面的流暢、簡潔所吸引。而當時我正為微軟系統的不斷當機、中毒與重灌所苦，也一直在尋找其他的替代作業系統，像 Linux，但它的驅動安裝反而更不便。看了承翰的使用後，毫不考慮地換成蘋果系統。但我買的是桌上型 iMAC，如果要去上課，一定要借一台 macbook。於是我前往苗栗找承翰，卻發現聯大弟兄之家發生了變故！

當我抵達苗栗一區會所，按了電鈴，幫我開門的是適豪，他看到我，表情卻沒有往常那樣常掛著傻氣的笑臉，我也察覺到承翰不在！而且弟兄之家的擺設有點異常。

「承翰搬出去了，因為他跟另一個弟兄為了他是否搬進來起了衝突，弄得很不愉快，其實沒有人要他搬走，他是氣得自己搬家走了。」弟兄之家目前沒有任何人，適豪輕聲地告訴我原委。我大感訝異，承翰個性外向到有點衝動，卻沒想到會發生這種事。

時間彷彿凍結幾分鐘後，我轉頭問適豪：「那他住哪裡去了？」

「就在協如醫院附近，你先打電話給他再過去。」

在房東隔間出租的雅房中，我坐在承翰的床上，承翰坐在書桌前。我還不知如何聊起，承翰還是那副俏皮的模樣，嘴角笑得上揚，輕鬆地說：「唉喲，反正搬都搬了，住那也沒多好，搬出來也好啊，可以專心唸書。」

「好吧，你高興、喜樂就好，我只是想跟你借 macbook，一週一次，因為我要去學校兼課，可以麼？」

「你要去兼課！哇～楊老師耶。」

「快點啦，要不要借啦？」

「我的電腦不在身邊啦，這樣我才不會一直玩電腦，而且如果叫我家裡寄上來，那我一定要用電腦做很多事情啦。」

唷！不借的理由真多，那我不如去買一台。於是我上拍賣網站買了一台二手的 macbook，花費二萬五。蘋果電腦的設計，系統運作很節省資源，所以即使是二手的電腦，性能也不差。

九月十三日，是親民新鮮人上課的第一天，也是我初執教鞭的日子。拿著二手 macbook，請弘正幫我我辦好校內停車證，進入親民校園。這個位在頭份郊區的學校，校舍建在山坡上，校園規模不會比一座都會的國小大，只好多建高樓爭取空間的不足。搭電梯上到六樓，第一節課弘正也以系主任的身份到教室介紹新老師，算是為我壓陣吧。但我的第一件事情卻是先去教室，測試我的蘋果電腦是否能與夠與單槍相連接，因為蘋果的螢幕接頭與PC大不相同，必須另買轉接頭來用，我先測試，以免到時候畫面出不來，那就沒戲唱了。

雖然是晚上的課，但這是必修課，加上系主任督陣，所有的同學都很準時到齊。弘正介紹我之後，便將課堂交給我。我看著這群剛從高中職畢業的面孔，一個個比我們的替代役還稚嫩，於是我秀出簡報檔，不同於微軟視的酷炫轉場效果引起了他們的注意：「各位同學，謝謝你們在晚上抽空來上課，大家很辛苦，所以這門課我們沒有期中考，卻有外拍的行程帶大家出去玩。」

講台下開始一陣騷動：「不用考試耶，太好了」、「那要來上課麼？」

「不過……」我清了嗓子，「我會要求你們就課程所教授的，用相機去拍一些作品回來，上課時，我講完課會留一些時間，每個人都要上台分享你的作品，我就根據作品打分數。我也會不定時點名，出席算入成績中，以替代考試成績。」

同學們沒有異議，有的輕輕點了點頭，於是我介紹一下進度，這門自然攝影，對美工、廣告設計及資訊背景的數媒學生來說，生態的知識十分欠缺，我加重了動植物的生態認識，由攝影應具備的知識、美學觀念進入，再導入自然攝影的技術。由於代表國家公園來上課，自然需加上國家公園「美」的觀念；我想這種上課方式應是最有趣的，可以彌補他們夜間還要上課的不情願。

今天我來上課之前，剛從台北返回，身邊有台北郊山採得的鬼豔及紅圓翅鍬形蟲，我便拿出來：「日後我會在攝影課中，順便介紹許多生物給你們認識，以幫助你們拍攝動植物所要擬定的主題，這兩隻鍬形蟲就當作見面禮傳閱下去。」

同學們又是一陣驚喜，尤其是男生，眼睛盯著他們在都市沒見過的動物。我想第一堂課已經先把他們的心給抓住了吧，可別日後翹課不給我面子啊！

第一天的課上完後，我正要收拾電腦。一個學生走了過來：「老師，我們每堂課都有一個同學當小老師，協助老師準備教材，主任指定我當這堂課的小老師。以後電腦的安裝，及倒茶水我會做，老師有什麼事可以跟我連絡，我會轉告同學。」

這個學生個子矮小，眼歪嘴斜，口裡還嚼著東西，看起來不像個認真的學生，弘正你真有眼光。

「好啊！」於是我們交換了電話、E-mail、即時通帳號。

「你叫雨揚喔。」

「老師，你叫他小顆就好了，因為他很小隻。」

我望向小顆身後的同學，一個身材健壯，語調卻斯文有禮的學生在那邊微笑著，他旁邊站著三個男學生。

小顆仍漫不經心地嚼著東西：「老師，他是阿泓，他們是我的死黨，有需要他們也能幫忙你。」

我一看就知道這是一個小團體，只是我萬萬沒想到雖然當了數媒系四技一年B班的老師，未來B班這五個人卻與我論起了課堂外的師生情誼。

註一：親民技術學院，已於二〇一〇年改名為亞太創意技術學院

第四十二章 志工保姆，保姆志工

國家公園除了保育為首要工作外，另一個最大的特色就是解說服務。唯有透過完善的解說，才可以將國家公園保育的宗旨深植人心。解說的媒介並非單靠解說員，設置在重要景點的解說牌示、自導式步道系統、書籍摺頁、遊客中心的多媒體，與展館展示等都屬於解說服務的工具。不過，能隨時解人疑惑，並適時給予遊客人性化服務的，仍屬解說員不可取代。所以國內外的國家公園，除了配置解說員，也定期招募解說志工。

台灣每座國家公園成立後，幾乎清一色招募解說志工，駐守各遊客中心、自然中心及展示館執勤，除可補聘用解說員之不足外，也可讓有志於國家公園環境教育的人士有服務民眾的機會。各駐點櫃檯每日都要有人服勤，所以報名解說志工的民眾以退休人員最多，其次是有寒暑假的中小學老師及有年休假的公務員。然而其中三座高山型國家公園，遊客上了三千公尺以上進行登山活動時，因環境已不同於平地及遊客中心等室內，有許多事項需要協助，諸如床位分配、高山緊急救護、登山常識等；一般年齡層較高、或無登山經驗的解說志工未必每個都能擔任這項服務。於是高山型國家公園另行招募保育志工。除了服務山友，也協助轄內保育巡查與資源調查。

雪霸國家公園在民國八十四年召募第一梯保育志工，由遊憩服務課掌管這項業務，保育志工沿襲解說志工的傳統，較早一梯的是較晚一梯的「學長姐」，管理處承辦志工業務的職員被志工稱為「志工保姆」。到了我接保育志工保姆時，雪霸已有四梯保育志工；而解說志工卻已超過十梯了。因為雪霸的保育志工向心力很強，基於大家對山林的喜愛，對這個團體的運作想法一致，幾乎不肯放棄這份殊榮，所以流動率很低。此外保育志工中也有一個愛管閒事的管家婆：碧玲姐，他主動協助歷任保姆整理志工資料、辦理各項活動；雖然保育志工也有個網路連繫的平台：志工留言版，但仍有一些忙得無法上網的志工，這都是碧玲姐自願以電話連繫起來的。她使志工們連結得更緊密。

我調遊憩課時已是下半年，而國家公園一年一度的志工聯盟大會舉辦在即。我們是由解說課的保姆主政，我負責彙整要參加的保育志工人數。這是個聯繫七個國家公園志工的一場大會，並表揚績優志工。我正在想要如何詢問時，桌上的分機響了！

「遊憩服務課您好。」

電話傳來一個中年女子的聲音：「喂，政峰保姆！」

「啊，你是哪位志工啊？」

「吼，我是碧玲，以後志工有什麼事找我就對了」這個女生講話速度好快，讓我來不及思索。

「喔，原來是碧玲姐，我正要問能參加志工聯盟大會的志工有哪些人？」

「你不用問了，我直接把名單 E-mail 給你。」

什麼跟什麼，我還在摸索，你就幫我把事情辦好了。

「多謝了，那我收了你的信就報給解說課了。對了，碧玲姐，我要辦淨山或登山訓練，要找志工一起上山，會有誰要去？」

碧玲有點不耐煩，音調提高：「笨啊，志工留言版貼出訊息，就會有想去的人登記了啊。」

我有點搞不清楚狀況，到底誰才是保姆咧！

遊憩課每次辦員工的淨山或登山活動，若開放替代役參加時，會請保育志隨行，借助他們豐富的登山經驗，更加確保登山的安全。我這時也在籌備雪山登山，是八月初時答應替代役辦的活動，正在選日期時，阿翔送了公文進來。

「峰哥，我們解說課現只有兩個替代役，課長規定我們要留一個下來。」

我一聽覺得有點可惜，我很希望藉這個機會讓替代役們進入園區看看，一覽國家公園之美，有人不能去，退伍後工作更沒時間上高山了。

「所以，誰要留下來呢？」其實我問是多餘的，因為是誰會留下用膝蓋想就知道。

「當然是我啦，你跟煒鵬那麼麻吉，爬山怎麼會少了他咧。」果然不出我所料，煒鵬有生意人的精明，這個便宜他怎麼可能不佔。

後來我終於想到一個兩全其美的方法，至今，除了雪山，雪霸境內其他名峰我尚未走過，不如分成前後兩梯，一梯去雪山，一梯走四秀，自由選擇要去的梯次，並把活動定位為「員工登山訓練」，因為我們仍需要學習，而我與保育志工皆未曾謀面，也要機會磨合一下。活動敲定開放志工支援，及替代役報名。計畫簽准後，晚上在宿舍時我告訴所有替代役。

阿翔很高興，跟我說：「那我跟阿軒就報名四秀了，反正煒鵬一定要走雪山的。」

你不用說我也知道誰會報名雪山。

「那其他人都要報名雪山這梯喔？」

卻有一個人婉拒了，說話者是富棋：「你們去就好了，我以後有機會再自已去。」

「為什麼？退伍後就沒什麼時間爬山了耶。」我覺得有點錯愕

難得沈穩，凡事又看得淡然的逸旻出聲了：「一起去嘛，難得一起爬山。」

「考試比較重要啦，以後還有機會，你們去就好了。」富棋狐狸般的笑容中，竟浮現一絲澀然。

我雖任保育志工保姆，照顧將近一百位的志工，我卻只有志工留言版上與他們對話過，連「總管」碧玲姐也只有在電話中有交談，志工聯盟大會卻是促成我們首次見面的機會，每年的大會由各管理處輪流舉辦，今年則輪到高雄都會公園主辦。

十月十九日一早，管理處租了一台遊覽車接送所有人員下高雄，由於大部份的人都不來管理處搭車，我們必須在苗栗交流道及台中朝馬上車，我因為前一晚到台中拜訪一個朋友，所以選擇了朝馬上車。當遊覽車駛近，開了車門讓我上車後，全車的人一陣歡呼，這是我與志工的第一次接觸，接著一個熟悉的大嗓門引起了我的注意。

「來來來，我們的保姆，自我介紹一下。」我聽聲音就知道是碧玲姐，見到他，使我恍然大悟。：「你不就是之前在武陵志工聯盟大會那位大姐麼？」

二〇〇五年志工聯盟大會由雪霸主辦，當時的保姆是怡慧，但所有的活動籌劃則是解說課的華真。我因為受邀協助攝影工作，所以也參加了那次的大會，那時看到一個志工，穿著與解說志工不同的橘色制服，像個管家婆一樣，嗓門也很大，她幫兩位保姆張羅現場的一切。原來這個人就是碧玲姐，如今我竟落入他的掌中了，慘～！

車到高雄，落腳於中信飯店，開始了緊湊的行程，高都志工安排了公園內生態導覽及柴山生態巡禮。我跟隨著自已的保育志工跑行程，進入高都，斗大的布條寫著：「高都相逢，海誓山盟」，象徵山海城市的風格；雪霸的保育志工展現無比的熱情，不斷地為我介紹保育志工現況，還不時遞上水果、零食。他們年齡層不高，士氣高昂，像擔任國小老師的朝雄，高大英挺；台電工作的紅番，衝動直率，即使已當阿嬤的秀女姐，也是朝氣蓬勃，我忽然認出他來了。

「秀女姐，去年怡慧辦淨山，你也有參加對吧？」

「喲，我想起來了，你是另一個背相機的男生吧，你那時話好少，現在變成我們的保姆了。」秀女親切地笑著。

他們都具備山友的豪氣，難怪在我接志工保姆之初，已耳聞雪霸保育志工之強，居各國家公園之冠。

志工聯盟大會是體制外的活動，由志工自行規劃，後來各國家公園陸續成立志工聯誼會，以籌辦各項志工相關活動，但官方的營建署頗為重視，署長經常列席，各管理處處長也多會出席，因為志工直接接觸遊客，有行銷國家公園形象的功效。志工規劃的活動很有創意，各種表演、帶動唱展現出志工的熱情與沒有包袱。

志工聯盟大會結束前，已有秀女姐、黑熊、衵如老師告知我可以參加登山訓練，我問了在場的志工還有誰可以報名，朝雄告訴我：「這種支援、訓練都算是正常的服勤，你上志工園地網站填入服勤登錄表，就會有人報名了。」

碧玲姐瞪了我一下：「看吧，大家都很挺你喔，你要好好做。」

這些志工很有行動力，而且將過去的經驗傾囊相授，原來，他們才是我的保姆！

第四十三章 武陵「一」秀

武陵有四座接連而立的名峰，四座山形貌皆異；桃山像一顆有桃尖的桃子、品田山有大皺摺山壁，以及險峻的大斷崖、池有山遍布草原水池、至於喀拉業山為泰雅族語「加留坪」的音譯。四座連峰各領風騷，位在雪山東面上，風采自成一格，不讓西側的雪山獨秀，登山界取以「武陵四秀」之美名。

十一月六日，我們只出一台公務車，阿光當司機，除了我，還有景祺及兩個替代役阿翔與阿軒。車進台七甲線，天氣開始轉變。替代役坐在最後座，中間座位的景祺出聲了：「榮光，替代役暈車了，開慢點。」

阿軒因為山路的巔陂暈車，阿光在思源啞口把車停下，阿軒立刻衝下車，在一個路邊草叢吐了起來。阿翔則是以他憨厚的笑容問我：「峰哥，我們有辦法上山麼？」

天空烏雲密布，厚厚的雲層讓台七甲黯如黑夜。我問了經驗豐富的阿光意見，他說：「先到管理站，看情形再說吧，看要改變行程或取消。」

下午，我們抵達武陵管理站，五位保育志工昶如老師、秀女姐、阿圖、黑熊及菜美早已抵達，他們正坐在會議室前的騎樓整理裝備。天空也飄著細雨，路上溼潞潞的。安頓好行李，景祺跟我同寢，阿光睡司機寢室，替代役則與他們武陵的同梯在一起。分配好之後，我便下樓坐在騎樓椅子上看著天空出神。

秀女姐遞上一顆蘋果：「政峰啊，你真會選日子，選這種好日子爬四秀。」我無奈地說：「這已經延第二次了，沒想到還是下雨，不能再延了，因為會影響到雪山主峰那梯。」

第二天，我們仍照著上山的行程，在預定時間起床，撥開窗簾，雨水滴滴答答從屋簷流下，外面地上積水處處。我開門奔下樓，到了替代役寢室，阿翔與阿軒正坐在寢室書房與他們的同梯聊天。

阿翔看到我，話講得大聲了：「看吧，峰哥，我們又繼續放一天假了。」

我走出戶外，打在地上的雨水劈趴作響。我坐在騎樓的椅子上，看天氣能不能和緩點，志工已到辦公室看電視去了，替代役則繼續在寢室玩電腦。

等到近中午，景祺走了過來：「不用指望今天了，這雨不會那麼快停的。」「那麼，明天若出發，行程一定得縮減了。」我有點洩氣地問了阿光意見。

「當然啦，明天若還不能上山，就準備打包回家了，哈哈哈。」

晚上，我們召集五個志工一起討論，決定四秀刪除兩座，只走桃山及池有山。若明天仍在下雨，那就全員撤退。商議定案後，我在辦公室的電腦上網，國銘此時從 MSN 丟了訊息過來⋯

「喂，還沒上山喔，XD」

「明天會上去，不用在那邊幸災樂禍。」

「不要上去了啦，危險，回來了啦，雨又不會停。」

看到這個，我負氣打了以下這行字：「風雨無阻，不成功便成仁。」

電腦那邊卻傳來這樣的訊息：「要死你自已去死，把我家解說課的阿翔還給我。」

十一月八日，景祺把我搖醒，我睜眼看了外面，雲層仍遮住陽光，但已沒有下雨，有的地面已經恢復乾燥。我立刻下令整裝。阿翔聽到要上山了，伸了個懶腰：「唉喲，好累喔，真的要上去喔，我睡了兩天了欸。」阿軒則在旁邊一貫的傻笑著。昶如老師拍了他的背：「走啦，給自已一個百岳的紀錄。」

我也是第一次爬四秀，所以路線都交給景棋及阿光帶領。過了武陵吊橋，是我熟悉的煙聲瀑布步道。走了幾百公尺，前方志工忽然右轉進入一條山路，旁邊一個牌子寫著桃山登山口。這是四秀的起點，通過一片火燒跡地後，路便是連續的陡直上坡，完全沒有任何的下坡。

我愈走腳愈酸，志工阿圖一直走在我附近，看到我開始走走停停，便靠近過來：「上桃山這段路，全是上坡，直攻四公里而上，所以速度要穩健點，才不會累。」

我看了永無止境的陡坡，發出我的驚嘆：「也就是我們要走四公里的哭坡了？哇！是哭坡的十倍耶。」

阿圖笑著說：「桃山上山的路很乾脆，一路直上攻頂，所以路程短，不像雪東步道，高低起伏。」

我有時往後看跟隨的替代役，發現阿軒面不改色，走得穩健。但阿翔卻吐著舌頭，氣喘如牛，一直在幹譙：「X的，怎麼這麼累、什麼時候才會到呀。」

後面的景棋刺激著阿翔：「看起來那麼壯，爬山怎麼肉腳。」

阿光也在後面酸他：「你這樣仙草妹會很失望喲！加油。」

景棋與阿光跟隨著他們，教導如何使用登山杖、如何行走；保育志工也在一旁提供登山經驗，黑熊不斷講冷笑話，棻美則一路跟阿翔伴嘴。走著走著，雨水又開始滴下，今夜必須走到山屋，大家全部換上雨衣趕路，在熱鬧的交談中走到稜線，步道被兩旁的箭竹叢遮蓋，吸飽了雨水的箭竹枝葉擦身而過，身上的水，不知天上掉下來的，或是箭竹灑過來的，我們終於在傍晚抵達桃山山屋，外型有如美國太空總署的太空研究站。

下著雨的夜晚，山屋中唯一的一盞太陽能燈泡提供微弱的視線，短短的路程，雨水滲進雨衣，所有衣物都溼了。山屋有兩層床鋪，樓梯剛好充當曬衣架。雨下個不停，換上乾的衣服，大家也想早點休息。阿翔更是疲累，一進山屋立刻鋪好睡袋，倒下不起，只有嘴裡喃喃唸著：「好累，好累，早知就不來了。」然而阿軒卻一直掛著他傻傻的笑容，毫無疲態。

十一月九日，阿翔睜開了眼睛，門外一道陽光射了進來，阿軒在旁邊笑著：「醒了喔，吃早餐了。」

阿翔揉了雙眼，爬出了睡袋，呻吟了幾聲：「哇~，X的，全身酸痛，好累啊。」棻美正進來拿餐具，虧了他幾句：「大帥哥，醒了喔，怎麼這麼虛啊。」「沒有虛啦，休息是為了走更長遠的路，你說是不是。」忽然棻美抓了阿翔的手腕，把起脈來。

「大姐，要吃豆腐也要看時機呢，我只是個替代役。」阿翔呵呵地笑著。

棻美瞪了他一眼，冷冷地說：「我是護士，以我的職業病來說，要先看你有沒有高山病啊。」

山屋外，志工們把平台上的木桌子當成露天廚房。以他們豐富的高山料理經驗烹煮出一道道的美食，兩個替代役走了出來，昶如老師像個疼惜孫子的老奶奶一樣，招呼他們：「兩位帥哥，快來吃，補充一下體力，我們好去桃山頂。」

桃山山頂是三等三角點，但武陵遊憩區全在腳下一覽無遺。幾天大雨中，我們終於登上一座百岳，為兩個替代役拍下一張值得留念的畢業照。天空烏雲仍然厚實，地上泥濘不堪，偶爾飄下幾滴雨水。我與志工們商議後決定，後面的行程取消，提前下山。四秀登山訓練，變成一秀了。

桃山登山步道很陡，上山很辛苦，下山更不輕鬆，在積水的步道上，很容易一路滑跤到底，摔個屁股開花。兩位替代役都沒有合格的登山鞋，更容易打滑。但阿軒竟全程掛著招牌的傻笑，走得穩健。反觀阿翔，愈走愈踉蹌，愈走愈「幹譙」。

阿光終於忍不住了：「我實在是跌破眼鏡了，以為會暈車及傻裡傻氣的阿軒比較讓人擔心，沒想到是體格粗壯的阿翔不耐操。」

阿翔終於投降了：「我知道了，我一定會戒煙的。」

返回汶水管理處，辦公室中庭的青楓已現紅葉，冬天將追上秋季的腳步。一週後，我返回學校補因上山沒上的課程。剛進教室整理電腦，小顆與阿泓拿一個盒子走了過來，神秘地笑著：「老師，我們要送你一個禮物。」

「喔？什麼東西。」我接過了那個盒子，順手打開，卻是兩隻紅圓翅鍬形蟲，一種秋冬出現的昆蟲。

「哇！謝謝你們，在學校抓的麼？」

阿泓說：「我們週六去北埔玩，在一間廟裡看到，我們知道老師喜歡甲蟲，所以抓來送給老師。」

真是善體「師」意的學生！

「對了，老師，我們想下週五去找你玩。」小顆竟提出了來訪的要求。

「真的！好啊，我安排一下。」

我在課程中，除了教攝影，也會提到拍攝地點、以及我的旅遊經驗，有些學生聽著聽著就開始嚮往，小顆與他的「五人幫」因為常幫我整理教具，與我有較多的互動，漸有師生之誼，終於他們也想來一探汶水之美。

第四十四章　溫泉變冷泉

我在課餘時間常聽小顆聊起五人幫成軍的經過，這「五人幫」學生中，小顆與小黃、就讀生活服務產業系的小明在高職都是協和工商的同學。一起考上親民後，如死黨般常聚在一起行動。阿泓是附近新埔鄉客家人，讀的是內思高中資訊科。小顆個子小小的，行為舉止吊兒啷噹，凡事滿不在乎的樣子；小黃長得斯文秀氣，不愛講話，也沒有很豐富的表情，剛入學時，阿泓看這三個人經常團體行動，表現又一副酷酷屌屌的模樣，很看不順眼，於是有了交涉，卻因此擦出友情的火花，加上蛋頭變成五人幫。其實五人幫不只五人，與他們沆瀣一氣的還有梳子、小不點及坦克，形成一個注目的小團體。

他們利用週五半天的小週末出來，我想帶他們去泰安一個野溪溫泉泡湯。泰安鄉溫泉飯店如此多，是因為這裡有許多溫泉源頭，此外，有些地表也常冒出溫泉，上個月我在通往水雲橋的步道附近發現有個挖掘出來的池子，就在一處野溪旁邊，剛好可以引水調成三溫暖，中醫大學兩個教會弟兄上個月就有來找我泡過，我們拿鏟子挖出一個坑，再用塑膠帆布舖上去，引水進來成天然湯屋。天然的溫泉溫度高逾六十℃，簡直滾燙得要命，我們拿著勺子不斷舀水上下攪動，再引溪水調溫，才得以入池。

我開車到親民接了他們：小顆、阿泓、小明、小黃及蛋頭。抵達這個溫泉源頭，卻令人傻眼。可能是附近的溫泉業者怕客源被搶走，竟有不明人士用怪手推土把這個泉坑給埋了，現場只有一堆泥沙。

「沒溫泉泡了，不想花錢對不對？」我想學生應該不願意去大湖的溫泉會館，因為他們都沒有泳褲、泳帽，學生們點了點頭。

「那去泡冷泉好了。」現在雖入冬季，但天氣仍然溫暖，所以我提議就近去馬凹溪玩水，他們沒有概念，也表同意。上了車，往回走，在日出溫泉叉路上轉進，這條熟悉的驚險農路，一邊垂直溪谷，一邊陡峭山壁，懼高的蛋頭哇哇大叫。進入無人的馬凹溪，五個人童性大起，阿泓是棒球體保生，他撿起樹枝、石塊，掄起球棒練習打擊，小顆與小明追著溪澗中的赤蛙；而小黃則帶著酷酷的眼神看著大家玩。到了馬凹瀑布，這些年輕人竟興奮地脫了衣服跳下水去，只有怕冷的小黃坐在旁邊的石頭上，用水在石塊上畫出「冷」這個字的水痕。這些人水仗打得興起，卻只有小顆會游泳，場面還真是失控，幸好冬季的馬凹瀑布水量不大，還算安全。我看時候不早，便催促他們出谷，上岸後，小顆撿枯枝點了一把火烤乾弄濕的內褲，其他人也用樹枝當曬衣架，圍著火把烤內褲，形成一幅有趣的畫面。

出了馬凹溪，再從龍山部落上到橫龍古道停車場，正好趕上夕陽。這裡海拔約一千二百公尺，可與附近的虎子山、上島山對望。高處的視野中，雲彩像沾了橘子醬一般，映照得古道入口金黃閃爍。除了阿泓，其他人都是久居都會區的台北人，少有機會見這鄉間美景，臉現陶醉之意。

我送他們返回宿舍途中，阿泓不斷得道謝：「謝謝老師，今天玩得很開心。」小顆也附和：「謝謝老師，希望下次再帶我們出來玩。」而小黃，仍然是一臉酷酷的表情。其實跟他們出來玩我也很開心，不但滿足為人師表的成就感，也覺得自已變得好年輕。

期中考之後，我與另一位教新聞攝影的老師對調班級，這又是另一個開端了⋯⋯。

第四十五章 兩代再交會，翠池惜別曲

九月份 Taro 來宿舍幫我們慶生，提到了兩梯替代役的聚餐，這件事就丟給我處理不管了。也許他並不看好聚會的成功性，而且葬儀社的工作也很忙，因為原住民意外超多，每天都有人死於非命，他也不可能親自連絡。我雖然樂見其成，也只好抱著無心插柳的心態安排。

替代役在國家公園服役期間是最幸福的，朝九晚五，欠他的假一定給。但到了職場，除非是福利很好的外商公司，否則幾乎都沒有自已的時間，假日也常要加班。我剛釋出訊息時，每個人意願都很高，但時間找不到共識，連絡了一個多月，終於在十二月初敲定日期，於是我打給了 Taro。

電話那頭，聲音意興闌珊：「十二月八日中午，我『應該』可以，約在哪裡？」（「應該」可以！你是提案人耶，要是不來，我一定宰了你。）

「苗栗啦，集合地點在你岳父家附近，這樣對你很方便吧。」

「方便啊，但那天我也不一定在家，呵呵呵，哪家餐廳？」

「不好意思，我不知道，我想那裡應該容易找到餐廳，交給你好了。」

「哇靠，變成我的責任，那就『大象』吧，你到的時候就可以看到它的大招牌了。」

除了聲君在大陸工作，阿貴見面會難為情外，三十九梯全都應允赴約；四十八梯逸旻要回家陪老婆小孩，富棋考期將近無心與會，其他四人也都參加了。這天中午十一點半，我帶著四個現役替代役在苗栗燦坤等候。一部接一部的車開了過來，熟悉的面孔一一下車；貓頭鷹載著小紅帽、阿順、孟杰各帶自已的女友、久違的小洪也開車載著銘毅來了。

見到了學長們，四十八梯只有煒鵬敢一展油嘴滑舌之能：「喲，五哥，你麼時候加入替代役的行列了，喂，好久不見了，小紅帽學長。」

但 Taro 呢？提案人果真不來！我拿起了電話，準備奪命連環扣。一部貨車在我們面前煞車，駕駛座上陽光般微笑看著我們的是一個原住民：「急什麼，我這已經到了。」

Taro停好車，下車的還有他老婆及小孩。這個替代役同學會真像是懇親會。進餐廳點好了菜，加上攜伴參加的人數剛好湊成一大桌。大家分開快一年了，這居然是第一次的重聚，好多話題可以聊。在管理處的服勤趣事則是兩梯替代役的共同話題，所以互動很熱烈，並沒有任何人坐冷板凳的情形。

阿軒說：「學長，鳳娥姐已經沒有再罵我了，現在常帶我們出去吃好料的。」

小紅帽：「叫你機靈點啊，鳳娥姐就會喜歡你了！」

長得像原住民的阿翔向真正的原住民Taro請教登山的問題：「學長，你們有爬過雪山吧？

Taro側著頭，仍吃著他的食物：「是啊，上次是怡慧帶的，你們應該也要爬了吧？」

阿翔笑得很尷尬，摸了一下頭：「其實我上個月就跟峰哥上山了，但是我們只上桃山，馬的，差點操死！」

Taro嗝嗝地笑了起來：「爬個山有那麼累喔，我們很輕鬆地就上了主峰，喔，沒有啦，現場就有兩個人爬得死去活來，還有一個穿藍球鞋爬雪山的現在在大陸。」

不等阿翔回話，煒鵬搶了話：「學長，我們下個禮拜就要去爬雪山了，我跟逸旻自已有買登山鞋，峰哥主辦的，有幫我們買登山用排汗衣褲。」

小紅帽轉過頭來：「哇！怎麼這麼好，我們都沒有耶。」

我邊吃邊回答小紅帽：「因為替代役沒什麼收入，登山又是有點危險性的活動，所以我活動經費有列一些貼身的裝備給他們，爬山確保舒適，除了體能不足外，是可以減少意外發生的機率。」

最近會計室從苗栗縣政府調來一個會計員，十分機車，對高山完全外行，很多必要的支出都會被刁難。登山裝備原本就高價位，但這些東西卻是保命必備品，往年在一些訓練或活動前，會評估舊有裝備之耗損與短缺情形下再請購，這對經常在園區裡活動的同仁非常重要，所以我對這個會計員的刁難毫不讓步，還是爭取列為這次活動的支出。

Taro 舉起了杯子：「那我們就祝學弟們登頂成功！」

「耶！」圓桌上，大家舉杯紀念這一天的兩梯替代役聯誼。

第二梯登山訓練—雪山之行，天氣明顯比桃山訓練好很多，連參加的志工人數也倍增。這段路線我已很熟悉，煒鵬及逸旻有足夠的經濟能力買登山鞋，阿彬唸森林系期間也上過不少高山，以他慣有的雨鞋替代；三個替代役平日有運動習慣，所以第一天很輕鬆地就上了三六九山莊。晚上我們與志工們在山屋前的木桌椅泡茶聊天，天上的星星與乳白銀河閃耀著燦爛，如掛在天幕上的閃耀霓虹。阿光看大家狀況不錯，天氣也許可，提議明天凌晨三點起來，直接攻頂後再下翠池。

十二月的隆冬，尚未降雪，凌晨棧道凝結了一層白霜，氣溫已近冰點。一行人在黑暗中整裝而出，滿天星斗照亮步道的稀微。頭燈閃爍劃破寧靜山野，點燈的隊伍進入了黑森林，出了圈谷，破曉日光迎接了這群登山客。

「好壯觀呀，好美。」三個替代役驚嘆這世界級的景觀，兩個擁有單眼相機的役男，拿起相機「卡擦」個不停，要留下這裡美麗的紀錄。這三個替代役下班後都有跑步的習慣，輕鬆便登上主峰。冬天氣壓沈降，白雲堆積峰頂之下，層層疊疊，無限延伸，像一片空中的海洋，白浪波動；雪山主峰則是那海中孤島，島上的人們，如同在天，遺世而獨立。小學當美術老師的志工素秋姐，不覺拿出紙筆，將這山海幻境盡納於圖畫中。

「往翠池吧，破這趟路程的極限，見識高山湖泊的風光」志工們鼓動著現場的年輕人往前。隊伍越過北稜角鞍部，走過一片石礫地，玉山圓柏忽然挺拔了起來，山屋前一片青草地，如地毯一般柔軟，但冬季的翠池，已現乾涸，只剩一小片水塘。

志工古大哥發揮了他天花亂墜的本事：「翠池，東南亞海拔最高的湖泊，也是一個冰河遺留下來的凹地，它的面積算不上什麼湖泊，但在高山上有這麼大的水池已屬難得，所以還是認定它是湖泊。」

這一窪池水，見證了雪山冰河的足跡，是大安溪生命的開端，也是雪山上最美麗的容顏。替代役在這個活動中能見翠池面貌，亦不虛此行了。

下山回到管理站，三個役男呱噪地與站裡同梯分享，主峰的壯麗與翠池的婉約，說得他們好不羨慕。說著說著，連在汶水的阿翔也打電話來沾光了。

煒鵬一臉臭屁：「我們登上主峰，又去翠池，我跟逸旻的體力沒有問題，哈哈，好漂亮，回去給你看照片。什麼，你說什麼！」說到這裡，煒鵬的臉色突然轉為嚴肅，音調變沈，引得逸旻與阿彬轉頭注意。

「怎麼了，有什麼事情？」逸旻關心地問。

煒鵬眼神似笑非笑，欲言又止，看了兩個人的反應後，緩緩地說：「同梯們，役政署公告我們這梯以後縮短役期為十個月了，所以…我們一個多禮拜後就要退伍了！。」

武陵最呱噪的替代役小強跳了起來：「哇！那我的蛋糕店可以提早開業了。」安靜的劭傑更興奮：「我申請的美國大學，可以早一點出國去唸了。」

阿彬卻一副嗤之以鼻的模樣：「靠夭咧，一回去就要忙著打包行李，我會瘋掉。」

再過一個多月就是二〇〇八年立委總統大選，這該不會是為了選票給的政策利多吧？但役期縮短的宣布太突然了，管理處下一梯的替代役農曆年後才會報到，一個多月的服勤空窗期已讓管理處傷透腦筋，雪山登山口人力更吃緊，那裡的查驗不可一日無人，光憑武陵五個同事是無法同時兼顧管理站、遊客中心、復育池及登山口四處地方的。不過最錯愕的還是我們，連惜別傷感的情緒都來不及湧上，一同共事、爬山、抓蟲及泡湯聊八卦的時光卻要結束了。

第四十六章 涼冬

結束了雪山登山訓練，我們一同搭阿光開的車返回汶水，途中我們下二高竹東交流道吃午餐，回程改走台三線，過了竹東，瑞雯打手機給阿光。我們以為是老婆在關心先生的平安，但阿光在交談中幾次提到了我的名字、以及「雪訓」等名詞，引起我們的注意。

掛了電話，阿光繼續握著方向盤，卻告訴我一件令人震驚的事！

「瑞雯說，會計室的那個會計員發了一封 E-mail 給每位同事，聲稱審計部糾正了明年度雪地訓練的報差方式，住了山屋就不得再報住宿，也就是說，山屋等同免費旅館。」說到這裡，阿光收斂了嘻笑，表情凝重，我則血氣翻騰，氣憤難平。自從這個會計員調來之後，國家公園的帳目就被審計查得很仔細，很多支出都被糾正，但這些項目卻牽涉到國家公園經營上的專業、與人員執行任務的安全性。例如登山裝備的更新、雪地保暖衣的購置，這些東西價格昂貴，出去園區執勤的人員，要他自行準備並不合理，而且這些東西攸關性命安危。但審計部只以一般行政機關的眼光看待國家公園，他們無法體會這些高價的裝備對國家公園業務的重要性。山屋當初的設計僅供避難使用，無水也無電，它只是提供同仁在多日的高山任務中，夜間有個可以休息的床位而已，提供住宿費合情合理，對辛苦高山工作的同仁來說，也有慰勞的精神在，但我們這位會計卻將它曲解為旅館，真令我們扼腕。

事後我們從苗栗縣政府那邊的人得知，這個會計員的父親與審計部某位審計是舊識，國家公園被查核得如此仔細，很有可能是這位會計員與這位審計私交的緣故。據了解，這種情形在縣府已有先例。

我們回到管理處，我便回辦公室開電腦，收到一封 E-mail：「雪訓報差疑義」，內容是告知同仁，往後登山住山屋不得核銷住宿費，但露宿或自行搭帳蓬者不在此列。意思是，將來同仁巡山要找個步道、草叢過夜，安危自行負責。這封信的收件者是全體同仁，似在得意地詔告天下，我們以後登山要照他會計的認知來做。

我看了這封信，既生氣又難過。當下不假思索，強勢回了一封信給所有同事，大略是：「山屋為避難設備，非住宿用房舍，不宜當作旅館看待…。」

信發出後一天，這個會計回信：「楊同仁，關於住宿疑義，已由鈞長指示，再向審計部說明中。」

我看了更火光，你去闖了禍，再請首長來收拾殘局就是了。我立刻反擊：「你當我們是出去欣賞漂亮的雲海、日出及群峰？登山不但辛苦、勞累，而且還有生命危險。但會計只會拿出規定阻撓，身為團隊的一份子，不僅不為單位解釋緩頰，還帶著快意向同仁詔告福利快沒了，真叫人難過…」

這封信一發出後，會計員看到我只會鐵青著臉瞪我。但處長很支持我的想法，命令會計寫理由申復。想擺同仁一道，到頭來惹得人怨又要花時間寫申復，何必呢！

四十八梯替代役在元旦過後幾乎都退伍了，專長申請的替代役富棋及逸旻晚一個月，但役期折抵較多的逸旻也離開了，只剩下富棋孤零零的一個人，偶而找我「喇豬賽」。少了一些活蹦亂跳的少年人，生活一下子無趣了起來。這個歲末交替年初的時候，也是學校學期的結束，適豪告訴我一個震驚的消息：承翰被退學了！

我打了好幾通電話，承翰卻一直關機中。只好找他同班的適豪詢問。

「跟你說，他這學期同時修了好幾學分大刀的課，我早勸他，這樣會顧不過來，但他不聽，結果悲劇終於發生了。」

「那他現在在哪裡？電話都不接。」

「可能已經打包走了，因為他也沒來上課了。」

我嘆了一口氣，適豪卻繼續說下去：「跟你講一件事，崇興也搬離一區，沒有再服事聯大了。」

這讓我更震撼了，聯大弟兄之家逐漸有人搬離，崇興工作的中油公司因為經常長差在外地，便辭了服事搬到中油宿舍。在這個青職缺乏的苗栗，可以交通的聖徒更少了，一種失落湧上心頭。

第四十七章 淘氣神仙新年夢

河谷中的汶水遊憩區，冬天冷空氣吹進，地形的阻擋凝聚了水氣，沈降在清晨的草皮上，凝成一顆顆水珠，好幾張蜘蛛網因此現形，晨曦的照射下，宛如一張張的白棉。蛛網週邊向中央傾斜像個漏斗，中央開口的洞，狼蛛科的長疣馬蛛以待兔之姿，等候不小心掉落網子的昆蟲。掉落的獵物糾纏在細如棉絮的蜘蛛網，在脫身前早已被動作敏捷的長疣馬蛛擒下。

冬季，依然生意盎然。蛛網點綴滿地草皮的時候，年的腳步近了，學校的學期也近尾聲。在我轉到A班上課時，五人幫並未與我中斷連繫，而B班的朋朋卻在我到A班上課後開始與我互動。親民技術學院常有一流高職考上的學生。朋朋畢業於復興商工廣設科，這是台灣美工教學赫赫有名的學校。他所散發的氣質如同他的背景一樣，神秘而唯美。在單眼相機上手後，他以紮實的構圖與色彩觀念拍出來的作品讓我很激賞，因此課堂上我常給予鼓勵。由於數媒系在晚上也常有活動，我與B班仍有相遇的機會。朋朋常找我討教攝影問題，他讓有我得意門生的成就感，縱使他的美學底子不全然是從我這裡學來，但「教學相長」也是一大樂事。

A班也有一個復興美工畢業的阿生，他愛玩的程度不下於五人幫，曾與他的死黨來過汶水。美工是復興最正統的科系，但奇怪的是他拍的照片不像個科班出身的，完全入不了我的眼。

數媒系大部份的學科都沒有考試，全以平時的作品及報告計算成績。期末時，系上照慣例要求攝影課發表成果展。為了這個展覽，我再度與兩班學生在課堂上見面，擬定展出格式與日期。開展當日，弘正叫我來主持布置事項。這一天我請了一天假，抵達數媒系系館，忙進忙出的人很多，卻招呼不齊學生。我看到朋朋正在系辦忙另一個展覽，便走上前去：「朋朋，在幹什麼?你的展出海報呢?」朋朋卻拿出一個隨身碟給我：「老師對不起，我要忙期末表演的事，你幫我拿去出圖，我再拿錢給你。」

我當場愣住，接過隨身碟，A班的小老師阿嗜從後面拍了我的肩膀：「老師，我們班很多人也要去出圖，但是頭份這裡找不到印刷店，老師可不可以帶我去新竹做。」

「好吧，順便拿朋朋的去，我知道有一家在清大門口。」

在車上，我問了阿嗜：「他們在忙什麼？怎麼都找不到人，朋朋到今天也沒出圖。」

阿嗜笑著說：「我們展演實務這門課期末要公演，時間快到了，所以他們今天都在體育館排演。」

「哦，那麼我下午想去觀賞他們的演出。」

，我帶阿嗜到清大找一家我常列印照片的出圖店，將學生們的檔案交給老闆處理，花了好大一翻功夫才讓老闆出圖成功，因為這些隨身碟太多病毒了，差點遭到拒收。

下午，一張張學生得意的作品貼在系辦公室旁的兩面牆。雖然大多數都是初學攝影，但精挑細選後的照片，再經由他們影像軟體的精緻處理，成為一張張精美展覽作品，走廊布置的臨時展場忽然美侖美煥了起來，各種色彩填滿兩側的牆，紅的、紫的、藍的、綠的、黃的…。

我買了一些雪霸的紀念品，順便藉這個時機表揚我任內成績前幾名的學生，並感謝幫忙的兩位小老師。畫下一個喜悅的句點。散場後，兩班學生卻往體育館移動。我大感疑惑之時，弘正走過來跟我說：「學生要去排練『淘氣神仙新年夢』（註一），你要不要去欣賞，後天演出，你有時間也過來看看吧。」

我自十六歲加入國樂社學了樂器，不但有上台的表演慾，也培養出看表演的嗜好，這種青春洋溢的學生戲劇表演，更引起我的興趣，便跟著人群進入體育場。

舞台上，穿上古裝排演的都是我熟悉的大一學生，時空進入中國古時的新年市集…每個人忙著採辦年貨、春聯及新衣服，人來人往，熱鬧非常。夢想精靈奉夢之神命令前來人間，尋找實現夢想的人。奇特的仙子裝扮引起兩個少女的詢問：

「好漂亮的衣服啊，您打哪兒來的啊？」

「我是夢之神派來的，要幫助你們實現夢想的。」夢想精靈是女同學佳麗裝扮，好像奇幻小說中小飛俠彼得潘的小精靈外型，他燦爛地笑著。

「哦～，要如何實現夢想呢？」兩個女孩同聲問起。

夢想精靈笑得更快樂了：「快過年了，你們在大年初一做的夢會成真，但前題是不可把夢的內容說出去，否則，夢就無法實現了。」

「哇，這麼神奇喔！」週遭的群眾也湊了過來。

「全部都給我閃開，有誰把夢說出來，我有重賞。」聲如洪鐘，身材魁梧的驛丞大人領著幾個家丁闊步而來，百姓紛紛走走避。壯碩的居壅扮演驛丞大人，威嚴中帶著喜感。

我突然想起，為何舞台上看不到朋朋？不過很快我便注意到台前操作錄影機的同學，單槍打出的字幕中，他是錄影兼導播，果然是比其他演員還重要的角色。他像一位藝術家般，掌控著錄影機，打手勢指揮調整燈光，頗有導演架勢。

台上一個哀號再度將我的注意力拉回：「我的夢呢，我的夢沒有了，老天爺啊。」驛丞大人居然扒在地上搥胸頓足了，哭泣間，一雙鞋出現在眼前，驛丞大人慢慢抬起頭來，一張和藹可親的面容，滿頭白髮的老人慈祥地看著他。

「大人，你失去了你的夢了麼？你把夢講出來了？」

驛丞仍在啜泣，一臉無助：「沒用了，所以我現今官位都快不保了，嗚……」

老人告訴他：「你了解有夢想的重要了，如果你能改變自已的想法，幫助別人實現夢想，你還是可以找回自已的夢。」

驛丞一臉疑惑，但眼前老人說起話來很有感染力，心中一陣莫名的舒暢，便問他：「為何我聽你的就可以找回夢想。」

老人仰頭大笑：「因為我就是夢之神。」說畢化作一陣清風而去。

夢之神是由一個很外向的女同學扮的，我真是激賞數媒系的戲劇訓練。原來數位媒體不只平面設計，還包括動畫及廣告片的拍攝。所以演戲與音樂也是必修課程，同學們的舞台劇動作與口白不輸專業演員，讓我也跟著入了戲。

戲的結局是很歡樂的，驛丞大人照著夢之神的指示，熱心助人，不但找回自已的夢想，也改變自已的命運，後來升官了，成了愛民的官員。

戲落幕了，學期也告一段落。一學期的兼課資味真是回味無窮，我踩著惆悵的步伐走出系館，朋朋卻迎了上來：「老師，這個送你。」我接過朋朋給的東西，是他期末攝影展張貼的海報。

我拍了朋朋的肩膀：「謝謝，有機會再一起出去拍照吧。」

朋朋靦腆笑著：「嗯。」

我回到宿舍，還沈浸曲終人散的情緒中，富棋坐在大門前的台階上，似乎也為自已單獨「待退」而百感交集，狐狸般的笑容仍如以往。

我不想他提起任何話題干擾我的情緒，便帶著趨趄的口氣問他：「晚上一個人坐在那裡幹什麼？無聊麼？」

他的嘴角更彎了，彷彿就要碰到耳垂一般，他輕聲說道：「政峰，學弟二月四日就要報到了，你一定覺得很開心。」

我忽然醒覺！上週接到替代役專訓通知，算一下日期，五十六梯就要在年前報到了。

註一：「淘氣神仙新年夢」是由「淘氣神仙夢之神」變化而來，這齣劇碼，原創者是捷克劇作家 Helena Slavikova-Rabarova，由九歌兒童劇團團長朱曙明改編。親民馮翠珍老師再改編為數媒版的劇本，是一齣帶有童趣又兼具哲理的戲劇。一年後，親民同批同學與系辦再度製作一齣校園愛情短片「最溫柔的戰爭」，兩部戲皆可在影音分享網站觀賞到。

第四十八章 布丁

二月是個忙碌的冬季，白了頭的雪山山脈，正呼召著國家公園的勇士們登上山頂進行雪季訓練。停了快兩年的雪訓，在我的籌備下再度復甦，這方面管理處前幾任的承辦人都不在了，我為了吸取友處的經驗，意外促成雪霸與太魯閣兩座高山型國家公園的合訓，因此我花很多時間在採購裝備與聯絡教官。另一方面，雪山登山口的執勤十分告急，下一梯替代役雖然二月初會報到，然而正式分發到武陵，加上訓練交接及過年也要三月初才能上場服勤；將近兩個月的空窗，管理處決議請保育志工全力支援，排班的壓力是從未有過的緊湊，志工也不是每天都沒事幹，我為了排班常跟碧玲姐在電話中大吵！

「拜託啦，○月○日沒有人啦，另外，○月○日夜間登山口缺人顧著，幫我再找幾個人來。」

「所有志工才多少人！一整個月全都上場了，過年人家都不用回家唷，一天到晚逼我找人，自己想辦法去。」「啪」一聲碧玲姐掛了電話。但是登山口還是得有人執勤，到頭來還是得拉下臉來跟「保姆們」撒嬌。

當立委、全國民眾認為公務機關員額需要縮減，輿論傳言公務員閒閒沒事幹時，我很希望他們來看看我們光是一個登山口，沒有替代役就得開天窗的窘境。

一、二月份，我忙於雪訓與登山口排班，有時常因為某個志工臨時有事不能服勤，晚上就得到辦公室用電話連繫其他志工。渾然不覺已近農曆新年，行政大樓走廊上，只剩逃生指示燈亮著，化蛹近一年的四黑目天蠶蛾，在這個時候大量羽化，爭取短暫的交配時間，趨光的本性使牠們集中在逃生燈週圍的白牆上，在冬夜中構成一幅詭異的景象。打完電話，我打量著成群停棲在燈光週圍的天蠶蛾，瞥見宿舍一樓人影閃動，一群少年人走出來，往一樓會議室走去，我才察覺五十六梯替代役已進駐宿舍兩間通鋪。

每年專訓固定會在最後一天排武陵高山植物認識，順便把分配武陵的替代役送過去安頓，授課教師是芒果，但去年芒果出了意外全身灼傷，今年無法上這個戶外的課程，也因此少了上鴛鴦生態的燕伶、及櫻花鉤吻鮭的林彥二名講師。結果我被管理處找上，除了原本的汶水四季，我受託再加開一堂「自然攝影」課程。

替代役剛報到時，唯一留下的老鳥富棋成為理所當然的管理幹部，隨時陪著學弟們認識環境。看我忙到沒時間注意他們，他趁著空檔來我辦公室找我：「學弟明天晚上要自我介紹，你要不要來認識一下啊。」

「可以去麼？有什麼人可以去？」

富棋又露出他陰沈的笑容：「誰都可以去啊，你就去看看吧，看誰能成為你的好朋友，呵呵呵⋯」

替代役剛來報到的頭一、二天，都會集體在處長面前自我介紹。但我不是被通知參與的對象，從不知道他們自介的情形，只是常聽同事講起，哪位替代役的談吐如何。基於好奇心的驅使，及富棋的通風報信下，便在二月十二日晚上七點半，走進第一會議室。

一張張青澀的面孔，正襟危坐等候處長駕臨。我坐下後才知道被富棋設計了，因為出席者以主管為主，在替代役上台講話後，挑選他們所要的兵。我忽然覺得超尷尬的。

「喲！你們課長沒來，派你作代表喔？」秘書熱心地詢問，就連處長看到我表情也頗訝異，也幸好課長沒來的巧合，化解我出現的唐突。

處長禮貌性地介紹出席的同事後，替代役開始上場。跟以往幾梯一樣，素質迴異不齊、學歷高低不一。有的侃侃而談，有的羞澀到只有一句話。正如富棋所料，我出現在這種場合，發現一個替代役很有我的「朋友緣」。

面對處長在前，這個替代役從容不迫，直接開門見山：「我叫柏廷，畢業於弘光科技大學環工所，專長申請來國家公園，我想分發到武陵去。」

他一開口就要求要去哪裡！我打量這個替代役，跟阿順一樣有著不錯的白皙皮膚，渾身散發一股節奏感，相貌酷似明星胡歌。他想去武陵的目的是喜歡大自然，可以體驗爬山，或是因為那裡比較「無聊」？

去年我因為兼課買了二手的筆記型蘋果電腦，今年的簡報我全改成 mac 所專用的 keynote 檔案格式。流暢炫麗的轉場效果，吸引得替代役們目不轉睛。兩堂專訓，讓我與他們有更多的機會互動，其中較常發問的育賢主動提議，希望在他們分發各外站前帶他們去泡湯跟追野兔，因為過年後，除了管理處的替代役，其他人會分發外站而各奔東西。封園四年的觀霧正在為重新開放做準備，因此也分配了幾個替代役名額，留在管理處的人所剩無幾。

專訓才兩週時間，他們來自不同的地方，分配到各站後，彼此便不容易再有交集。這梯卻在這緊湊的課程中建立了情感，真該成全他們最後的團聚。我答應了他們，不過有意願參加的只有六人，時間選在專訓後的週日，這是放假的自由時間，不用受到規矩約束。

二月十七日週日，部份替代役提早在下午二點返回，為的只是想泡個「惜別湯」。我手上剛好有湯神給的招待票可派上用場，除了家住大湖的彥彬自行騎車前往外，其他五人剛好塞滿我的一部車，柏廷也在同行之列。春節前後，正是大湖草莓口味最好的時期，也是冷氣團吹襲最頻繁的時候。我們穿過車潮來到溫泉會館，低溫使湯池蒸騰出大量白煙，這種天氣泡湯最是舒服。我一旁聽著他們訴說一週多來的趣事：晚上看「聖稜的星光」時，希望同梯在武陵也能譜出戀情、上觀霧的人萬一遇到颱風可能關到退伍才出來……。

不過當他們聊到，他們所想去的外站全部如願時，我反而好奇了：「你們是說好的麼？怎麼每個位子卡得剛剛好？」

育賢接口：「管理處只有三個名額，我容易暈車，所以不想去外站，彥彬是家庭因素就近當兵，智仁只想留在管理處。其他人都要去外站，所以管理處的位子沒有人搶。」

柏廷在一旁微微笑著，一直不發言，我問他：「你為何不想留管理處？」

柏廷微笑著回答：「我覺得既然來了雪霸，就要去不容易到的地方，我跟智緯講了以後，決定選武陵。」

去武陵之後我們見面機會不多，我真想跟你做個朋友，就像煒鵬一樣。

柏廷繼續說話：「不過峰哥，如果你要看螢火蟲或爬山，可以通知我，我有空就會跟你們去。」

一直沈默看著我們談話的智緯，也出了聲：「峰哥，布丁在學校是舞蹈社的，喜愛戶外活動，所以玩的事找他準沒錯。」

布丁！真有趣的綽號，莫非是從柏廷名字的諧音取的。

待在溫泉池泡著聊天，不覺已進入傍晚。沖洗後我順便開車帶他們走一段同路線上的大窩社區，交纏的百年魚藤及老樟樹遮蓋山徑上的天空、大窩溪中保育成功的馬口魚成群悠游，雖不是名山勝景，但也使他們欣賞到樸拙的鄉間野趣。返回管理處。他們又鼓噪著要追野兔，洗完澡，我們在十點多再度擠上車，用我的探照燈繞著草皮尋找，終於在行政室發現一隻蹦跳而出的小野兔，結束了這原本惜別卻滿足的一日。

第四十九章　黃鼠狼小登

及膝的白雪，從雪山頂綿延整條聖稜線，直到大霸尖山，仍繼續鋪陳直達天際。白雪映照陽光，閃耀著刺眼的光芒。吸引山谷中武陵人們欣賞的目光。智緯、柏廷、安子、翔翔、阿根及堂堂六個役男踏上桃花源地，沈寂兩個月的替代役寢室，再度響起了呱噪聲與笑聲，夢想！在仰望聖稜的壯麗中起飛。

鮭魚王子林彥已升格為武陵站主任，五十六梯是他任內的第一梯。這梯的替代役很少，執勤點只好刪除遊客中心一處，主要人員分配在鮭魚館及平日的登山口，辦公室的總機則配合人員出外的勤務，彈性設一名「接線生」輪班。

安排好初期的勤務，打發所有的替代役都去了登山口「實習」；接力值班兩個月的志工們，也準備徹退。得趁他們還在的時候，教好這群替代役應做的工作。

山徑積雪直到七卡，正逢武陵櫻花盛開，遊客一波接著一波擁入。為了防止意外及不法，武陵三個巡山員都上了山。燕伶也準備到遊客中心協助導覽，他背相機走到辦公室，心下疑惑：「咦！不是安排一個替代役在這裡接電話麼？沒有的話誰來值班呢？」

武陵的辦公桌都用 OA 家具與外面沙發隔開，燕伶探頭看了看辦公桌，想找一下值班簿，忽然一個替代役抬起了頭，用著古板的腔調出了聲：「燕伶姐，早。」

燕伶退了一步，瞪了這個替代役一眼：「臭堂堂，躲著幹什麼，害我以為沒人。」

堂堂戴一個粗黑框眼鏡，表情不多，不像其他同梯一樣活潑。

「對…對不起，燕伶姐，我在…在看書。」

燕伶聽他這樣說，好奇探頭一望，電話旁的辦公桌上，放了一本 TOEFL。燕伶笑了起來，笑容頓使堂堂心情放鬆不少。

「有計劃出國呀，那得好好用功啊！」

堂堂卻揮揮手：「不是的燕伶姐，我家裡有店要我繼承，有時有外國人光顧，所以我英文要練好一點。」

燕伶噗嗤笑了出來：「好吧，你好好用功吧，但電話也要記得接喔。」

三月初，櫻花落盡，桃花盛開，坐在登山口服勤的智緯，看著欄杆外的水蜜桃園，一片又一片粉紅色的花海，十分賞心稅目，柏廷的提議果然沒錯，如果選毥丁，那是個很大眾化的地方。如果選雪霸的管理處，那這輩子恐難體驗這般山中美景。

只是武陵好冷，智緯在外頭待了片刻，還無法適應這種低溫，裹著外套快步進入辦公室。太陽西斜，雪山遮住了陽光，只餘四秀的一片金黃。智緯坐在查驗窗口，許久不見遊客出入，感到有點疲倦，他望著門口出神。忽見一黑影閃過！智緯心頭一振，立刻起身觀察外面動靜，木平台上見遠方山嵐瀰漫，現場空無一物。

智緯心想：「該不會是老鼠吧？」正要回轉，下方的垃圾筒發出聲響，竄出一隻金黃色的動物，四肢短小、毛色金黃，而那五官，兩耳直立配上又黑又圓的大眼睛，只有一隻貓的大小而已。

「好可愛喔，這不會是燕伶姐說的黃鼠狼吧！但我相機明天才會到耶」智緯不知黃鼠狼是不是怕人，站在平台上不敢靠近。黃鼠狼卻旁若無人，在垃圾筒翻來翻去，時而爬上爬下，時而轉頭看一下智緯。兩「人」對峙近半小時，黃鼠狼好像吃飽一樣迅速鑽進草叢，草葉沒有一絲搖動，黃鼠狼竟已消失無蹤了。

「哎喲，垃圾筒東西都跑出來了。」拿了掃把，智緯把現場整理好，今天是他值夜，便返回查驗口臥室休息。

東邊，驕陽自四秀方向射入光芒，穿透過窗簾隙縫，溫暖了冰冷的床被。智緯伸了個懶腰，起身梳洗，門外敲門聲頗為急促，急忙穿好衣服，開了門，是前來一同當班的柏廷。

「哈，我的早餐，謝了。」

柏廷又從背後拿出一個包裹：「看，這是什麼？」

「哇，感謝，我的 D90 跟 105mm 鏡，柏廷我跟你說，昨天我看到黃鼠狼了。」

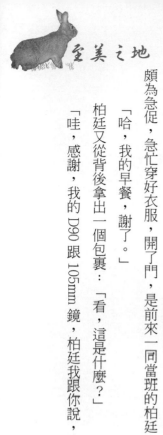

「真的，那我今天也要看。」

時值週休，出入登山口的遊客也變多了，但寒假剛結束，學生明顯少了。兩人默契式分工，一個查入園證，一個在平台上跟遊客聊武陵生態「博感情」。一天又將過去，停車場的車子紛紛開出登山口，平台上恢復平靜。智緯拍了柏廷的肩膀：「換我下山了，明天翔翔會給你送早餐。」

柏廷卻指著後方的停車場：「那是不是黃鼠狼！」

停車場還有幾輛雪訓人員停放的公務車，黃鼠狼站在輪胎上，從車底探出頭來，一副機靈可愛的模樣。兩個替代役在看牠，牠一點也不怯場，轉動著黑色的大眼睛，看著他們。

「對了，我的新相機！」智緯急忙拆開紙盒，拿出相機，裝上鏡頭及電池，拍了好幾張特寫。黃鼠狼泰然自若，似乎很喜歡入鏡。

「你昨天看到的就是他麼？」柏廷問了智緯。

「是的，因為他出現在登山口，我昨晚在床上想給他取個名字，就叫『小登』好了[illegible]我下山了，這裡交給你了」說完智緯騎著摩托車下山去了。

忽聞人聲自步道傳來，小登快閃躲入草叢。柏廷轉身一看。竟是熟悉的聲音：「布[illegible]見阿星迎面而來，原來是二月底上山雪訓的雪霸與太魯閣同仁們，已完成訓練下山了。我十[illegible]彼此給了一個會心的微笑；五天的雪訓在晴天中順利進行，兩個國家公園的承辦及所有[illegible]伍集中在登山口清點裝備、拍團體照。隊伍中一位個子不高的年輕人蹦跳著出現，柏廷[illegible]舉止不像是國家公園的人。他拉了武陵最年長的巡山員：「東叔，他是哪個管理處的啊？」

東叔輕拍了他的肩：「他是我們的教練。」

我走過去解了柏廷的疑惑：「我們本來要請的教練是登山界名人伍玉龍教官，但是伍教官有事出國，所以推薦了小泝代打，他很會攀岩喔。」

聽到有人在介紹他，小泝笑著走過來：「我叫謝穎泝，泝是溯的古字。我在歐都納服務，剛爬過七頂峰，這幾天跟大家過得很快樂。」太魯閣的同事們也附和：「是啊，謝教官雪地本事了得啊，我們很佩服⋯」

柏廷目送著隊伍下山，停車場變得空盪盪的。正要轉身離開，垃圾筒又有了聲響。轉身又見小登不知何時出現忙著翻垃圾筒。柏廷看著牠：「晚安，明天見，小登。」

第五十章 「汶水四季」攝影展

春去秋來，歲時交替。春風中搖曳的台灣百合，舖陳的五月雪及星光大道、綠繡眼選擇盆栽育雛、秋風中台灣欒樹飄散的黃花、落英繽紛的緋紅櫻，好似一個個生態的音符，譜出一首首動人的汶水四季交響曲，吸引我以此做了生態觀察及攝影的主題。

我們處長常鼓勵同仁發表個人專長，前年景祺首開「捕峰捉影」攝影展，去年燕伶則展出「野性的溫柔—鴛鴦」主題。今年我的「汶水四季」成為第三個受邀參展的特展。開展時間定在四月中旬，正是黑翅螢大發生的時節。一月開始便與佈展廠商討論內容、篩選照片。三月底，連新聞稿也交我撰寫，接著，因為是雪霸員工的作品發表，所以要製作邀請卡。景祺個展時的邀請卡是找廠商設計印製的。但今年解說課經費不足，承辦同事請我自已設計。我沒有美工軟體基礎，只得找育賢幫忙。當他做出幾張簡單俐落的小卡片時，導引出我的靈感。我馬上用學一半的photoshop，參照燕伶給的卡片規格，自行設計一張可折疊的邀請卡來。這樣，我所需的經費只要買紙就夠了，花費比請人印刷設計便宜幾十倍。

原本放在解說課的生態旅遊業務，今年所有國家公園都移到遊憩課辦理，課長將這項工作交給我，剛好符合我的興趣。雪霸與大窩社區二年的合作，已建立默契，且為民眾熟知。我以這兩年來多觀察螢火蟲累積的經驗，與大窩社區詳談規畫細節。攝影展開展在四月十七日，第二梯的賞螢活動卻定於四月十八日，所以今年的螢火蟲季我是忙成一團。開展那週，我一邊準備賞螢紀念品、老師簡報場地，還要接受解說課安排攝影展的記者採訪，真的忙得不可開交。但這個月我終於有了承翰的消息！

管理處的替代役只剩下三個，彥彬晚上都返回大湖家中，育賢打定主意要準備教師甄試，宿舍變得冷清許多。而苗栗的聯大弟兄之家，維持二年多後，學生一個個搬出了，變得很空盪。在這個年輕人不多的山城，一時覺得同伴真少。

螢火蟲季開始的時候，我正在準備第二天週六的賞螢活動，去年解說課的生態旅遊贈品螢火蟲燈籠已經用罄，原來的廠商遠在台北，我重新找了台中一家文具店採購，新款的螢火蟲燈籠有七彩顏色，十分鮮豔，連我看了都愛不釋手，我請育賢、智仁幫忙將燈籠從地下室搬到樓上。手機響了，來電上顯示「承翰」！

「喂，好久不見了，你在哪裡？」我趕忙問他

「在高雄啊，我要去當兵了！」講話還是蠻不在乎的樣子。

「這麼快，有機會上來苗栗麼？」

「不可能啦，我下週就要入伍了，好啦，我只是跟你講一下，以後入伍了我再打給你。」說完他掛了電話。

至少，我知道承翰的近況了，不用再跟苗栗的弟兄打聽。

由於邀請卡是自已設計的，卡片紙又便宜，用了管理站給的預算額度後，我想寄給朋友的部份自已買紙來列印裁剪即可。我寄出了上百張邀請卡出去。這個攝影展，給了我充足的理由連絡上多年不見的朋友及同學。佈展完成後，苗栗縣長送來祝賀對聯；以前機關的同事、教會弟兄及收到邀請卡的朋友們，也紛紛送來花藍，比前兩位同事的花藍還多，讓我十分驚喜。

四月十七日下午兩點開展，我提早半小時到展場接受漢聲電台的採訪。開展時，場外已準備精緻的茶點，處長也從台北趕回主持，而保育志工更出席十人相挺，並由莊哥充當司儀。我發表濃縮的三十分鐘簡報，這份用蘋果電腦做的Keynote，同事們只從替代役口中聽說其精彩，今天總讓他們見識到蘋果的華麗。我想，從處長及貴賓張議員的神情，他們對這份簡報應是很滿意的。事後安安課長還跟我提議能以「汶水四季」拍攝方式做生態調查的主題。

去年以前，我的四月份週休大多滿檔，只因接待不斷來賞螢的朋友們。今年卻因為我的攝影展，近三個月的週休幾

乎都在「接客」。我不在汶水的假日，常有意外的訪客參觀我的攝影展。貓頭鷹及阿貴去了之後，以現場照片告知我到此一遊；新訓時多年未見的排長倪排，以 E-mail 跟我報怨現場沒有貴賓簽到簿⋯等等。當然最夠義氣的是三十九梯的替代役，除了長年在大陸工作的聲君無法出現外，其他七人全都看過我的攝影展了。我想這場個展對我來說，成就感只是一個暫時的榮耀，最大的意義是能在這麼短的時間內見到許多久違的朋友，無怪乎大湖召會送我的花藍上，題了四個字：「榮耀歸神」。

第五十一章 偏向虎山行

泰安鄉水雲三星最高峰—虎子山，標高一四九三公尺。

我到台北出差，多借宿十九會所學生中心。所以雖然隔了很多屆，我與台大學弟妹仍關係密切。九十五年六位弟兄的馬凹溪之行後，我發現了每年四月的螢火蟲大發生，就常邀他們他們一起來分享，但十九會所的教會行動、訓練很多，大發生的時間又是螢火蟲定的，連續三年他們只能從我寄的照片過乾癮。去年學生的服事者換成我的同學正平弟兄，我一月份就跟他提起螢火蟲相調，他很乾脆地定好了時間。

四月二十六日，近二十個學生在正平帶領下抵達汶水，他們目標是螢火蟲，但白天大部份的時間也不能空等。因此他們給了我一登虎子山的機會。水雲三星：虎子山、上島山及橫龍山，我只爬過橫龍山，而且是十九會所青少年來相調時爬的。虎子山山形崢嶸，酷似大霸的霸基，我早有上山一探的意思。去年彰化伸港的子民與青職弟兄來相調，我便藉機帶他們上虎子山，但他們因體力的限制，爬不到四分之一的路程便折返。台大學生的到訪，給了我再上虎子山的機會。

網路上的資料，登頂後下山來回共六小時，他們從台北下來，在管理處會合時卻遇上縣府舉辦的自行車活動，福音車全陷在人潮中，直到十點才脫困，十點半才到登山口。當他們面無難色地要走過水雲橋，我指著虎子山裸露岩石的山頂：「那才是我們要到達的地方！」學生們一抬頭看到這麼高的地方，除了飄過的雲彩外，仿佛傲立群山的奇岩。「哇，太高了！」、「走上去要很久吧！」他們萬想不到，行程裡有這麼辛苦的行程。朱弟兄一看到虎子山，自動示弱膝蓋狀況不佳，要留著等候我們下山。我估算登頂後再下山，還有時間可前往賞螢現場，便從容帶他們走進虎子山步道。

對這群學生來說，恐怕是有史以來最艱難的路程。雖然有登山高手正平、及魯凱族巴弟兄隨行，沒想到大多數的人像從未健行過一樣，隊伍拖得好長，過了水源地，坡度愈來愈陡，要四肢並用才能爬上去。隨著高度的攀升，所有人都不見蹤影，只有我跟兩位姐妹行在山路上，最後在三角點等候。這個突出的虎子山山頂，卻不似山下仰望來得雄偉。泰安在冬季下午常凝聚雲層，視野大受影響，只隱約可見汶水溪谷之細流。

等了半晌，終於所有學生抵達三角點了，但因不常攀爬陡坡，每個人都疲累不堪。下山時，難度更高。稍微沒踩好立足點，就會往下摔得東倒西歪。回到水雲橋，每個人全身都是泥巴，狼狽不堪，朱弟兄已買了兩箱的飲料等在山腳慰勞我們。結果他們一共走了八小時，天已黑了，會所有準備涼麵，吃完後我帶他們去獅潭檳榔園的基地賞螢，此時螢火蟲早已出現一個多小時。今年因為初春較為寒冷，螢火蟲大發生較晚。四月底大發生仍未達高峰。但這些學生不是台北人就是台中高雄人，來自日本的達也住在寸土寸金的東京，所以他們從未見過成群螢火蟲而大感驚歎。

螢火蟲季加上我的攝影展，已回台北工作的凱臨也找上門來，他與其他五位同伴開福音車自行到大湖採草莓。那時從金門來台灣作教師研習的大任，正利用課程結束的假期來找我賞螢，直到晚上他們才到獅潭與我們會合。他的同伴，都是從小一起長大的教會弟兄。

嗚鳳古道在登山客離去後，入夜沒有任何人進入。我選這裡給凱臨賞螢，古道有條野溪流過，有淙淙流水相伴。在天未黑前，找個斜坡席地而坐。看起來凱臨已走出在南部時的陰霾，耐不住等待，開口就是俏皮：「峰哥，沒有螢火蟲耶，再不出現，我就要把你丟進溪裡。」

我不理他，繼續望著草叢，凱臨仍在嘀咕：「毛巾有沒有帶？準備下去了喔」

我不管他，靜靜說著：「看吧，一隻、兩隻…」

今年冬季較往年長，使得螢火蟲的大發生延遲了半個月，剛好在五月初達到巔峰。圍繞身旁的點點螢火，早讓他們沈醉其中。

螢火蟲季，其實很吸引替代役的興趣，武陵的替代役最積極，希望能一睹「汶水四季」中的奇景。這這段期間正逢梅雨季的四、五月，原本要來苗栗的智緯取消了行程；我早跟柏廷約定賞螢，重感冒卻使他放棄了機會，卻因一個生態旅遊的活動，讓我們造訪另一個遲至六月份後才有黑翅螢發生的景點：白蘭部落。

第五十二章　白蘭部落

竹東榮民醫院附近的南清公路，是通往觀霧唯一的縣道。風災後，人們進不了觀霧，公路沿線的部落卻引起了遊客的注意，成了新興的旅遊景點。五峰鄉的矮靈祭在雪霸的推廣下，逐漸為人所知。五年前風災發生時，南清公路損毀中斷，觀霧、附近的土場部落、雲山派出所附近的居民及遊客一度受阻。山谷西側的白蘭部落路況當時是暢通的，遊客便利用鄉道自白蘭迂迴轉往北埔離開，這個部落因此為人所知。白蘭居民除了種植高山蔬菜，還經營民宿、露營場及咖啡屋。部落位處高處，幾乎每個民宿都有很棒的制高點可以俯望上坪溪，且離竹林交通道也不遠，很快成為南清公路沿線知名的景點。

我初次造訪白蘭部落是因為接了生態旅遊的業務。管理處除了自辦的賞螢與觀星外，另與相關廠商簽訂契約，每月推動園區及週邊社區的旅遊，讓國家公園與社區的夥伴關係更穩固。旅遊收益均交廠商分配，但必須以雪管處名義辦理，且要向參加遊客發放雪管處文宣品。今年合約執行的地點中有一個是白蘭地區，因為是首次在此舉辦，兩家廠商於一月份的時候，邀請我與幾位記者前往探路，並在當地視野最好的民宿「巴棍」過了一夜。

巴棍休閒農場並非白蘭最高點，但地勢突出於稜線，三面皆有視野。冬季下沈的霧氣，瀰漫在只有數百公尺高的溪谷上，巴棍就像一座雲海中的港灣，坐在空曠台地上的板凳上，享受這近在繁華外的一片寧靜安適，只覺仙風迎送，如醉、如癡。

白蘭其他民宿皆沿突出處而建，所以都有居高臨下的視野。鄰近的清泉部落，則留存作家三毛與少帥張學良的傳奇遺跡。因此除了竹苗地區的民眾之外，遠自台北宜蘭的遊客，也紛紛造訪白蘭，只為了貪圖那一片的閒情逸致，與緬懷思古之幽情。

在白蘭停留二天的時間，我得知這裡也是個賞螢景點。約一千二百公尺的白蘭，已是黑翅螢分佈的海拔極限，所以大發生時間遲至五月中旬，至六月中旬結束。去年曾帶二個高醫學生來相調的美玲姐妹，今年又約了後驛區的幾個青職來賞螢。他們的時間定在五月底，只剩下唯一選擇：「白蘭」。後驛青職偏愛露營，但場地指定要展望極佳的巴棍。

五峰鳥嘴山至鵝公髻山的稜線一帶，除了白蘭部落，靠竹東的部份還有一個大隘村，合稱隘蘭，整條線遍布咖啡吧、風味餐廳、露營地及民宿。我陪他們走了鵝公髻山全線，從大隘登山口進入，在隘蘭最大的民宿「山上人家」下山。這個歐式的大型民宿及餐廳，住宿價位很「貴族」，但它有很廣闊休閒場地，以入園抵消費的經營模式提供步道、青草地、飲茶、咖啡及用餐。所以吸引不少都市人來到五峰遊玩，否則在觀霧封園的情況下，只靠南清公路沿線的民宿及景點，承載遊客的量仍有不足。

生態旅遊的廠商跟我初次業務接觸，便向我推薦他們公司自辦的龜山島行程，我感到很有興趣。由於管理處的替代役人少，他們工作後忙於家庭及考試，汶水幾乎感受不到替代役的動靜。但武陵那邊卻十分活躍，我們雖隔千山，卻常保持連絡。與我交好的柏廷一直想跟我出去玩，我提議龜山島後他大感興趣。但後來還是沒排上綠生活的行程，龜山島目前管制登島人數，需靠民間團體協助申請。我們決定自行上網找相關旅行團前往，離開龜山島後然後再規畫一個賞鯨體驗。

五月二十六日營建署開會討論高山型國家公園生態旅遊期初簡報，我開車前往台北參加會議；柏廷因為放假後都到宜蘭找他女友，我們在台北會合後開車往宜蘭頭城，聽完龜山島旅遊中心安排的簡報後登船往龜山島。五月份正值飛魚季，一隻隻振動著透明閃亮的翅膀，飛躍出水，在船頭週圍滑翔追逐。我早準備一隻 105mm 短長鏡頭，獵取每一隻出水的飛魚。柏廷也使用一台 Nikon 底片相機，我特地準備一隻 85mm 的小望遠給他用。

龜山島湛藍的海水，不論多深，還是清澈得叫人想跳下去。我們跟著旅行團在島上參觀一圈。這個才三公里長的小島，原來是個漁村，並有一支駐軍協防。如今居民已全部遷往本島，部隊也裁撤了，這裡變成受到嚴密保護的生態樂園。

「好熱，全身都是汗了。」柏廷看起來有點煩噪。

「怎麼了，你不喜歡龜山島。」

柏廷笑了笑：「不是，但在武陵待了兩個多月，習慣山上涼爽的氣候，現在反而不喜歡平地容易流汗的行程。」

這恐怕是我的車開過最長的路程，經歷過雪訓培養的情誼，太管處的永賢安排我們借住太魯閣宿舍。五月二十八日我們參加多羅滿賞鯨船出海，才知道東部海岸有許多鯨豚，他們成群嬉戲，不在乎人與船的注目眼光。

回到岸上才中午，我往北趕路。因為我答應柏廷帶他看螢火蟲，這才是我約他出來的目的。其實有沒有看到他都無所謂，柏廷、智緯及他們許多同梯一樣，只想把握當替代役的時光，能多玩幾個地方就玩幾個地方，因為一入職場就身不由己了。

「峰哥，我們要去哪裡賞螢，管理處麼？」

「管理處螢火蟲數量很少，賞螢我們都在週邊。現在都五月底了，大湖、獅潭已沒有螢火蟲，我們要去白蘭看。」

走蘇花公路離開花蓮，從頭城上北宜高進雪山隧道接二高。途中輪胎因為禁不起長途跋涉破掉兩個，換胎耽誤許多時間。下了竹東交流道後，已是夜晚九點。

非假日的南清公路車輛稀少，我行駛在狹窄而彎道多的路上，只知螢火蟲已就寢，恐怕柏廷要失望了。

「白蘭這麼遠啊！」柏廷有點驚訝。

「快了，開上山坡就到了。」我一直在安撫柏廷，其實也在安撫我自已。只怕掃了興。

抵達白蘭的一片青草地，靜悄悄的。我們走動的聲響驚醒了螢火蟲，點點螢光自草叢中昇起，像是灑落草地的金粉。

「不錯啊，真美…」柏廷發出了驚歎。

草地上閃著螢光，遠方竹東則燈火不夜。在燈火輝映下，白蘭仍有著繁華中的一派悠然。

第五十三章　相約在雪山

初夏登山口旁的貯水池映得天空好藍。遠望山坡上一小片一小片的粉紅、紫紅，五月山上的志佳陽杜鵑、金毛杜鵑、森氏杜鵑爭奇鬥豔，妝扮得雪山奼紫嫣紅。

碧玲姐假日有時會跟棻美來登山口服勤，智緯便到平台及停車場服務遊客，勸導沒有申請入園的人離開步道入口。他手裡一邊拿著 D90 相機，練習照片構圖。許多登山客為了欣賞五月高山杜鵑，人潮不斷湧向登山口，兩位志工查驗忙得不可開交，放映室宣導短片連續放個不停；智緯在步道入口把關，控管憑證入園的遊客。中午過後，遊客上山的人數便開始下降。碧玲姐起身到廚房煮午餐，棻美整理文件後，走出查驗窗口，伸了個懶腰。

「智緯，你在幹嘛？」棻美看智緯蹲在停車場，拿相機往垃圾桶拍個不停。

智緯好像沒聽見似的，還一直故我地按著快門。棻美忍不住走近，智緯卻揮揮手：「棻美姐，等一下啦。」

棻美往前方望去，看到一隻黃鼠狼在垃圾桶週圍爬上爬下，鼻子嗅個不停。

「黃鼠狼喔，很常見啊。牠在找遊客丟掉的食物耶，你怎麼不趕走牠，等一下他把垃圾桶翻得東倒西歪。」

「小登不會把垃圾翻出來啦，等下他看沒吃的就會走了。」

「小登？你還取了名字哩，這裡出現的黃鼠又不只一隻。」棻美一副不以為然的樣子。

「我認得小登，因為牠有與其他同伴不同的地方。」智緯帶著一臉自信的微笑。

棻美瞪了他一眼，後面的碧玲姐探出頭來：「喂！你們過來吃火鍋了。」

五月已進入夏季，但登山口仍有寒意。碧玲姐在這裡弄了個火鍋，與服勤的志工及替代役共進午餐。

「智緯，你們替代役不是想上雪山，怎麼還沒上去。」碧玲姐舀了一碗湯給智緯。

智緯接過了熱湯，邊喝邊說：「是啊，我們翔翔、阿根及柏廷都很想上去。但是我們都沒上過高山，所以不敢自己上去。」

碧玲姐拉起他的大嗓門：「有機會了啦，因為管理處每個月要辦『相約在雪山』活動，我們志工也要服勤，很多登山團體上山，你們可以跟啊，不是要用你們自已的休假去的麼？」

智緯眼睛一亮：「太好了，我跟他們講。」

國人登山的活動愈來愈頻繁，國家公園內高山多是生態敏感地區。為了推廣正確的生態登山觀念，雪霸今年每月定期邀三大登山社團舉辦「相約在雪山」活動，藉這三個社團中經驗豐富的登山嚮導協助，教導民眾正確的觀念。保育志工的支援，也提供國家公園內登山應有的認知。所以替代役跟著上山，是絕對安全的。

辦公室裡，東叔正在幫三個替代役整理裝備：「怎麼柏廷不上去，他不是也想去。」

阿根說：「東叔，因為排假的關係，我們只有小歐跟烜安能一起去，反正一個月一次嘛，還有機會。」

智緯眨了一下眼睛，小聲跟阿根說：「你忘了，他跟峰哥去龜山島了。」

東叔轉頭問辦公室的堂堂：「你怎麼不去呀，在這裡難得上一次山。」

烜安搶著幫堂堂回話：「東叔不用問他了，他書呆一個，不會外出的啦。」

阿根及智緯聳了聳肩，似乎對烜安的發言無可奈何。

五月的暖陽溫和照耀聖稜群山，三個替代役及東叔，在風和日麗中跟著「相約在雪山」的隊伍登山步道。在登山口服勤了幾個月，第一次走出查驗的關卡，令人興奮。和煦的陽光遍灑出群山的溫暖，形成一股股上昇的熱氣流。幾隻大冠鷲乘著抬昇的氣流，飛上藍天。這種大型猛禽有相伴飛行的習性，邊飛邊發出：「迴~~~迴~迴！」的叫聲，沈穩翱翔於空中，蒼勁而孤傲，牠是空中的霸主，牠是鳥中的君王！

五月山上雨水很少，雪剛退去，山坡長出一片綠油油的新植被。從雪山主峰望去，紅白相間的玉山杜鵑開滿圈谷，就像山中的秘密花園。看得首次上山的三個替代役目瞪口呆。

東叔拍拍智緯的肩膀：「剛剛不是喘得要死，現在那麼有精神。」

「這麼美的地方，值得啦，剛的辛苦都不算什麼了。」

第三天下午回到登山口，翔翔正站在平台上迎接他們。

「怎麼了，那麼想我們啊。」阿根快步走上去。

「上面美麼？累不累啊。」

智緯湊上前去：「不累不累，上面超美，你不去可惜，哈哈哈。」

「照片給我看！」翔翔嘟著嘴

「我會把照片放在我新成立的部落格『小歐的私房倉庫』，自已上去看吧。」

正談論間，後方樹林枝條搖動，同時有「嘎！嘎！嘎」尖銳的動物叫聲。

阿根看著樹上的動物：「又是那群獼猴，總是在下午出現。」

也許已習慣遊客的存在，加上規律的覓食路線，這群台灣獼猴每天下午會固定出現在登山口，成了繼「小登」之後的動物明星。

知道只是獼猴後，翔翔回過神來，問了智緯：「什麼時候還要上雪山，我好想去喔。」

智緯笑得詭異：「雪山暫時不會去了，下次想桃戰四秀。」

翔翔如同洩了氣一樣：「哇咧，那我找柏廷去喔？」

阿根卻笑了起來：「可以喔，柏廷好像在跟峰哥約雪山的行程，你可以去問他，看要不要給你跟。」

猴群似已飽食樹上果實，紛紛順著樹與樹之間伸展的枝條跳躍而去，又引起一陣騷動。

對於攀登雪山主峰，翔翔開始陷入沈思。

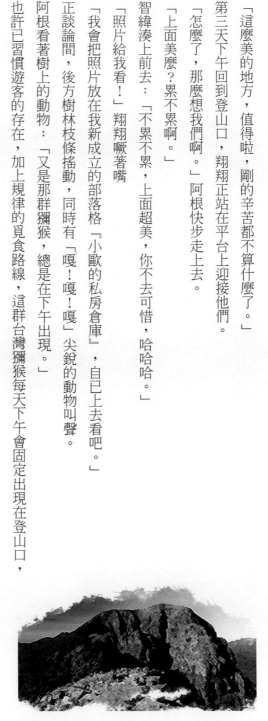

第五十四章　雪山盟

長期的尋找與觀察，我在苗栗發現的賞螢私房景點超過二十個，多屬鄉間小路、廢棄農地及未耕作的的草生地。清安豆腐街附近一座石橋，去年我在好奇心驅使下騎車過橋探險，發現是一條幾乎無人通行的產業道路，高低起伏，且有數不清的彎道。兩旁樹林成蔭，偶有竹林、果園及三合院穿插其中。最後自獅潭八卦力出來接上台三線。這條路的蔭溼環境引起我的興趣。在螢火蟲季開始時我前往一觀，果然有遍地閃亮的螢光，使我發現的賞螢基地又多出數個。這條路沿線有一棟無人居住的傳統平房，它有個院子，及紅色瓦片的斜屋頂。入夜後一片漆黑，只有螢火蟲的微光在院落閃爍，我戲稱這個新據點為「鬼屋」。

為了看螢火蟲，同時捧攝影展的場。五月初阿順及小紅帽帶了三個大學女同學來管理處，我便安排去鬼屋賞螢。他們坐上我的車，當我從台三線開進獅潭八卦村的叉路後，進入一條兩側是竹林的山路。阿順對我這個新據點十分驚奇：「你是怎麼找到這個地方，路彎來彎去的。」「哇靠！怎麼還沒到啊，再開下去就要回到新竹了。」阿順沿路說話一直帶著戲謔，當我停車後，他們一看到眼前的屋子，鴉雀無聲。

阿順拍了我的肩膀：「峰哥，這是什麼鬼地方，那棟房子怪恐佈的。」

「這是我發現的新基地『鬼屋』啊，看！是不是很多螢火蟲。」

「你也太會鑽了吧，找到這種地方。對了，峰哥什麼時候上雪山，我一個同學，還有這個學妹黃晴也想去。」阿順指著一個小女生說著。

「呃⋯，七月我有保育志工實習要上雪山，課程後是假日，我會請個一天假，那時我原本約你一個武陵的學弟爬雪山，可以留下等你們一起上去，資料給我，我幫你們申請入園。」

我原本以為有柏廷同行，阿順會再考慮，他卻很爽快地答應了。

雪霸保育志工到第四期後，超過四年沒有再添新血。大鹿林道東線已完全修復，主線也已全線通車，觀霧將在近期開園。而隨之而來大霸登山口的查驗工作也需要志工協助。因此在資深志工的策劃下，今年開始招募第五期保育志工。五月面試後，七月五日在雪山進行現場課程，以測驗新志工的登山能力。近百個五期志工，分組測驗需要更多的「學長姐」帶領。當日一至四期的志工幾乎全員出席，以前的相關聚會也從未有過如此盛況。課程在三六九山莊進行緊急救護訓練、結繩技術，並帶五期志工熟悉黑森林水源地位置，最後在武陵遊客中心，上完林彥的櫻花鉤吻鮭及燕伶的鴛鴦生態課程後結束。

部份志工繼續留下服勤，我回到管理站與柏廷一起整理背包。中午，阿順開著他的 Cefiro 出現，但原先說要一起上山的學弟沒來，只剩下他那個嬌弱的小學妹黃晴。

「峰哥，我們來晚了，現在出發麼？」阿順下車後便開始整理行李。

「嗯，跟你們介紹，他是武陵替代役柏廷，跟我們一起上山。」

柏廷點了點頭，與我背起了背包，一起上阿順的車直奔登山口。在七卡過了一夜，第二天一早往三六九出發。七月盛暑，草木茂盛，白雲高高地飄在藍天之上，這個季節登山要提防的只有午後雷陣雨。

阿順的替代役梯次算是柏廷的學長，但年齡卻小他一歲。黃晴只登過百岳最好爬的玉山，便輕看了排名第二的雪山，不管我請阿順轉達的任何建議，她居然只穿球鞋就上山了。雪東線步道不比玉山，黃晴走了之後才知處處是「好漢坡」。兩個男生只好沿路安撫，半哄半騙鼓勵她繼續往前走。

「看吧，峰哥說要穿登山鞋，你偏不聽，穿什麼球鞋。」

「唉喲，人家上次爬玉山球鞋沒問題啊。」黃晴嘟著嘴，緩慢走著。

我們走到哭坡前的平台坐著休息、喝水。柏廷拿出他的相機拍四週的山景。

「柏廷，你以前有爬過高山麼？」阿順開始與柏廷聊天。

「哈，沒有耶，那時候國家公園替代役的缺只有墾丁及雪霸，我覺得墾丁交通也很方便，可以隨時去。但雪霸很多地方有管制，所以我選了雪霸，而且我爭取武陵站。」

阿順對他的想法很感興趣：「這麼說來，你一定爬好幾次雪山了喲。」

柏廷搖搖頭：「呵呵，我到現在還沒上過雪山，因為沒有人帶，又不敢一個人上來，不過我爬過四秀了，因為在登山口服勤認識一個常登山的老師，就跟他去了四秀。」

阿順拍著我的肩膀：「你認識峰哥就對了，是『昆蟲界』的峰哥喔。他會辦登山的活動帶你去爬山。」

兩個替代役聊得正開心，我打斷了他們的談話：「走吧，先走到三六九再說吧。」

我們三個幫著黃晴上了哭坡，阿順尤其辛苦，有時要幫他的學妹分攤行李。因為我們帶了一個「拖油瓶」，早上雖然六點多就出發，到中午才抵達三六九，正好趕上做午餐的時間。夏季晴朗的天空白藍相間，陽光及雨水使得山莊前的空地綠草如茵。阿順看到如地毯的草皮，脫了鞋襪，踩了上去：「柏廷，他也上來吧，好舒服喔。」柏廷一聽阿順這麼說，也赤腳跳上去，兩個原不會相遇的替代役，在同一個時空下玩在一起。

吃過午飯，睡個午覺後，我們在山莊外桌上燒水泡茶聊天。雪霸替代役的風流佚事是兩個男生共同的話題。

我提議上主峰後再走到翠池，一睹東南亞最高湖泊之風光。因為路程較長，為了避免時間延宕，七月十三日我們三點起床，伴著星光走過黑森林，往圈谷的路尤其難走，黃小學妹幾乎數步一停，登主峰時已是上午八點半了。二個小時的路程拖了五個小時。太陽已高掛在台灣三尖的天空上。

在主峰的石碑上，阿順開始玩他的亞太手機：「不錯耶，滿格。柏廷你想打給誰，你女朋友麼？」

柏廷接過了電話，撥了按鍵，兩個人玩起測試亞太通訊品質的遊戲。我們坐在三八八六標高的石碑前，欣賞眼前不斷飄過的白雲。

阿順講起當年汶水的替代役盛況：「現在管理處替代役好少，我們那時候有八個，在我們之前更多。」

柏廷笑著說：「有啊，我有聽峰哥說過。不過你們那時候被學長連累了是吧！」

阿順聲調有點拉高：「那時候覺得好倒霉，雪霸原本沒要再收替代役，但我們的志願就有雪霸，來了之後，行動都被監視。你有沒有遇過，剛報到時要集體驗尿，放集尿液時還有警察在旁邊盯著，超幹的。」

柏廷露出驚訝的表情：「是喔，但我們報到沒有這樣啊，大家對我們都蠻好的。」

這時我接口了：「阿順這梯本來不是雪霸想接的，原本他們退伍後就『絕代』了，幸虧他們表現太好，才有你們的出現，我們才有機會認識。」

阿順與柏廷相視而笑，黃晴對這個話題沒興趣，在旁邊一直拍我們的登頂照。

「走吧，上翠池去，不要太晚下山了。」我背起攻頂包，催促大家往翠池出發。越過北稜角的鞍部，呈現的是另一個世界，大塊岩石形成一大片的石礫地，必須看準平穩不滑動的石塊才可以踏上去，好像踩著溪流中突出的岩石般驚險。幸好是下坡，還不算費力。我們在中午才到翠池山屋，當然這都要怪裝備不齊的黃晴。

翠池避風的青草地上，玉山圓柏不再像主峰的同伴匍匐於地，雄偉高聳的樹幹穿入雲宵，地面的養份被吸收完全，加上常年的低溫，圓柏林中不易再看到其他灌叢及植被。單純的林相中，只有柔軟的草地陪襯，像高山上一座乾淨的公園。

「這就是翠池？怎麼水這麼少！」阿順看著只剩一小灘水的翠池。去年底帶煒鵬他們來的時候，我以為是乾季的緣故，但現在是夏季雨量豐沛的時候，莫非翠池底有裂隙！

吃過午飯，我們開始回程的路。阿順邊走邊與柏廷聊天，阿順居然跟他要了電話！「柏廷，很高興跟你一起爬山，給我你的 msn。」

「嗯，我的帳號是…」

阿順用手機記著柏廷的帳號：「那手機號碼也給我吧，對了，柏廷要怎麼寫？」

「柏是松柏的『柏』，廷是朝廷的『廷』。」

「哇靠！朝廷的廷，挺可怕的。」

我走在前面的上坡，往下看著這兩個替代役，嘴角浮起會心的微笑，他們相距近二十梯，在雪霸服役的時間間隔二年，卻因這座雪山，而有奇妙的交會。不管是哪一梯，雪山是雪霸每個替代役共同的記憶，一梯又一梯登上主峰，青春見證，雪山為盟。

返回北稜角鞍部之前的路轉為上坡，穿著球鞋的黃晴寸步難行，再度拖延了大家的腳步，我先行到達北稜角，兩個男生仍在協助小學妹走回，阿順身上已背了兩個背包。我看著西方的雲層，著急地催促他們。

「快點，這個時候容易有午後雷陣雨，可能快下雨了。」

好不容易他們上了鞍部，我決定抄近路直接從鞍部下到圈谷，當我們穿過玉山杜鵑的樹叢時，烏雲密布。我心知不妙，叫他們快穿上雨衣及綁腿。說時遲那時快，一顆顆硬硬的，如綠豆大的冰塊掉了下來。

「哇～～～，是冰雹，唉喲，好痛！」三個年輕人從未見過夏天下冰雹，既興奮又緊張。空曠的圈谷完全沒有遮蔽物，我們抱著頭跌跌撞撞地奔進黑森林中，隨之而來的是夾著閃電的傾盆大雨，真是千鈞一髮啊。

回到三六九，幾乎全身濕透。黃晴不但穿球鞋，連雨衣也是小飛俠款的，頭髮到腳都是濕的，這次雪山行，總算讓這個太過自信的小女生得到了教訓。

我們大概沒有換洗的乾衣服了，想等雨停時就下山。但天氣直到下午四點才放晴，我們還是決定下山，大家戴上頭燈，循山徑而行。雪東線是大眾化路線，沿路仍會遇到來往的登山隊伍。雖是摸黑，兩個大男生還是聊個沒完，不覺接近七卡山莊，卻有幾盞頭燈迎面而來，我聽到熟悉的聲音：「是保姆麼？」

我認出是朝雄、雲天及幾個五期的志工。五期志工現場訓練後，朝雄他們繼續在七卡服勤，幾個五期的志工特地留下跟著實習，我二度上山前，在七卡告知他們下山的日期。也許是過了預定的時間還沒見到我們，下午又雷雨交加，所以他們不放心想上山一探究竟，出發沒多久就遇上我們，我們也得以在七卡喝上幾碗熱湯補充體力。

回到管理站，遇到服勤完正要離去的秀女姐。他一聽到我們在圈谷被冰雹打時，卻喜出望外：「厚！我在雪山服勤那麼多年，也從沒看過一次冰雹，你們真是太幸運了！」

被冰雹打固然幸運，但最難能可貴的，是在高山見證下那份真摯的友誼。未來是否還有替代役登雪山主峰不得而知。但雪山上的傳奇，相信會流傳到數十年後，直到永遠。

第五十五章　久違了，大霸

因艾莉風災而封園的觀霧。使得大霸尖山也成了塵封的記憶。但中斷的道路並無法阻擋登山客的熱情；以山友們探勘新路線的本事，也能從其他地方前往大霸尖山。前兩年我幾次訪鎮西堡B區神木時，就遇到不少走神木區往大霸的山友。所以在林道全線搶通後，顧慮到封園過久反而成為管理上的困擾，雪霸便邀集各界討論大霸尖山重新開放的議題。並決議於九十八年度開放大霸登山路線。但為了了解大霸步道現況，在開放之前，管理處需與三大登山團體「試登」一次大霸路線。我來雪霸將近四年，終於有機會一覽大霸風采。

我請阿光當司機兼隨行人員，另開放後也要整修解說牌示及自導式設施，我簽了解說課派人員會同上山。九月十日，阿光開公務車載我及國銘抵達觀霧，第二天，會齊參與的登山社團後，驅車往大霸登山口進發。經過以前的路障界線，進入了我從未踏上的禁地，內心是十分興奮的。在兩年前，我曾因為驗收衛星網路來觀霧，那時阿光帶我走了大鹿林道東線前段，我看到許多路段沒有路基，雜草、灌叢及陽性樹種的小苗已長滿路面，除了轉彎處遺留的車輛反射鏡外，幾乎看不出這條路是可以讓中巴通行無阻的地方。而觀霧遊客中心附近可見處處裂痕，大地的傷口仍未癒合。

林道雖然搶通，但尚未鋪上柏油，車子行駛在彎延曲折的路上，激起塵土飛揚。我見到了「觀霧山椒魚」影片中的瀑布場景，歷經天崩地裂的巨變，這裡仍披著柔美的白練，山泉川流不息。

忽然草叢跳出一隻蹺著白尾巴的「狗」來，看到我們的車子，往前直奔。阿光眼睛一亮，一副似曾相識的表情，加快油門追了上去。

「是山羌！」阿光及國銘同聲叫出動物的名字。距離拉得很近時，我終於看清牠的外型。約一隻喜樂蒂牧羊犬的大小，奔跑時警戒上翹的尾巴露出白色的毛及臀部，遠看就像一條狗。牠見速度快被我們的公務車趕上，向路邊一躍，消失在樹林中。林道多年沒有人跡，野生動物便毫無忌憚地出現。

開了二十多公里的山路到了登山口，這裡已不復過去的車水馬龍。遭到土石流沖毀的地基，連帶也沖走了停車場，看到的是崩塌的斷層，只有一座吊橋通往步道入口，為了迎接將來的登山查驗，吊橋入口新建一棟木屋。未來登山客的接駁車只能停放道路兩側及吊橋附近的一塊小小空地。

會合了登山社團，我們整裝出發。登山步道有一大段扁柏、紅檜及闊葉樹的混生林，陽光幾乎照不進來，因此步道濕氣很重，石頭上長滿青苔，腳步沒踩穩就會跌跤。但走在直立挺拔的扁柏林中十分涼爽舒服，林間時而有畫眉、山雀此起彼落的鳴唱聲。走了幾個小時後，離開中海拔森林帶，步道兩旁取而代之的是枯黃的芒草，以及稀疏的陽性樹種。

我們在四點多走到登山路線上必定停留的山屋：九九山莊。我覺得它跟其他山屋不同，大小不同的房舍散布在一個跡地上，還有公共衛浴，看起來反而像一個民營的渡假村。

我坐在外面的板凳上休息，國銘正在找可以睡覺的房間。阿光推了我一把：「我們上去停機坪露營，可以欣賞到聖稜線的日出，而且早上早起還能看到水鹿。」

「還要走多久才到？」走上來九九山莊已經耗了快一天，我怕接下來路途太遠，提出我的疑慮。

「沒多遠了，大約半個小時就到了。」阿光睜著他的圓眼睛，笑容可掬，一副希望我趕快上路的模樣。

「好吧，讓我先休息一下，喝個水，吃個東西。」

這時國銘已放好背包，走了出來。

阿光笑著問他：「要不要一起上去，我的二人帳應該可以擠三個人。」

有沒有搞錯，雖然我沒睡過二人帳，但我保管的三人帳也只能睡二個人而已，為了大家一家行動，難道阿光要我們疊羅漢睡覺！

國銘表情呆滯，一副意興闌珊的樣子：「你們上去就好了，我明天再自已上去跟你們會合。」

國銘原本無意來大霸，是我為了「壯膽」硬把他簽上來，看來，他仍提不起興緻。

吃過東西，恢復體力後，我背包上肩，跟著阿光繼續下面的路程。太陽逐漸西斜，阿光速度愈來愈快，我從未有過的大腿肌肉酸痛在此時出現。

「還有多遠啊？」我總覺得路途仍走不完的樣子。

阿光頭也不回，自顧地趕路：「快到了，再一下子。」

約五點多，阿光走到了三〇五〇高地，放下他的裝備，立即回頭幫我背走背包，我頓時覺得腳步輕盈許多。跟著阿光登上停機坪，眼前豁然開朗，聖稜線綿延群峰近在眼前，大、小霸就矗立在山谷對面的峰巒中。第一次從北邊看聖稜，雪山主峰卻在遙遠的另一頭與我們相望。

阿光迅速搭好帳蓬，我們把裝備都安置妥當，舖好睡袋，便戴上頭燈四處走走。這時大陽已將下沈，紅霞染上聖稜，大、小霸一片金黃輝耀，更顯神聖莊嚴。

我第一次在高山上露營，白天的趕路讓我一夜好眠。清晨我們被一陣人聲雜沓吵醒。翻開帳蓬，卻見登山協會及救難協會的人已在停機坪徘徊。

幾位山友熱情地跟我們打招呼：「早啊，步道很久沒人走了，好多野生動物都在這裡出沒，你們看，水鹿也趁你們睡覺時跑來撒尿。」

我們急往他手指的方向看去，水鹿頂著一對美麗的角，優雅的身影快步奔馳而去，讓我們不得不發出一聲驚歎。

我看著天空，問了阿光意見：「好像快下雨了，要再前進麼？」

山友們卻說：「這裡到大霸剩沒多少路，我們快去快回就是了。」而阿光也鼓勵我繼續前進：「把路探完，回去好跟處長報告路況，不然你又要再來一次喔。」

於是我們背上輕裝，跟著山友們一同前進。數年未有人跡的步道，路徑仍清晰可見，只有解說牌示損壞較多。山上的松鼠，因為需要啃咬硬物磨去不斷生長的門牙，解說牌的材質成為他們磨牙的材料，每個牌面齒痕斑斑，無一倖免。

到了中霸山屋，幾乎所有團體的人都聚集在此，多年無人的地方一下子熱鬧起來，我們不見國銘是否在哪一個隊伍中，阿光卻催著我前進，終於我看到了大霸霸基。

在雪霸服務那麼久，大霸的風采只能從行政大樓的大幅照片中觀賞，而今終能得見。我們走到霸基下的步道，天空卻飄著細雨，烏雲蓋住了大霸頂端。已如此親近，它卻若隱若現，我們走到霸基後，指標上寫著熟悉的名字：「往品田山，○○K」、「往雪山北峰，○○K」……。

阿光又要我繼續：「走吧，前面就是小霸。」

「還有多遠？」

「很快，一下子就到了。」

既然都到這裡了，阿光說沒剩多少路，而且這些社團也打算走完全程的樣子，我只好打起精神跟著人群前進。走了許久，在停機坪上看似近在咫尺的大、小霸，卻像走不完似的，心裡暗罵阿光真愛唬人，從九九山莊把我騙到停機坪，這次又要騙我走到小霸。幸好沒花太久時間，就到了小霸霸基了。一群一群的人紛紛往霸頂爬去。我原本想在此停住休息，阿光卻又鼓動我上去。

「這很陡峭耶，路又那麼窄。」我望著小霸的攀爬路線，必須拉著繩索，而下方，則是高逾十數層樓高的絕壁，看得我心裡發麻。

「不會啦，我在你後面，你放心上去就是了。」看來阿光是不肯放我撤退的，我只好硬著頭皮往上爬了。隊伍中，有不少年輕女山友，身手俐落，一下子就上去了。登上小霸霸頂，雪霸北界境界山，南邊聖稜全線，盡攬眼底。

阿光幫我拍了一張登頂照後，告訴我：「恭喜你，成為這兩年來管理處登上小霸的第一人。」

原來這就是阿光的目的，讓我走完雙霸。但我也無心回答他，雨勢一陣一陣的，只想快點下山。登山隊伍停留片刻，也開始往回走。我們趕回停機坪，迅速收了帳蓬，往九九山莊的地方走去，阿光卻指著回程的另一條步道：「那是加利山，

你可以走過去，它也是百岳之一。」反正都是回程路上，我便「順道」再登一座百岳。這一日，連同大、小霸，我新增了三座百岳的紀錄。

接近九九山莊時，風雨變大，天色也暗了。我跟阿光進入過了一夜，第二天一早，雨勢並沒有和緩跡象，我們冒雨趕路，下山後一直不見國銘，在東線林道上開車回去時，電話訊號恢復，我們接到了國銘的電話：「氣象局發布了辛樂克海上颱風警報，處長要大家儘快下山。」

車子抵達觀霧管理站，才見到國銘迎面而來。我問他：「你有沒有上去大霸？」

國銘一臉心虛：「我本來要追上你們的，但走到中霸發現天氣不太好，就趕快撤離了。」

我瞪了他一眼：「原來是怕死的先溜了。」

國銘掐了我的脖子：「我是先下來，怕你們出事沒有人連絡外界，到時候救難不知道怎麼找人！」

阿光開了車門：「好了，快下山吧，要鬧上車再鬧。」

我們離開觀霧，回到竹東，平地也風雨交加了。下山後第二天，颱風自宜蘭登陸侵襲北部陸地，強風豪雨再度重創已搶通的大鹿林道東線，我們現場勘查，許多已填好的路基又是多處流失，管理緊急召集民間社團研商，鑑於大鹿林道東線地質已十分脆弱，再修復花費公帑龐大，且難以維持長時間暢通，決議不再搶修這段路，大霸登山路線再度封閉，九十八年度再檢討登山方式的規劃策略。

也許是我太「帶賽」了吧，才第一次登上大霸群峰，這段登山路線馬上又進入塵封，真耐人尋味啊。

第五十六章　生日奶油

來苗栗不覺已過了四年。大湖召會一如以往，我仍是唯一的青職聖徒。苗栗市的大專服事逐漸淡然，承翰離開了，適豪投入研究所入學考試，為了不被打擾，他搬出弟兄之家租屋居住。聯大附近有弟兄買地建了一棟學生出租套房，許多學生選擇搬到那裡，後來入學的新生也不再住進弟兄之家。卸下服事的崇興，則常透露出調回故鄉高雄中油廠的念頭。唯有汶水的四季更迭長久不變。河床上飄起甜根子草的陣陣白浪，一顆顆鮮紅的果實長滿草莓田，就會觸動心中時光荏苒的感傷。

經過山城風土民情的洗禮，對於海峽那一端的憧憬，是否仍一本初心，連我也開始迷惘了！生命繁複多姿的台灣大島嶼，相對於單純脆弱的小海島生態，我在哪裡會比較快樂呢？年輕人不易回鄉，大湖教會的聖徒永遠不超過二十人，因此任何一位弟兄姐妹的生活，全召會都看得見，邱弟兄夫婦的服事也很人性，這裡沒有都市教會的行政規條，而有一種家的歸屬感。

不去金門，心繫的還是那個邊境島嶼，以及遠在南方的故鄉。替代役一梯一梯來了又走，入伍人數的銳減，分發到管理處的役男也愈來愈少；教會的學生相調也愈感平淡，在這個鄉下地方能留住多少青年人？還要繼續在苗栗飄泊麼？隨著時光逝去，內心的催促愈迫切。於是我上網看了人事行政局的「事求人」，看到高雄一個機關：「熱帶園藝試驗所」，正在徵農業技士一名。

在我還是剛滿十八歲考到機車駕照時，活動的範圍廣了。我騎著車在高雄四處遛躂，進入鳳山市區時，發現一個有丘陵、池塘及樹林的地方，附近種植許多果樹，似是一個政府機關，大門上寫著：「行政院農委會農業試所鳳山熱帶園藝試驗分所」。此地離澄清湖很近，環境十分清幽，是個鬧中取靜的好地方。那時我正興致於種植園藝種的日本牽牛花「朝顏」，花朵比野生的直徑大出十公分，至少有五種顏色，我喜歡看著它的蔓性莖往上攀爬，枝葉展開形成一片綠牆，牆中開出朵朵的喇叭。看到熱帶園藝試驗所，心中突發奇想，以後我也想來這裡上班，每天做著拈花惹草的工作，栽培出更多五顏六色的牽牛花。

這個缺來得巧了，但我的專長真是他們所需要的麼？我問了台大昆蟲所的同學，在農試所嘉義分所服務的守宏，他說反正這是個可以互轉的職系，就不妨試試。於是我在公告截止之前，將履歷投了出去。

過了半個月，園藝試驗所那邊音訊全無。我忍不住撥了電話去問，人事單位告訴我，應徵者有六個人，幾乎是園藝背景。我的職系第一關就不被考慮，如果要論專長科系，我又不比園藝、病蟲害來得專精，所以根本沒機會。

這是我從大霸試登下來一個多禮拜發生的事情，卻驚覺回高雄原來有這麼困難。就在九二一地震九週年，也是煒鵬與冠至的生日這天，我找上了崇興，希望藉他在高雄召會的人脈，幫我探一下職缺。

大霸再度封園後，緊接著是自辦的下一場生態旅遊活動：觀星。地點在管理處遊客中心的草坪上。我曾經數度邀阿順去三角湖玩水，但暑假期間，幾乎每逢週休就有颱風，才一直拖到秋天。曾在解說課服勤的阿順，熟悉管理處會在這個時候辦觀星，他選擇參加這個活動，然後再去三角湖。

「欸！我跟你說，熱帶園藝試所的缺沒上。」上個月我跟曾阿順提起有意回高雄之意。

「怎麼可能，你台大的耶。」

「又不是學歷的問題，是專長的問題。」

「那沒關係啦，再等機會囉，我跟四元要去參加觀星。到時再安慰你一下，我們要在管理處過夜。」

「好吧，我幫你申請一間宿舍，但是活動那天是我的生日耶。」

「OK啊，峰哥你要請我們吃飯，哈。」

十月四日，我忙著準備觀星器具：擴音器：麥克風、戶外簡報用單槍及布幕。阿順帶他的同事四元、REX一同在下午抵達。四元是八月阿順來找我抓蟲時帶來一起認識的同事。阿順跟我去了雪山後，又帶他跟著我及柏廷一起去蘭嶼二日遊，REX則是我們第一天認識。阿順一來並沒馬上跟我照面，他馬上以對管理處的熟悉，借用了羽球場打球。晚上天文專家耿崇華老師抵達，架好他的兩台天文望遠鏡，民眾也開始湧入。雪霸舉辦觀星的時間比賞螢還早幾年，慕名而來的遊客更多，人潮畫破了汶水遊憩區夜晚的寧靜。

耿老師不是全職的天文業者，他的工作是手機店老闆，但專業卻聞名於天文界，這也是參加觀星活動的遊客趨之若鶩的原因。開始用望遠鏡看星星時，因為人太多了，每個人排隊很久才輪到用望遠鏡。活動拖到十一點才結束。阿順在看完望遠鏡後就跟四元、REX回寢室休息。我收了所有設備，回到宿舍，沒有見到他們三個人，這時接到了阿順的電話⋯

「工作做完了沒！你在哪裡？」

「我回來了，你們怎麼沒有在宿舍？」

「我們準備了蛋糕，要在外面為你慶生，你先去洗澡再說。」

「為什麼要在外面，宿舍裡有電燈、有冷氣，還有舒服的和式地板，慶生在室內就好了啊。」

阿順有點不耐煩：「我們為你準備一個秘密計劃，你不要問那麼多啦。」

我只好先去洗好澡。當我走出浴室，電話馬上響了：「好了沒，我們在外面河堤上等你。」

「河堤！那邊很暗耶，為什麼不進來？」

「不要管那麼多，快十二點了，你的生日要過了，趕快出來啦！」

我只好拿著手電筒走出宿舍，看見河堤上三個年輕人站在上面。我跨步上了堤防，阿順打開蛋糕盒，是一個巧克力的奶油蛋糕，上面點綴幾片水果。阿順開車從新竹一路護送到汶水，蛋糕禁不起路面顛簸的震盪，已經有點變形，卻讓我感動莫名。阿順點上蠟燭，帶著其他人唱著生日快樂歌、請我許願、吹蠟燭，很尋常的慶生方式。

當我要切蛋糕時，阿順笑得邪門：「峰哥，為了給你一個難忘的生日，請你多多包涵！」

「多多包涵！」當我心下一驚時，他放在背後的手拿出一盤白奶油，往我臉上砸下。我只覺眼前一片黑暗，眼睛被奶油塞滿。當我急忙撥開臉上的奶油時，四元站在我的面前，另一盤奶油由天而降，我頭頂一片白。

還來不及清理身上的奶油，面前 REX 笑嘻嘻拿著盤子：「峰哥，雖然是初次見面，但我也只能說不好意思了！」來不及反應，一盤奶油自二公尺外飛了過來，正中我的臉。

這種特別的慶生方式，很符合阿順的風格。居然五十元的奶油來慶生，現在所有彈藥都在我身上，我抹下奶油反擊，河堤上立足之處狹窄無法閃躲，很快地每個人身上全是奶油。

難忘的生日我會永遠銘記，謝謝你了，阿順。

第五十七章　聖稜

登山界有句名言：「走完聖稜線，就可以結婚了。」象徵這條稜線的壯麗與艱辛。大霸尖山外形方正，素有世紀奇峰之稱；雪山名列台灣五嶽，冰河遺跡聞名於世。兩山之間群峰羅列成一稜線，海拔皆在三千一百公尺以上。日人對其十分嚮往，日據時代組隊探索後為其斷崖、奇岩、險峻、秀麗而感動，稱讚為「神聖的稜線」。但因需具備攀岩、垂降之技巧，需要相當大的體能與毅力才能完成，能走完聖稜線，表示本領非凡，如同通過成年禮的考驗。聖稜的奇險，可見一斑。

大霸封園期間，聖稜線的登山活動也幾乎中斷。在觀霧開園露出一線曙光時，我的「褓姆」們便一直鼓動聖稜之行。我也覺得沒走過聖稜線，枉費身在雪霸數載。暑假期間我便開始蘊釀志工的聖稜登山訓練。

但九月份熱帶園藝試所應徵的失利，激起了我的危機感與鄉愁。我的職系在高雄的職缺有限，若不找人幫個忙可能回高雄的機會渺茫。一直有返鄉念頭的崇興知悉我想回高雄的意願後，熱心地透過高雄的長老代為探聽。這段期間，我探勘了大霸線的步道，志工們也在慫恿聖稜登山活動。但我的心思，卻在苗栗與高雄間游移徘徊。

閉關準備教師甄試的育賢，暑假時如願考上土庫高職的正式教師，他出關後第一件事就是希望參加一個登山活動。雖然管理處的替代役剩下三個，我的直覺告訴我：離開雪霸的日子不遠了，臨走前何不跟大家走一次聖稜呢？我與志工們討論後，因為有意願的志工可

請的休假不多，我們決定訓練路線為聖稜三條路線之一的「O聖」，路程定為四天。起點從雪山登山口出發，進黑森林轉雪山北峰、穆特勒布山、素密達山後接武陵四秀，然後從桃山步道回到武陵。我比照過去的方式，開放同仁及替代役參加。我更希望柏廷能一起上聖稜，登山是一種很辛苦的活動，若能跟好朋友同行，路程會因為愉悅而感到輕鬆；如果一起爬山的夥伴缺乏情誼或默契，爬山反而是一種體力的消耗與漫長的路程。柏廷原本數度邀我跟他們一起爬雪山，但因為行程無法配合，他跟智緯、翔翔已參過過幾次「相約在雪山」活動了。眼看他們的役期接近尾聲，也該為他們辦一個登山活動。

阿順幫我慶生的第二天，我們玩過了三角湖，在鹿場吃過午餐後各自離去。下午我接到崇興的電話，他問到高雄市政府有一位弟兄負責市政府小排，相關職缺我可以向他打聽。我心中一振，當週在國慶前夕請假前往高雄市政府找那位弟兄。這位弟兄是服務環保局的一位股長，了解我的職系後，告訴我建設局會有我的職缺，同時帶我搭電梯上市政府九樓。我還來不及反應，一進建設局他便帶我直闖人事室，卻是他與人事室意外的寒暄！

這位弟兄一進人事室就向裡面的小姐詢問：「請問你們是否有缺林業技術或農業職系的職缺？我有個朋友想來探聽工作機會。」

一位股長卻沒回答他的問題：「你還記得我麼？你的升遷派令是我經手的。」

弟兄尚未會意，仔細打量了這個股長，笑了起來：「我想起來了，那是十年前了，原來你現在在建設局啊。」

我大感詫異，十年前辦的派令，看到人就想起來，直是好記性。

「怎樣，你朋友要來求職啊。」這位女性股長停止抬槓，注意到我，開始問我的背景、職系及現職機關。她的語氣溫柔，穿著與氣質端莊脫俗，一改我對地方政府的形象。

「你問的時機剛好，局裡三科剛好有一個林業技術的人離職，也許你可以試試機會。」我們邊聊邊走出辦公室，來到電梯。

這位股長停步：「我要下去人事處送公文了，不然你先把履歷給你這位朋友，如果真有開缺，你再請他送過來吧。」

回到苗栗，我的心便一直被這件事佔據。不久，家裡發生了一些事。金融海嘯波及不少家庭，我家有人也開始不定時休無薪假，結果家裡的開銷全變成我負擔。而我的心思，幾乎無法放在苗栗，每天注意著人事行政局的職缺。

聖稜志工登山訓練，我與志工們敲定了十一月初成行。管理處的替代役，育賢及彥彬都報名，智仁因為腳力欠佳，謝絕了這個活動。不過最難的還是讓柏廷參加這件事。外站的替代役因為勤務特殊，有人休假就要有人當班，多年來為他們辦的活動，幾乎只有管理處的替代役可以參加，於是我跟林彥商量，最後以抵銷休假放行，但我仍需為他辦保險，並以公出名義參加。

我處理好了所有的裝備與山屋申請後，人事局的網站登出了高雄市政府的職缺，我立刻通知高雄的那位弟兄幫忙把履歷送過去建設局。終於可以回家了，好期待呀，那麼聖稜，就是我的畢業旅行了。愈接近登山時間，心卻愈不在山上。

十月三十一日，我與阿光開公務車載著育賢與彥彬前往武陵。志工幾乎精銳盡出，飛毛腿的黑熊、紅番、瑋達、明慶，攀岩高手鄭教官、彭恰恰，登山老前輩楊金定大哥，加上娘子軍秀女姐、昶如老師、淑卿及棻美。都被聖稜線吸引來了，雖然我們走的只是O聖。

十一月一日，我們依慣常路線上三六九，我原本排紅番最後一天在桃山山屋上星座教學，因為那天已將下山，大家心情會比較放鬆。但到了夜晚，他卻自顧地在山莊外講起課來了，完全脫出我的掌握。就寢時，因為我是承辦人兼領隊，我像過去一樣進獨立床舖的房間睡覺。阻隔登山客干擾的空間，我正掛念著高雄的職缺。片刻，房間門被拉開，阿光背著大背包進來。

「喂，我今晚跟你一起睡好了，外面床都滿了。」

「幹什麼！你這樣我會不好睡。」我很想一個人在這裡面想事情，所以不希望阿光進來。

「唉喲，都一起出來那麼多次了，還這麼彆扭。」阿光硬是把睡墊、睡袋鋪上去，要跟我擠，完全不理會我有心事掛念著。

熄燈後，我鑽進睡袋中，心裡卻想著山上收訊不好，我的 HTC 智慧型手機電力又不能撐這麼多天，大部分時間必須關機。但萬一高雄那邊通知面試沒接到電話怎麼辦？如果面試的日期我還在山上呢？想著這些問題，我翻來覆去睡不著。沒多久，睡在我旁邊的阿光開始磨牙，心緒波動加上噪音，當夜我失眠了。

十一月二日，所有人都起床，走向黑森林，經過水源地後轉向雪山北峰叉路。過去登山，我也曾有過沒睡好的紀綠，所以我堅信可以走完這一天。出了黑森林變成石礫地，坡度極陡，卻得一鼓作氣登上稜線，這種地質走一步會退二步，十分吃力。我上了稜線後，失眠的後遺症開始發作，覺得頭暈目眩。但身為志工褓姆，只好不動聲色跟著隊伍前進。往雪北的路上，西邊可看見雪山二號圈谷，另一個與一號圈谷外型極為類似的崩谷地，若不是這次安排了聖稜線登山，我想二號圈谷到離職都緣慳一面。登山界的讚賞果非浪得虛名，走在聖稜，如同行在天上，雲海、山巒盡在腳下。但難度也不小，許多路段寬度間不容髮，又臨千丈絕壁，高度上下起伏超過一百公尺，我因失眠，開始引發高山症狀，離北峰山屋僅剩五百公尺，我背包一放，就地嘔吐起來。一半的人已抵達山屋，鄭教官早就查覺我的異狀，一直跟隨在旁，看到我吐了出來，叫我放下背包。然後開始升火煮水。

「我煮點熱湯，喝了之後會比較好點。」教官拿出他的麥片，想為我補充體力。不久，阿光從前面走回，看到我的情況，開始虧我：「平常叫你多練體力，你就不聽喔。」說完，他也開始煮湯要給我喝。

他們哪知道，我是有心思，加上阿光磨牙睡不著覺造成的。不然這雪北的路段算什麼！我因為體力透支，翻胃得厲害，教官煮的甜麥片我吃了又吐出來，於是我改喝阿光的鹹湯，才舒緩了胃酸。

「喝我的東西，你欠我多少了，下山後要再請我一攤，我算算有幾攤了！」在這個時候，阿光永遠以玩笑代替安慰。

我瞪了他一眼，勉強起身，這時紅番也從山屋走過來：「我看你們一直沒過來，覺得不對勁，果然出事了。我覺得我們走太快，高度忽上忽下的，連我都覺得頭暈。」說完他背起我的背包，三個人陪我走向雪北山屋。大部分的志工已經吃過午餐在休息了。袒如老師熱心地拿了他的睡墊及外套給我，我一夜沒睡，舖好睡墊後我倒頭就睡著了，隱約中聽到阿光與志工討論要讓我繼續前進，或是找人陪我往回走，回到管理站休息。

「不！不！不！我若放棄，那以後也沒機會再來聖稜線了。」睡夢中我潛意識吶喊著⋯⋯。

我大約睡了一個小時吧，大家整裝的聲音讓我醒過來，但體力也恢復一部份，所以我決定走完今天的路程。於是紅番及教官押後陪我走，改由阿光及瑋達走前鋒，中間則由黑熊照應其他志工及替代役。雪北後的路程更艱難，已沒有平路，必須攀著樹幹及繩索而上，因為只有安排四天行程，每天的路程都很趕。正常的規劃是第一天只到雪北山屋就休息了，但今天卻要直攻到素密達，等於一天走兩天的路。過了幾處陡坡及斷崖後，太陽已下山了。只剩最後一個斷崖要爬，我短暫休息的體力又已耗盡，精神很恍惚。三個替代役雖然第一次走聖稜，但狀況不錯，他們一個個攀爬斷崖，上到崖頂。上頭鄭教官給我使個眼色，我載上頭燈，咬著牙，抓了繩索而上，也不知哪裡來的意志力，終於上到崖頂。阿光及黑熊陪著我往素密達山屋走去，路雖已平，但也有近一公里，進了山屋，我連煮晚餐的力氣都沒有，倒下就睡了。

冷杉林中透出閃爍的日光，酒紅朱雀跳躍林間，鳴唱著悅耳輕脆的高山之歌。志工們的高山爐排排放置素密達山屋前的棧道上，悠閒地烹煮著野外的早餐。

秀女姐起身笑出聲來：「政峰，你醒了，睡得好飽喔。」我笑了一下，看看手錶，我至少睡了十幾個小時。袒如老師拿起一個鍋子：「快去拿你的碗來，我倒一點熱湯給你。」

我啜著熱湯，架好我的高山爐，準備煮我的早餐。留著一臉大鬍子的黑熊過來虧我：「褓姆，睡得很飽喔，接著是兩個大斷崖，需要我背你麼，呵呵，不行的話要講喔。」

棻美瞪了他一眼：「黑熊你不要嚇他啦，休息夠了一定可以的。」

上雪山這麼多次，我是頭一次背著重裝走這麼多天，接下去的路程是聖稜線最大的考驗：素密達及品田兩大斷崖。

由於攀爬面垂直高峭，必須配備登山繩、扣環及安全吊帶才能通過。在天未亮時，阿光、鄭教官及彭恰恰等人已先登上斷崖，架好所有繩索。安全吊帶是一件類似褲子的裝備，穿在身上配合扣環，以確保攀岩時的安全。但管理處的吊帶褲不足，此時我預先採購的扁帶派上用場，鄭教官教我們用扁帶依每個人身材結出一個簡易型的吊帶褲。大家認真地依教官的方法編織著。

大半年閉關的育賢，對登山的物品充滿新鮮感：「蠻好玩的，沒想到可以學這麼多東西。」黑熊拍了他一下：「要編正確啊，這可是性命相關喲！」男生們都編好了自已的吊帶，管理處現成的吊帶則全留給女生們用，於是大家整裝出發。

接近素密達斷崖，見彭恰恰、瑋達站在崖頂，繩索及確保裝置已經做好。教官站了出來，嚴肅地講解攀爬技巧。

「各位很多是第一次爬斷崖，現在請紅番示範如何上崖，然後大家照著做。」

紅番一臉詫異，棻美捏了他一把，他隨即抓了繩索，示範扣環使用，拉繩索告知上面準備就緒，瑋達及彭恰便盯著他的動作，隨著高度上升慢慢收繩索。接著，大家照著紅番的示範爬上去，素密達斷崖難度不高，很快所有人便已通過。但接著卻是一個不小的挑戰，因為品田有三段斷崖。

我們站在第一段斷崖之下，絕壁之上，僅有突出岩石可以踩踏，稍有踩空便會直直摔下，不過教官他們已做好了安全措施，一條登山繩自上面延伸到我們腳邊，另一條則垂下給我我們攀爬確保用。他說：「這一次是很好的現場教育，讓你們了解攀岩應具備的技巧。」說完，教官教大家各種繩結、吊環使用及架設繩索。志工及替代役們埋首照著操作，因為這一次聖稜行之後，便再難有機會學到這項技術了。待大家學得差不多時，教官變了眼神：「為了安全起見，所有背包吊掛上去，大家徒手爬斷崖。」

接著，大家陸續把背包用另一條登山繩掛上去，配合吊環及滾輪，用升降機原理從下面拉綱子使它們升上去，教官一聲令下：「三位替代役弟兄，負責拉繩。」柏廷、育賢及彥彬不約而同，如同拔河一樣，邊拉邊往後退，一個個背包依序上了崖頂。我帶來的攀岩裝備並沒有這麼多的繩子與扣環，很多裝備其實是教官自已背上來的，所以他的背包重量是我們的雙倍，當柏廷他們開始拉教官的背包時，三個大男生竟移動困難。

柏廷喘著氣：「哇，這個背包至少有百來斤吧。」棻美、淑卿兩個女生立刻擁上，一起幫忙將繩索往後拉。

「一、二、三……一、二、三……！」秀女姐及黑熊的加油聲中，教官的超重背包上了崖頂，真叫人佩服他的負重能力。

花了一個早上，終於通過素密達及三段品田斷崖。山徑再度進入開闊的視野，我們在布秀蘭山休息，這是一座不仔細看，會感覺不出它存在的山，因為它的山形必須從大霸或南湖大山那端對望才看得出。剩下的路程不難，拼了二天，難得的悠閒時光，大家坐在山頂吃零嘴，欣賞奇特的穆布勒布山，一座由板岩構成的奇山，岩隙極大，岩面光滑寸草不生，水份沿著板理縫隙流進岩層中，秋冬夜間溫度常低於零度造成內部結冰，冰塊澎脹撐大岩隙，水份滲進更多，週而復始，遠看穆布勒布山就像一片片的刀鋒構成，銳利崢嶸。往西則見品田山的大皺摺。雪霸境內群山的奇險俊秀，盡在聖稜一線。這裡的景觀之獨特不可取代性，冰河孑遺生物的珍貴稀有，必須加以保護、進行學術研究，以環境教育的方式呈現世人眼前，並兼有休閒育樂的功能，這也是國家公園設立的目的。

國家公園觀念創始於美國，因經營方式採最嚴格的保育準則，從業人員專業而形象清新，成功保護了世上至美之地，漸為各國所接受，歷經兩百多年而在世界上發揚光大。由於國家公園境內景觀、生態與人文的獨特珍貴，更進而成為聯合國認可的世界遺產。美國國家公園也是重要的國際形象之一，所以它們的預算不會因政黨輪替而有所刪減，所經營的五十多座國家公園，至今一直立於世界鰲首的地位。如今一睹聖稜丰采，會發現台灣的國家公園絕對有潛力躋身世界遺產之列。

過了布秀蘭山，便進入四秀範圍，等同O形聖稜的路線已快畫成圓圈，西方的三六九山莊，如同鑲在山坡上的小白點，三天前，我們還在那裡過夜呢！新達山屋是我們最後一個休息的地方，今晚天氣卻變差了，第一天紅番若沒有上星座的課，今天就無法發揮了。雲層遮了星光，細雨也飄了下來。新達山屋沒有其他山友投宿，上下兩層分別給男女夥伴們使用。晚上教官叫大家坐在一起：「難得歷任第一位褓姆陪我們志工走聖稜線，我們都來發表一下這幾天的感言。」

我意識到我即將離開，這時候發表感言讓我有惜別的心虛。這幾天我都沒接到任何電話，心裡一直忐忑不安，真想早點下山，不像他們愈走愈歡欣。在沈思中，他們已經侃侃而談，輪到我講話的時候，志工們為了抓住這個歷史鏡頭，明慶拿出V8錄影，坐在我旁邊的柏廷用頭燈幫忙補光。

最後一天下山的路程，攻了品田及池有兩座主峰後，我們由池有山登山口下山，每個人都踩著輕快的步伐，一路說笑。秀女姐仍以他幹練卻慈藹的笑容逗著替代役：「三個少年耶，走完聖稜線，可以取某了喔。」

育賢笑得很開心，卻更想急著下山：「秀女姐，我現在只想下去，到富野吃頓buffet，好想念文明的一切。」

昶如老師說：「對了，政峰，這次下山沒有在富野訂桌喔，至少慰勞一下這三個替代役。」

「這個…因為會計室否決了。」我吞吞吐吐地不知如何解釋。阿光已按捺不住先發言：「我們這個會計，很多登山必要的支出都被否決，而且審計部也查得很緊，誰知道哪裡有鬼。」說著他音調提高，有點激動。

登山訓練、淨山、聯合巡查…等活動，大家消耗過人的體力，吃著粗陋的食物，休息只有一席睡袋的空間，行動上還有許多安全上的考量，加上會同上山的未必是同一個單位的同仁；而志工參與管理處的訓練、淨山，犧牲假期與遠途而來，無條件付出自身經驗。這類活動工雖不計較代價與回饋，但身為管理的機關理當會在下山後於餐廳或飯店訂便餐，同時召開檢討會。以感謝他們的辛勞，並藉此交流登山經驗、討論與改進。何況在武陵這麼偏遠的地方，也只有賓館及飯店可以外食。但這位會計員來了之後，以一般行政機關衡量，刪除我們這部分的預算。此後審計部對國家公園的查核更為嚴格。雪訓時因為是與友處合辦，下山後的聚餐檢討會更為必要，那次若不是首長相挺，我們與太管處的同仁可能下山後繼續煮著登山乾燥飯開檢討會了。

這次登山訓練，辛勞的程度更勝過去路線，我的預算原本也編列了餐會，這位會計簽了反對意見，但為了感謝志工，處長駁回他的意見，所以原本下山後是有檢討餐會的。但九月後處長輪調，這位會計卻找了副處長協調，對這項支出翻案刪除。我很遺憾雖然他是一條鞭系統（註一），但同屬雪霸的一份子，卻不是以同理心對待同仁，反而以上級派駐的欽差姿態掣肘機關的業務。一條鞭的設置雖然為了防止機關違法，但當我們受到他們無理的打壓時，卻沒有任何可申辯的管道，這個系統的制度是不是應該重新檢討。

教官出聲打圓場：「沒關係啦，有些人也趕著回去上班，不趕時間的人就自已付錢吃一頓就好，替代役們也該慰勞他們，他們這次表現不錯。」

今天晚上，富野渡假飯店的歐式自助吧，我、阿光、替代役及幾位志工共度了一頓燭光晚餐，餐廳的窗外，皎潔月光灑落在綿長的聖稜線，志工的熱情與本事又在此寫下一篇國家公園之美的傳奇。

註一：公務機關的人事、政風及會計人員的任用、陞遷是由主管這三項業務的上級機關所分別管理。中央政府這三個課室的人員由各部的人事處、政風處及會計處管理；地方機關則由縣市政府的這三個處管理。他們不受機關首長的考核、獎懲與任用，但所享的福利卻與任職的機關相同。他們的上級機關也不受部會或縣市首長管理，由行政院的主管機關管理。

第五十八章 別情

聖稜登山訓練後剛回到管理處，課長就拿給我一份國家公園高山生態旅遊研討會的公文指派我參加，而時間就在第二天於陽明山國家公園舉辦。我還來不及整理裝備，便又風塵樸樸趕上台北。之前因為凱臨賞螢時曾邀我到十二會所作客，我便選擇去他那邊過夜。凱臨回台北後在附近租屋，養了一隻貓作伴。

「一個人住一個公寓，會不會太大了。」

「我習慣住這麼大的空間，呵呵呵。你說你想回高雄了喔？」

我點點了頭。凱臨一臉不以為然的樣子：「你不是很喜歡住在山上，現在又想回去了喔。」

我正要回答，凱臨筆電 skype 出現冠至登入的視窗。我拉了凱臨一下：「喂，冠至上來了。」

我接好了麥克風，敲了冠至的帳號：「喂，冠至。」

「咦！你不是凱臨，你是…」冠至感覺不出是他認識的凱臨，

「我是政峰啦，我凱臨這裡。」話沒講完，凱臨搶去麥克風：「哈囉，冠至！」

「凱臨喔，政峰他想回高雄去，你要為他多禱告啊。」

「你早就知道了喔，原來你們最近有連絡喔。」

「我們常連絡啊，高醫去相調過二次，最近我跟政峰為了他回高雄的事一起禱告過。」

談話後，凱臨關了電腦，不再談論這個話題。顯然他感受不出這件事對我的重要性。下山後第二週，高雄市政府終於電話通知面試。由於我沒有正式的服裝，所以我去買了領帶、襯衫及西裝褲，如期參加面試，接著便是等候結果。等待似乎十分漫長，一個月後仍無消息。有沒有錄取、該不該打電話去問，讓我心情十分起伏。面試後過了一個半月，我正請假返回高雄休息，建設局人事室打電話來通知我已經錄取，商調函也會在今天發出。

有十幾年了吧，我已經有很長的時間沒在高雄長住過了，我等得這一紙公文終於要到了。接著，應該開始向邱弟兄

他們道別了吧！四年的大湖召會生活，簡單而甜美，人數不足二十人，建造卻不少，想到這裡，心裡突然一陣酸楚。高興的想法很短暫，而不捨的心情卻開始湧上，因為…真的要離開了。

電子公文以網路傳遞，我接到電話時，公文幾乎同步發到管理處了。第二天上班我必須向主管及處長報告。課長沒什麼意見，處長出差到觀霧去，我以電話報備。我的商調案引起同事一陣議論，使我心緒更為波動。當我走出辦公室，看到門口旁邊的櫻花，初生的花芽沾著露水，一年之末，又將一年新生。阿光從後面走了過來，帶著微笑：「政峰，我陪安安課長他們上翠池取樣，可以幫忙拿幾個背包跟冰爪麼？」我默不作聲，領著阿光走下地下室。我選了背包，拿出幾雙冰爪給阿光，然後一起走上樓梯。

「你真的要走啊？」阿光睜著圓眼，掛著合不攏的微笑，終於，他還是表達他的關切。

我看了他，我皺了一下眉頭，卻不知要說什麼？苦笑不答。

晚上在宿舍，MSN 傳來我同學蝙蝠的訊息：「楊政峰，你唬我！」

「幹嘛？」我想一定是他在雪見得知我要商調的消息，來「質問」我了。

「你不要那麼快走，叫你家人再給你一些時間，你不知道台江黑水溝國家公園明年要成立麼？到時候你調過會離家比較近啊，留下來一起見證國家公園發展的新時代！」

我已不清楚這決定的初衷了，此時更讓我心志動搖。

過了兩天，武陵傳回消息，三六九山莊因登山客燒狼煙求救不慎引起大火，延燒週圍箭竹林數天，如今空中警察隊雖撲滅火勢，卻使林下久藏多年的垃圾重見天日。由於垃圾十分壯觀，要我調動志工上三六九淨山。碧玲姐他們放下手邊工作，一週來輪番上山；垃圾清出一批，底層又現一批。登山客的公德心也隨著這場大火，赤裸曝露在日光下。雪山是有名的登山路線，大火的新聞已夠提供炒作，現形的垃圾，更是輿論的壓力。於是處長下令，他要帶著主管與遊憩課一起去協助淨山。

十二月二十七日，處長與我們登上三六九。原有茂密的箭竹林消失，眼前一大片焦黑的山坡地，以及遍地的衛生紙、菜渣、便當盒、丟棄的登山用品⋯，垃圾五花八門，可見一些豪華登山團有多麼缺少愛護山林的觀念。志工分散在整個坡面，穿著的各色登山排汗衣，就像黑幕中的朵朵雲彩。火燒後，之前廢棄公廁遺留下的鐵架也現身，有的志工在撿點垃圾時被鐵架劃破了衣服。

「喂，你居然瞞我們，褓姆！」碧玲姐一個箭步衝上來，劈頭就問。明慶看到，就拉了其他志工：「那是他們兩個的事，我們離遠點。」

碧玲姐不理會其他人，仍是那急躁的個性：「說，我們是哪裡虧待你了，現在要害我們換褓姆。」

幫完志工後，我們回到管理站過夜。吃過晚餐，處長跟課長們在辦公室看電視。我坐在外面階梯沈思，門打開，國銘跟阿光走了出來。

「在想什麼？不想走了對吧。」國銘似笑非笑的表情，卻希望我再「慎重考慮」。

「不是可以不要去麼？快進去跟處長說，說你不要去了，請處長改一下公文。」阿光這次很認真地表達他的不捨。

這幾天來，我真的只能以苦笑回答他們。

深夜，大家都回寢室去了，柏廷留下收拾大家喝茶的茶具。整理好辦公室之後，他拉了椅子陪我坐著。現在大概只有他，我才能傾吐這數日來的離情。

「我們幾乎同時間離開雪霸，回高雄也沒關係啊，以後我們去高雄也有人找，是不是，峰哥。」

由於許多志工在搬運垃圾時，弄髒及刮破他們不太便宜的登山衣物。返回管理處後，課長請我上簽贈送每位志工一件排汗衣表示慰勞，於是我去訪價了中層排汗衣要請購給他們，卻遭會計退回。

「按規定，我們是不能送志工衣服，這個簽你拿回去。」會計員冷漠地說著，拿了公文夾放我面前。

規定！規定！因為規定，所以我們無法對志工表達微薄的感謝之意。此時的我，既無力，也無心了。恍惚中不知過了幾日，同意函發出去了，除非派令接到我不辦離職，事情幾已成定局。

二〇〇九跨年後一週，我收到了派令，建設局的第四科分出去改制為觀光局，建設局則更名為經濟發展局。我必須決定報到日期了。

「不要辦離職，去跟處長說你不走了！」阿光還是不死心。

我有點難捨地開始打包裝箱我的家當，四年多來，多了許多野外的裝備，行李一下子膨脹數倍。可能二、三趟也載不完。一如以往我在辦公室處理日常事務時，這時惠琪打分機給我：「政峰，還沒決定何時離職喔？拜託一下，六十六梯替代役要在年前報到，專訓幫忙再上一堂課再走。」

今年，芒果與怡慧都調海管處，戶外教學也改為雪見，講師一下子少了三個。所以管理處特別拜託我臨走前再貢獻一堂課。

六十六梯替代役，應該是我在雪霸的告別演出了吧！

第五十九章　武陵瘋退伍、汶水添戒靈

雪霸宿舍住宿的分配，二樓給員工為主，一樓則住替代役。去年管理處替代役剩三個人，只住了一間房；接著芒果與怡慧調走，國銘結婚搬出去，宿舍逐漸冷落，以往天冷出去泡湯聊八卦的光景已不復存。今年元月份換我收拾行囊，家當愈收拾愈多，就像綿長的思緒一樣，剪不斷、理還亂。

一月十九日，我在電腦前整理交接的檔案。遊憩課辦公室後面窗戶正對宿舍前的廣場。同事給我使個眼色：「你看外面。」轉頭一看，一群穿著卡其藍外套及長褲的青春少年，整齊地提著行李走進宿舍。

「又是一梯要來，但你要走了，要不要考慮留下來陪他們。」

我望著進入宿舍的替代役，也許我沒走的話，會再擦出什麼友誼的火花吧，也許…

一月二十日，我照例拿我的 Macbook 到大簡報室，上「汶水四季」課程。這批替代役人數更少，管理處跟三個外站都要分到人。可以想見外站優先下，管理處分發的替代役會寥寥無幾。

在上課中，替代役的發問已幾乎確定誰想留在管理處。管理處這梯三個志願的名額，一個體格壯碩，是國手神箭手浩民，另一個英挺帥氣，明亮的眼神中如流水轉動，名字諧音同魔戒電影中的「戒靈」。

「螢火蟲大發生在四月底或五月初，如果跟我去看的話，我有近二十個秘密基地，可以沒有人打擾安靜賞螢、攝影，不過我這個月就要離職了…」

「好啊，沒關係，把你電話留給我。」出聲的竟是戒靈。

「所以，以汶水為中心，四週有這麼多景點，有機會放假可以去走走喔…」

「那之後用電話連絡，告訴我們要怎麼走…」出聲的還是戒靈。幾梯的替代役及我的學生，會有一些人有個共同特點，只要適度引導，都可以誘發他們探索自然的興趣，甚至成為國家公園保育的尖兵。就像成為五期保育志工的蘋果、承接委託研究案的大樹、在登山口耐心向遊客解說的柏廷與智緯…。

五十六梯替代役也退了大半，但因為這梯碩士專長申請仍有五個替代役，他們二月初才退伍，武陵就佔了三個。青黃不接的大寢室裡，柏廷跟智緯無聊地看著電視。

柏廷把玩著他的登山杖：「退伍後可能就沒機會爬山了，要不要離開前再去爬一次雪山？」

智緯低著頭：「跟誰？現在剩我們三個在武陵，文堂別想他會爬山，難道你要找其他人。」

「雪見的小揚啊，還有阿賢上次去聖稜沒經過主峰，他覺得是個遺憾。」

智緯托著下巴，笑而不答。

「雪山單攻的人很多，要畢業旅行就要單攻比較省時間，破你學長們的紀錄。」房外不知何時走進一人，接續他們的交談。

兩人急轉頭一看，是幾年前從觀霧調下來的巡山員阿星，柏廷俏皮笑著：「星哥，你建議我們單攻雪山！好啊」

智緯睜了眼睛：「真的假的，他們兩個會答應麼？」

「留個學弟無法破的紀錄，他們一定願意的。」柏廷眼神發亮，信心滿滿。

專訓後也過完農曆年，兩個替代役留在管理處，戒靈分到收發幫忙，他常因送公文與我有幾次交談的機會。在我準備離開前一週，我手上還有湯神的優惠券，便邀了他們兩個與另一個同事去泡湯「聊是非」。這似乎是五十六梯初報到時的情景，只是人已少了，人也將走。

回程時，我拿出預先放在車內的探照燈，開車繞著汶水遊憩區找野兔。今晚兔子沒那麼賞臉，但不少夜鷹停棲草皮上，也足夠讓浩民及戒靈大呼過癮。

二月九日凌晨二點半，四個雪霸替代役出現在雪山登山口，背著輕裝。

小揚調了一下小背包：「這就是你們部落格中常拍的登山口啊，星星好美耶。」

柏廷拍了他一下：「今天要有創舉喔，一日內來回雪山。」

小揚笑得靦腆：「我在雪見常走東洗水及北坑溪，這樣的體力不知道行不行。」

「不行也要撐上去，我們要給學弟一個榜樣，走吧。」

四個人走過貯水池，智緯走走停停。柏廷有點不耐煩的口氣：「小歐先生，你雪山爬幾次了，在龜什麼？」

智緯一臉怪異：「昨晚沒什麼睡就起來了，肚子有點不舒服。你們先走到觀景台等我，我等下就到…」講完後，智緯馬上跑回登山口，衝進公廁。三個人無奈地對看，慢慢地往上走。在七卡休息一個小時後，智緯才氣喘吁吁地走上來。

「喂！小揚都沒這麼喘，你搞什麼？」

智緯一臉疲倦：「沒睡飽又要夜攀，肚子痛，當然累啊。」

「快走吧，比預定時間晚一個小時了。」柏廷戴上頭燈，催促大家前進。在哭坡前平台，曙光自南湖大山射入，視線為之清明。

「哇，好美啊！」很少爬雪東線的育賢及小揚發出讚嘆，讓他們更有動力攻上哭坡，一路走到三六九，剛好早上八點半。柏廷及智緯熟練地拿出鍋子及高山爐準備早餐，吃完後，裝好了水，開始攻頂。四人走在白木林下的之字步道上，四週一片焦黑景象。

「好慘啊，比照片看到的還慘重。」智緯拿出相機拍著火災後的箭竹林，微風送來陣陣的灰燼，得時常轉頭避開這些塵埃。四人通過黑森林，水源地已讓步道結冰。柏廷跟智緯因為地利之便經常上雪山，所以都有登山鞋；育賢上次參加聖稜登山也準備一雙登山鞋，只有小揚沒有，他不想買，所以穿了雨鞋上山。這下子可遇到難題了，鞋子原地打滑無法前進。

「我看我下山算了，主峰你們上去就好。」小揚萌生退意。

「不行喔，到這裡了，放你一個人下山也很危險。」智緯說完，跟柏廷、育賢合力拉著小揚，四個人手牽手小心通過，就這樣走到圈谷，在沒有穿冰爪的情況下上了主峰。天氣晴朗、四週一片雪白。他們暫時放下單攻的勞累，每人抓了一把雪互丟打雪仗。雪球飛來飛去，濺灑出五十六梯完美的句點。玩累了，大家或坐或蹲，望著遠方的三尖，此景將成追憶。

智緯站了起來：「謝謝你們，以後這種單攻這種創舉…」他忽然大聲向山的那邊喊去：「請不要再找我！」

雪山單攻的這天，是柏廷他們的退伍日，也是我的離職日。宿舍的寢室空間應該很大，櫃子不知藏了多少家當，我載完我所有的行李來回一共六趟，有的還得用貨運寄送寢室才清空。而車子裡還是滿滿的。初春的薄霧夾著細雨，行政中心的櫻花綻放，綠茵中一片紫紅花樹，柔美春意悄臨人間。

「風透簾櫳花滿庭，庭前春色倍傷情」。替代役的八卦、笑聲、傳奇…，以及可貴的情誼，將存留我心中，直到永遠。

人猴之戰

人猴之戰（一）：開戰

我選擇週一到高雄市政府報到，這樣我就可以在週休時有充足的時間收拾東西回家並準備報到的資料。離開苗栗前夕，邱姐妹透露銅鑼召會接近一百一十歲的羅老師母，元旦期間被主接走，將在週六舉辦安息聚會，令我十分震驚。在舊約時代，許多蒙主帶領的人動輒活了幾百歲。我們所處的時代是不可能有人這麼長壽的。也許是苗栗的環境像伊甸園般美好，六十歲才得救的羅師母就像舊約時代的傳奇一樣，為了讀聖經從文盲到可以對聖經倒背如流，從不錯過任何聚會、傳福音的行動，愛主的生活使得她百歲時仍可下田工作。我只有苗南每月一次的集中聚會才見面，但他的剛強與硬朗就像主祝福的見證般鮮活。

一月份我心思困鎖於整理行裝，假日有時會載運家當南下，卻錯失羅師母辭世的訊息。我次日留在苗栗參加老師母的安息聚會。也許是參雜了離愁，心裡有莫名的沈痛。可能過了幾年，苗栗會變得讓我不認識吧！

聚會後我沒有馬上南下，而去適豪的租屋處過夜，次日再到苗栗主日，與適豪及還留著的學生俊達、俊蔚道別。回到高雄已經傍晚，六車的行李塞滿我的房間。難怪我的朋友開玩笑說我需要的不是一個寢室，而是一棟房子。

週一騎著摩托車上班，讓我想起以前打工時騎車上下班的情景，但現在高雄尖峰時間人車好多，空氣更顯污濁；工作適應與同事間的人際關係也是我掛慮的。報到後讓我鬆了一口氣。負責農糧業務的三科，同事就像樸實的農民一樣親切而熱情。唯有我的主管鄭科長，一臉肅然，不苟言笑。在面試時，他也是同樣的表情，連副局長都比他親切。我當時居然不擔心錄取後如何面對這樣的主管。

完成所有手續後，科長告訴我他分配的業務：「政峰，你來之前，我做了業務調整，『自然保育』原本是一個女同事小玲的工作，現在把它分給你，你不會怕動物吧！」

我小接觸昆蟲、動物，大學唸生物系時參加野鳥社經常跑野外，在國家公園工作身邊更常有飛禽走獸出現，所以只要不怕動物，這個業務應該會駕輕就熟吧。

第一天上工就有了任務，位在柴山下龍泉寺登山口附近的千光宮，打電話來要我們去「抓猴」，三科負責開車的仲哥便帶著我跟小玲出門。我還搞不清楚為何要抓猴，車上仲哥跟我說明：「這個業務不輕鬆喔，要常出來抓動物，可能過年也要待命，因為那時候很多鯨魚會擱淺。」

我心下一沈，這以後我不是沒假日了。

「那為何要去抓猴子？」我告訴仲哥心中的疑問。

已六十歲的仲哥慈藹地笑著：「到了你就知道了，我會做給你看。」

車停在千光宮，女廟祝已等在門口：「這次一大早就進籠了，還很大隻。」

仲哥從箱型車後車廂拿出報紙、籃子、吹箭管、針筒、麻醉藥及酒精，領著我上二樓的樓梯間，一個不銹鋼誘捕籠，吊在其中水果誘惑這隻台灣獼猴進籠踩了壓板，引動籠門關上而被活逮。看到我們接近，跳上跳下，露出門牙發出尖銳的扣扣聲。

仲哥開始在針筒裡裝麻醉藥，一邊跟我解釋：「柴山這裡的台灣獼猴因為被餵食習慣了，常搶遊客的食物，山下寺廟多，後來經常成群下山『拿』桌上的供品，而且還會在裡面推翻東西、到處拉大便。後來局裡買了幾十個誘捕籠，借用給需要的市民，希望抓個幾隻給這些猴子嚇阻。」

仲哥說完，裝上針筒，拿起吹箭筒瞄準籠內的獼猴：「看好喔，要射牠的大腿或肩膀才不會傷到牠。」說完，趁著這隻獼猴分神時用力一吹，針筒射中牠的大腿，猴子痛得又驚又怒，立刻用手撥去針筒，但麻醉藥已在中箭瞬間打入體內。藥性發作得很快，不到十分鐘牠便躺下了。仲哥再拿出塑膠籃子，舖上報紙，跟我一起合力把這隻猴子抬出放進籃子裡。這隻大公猴約有十公斤重，花了我們兩個不少力氣。我只知道柴山的猴子不怕人，誰知來市府上班後，才發現這群子已下山登堂入室了。

之後，猴子就像不定時炸彈一樣，由於誘捕籠隨時會有獼猴被捕，只要電話一來，我跟仲哥就得放下手邊工作，前往借用籠子的民眾家裡把猴子「領回」，暫時關進壽山動物園的動物收容中心，待檢疫沒有健康問題後再擇期野放。獼猴問題只是高雄市野生動物問題的一部份。闖進民宅的蛇、穿山甲、白鼻心、棄養的動物，甚至外來種入侵，都是這個業務要解決的問題。

仲哥告訴我，現在是冬天，天氣開始轉熱時，就是抓蛇的「旺季」了，而五、六份月份柴山荔枝成熟期則是捕猴業績最高的時候。抓到的動物全都要抓進動物收容中心，除了獼猴及確定是柴山上的動物外，其它動物若沒有人領養就要在收容中心待下去。我覺得這項工作比較像「動物捕捉」業務。一天至少有兩次出外抓動物的機會。

上班一個月後，柴山獼猴的惡形惡狀全部在我的工作中曝露出來。市長信箱、局長信箱三天兩頭就是反映獼猴問題，市府一九九九專線方便民眾投訴，跟三科有關的電話幾乎九成都在講猴子。這群在台灣僅次於人類的高等動物，學習模仿能力驚人，已不滿足於山上的野果，牠們更偏愛吐司與奶茶，為了一嚐美食，成群下山進入社區，闖入民宅搜括廚房、掠奪早餐、打劫超商。一九九九專線不分假日平時白天晚上均受理市民電話，所以我的手機必須全年無休二十四小時開機待命。投訴信件及電話中，更有多位民眾繪聲繪影指出山上有人躲在偏避處惡意餵食。終於，在民眾壓力下科長下令他要與股長、仲哥跟我輪流於假日上山埋伏抓人。

人猴之戰（二）：全面啟動

週六跟仲哥走在柴山的木棧道上，一個壽山分駐所的警員與我們同行。注意著來往的遊客。人潮一波又一波，大多是高雄市民，有的來看猴子，有的則是登山健行。而附近的台灣獼猴早已「目中無人」，有的佔據木棧道，或坐或臥，甚至攤手躺臥路中間，無視於來往的人潮。

「辛苦你了，陳副座，假日抽空陪我們上山抓餵獼猴的人。」走到龍門亭，仲哥坐了下來喝口水，感謝了支援的陳副所長。

「不用說謝了，不過以後你們怎麼辦？總不能每個假日都來吧！而且我們分駐所正式警員也才兩個，你們可能要向鼓山分局求助才有足夠的人支援。」

仲哥嘆了一口氣：「觀光局從我們局分出去後，我們就沒有可調用的警力了，猴子問題愈來愈嚴重，你看我們這位承辦人，一個禮拜不知要出去幾次。」

仲哥說得我憂心起來了，原來三科處理野生動物違法案件，除了我們這兩三個人外，再沒有可調動的兵力，猴子已步步進逼，以後我們要怎麼辦呢？壽山分駐所附屬觀光局調派，負責壽山風景區的遊客安全。以前隸屬建設局四科的時候，還能局內協調商借警員。現在分家了，調用警力得靠機關間的協調，大大減緩處理緊急事件的機動與靈活。我們走到猴岩附近，躲在暗處一天，沒有任何收獲後收兵。

四月份，一九九九專線已沒有借用誘捕籠民眾打來的電話，獼猴轉戰週邊社區及水果攤。那一天，我才進辦公室坐下，立刻來了電話：「是經發局麼？這裡是中山大學學務處，麻煩你們借一個誘捕籠來，學生餐廳猴子好多。」

掛上電話，仲哥已經從我通話時的表情會意，早拿好了工具及車鑰鎖，向我使了個眼色後，我們便去搭電梯下樓。車至中山大學武嶺宿舍，大門前一棵大榕樹上，一群猴子跳躍於樹枝間。中山大學校務人員趕了過來：「拜託一下，一樓是學生餐廳，猴子已進去搶很多次了，還會破壞紗窗進寢室偷學生零食。」仲哥似乎認得這個人：「咦？上次我們不是有借過一隻籠子給你們，放在女生宿舍及職員宿舍間？」

校務人員面露尷尬：「因為學生看到猴子被關起來，都會起惻隱之心，然後就打開籠門把牠們放走，所以常抓不到，後來才叫你們把籠子拿回去。」

我暗自幹譙：「你一直放，民眾電話就一直來，我們就得追著猴子跑。」

我們把籠子抬下車後開始組裝，附近經過的學生看到這些抓猴設備，紛紛停下來圍觀。我們放好籠子後，告訴校務人員：「籠子擺在樹下，如果有猴子進籠再打電話給我們。學生就麻煩你們宣導了，要把猴子放走我們也沒辦法。」

我看著武嶺宿舍附近活動的台灣獼猴，幾隻小猴子沿著屋頂延伸下來的排水管俐落地爬上二樓、三樓、四樓，牠們試著打開每一個窗戶。突然手機響了，一看是科裡打來的：「政峰，我是科長，九如一路一棟公寓民眾通報猴子闖入，現在有多名記者在現場，你快跟仲哥到動物園找張主任借瓦斯槍及吹箭趕過去，我跟股長隨後就到。」

我感到錯愕，九如一路離山區至少要過鼓山一路這條大馬路，然後再加五、六個 Block，猴子入侵的版圖又往外擴張了，我有點猶豫：「可是⋯」

科長口氣很急：「我知道打不到，但記者在現場我們就得全副武裝。」

這就是公務員的無奈，台灣獼猴的智商是台灣島上僅次於人的動物，早已認得吹箭、瓦斯槍的外形威力，這些兵器根本還沒上膛，猢猻們看到早就走為上策，而牠們利用電線、水管跟任何建築的施力點，以飛簷走壁的絕技迅速攀爬逃脫，使我們準備的武器幾乎派不上用場。牠們只要不下到地面，我們根本拿牠沒辦法，二度空間活動的人類怎追得上三度空間活動的猴子呢？但民眾只會一直罵我們不儘力抓猴，記者也跨大報導猴子入侵到社區，政府部門應採取什麼什麼措施之類沒營養的新聞。

我們到現場時，一堆公寓住戶聚集一樓大玄關，還有幾名記者穿梭其中。猴子早不見蹤影。每次民眾通報有猴子，我跟仲哥速度再快，市區要通過許多紅綠燈在第一時間抵達現場十分不易，猴子早有充裕的時間逃走。達哥開另一部車載科長、股長到的時候，變成民眾陳情時間。我看得心煩，跟科長報備後與仲哥先行離去。

五月初夏，南台灣的太陽照得炙熱，海邊吹來陣陣濕黏的南風，讓人煩躁得只想待在室內。接到的電話換成消防隊的通報：「我們抓到一條二公尺長的臭青公，趕快來抓回去。」「有一條眼蛇闖入鼓山地區X姓民眾的臥室，我們把牠抓出來了，民眾嚇得要死。」諸如此類通報，不勝枚舉。

猴子已讓人焦頭爛額，又為了幾條蛇還得全市跑透透，公文都不用辦了。奇怪的是，高雄市的消防局只幫民眾抓蛇、救狗貓，但猴子問題全丟給經發局，市民遇有猴子闖禍第一個想到的也只有消防隊，但消防隊只會將案件轉來我們這裡，這輾轉之間猴子早已遠去，但我們仍避不了民眾的指責。

人口稠密的市區有這麼多的蛇，而且塊頭都不小，歷年來的紀錄都是如此，而市府的做法就是去抓回來再野放到扇平附近的山區，或是提供疾病管制局做血清。這不但缺乏生態評估，也引起我極大的疑問：為何市區這麼多蛇，且年復一年地繁衍。於是我查了各縣市的資料及相關文獻，再觀察城市的空間布置，我終於恍然大悟，於是我跟科長報告一個構想，獲得科長支持，開始起草「環境倫理與台灣獼猴騷擾社區防治網」，除了教育民眾外，也是將人猴的戰爭由守勢轉為攻勢。

人猴之戰（三）：兵臨城下

在國家公園工作時，身邊常出現野生動物，即使是蛇，我跟替代役的反應只有驚奇、興奮，牠們也沒有攻擊行為。但生活在大都市的人，除了寵物外，其他動物均視為寇讎，看到獼猴跟蛇只會拿起電話找公部門的人解決。但政府畢竟人力有限，而且我覺得市民只要採取防衛措施，獼猴也不會那麼大肆進逼。我曾因為接獲動物園通報園區入口聚集大量獼猴，跟仲哥拿了瓦斯槍及相機趕往現場，猴群佔據步道、樹木、座椅及電話亭爬上爬下玩得忘我。當仲哥一開車門出現，連槍都還沒拿，猴群似乎認得仲哥的臉，一陣狂叫後一哄而散。仲哥笑著說：「呵呵呵，這群以前一定是被我打過的。」

市政府早期處理柴山獼猴問題時，有個計畫案是每個月要捕捉多少猴子進行檢查。三科的人每天拿著吹箭進入柴山，射了許多猴子帶回，仲哥、達哥、阿昌，甚至股長及科長都抓過猴子。但抓這種社會性動物十分危險，同事射倒了一隻，卻要面臨二、三十隻獼猴的圍攻。後來局裡不再抓猴，改以瓦斯漆彈槍驅離，漆彈沒有致命危險，但打在身上疼痛難當，台灣獼猴會認人、會記恨。看到三科的同事，或是形狀像吹箭、瓦斯槍的東西，便是逃命為先。

動物對具有生命威脅的事物，幾乎是避而遠之。所以我認為獼猴會入侵社區，是因為民眾與牠們狹路相逢時只會求助公部門。如果他們能準備一支木棍，甚至空氣槍，猴子就不會擅自闖進民宅了，因為他們也會「怕壞人」。人對歹徒的生命威脅都可以正當防衛，野生動物保育法也沒說動物危及人類生命時不可加以擊殺。只是市民在保育團體的教育下，多敢怒不敢言。

城市的建築死角太多，提供許多囓齒類棲息，因而引來許多蛇類的捕食。闖入民宅社區的蛇類、小型哺乳動物已是都市生態系的一環。與其害怕，不如視他們為城市的一份子，何況眼鏡蛇也會怕人，沒有一種動物不怕我們這種兩腳站立的動物。牠們進到民宅後無路可躲，驚慌之下只好吐舌發出嘶嘶聲。與其成天抓動物抓個沒完，不如教育民眾如何處理才是治本。否則以目前三科的人力，這種問題永遠也處理不完。

科長很支持我的想法，請我整理出相關資料，再外包給資訊公司製作專題網頁，在暑假前完成「台灣獼猴騷擾社區防治網」（註一），告訴民眾獼猴表情代表的意義，以採取適當的措施。另外民眾常基於愛心救了許多受傷動物及落巢雛鳥，不但是收容中心爆滿的主因，也干擾自然循環準則，我一併在網頁中附以環境倫理宣導。網頁建構後與獼猴志工的「人猴關係網」相連結，以擴大宣傳範圍。我正在期待成效時，卻接到一九九九難以置信的電話⋯

「這裡是龜山翠華路的土地公廟，有二、三隻柴山獼猴跑來這裡，每天搶貢品，張牙舞爪的，你們能不能來處理。」我吃了一驚，龜山在左營蓮池潭附近，離柴山的最北邊也有數公里，還要穿越多條三十米大路，難道他們學孫悟空架筋斗雲來的！

我跟仲哥到了現場，放了誘捕籠後，請廟方留意入籠的猴子。但數日後卻收到他們的回報：「籠子你們來取走吧，這幾隻猴子在籠外蹦蹦跳跳的，還會用樹枝挑走吊在裡面的水果，牠們根本不進籠。」

我胸口像被重重捶了一拳，誘捕籠失效了。那吹箭、瓦斯槍呢？

猴子的禍事一波未平、一波又起。新聞報導半屏山一名九十歲老翁，於尾北里土地廟前階梯散步時，遭一隻大公猴用後腳踢下階梯，猴子同時向他「扮鬼臉」示威。這新聞當然是渲染出來的。但老翁受傷是事實，媒體自然不會放過這個奇聞，電視、電台、報紙及網路連續一週報導。局長被市長叮得滿頭包，科長在壓力下率領科下三股所有人，帶著誘捕籠、吹箭及瓦斯槍前往現場，大批記者及當地里長已等在那裡，科長一人上前接受採訪。

半屏山，已比龜山更往北推進了。

悶熱異常的暑假，猴軍團此時攻破了高雄市所有防線。楠梓後勁已是接近市界最北邊，離柴山、半屏山至少十里之遙，不過我卻接到了當地社區及寺廟的電話，一隻猴子偷祭品，闖民宅，鬧得大家人心惶惶，牠的行蹤不定，一下南、一下北，附近社區及眷村都鬧遍了。三科每天電話接到手軟。科長也震怒了：「你跟仲哥出去，在那個地方放誘捕籠，守在當地等到猴子進籠為止。」

用腳趾頭想也知道，人守在那裡，狗都不會進去，才半天的時間怎麼會有猴子入籠，那隻猴子是不是還在附近也很難講，這不過是科長的氣話。我跟仲哥在後勁社區一塊空地架了籠子等候，仲哥眼神茫然，我也心冷。

猴子入侵楠梓之外，同時高雄市最南邊的小港區，又有一隻小母猴在電線桿上被高壓電電死，猴子入侵南北之謎也因此解開，因為他們是利用四通八達的電線由空中穿越，所到之處無遠弗屆，此情勢已宣告高雄市全面淪陷了。

接著我收到許多局長、市長信箱，其中還有一通電話劈頭就罵：「那麼多猴子跑下山來胡鬧，你們為何不管好猴子，讓他們下山呢？」

很好，我應該上柴山教猴子讀書寫字及手語，再請牠們遵守社會秩序，以台灣獼猴的智慧，學會這個應該不難。

夏末，我跟科長提出求去的想法。

註一：「台灣獼猴騷擾社區防治網」已轉移至改制後之高雄市農業局網站下。

人猴之戰（四）：棄戰、歸情

不管是經濟發展局或改制前的建設局，局裡政策的主軸是招商、公共事業及發展經濟。高雄市的農業份量不大，所以三科業務一向不吃重，自然保育更像是個附屬的業務。因為我們每捕捉回一次動物，就要填寫簽報表及附上照片陳核副局長決行。夏季蛇類增加的時候，我幾乎一日陳核兩隻以上的蛇類，副局長把科長叫去詢問一些事情後，科長快步走回，拿了退回的簽報表：「副座有問題，為何市區有這麼多蛇，沒法解決麼？」

牠們原本就住在這裡了，沒有為什麼，他們屬於這個生態系的一份子，是人類要不要接納牠們的問題。我如實地告訴科長，我們的方向不是抓，而是教育。科長凝重的表情現出笑容，馬上拉了我進副座辦公室，將剛才的話重述給副座聽。副座聽了很釋懷地批了公文，但是我的願望：「逐次減少捕捉動物，加強環境倫理的教育」卻沒有實現。我知道沒有一個都市這麼做，但如果高雄市能做出成效，也能引領風氣。

顯然地，局裡對我的想法不敢採納。直接面對民眾的縣市政府比中央更怕動輒得咎，教育民眾環境倫理雖然是根本的方式，但放下捕捉動物的工作，市府可能被冠上怠惰之名，而且局裡還有最重要的招商工作要推動，區區柴山獼猴還不是政策首要。如果捕捉動物的資料繁多，至少可以表示業務量大，為民服務勤奮；一般的民眾要的，也只是立即解決問題，要他們勇敢面對毒蛇簡直不可能，尤其是大都市的人。

在柴山週邊的青海路附近，是獼猴入侵最頻繁的地區，電話打最多的也是當地居民。有時候週休早上七點多，我還沒睡醒電話就來了，從我家小港趕到現場要半小時，早已不見猴蹤。在「獼猴騷擾社區防治網」建立之後，青海路一帶居民還是打電話要求趕猴。我跟仲哥到現場後大多只有聚集的百姓議論著。我告訴他們，光靠政府趕猴根本力有未逮。居民準備武器勇於反抗，猴子才不敢再來。

一個開雜貨店的婦人急著揮揮手：「怎有可能，那些潑猴一看到我牙齒就露出來了，我驚都驚死了，哪敢拿棍子趕？」

另一個有點年紀的大伯更顯怒氣：「那如果這樣，要你們政府人員做什麼？」

民意信箱的話言猶在耳：「你們為何不管好猴子，讓他們下山騷擾人呢？」你們可知道全高雄市二千隻的台灣獼猴、數不盡的毒蛇猛獸，只有我一個人負責管理麼？

在我剛回高雄的時候，就得了呼吸道感染，整整病了一個多月。至今，污濁的空氣及繁亂的交通仍叫我難以適應。在市政府沒法提出太先進的構想，何況只是小小的附屬業務自然保育。市長有選票連任壓力，公務員必須事事順應民意。民眾被服務得無微不至，變成什麼事都要仰賴政府。

我們的民意很奇怪，希望政府小而美，卻要求它大有為。

收容中心已有超過五十隻台灣獼猴「關緊閉」，動物員負責餵食的阿姨們基於愛心，每天以吐司、蘋果及胡蘿蔔伺候，每隻被餵食得樂不思蜀的模樣，除了看到我跟仲哥進門會齜牙咧嘴外。因為收容中心已沒有「空房」了，我必須辦野放。但牠們會想放棄美食而回到柴山上麼？而且我們抓了又野放回原地的方式早已被民眾識破，我經常遇到質疑，卻無言回答，因為長官也提不出更好的辦法。

狹小的空間中，還有民眾基於愛心送來的領角鴞、大冠鷲、鳳頭蒼鷹⋯等。牠們久居牢籠，已忘記自由的天空，只有呆滯的眼神看著這一成不變的空間。

國家公園雖然也是政府部門，但政策上還是有很多讓我們發揮專長的空間。回到高雄生涯受限更多，也未必真的對家中有太多幫助。我開始懷念起那個飛舞著螢火蟲，飄散著朵朵油桐花的地方。

我找一天較沒事的時間，告訴科長有個人的事要跟他報告。科長似有會意，帶著我到走廊休息區的桌椅坐下。甫說出我的意願時，他若無其事般答應了。

「其實在這個地方並不適合你，你也看得出來，依市政府的行政文化，只會愈來愈順應民眾的要求，因為首長還要兼顧議會的要求及媒體的報導。再說，市政府還有你沒看到的複雜人際關係。」

我的科長在我投履歷後就有屬意我，他是個嚴肅的人。我的座位在他旁邊，不用任何動作及言語，就能感受一股強大的壓力。但在冷酷的外表下，卻有顆公正的心。他知道我有想法，卻鼓勵我魚應重回水中。

只是雪霸今年沒有同事願意異動的跡象，我又想早點回去。八月底，我在事求人看到獅頭山管理站開出一個缺，它屬於交通部觀光局的參山國家風景區管理處，是位在新竹縣峨眉鄉的一個外站。峨眉是貓頭鷹的老家，就在往獅頭山台三線入口的社區。我請他幫忙去現場看工作環境。他是週休時去的，只有這樣的回報：「沒有什麼人，只看到死替代役坐在櫃檯打電腦。」貓頭鷹習慣叫替代役為「死替代役」，如同我們當兵會叫一些天兵為「死老百姓」一樣。

這裡離大湖有五十公里遠，但總是離邱弟兄他們近了點。於是我投了履歷，面試後也順利錄取。跟科長報告後，於十月中旬完成商調回到了竹苗地區。

獅山外傳

獅山外傳（二）：峨眉山水甲天下

我把在高雄市政府剩下的加班補假一次請完，所以我在報到前兩天就北上，峨眉離頭份很近，我選擇在弘正家過了一夜，第二天弘正要到學校監考期中考，順便帶我當陪考老師。考試後的空檔，我站在系辦前的欄杆消磨時間。十點左右，已經是大四生的阿泓出現，看到我露出驚訝的笑容：「耶，老師，你怎麼在這裡！」

弘正告訴我，五人幫的表現愈來愈好，反倒是我欣賞的朋朋不如他的期望。我在系館角落發現朋朋坐在椅子上，頭髮凌亂，眼神惺忪，我打招呼他似見未見，只回以輕輕一笑。半小時後，小顯跟梳子走了過來：「聽阿泓說老師你調回來了喔，小黃他們在宿舍，中午跟我們一起吃飯如何？」我自然一口答應。

五人幫原本住在哈佛租屋大樓的一人套房。現在他們全換到較大的雙人套房，租金三千五，比原先貴了一千元，五人幫八個人中有一人脫隊外，其餘很合群地一起搬遷，佔據了哈佛六樓半層的區域。走道便是他們公共空間的延伸。我們在附近買了便當，回到宿舍坐在走道上用餐。我有很多的話想跟他們聊，但看五人幫的玩笑打鬧，那已是我們最好的敘舊了。

台三線過了頭份斗煥坪，就是新竹縣的縣境峨眉鄉。道路仍像獅潭三灣段那樣寬闊彎延，外圍二條國道分散了許多車潮，所以台三線平日看不到太多的人車，因此成了重機假日熱門會師之地。峨眉溪曲流鄉境，匯流於俗稱峨眉湖的大埔水庫，再流出繞經台三線，此地人口密度極低，頗有山水秀麗之貌。接竹四十一線，經一段曲折路徑抵達獅頭山管理站。這裡我並不陌生，往年夏日我採集夜間昆蟲時，曾騎機車尋路至此。未料今日竟要來此上班。

向遊客中心櫃檯總機表明身份後，替代役領我上樓，一名狀似福泰的婦人堆滿笑容，出來迎接：「唉呀，我們等你等了好久了，終於來了，歡迎歡迎，我叫張姐，是這裡的行政外包人員。」她帶我到我的座位，便回他的辦公桌忙他的事了。我看著座位上堆置凌亂的工程報告書、設計圖，開始著手整理。一個高高瘦瘦的替代役走了過來，眼睛細長，加上修長的瓜子臉，酷似 F4 的吳建豪。他帶著流利的美國口音：「Hellow，主任說從今天開始你是我們的替代役管理員，請問您有行李需要搬上來麼？」

「有啊，一整車耶！」

這個替代役吆喝了一位替代役過來：「我們替代役都取了英文名字，我是 James，這位是 Peter。坐在那邊打電腦的是 Niki，走吧」

我打開車門，兩個替代役幫忙搬行李進我的寢室，很快就搬完了，James 笑著問我：「大哥，你是不是會做昆蟲標本？」你應該是看到了我行李中的標本箱。

「你們可以比照以前雪霸替代役叫我『峰哥』，是啊，我還會養甲蟲，有全套採集設備。」

「Wow~，so surprising.」

「為什麼你老愛講英文呢？我們用國語溝通不好麼？」

Peter 以快節奏的語調講著：「峰哥，他是美國人，所以喜歡講英語。」

辦公室內除了剛那個婦人，另一個則是我另一個土木技士同事，除了我進門打招呼外，他像是有忙不完的事情。這時，張姐工作告一段落，開始幫一個替代役除去臂章、名條。一邊跟替代役抬槓互虧。

「咦！你是 datle 啊？」

這個替代役點點頭，笑得得意。

張姐轉頭問我：「你們認識啊？」

我搖搖頭：「我們根本沒見過面，只有在網路交談過。」

在確定商調來獅山之前，我沒有熟人可以了解裡面的工作環境，尤其是生活不可缺的宿舍網路。雖然官網介紹管理站建物前身是獅山國小，但其他一無所知。於是我上批踢踢 BBS 的替代役版，化身替代役問了獅山服勤的問題，回答我的就是datle，他知道我原來是即將到任的管理員後，仍語多保留地告訴我獅山的情況，簡單地說，有講跟沒講一樣。但他早已通報其他替代役我將到來，在我報到時，他已經在打包退伍了。

下班後，James問我：「我們要去親民吃晚餐，你要不要去。」我沈吟不語，Peter拍了我一下：「不用考慮了，我們這裡下班後只有兩個地方有吃的，一個是台三線往北到竹東，一個是往南到親民。主任常出差去管理處，有在也是叫我們買便當回來，洪哥下班就回苗栗，所以呢，以後你要常跟我們出去吃了。」

我上了公務車與他們一起出門，主任正好從霧峰管理處開車回來：「你們要出去吃飯？幫我買一個便當回來。」看來所有人住這裡三餐都不方便。

管理站是一個高起的台地，下了斜坡就是獅山村。五點半之後，村裡不到十戶的人家早已關起大門，車往北走到台三線，才五公里的路程幾乎不見住家，難怪管理站沒有自來水管線、也缺乏有線電視的線路。出了竹四十一線，台三線上仍是一片荒涼，雖有零星住戶，卻沒有任何商店。我開始意識到生活的不便了。親民附近的珊珠湖叉路口，車子停在豐米便當店，這個路口唯一的便當店，菜色內容類似池上飯包。我嘆了一口氣，吃一頓飯要跑二十公里遠。站裡也只有中午搭伙，真不方便啊。

一週後的週休，我拿出近一年沒有使用的相機，騎車沿著竹四十一線攝影，那曾有過的手感，熟悉的微風輕拂樹稍，天空變幻的飄動雲彩，喚醒我那久遠的生命悸動。獅山站的歇心茶樓，看來雅緻閒逸，我以此為主題拍了幾張照片後，為了儘快拉近與參山處同事的距離，便將部落格網址寄給同事們。週一上班，站裡在餐廳用餐時，主任吃飽後起身離開前忽然冒出一句話：「有空多拍些照片，如果要開攝影展可以在南庄遊客中心舉辦！」

我正在推敲這是不是對我說的，張姐瞪了我一眼，笑著說：「聽到沒有，你歇心茶樓拍得比我們看到的還美，主任給你機會出去拍照啦！」

獅山外傳（二）：詹姆士

主任跟我提到攝影展的這週，另一個輪流休假的替代役 Eric 收假。他與 Peter 同是彰化人，由於 datle 的事先渲染，所以他看到我一點也不覺得奇怪。Eric 非常瘦，額頭又高又圓，James 私下稱呼他「吉娃娃」。雖然站裡只有四個替代役，但替代役間的恩怨情仇，也濃縮在四個人當中。當我接下所有業務後，才發現這個地方沒有替代役真的不行。獅山站不像我認知的國家公園外站，除了現場的業務，許多印有「獅山」兩個字的公文，管理處幾乎全送過來辦，換句話說，管理處四個課：企劃、工務、管理、遊憩，三個室：人事、會計、秘書，所有相關公文、觀光局要填報的事項，全傳真來獅山辦理。我是替代役管理員，替代役業務也有一堆報表要處理。我另一同事是土木技士，管理站轄區小型工程則由他主辦，我們還要兼辦會計及人事，負責做帳及整理出勤資料給管理處。站裡一天的公文量至少三十幾件，每天早上只要一進入辦公室，就是坐在電腦前忙個不停，一些鎖事如影印、傳真、碎紙、裝訂⋯⋯，都得請替代役協助。管理站還有轄區設施的巡查，但我們沒有像國家公園編制有巡查員，這部份完全仰賴替代役幫忙。每天替代役巡查回來回報的設施損壞維修，也增加我不少的工作。這麼大的業務量，一個站除了主任，只有兩個正式職員編制。我不明白為何管理處不把這些公文直接辦掉，因為很多文是管理處該自行決斷的，而且管理站的現場工作在人力上已十分吃緊。

我來獅山的時間已是年底，主任將兩件勞務外包案交給我辦理。各管理站為了維護風景區的環境整潔及設施堪用度，分別外包清潔及設施維修。但遇到介於清潔及維修上的模糊認知時，兩家承包廠商常互推責任。所以今年主任要我將兩包合為一包辦理，這等於要重新整理招標文件。由於已近年底，需要儘快做好標案文件。當主任把他的構想交給我整理時，便一直緊迫盯人，急著看我做好的標案。我做好標案，主任看了後又覺不妥再退回重新處理，一連數次，卻超出他預期完成的時間，只見他在門外抽著煙，來回走著，時而開門進來問：「好了沒有？還有多久。」搞得我好緊張，胃酸大量分泌；同時管理處平日的公文仍絡繹不絕地傳來，這些公文也是急著要回覆的，因為我們的處長要求所有公文處理時效是一．七天。到後來，中午吃飯時，主任會急躁地說：「政峰，等一下你吃飽後不要馬上休息，把標案趕完再說。」

我悶悶不樂地修改招標文件，國祥倒是很貼心：「主任經常修改我們的文件是很正常的，我的工程發包案也是被主任一改再改。」張姐也在一旁緩頰：「主任是急性子，你要習慣，我會跟他講的。」

這樣的忙碌，怎麼有空拍照給管理站開攝影展呢？我有一種誤入火坑的感覺了，下班後開始常到隔壁的替代役寢室跟他們發牢騷。James 露出「吳建豪」式的微笑：「沒關係啊，你要是想找人講話就來找我們啊。」心直口快的 Eric 則講了一段秘辛給我知道：「峰哥，你應該知道在你之前走了兩個職員吧？」

「啥！有這種事？」我心下十分震驚。

「我聽學長說，以前替代役管理員是一個正妹，但他不方便住這裡，在竹東租屋。田主任調走，我們主任調來後，他高考轉調時間也到了，就調去林試所了，支援的長奇哥也回去谷關。後面調來的就是洪哥跟湯哥，但湯哥做了四個月就調回台中北屯，接著就是你了。」

女生住這裡真的不方便，除了主任宿舍外，其他人的房間都是雅房，一個女生不太可能跟替代役搶衛浴設備及洗衣機，而且我們的浴室就位在男生馬桶旁邊，是不上鎖的拉門式。

這件標案可以看出主任的急性子，他嚴肅的程度更勝我高雄的科長。自我到獅山從未見他笑過，吃飯休息甚至下班後在走廊遇到，他也只會跟我們談公事，這情形一直讓我認為是前兩個承辦出走的主因。至於國祥，他待過不少單位，之前是苗栗縣政府工務局的課長，後來因為不喜歡應酬而調來這裡。豐富的歷練使他除了張姐之外，是唯一跟主任相處仍游刃有餘的人。張姐雖是一個外包人員，卻大有來頭。她十八歲就到大工廠上班，長袖善舞的性格使她很快晉升高階主管，掌管上百員工的工廠。她退休後熱心志工事業，在幾個政府機關當志工，當然也包括獅山站。由於能力受到當時田主任的賞識，從那時就做外包人員至今，辦公室的業務他甚至比主任還清楚。我想，以這麼小的站，要承接這麼大的業務量，要不是有張姐、國祥，這個站早就倒了。

這個勞務外包最後在他的責罵中完成了，但管理處秘書室沒設採購人員，所以我們得親往霧峰，完成上網、製作標單及開標決標的過程，最後還要製作合約書及發文。新廠商簽約後事情算暫告一段落。為了讓我熟悉環境，主任讓我跟著替代役出去巡查。四個替代役有一個要留在站內，有的則因假日執勤需輪流補假，所以出門的替代役只有二至三個。十二月份某一天，我跟 James 巡查小東河及獅山古道，他是唯一會騎野狼機車的替代役。我帶著單眼跟他出門，騎另一台一二五速克達跟隨。

James 轉頭跟我說：「欸！你要是想拍照就停下來耶，我會等你。」

苗栗、新竹客家族群佔大部份，由於多山地形限制了開發，古道保存甚多。獅山古道於日據時代開闢，橫跨竹、苗兩縣，分為獅頭及獅尾兩處登山口，皆通至古刹勸化堂，沿線寺廟眾多，而成台灣的宗教古道。我們從管理站附近的獅尾登山口進入，這一段車輛可通行，因古道已拓寬為三米柏油路，已失去原貌。經一片光臘樹林，上到一座西式巴洛克建築的靈霞洞後，便是通往獅山主峰的望月亭，原本下切即可進入苗栗縣境內的獅頭部份。但因接著都是石階，無法通行車輛，James 簽了巡邏箱後我們便往另一縣道下行。這一段都是石柿、桶柑園，我走走停停拍照，James 也配合停下等候。

「嗯…這裡的環境看來，四月會有很多螢火蟲。」我邊觀察週遭環境邊自顧說著。

「峰哥，你對昆蟲有興趣，下午帶你去的地方夏天有很多蝴蝶，相信你會很喜歡。」James 細長的眼睛帶著笑意，似乎語有未盡。

下午，還是只有我們兩個外出。開著管理站配備的箱型車上小東河。獅山有兩台公務車，一台是轎式休旅車，因外觀較圓弧，通常是主任洽公或接待訪客使用。另一台三菱八人座箱型車就做為巡查用。獅山古道過了獅巖洞，道路變窄得無法會車，又臨垂直懸崖，所以早上我們出門以騎機車的方式巡查。

小東河有三、四家民宿，其中一家是大規模的鱒魚餐廳。南庄由於水質清澈，水溫較低，是台灣少數低海拔養殖鱒魚的地方。一澗山泉自山壁中潑灑出，襯托出山谷中一抹清幽。James 邊走邊看設施，我好奇他為何具有美國國籍還要當兵，藉機問他。

「呵呵，因為我在美國出生的。後來我家人都搬回台北士林的老家，我覺得一個人在美國也沒有意思，就回來了，沒想到一回來就接到兵單，不然我唸的是餐飲管理，在美國當飯店經理，一個月也有十幾萬台幣收入咧。」

「原來如此，所以遊客中心有外國人來，都叫你下去應付。」

小東河步道走到接近苗一二四線的地方便是下坡的另一個出口，James 叫我先下去：「峰哥，我們以前巡小東河，因為出入口不同，所以會有一個人往回走去開車過來，你先走，我過去把車開過來。」

順著苗一二四線回獅山站，山谷中的南庄在冬季更顯寒冷。我想起一件事，

「James，你喜歡泡湯吧？」

「喜歡啊，我家離北投很近，我喜歡靠泡湯消除疲勞，怎樣，你要去泡湯喔。」

「嗯，天氣這麼冷，我之前認識的雪霸替代役，我們這週六要去大湖『湯神』泡湯，有興趣的話一起來。」

我回到竹苗沒多久，無意間促成獅山與雪霸替代役的相逢。

獅山外傳（三）：雲彩

獅頭山沿竹四十一線接台三線的牌樓路口附近，貓頭鷹的家就在那個社區。這裡離新豐鄉阿順家及新竹市的四元租屋處也不遠。獅山站的工作性質很苦悶，使我更常找阿順解悶了。我忙完標案後，在假日值班時間邀他們來獅山站走走，順便用我去年未用完的湯券去湯神泡湯，而 James 與 Eric 就在那次同行而認識了阿順他們。

我們職員及另一個工友共四個人每週輪一次假日值班，我常遇到休假不回家時主任卻在值班的情形。由於我們宿舍不是套房，洗手間及樓梯出入口與辦公室共用。幾次之後，我假日也不敢留在管理站，常輪流到阿順或四元家投宿。但假日白天他們也有約會，未必每週都會收留我。我後來找了熟悉的苗栗召會一區弟兄之家，負責弟兄也認識我，且那裡早已人去樓空，所以假日給我借宿並不困難。後來我避免在同一個地方住太多次，也曾找過之前相調過的彰化伸港召會子民家借宿。除了我自己及國祥值班外，週休我就像遊民一樣，四海飄泊。我曾考慮到親民附近租屋，但這樣午休就得在辦公室。以獅山站這樣的工作型態，主任沒休息、或有訪客在走道談事情，我們就很難有午休時間。

我們教會在峨眉沒有會所，往竹東有一個竹東召會，但行車距離與到頭份差不多，弘正便安排我去頭份召會聚會。弘正當時也自願擔負親民的學生福音工作，每週三在學校內有一個小排聚會，因距離我這較近，他就邀請我參加。其中一個服事學生的孟江弟兄，看出我正處於低潮期，常與我交通。後來他加我的 skype 及 facebook，以便在生活不便的獅頭山，我能隨時找他禱告、交通。

「孟江能找你交通，是你的福氣。因為兩年前他工作上也遇到像你這般情況，他可以體會。」弘正的姐妹麗娟知道孟江常與我有交通後，開心地告知我這個訊息。

也因此，下班後除了小排，我有時也多了孟江他家可以去，他與弘正不同區，除了親民學生，他在區內主要服事青少年，每週二在他家有禱告聚會，與他一同配搭的還有剛當完兵的弦業，以及當小學老師的趙弟兄。在一個我為了躲避管理站沒有上下班之分的夜晚，我跑來頭份吃晚餐後，順便去孟江家參與禱告聚會前的泡茶。

「孟江，聽弘正他們說，你以前工作的情況也跟我一樣？」

「呵，是啊。」孟江倒了一壺熱水沖茶葉，微笑說著：

「我本身是學美工，原本在陶瓷廠工作，負責彩繪。後來陶瓷業因成本考量，大多數移往大陸設廠，我不得不換工作到華夏塑膠。但因為興趣差太多，壓力很大，有近兩年不太聚會，你現在的心境我很能體會。」

我正喝著茶，手機出現管理站的電話號碼…，是Eric打來的。我心情又一沈。

「峰哥，你在哪裡，主任說你晚上回來要去找他…」

孟江微微一笑：「又是你的主任，你慢慢回去吧，不用太趕。」

由於我住宿舍，我外出總有回來的時候，主任為圖方便，有公事他不分上下班，只要遇到就談。我一直不懂有什麼事不能上班再說。後來我發現主任上班時間大都不在辦公室，因為風景區與附近鄉鎮的觀光發展習習相關，主任常需與各地方公所、民代應酬。霧峰的管理處會議也不少，有時他得一大清早就開車出門。因為怕遇不到我，他便選擇隨時就談公事，以「節省時效」。雖然我能諒解在觀光局系統當主管承受的壓力，但卻不能接受這種工作方式。

頭份信東路會所的頂樓有個弟兄之家，是專為學生設置的。但因學生聖徒仍少，目前只有親民學生「白帶魚」住在其中。大家了解我的工作情況後，服事的胡弟兄容許我週休時陪白帶魚一起住。因此每逢假日，我大都會窩在頭份。主日晚上常有特會，我幾乎跟著參加。其實我哪是喜歡參加特會、訓練！我只是不想那麼早回獅頭山罷了。神興起這樣的環境，讓我生活只剩下聚會。過去我服事很多召會的相調，而現在神也不虧待我，祂在這樣的處境中，讓許多雲彩（註一）圍繞，使我不致孤獨、下沈。

但即使與教會聖徒的連結如此緊密，工作還是我生活的大部份。下班後，一個人在宿舍面臨的就是如孤島般的獅山。我終於能體會，人是怕孤單的。但即使與弟兄姐妹們聚會、交通，他們對我的情況只有一個回答：「問問主吧，問主為何帶你來到這裡，問主要如何分別環境，為你開路。」

事實上，交通得再多，畢竟遭遇是在自己身上，沒有人能百分之百分擔。這裡除了替代役。我沒有人可以說話，於是當一個人在房中時，我開始養成一個習慣：不住禱告，不斷求問，希望能像舊約中的許多見證人，親自聽見神的顯現與說話。這個習慣就像生活中的一部份，不可或缺。

結果，神聽見了我日日與祂的說話。祂在獅山站興起了一個極大的環境來，讓我見識到，神的智慧高過人的智慧。

註一：聖經希伯來書第十二章第一節：「所以，我們既有這許多的見證人，如同雲彩圍著我們，就當脫去各樣的重擔，和容易纏累我們的罪，憑著忍耐奔那擺在我們前頭的賽程⋯⋯」說的是許多見證人就像雲彩一樣圍繞我們。也象徵基督徒在教會生活中，有許多弟兄姐妹彼此相愛、扶持及追求真理，如同圍繞的雲彩。基督徒除了神，也需要弟兄姐妹，才有人時時提醒，不偏行所走的道路。

獅山外傳（四）：變局

二月份 Niki 退伍，同梯的 James 沒有在台灣修過任何的軍訓課程可以折抵役期，所以要到四月底才退伍。管理處在三月份分配到兩個替代役填補人力。他們都住得不遠，一個是苗栗人阿良，另一個更近，是住在寶山的瑞銘，兩個都是客家人。獅山站的替代役之的英文名字都是 James 取的，以方便他對每個人的稱呼。因 James 即將離開，這項「習俗」也不再套用於阿良及瑞銘身上；愈接近退伍，James 出去巡查的次數更少。因為管理站為了準備六月份之後的交通部督導考核，轄區內的所有指標、路標英文部份必須修改為正確文法及採漢語拼音。James 所剩日子不多，主任要他把大部分時間放在翻譯上。兩位學弟的巡查則交給 Eric 指導。

Peter 拿著解說資料，唸著上面的文章：「二寮神木…位於大林村的二寮神木，據說已有五百多年，當地的民眾於此建造土地公廟」

坐在電腦前的 James 搖頭晃腦唸著英文一邊打字：「Erliao Sacred Tree is said to have over 500 years of history. The local folks built a temple of the God of Land here…」

坐在旁邊的張姐嗝嗝笑著：「你們兩個，一個是眼睛，一個是雙手，剛好瞎子與瘸子互補。」

我好奇他們兩個一搭一唱，走過去看他們在做什麼事：「為什麼要 Peter 唸給 James 聽，讓 James 自已看資料翻譯不是更有效率？」

James 神秘地笑著，仍不斷地敲著鍵盤。Peter 又開始以他快節奏的語調做解釋：「James 認識的中文沒有多少字，所以要靠我唸給他聽，不然他寫不出來。」

James 拉了 Peter 一把：「可以告訴我什麼是金廣福公館和天水堂？」

Peter 面紅耳赤，費力地比手劃腳起來…

交通部每年一度督導考核，檢查所有設施的完善，要求牌示符合規定外，另有觀光局規定每個處要做的八大項工作，這些都要做成附照片的考核資料，書面資料的格式局裡都有規定，包括文字大小，照片尺寸及說明欄等，以方便考核委員檢閱。所以我們凡是辦什麼活動，會議、或拜訪地方人士，都要「拍照存證」。督考每年都會評出名次，前三名者第二年不用參加督考。前年的督考在八卦山進行，得了第一名，所以去年不用督考，今年應會選在梨山辦理。處長同樣要求我們拿第一名，所以梨山站花了大半年的時間，投下大量經費，整修步道、更換牌示、遍植綠美化的植栽，只為了博得督考的好成績。

但全處所準備的書面資料也需完備。之前獅山連續走了三個承辦人，加上去年沒有參與督考，過去一整年的書面資料全部沒有。所以我一坐上這個位子，除了例行公文之外，還要設法補起一年多來的空窗。平日忙得不可開交，假日值班也幾乎埋首於恢復舊資料。為了拿第一，處長要求我們八大項的工作一樣也不能少。主任為了達到處長的要求，也只有想出不少點子來應付。首先是遊憩設施開放民間認養需達百分之百，我們只好拜託附近民間社團、鄉鎮公所及寺廟認養，為了這件事，我被民間團體批得狗血淋頭。當我以電話告知勸化堂的黃董事這件事時，他不悅地掛了電話。張姐聽到我們的對話內容，站起身來：「黃董跟我熟，要不要我陪你走一趟。」我點了點頭。

我們進了獅頭山規模最大，歷史超過百年的古寺廟勸化堂，在會客室與黃董晤談，才講沒幾句話就遭到一陣回批：「你們參山國家風景區，我們勸化堂前面南天門道路請你們維修、劃一下停車格或白線，叫都叫不來。現在居然要我們突然認養設施，你們也太莫名其妙了，去去去，這不是我們的事。」

張姐不斷陪笑臉，我們還是碰了一鼻子灰。當然不願意在認養合約上蓋章的團體也是一堆。同樣的事情發生在社區互動上，為了表示我們與鄰近社區有互助關係，必須拍幾張替代役幫社區學童修理電腦的照片。但是這個前不著路，後不著店的地方，不容易找到有電腦的學童，即使南庄那裡住家較多，人家也不敢把電腦交給我們「演戲」。後來還是張姐賣了老臉，拜託竹四十一線路口的峨眉鄉立托兒所，讓我們帶替代役進去，跟小朋友像傻瓜一樣玩老鷹抓小雞的遊戲後，拍了幾張照片回來交差。我納悶的是，風景區為何不做好觀光業務就好，還要再去涉及一些不相關的業務。以獅山站的環境，並沒有足夠的社區與管理站互動，而且，才兩個承辦員的人力，如何與面積兩萬多公頃囊括五鄉鎮的風景區做社區互動？

五月離督考剩兩個月時，管理處傳來一個令人震驚的消息。觀光局今年抽訪參山處，決定不選梨山站了，改在獅頭山進行督考。一向有大將之風的張姐也驚叫連連。而主任，他不笑的臉看來更凝重了。就在獅山站兵荒馬亂之刻，國祥在一個週三請了假，這讓我感受到一絲不尋常。他上班的第二天後，張姐不時對我投以似憐惜又似無奈的眼光。

「唉，這次督考大家就等死吧。」張姐不時唉聲嘆氣。

我若無其事地回答他：「反正死的又不只有你，擔心什麼？」

張姐突然瞪大眼睛看著我：「死到臨頭還不知道。」突然她壓低音量：「晚上有空打電話給我。」

我來獅山幾個月，雖然這個站沒有幾個人，仍然人多嘴雜，而且替代役還比職員多。當張姐示意我私下跟她連絡時，通常有很重大的事情要告訴我。

晚上，主任去管理處開會留在他烏日的老家。我在寢室打了手機給張姐：「什麼事呢？」

「督考要到了，但以後要靠你一個人撐下去了。你知道國祥要調走了麼？」

其實從國祥請假的時機我就猜出端倪了，我很平靜地回答張姐：「我看出來了，只是你為何會知道？」

「你怎麼會知道！你那麼厲害！唉，今天中午，國祥偷偷跟我講，西湖鄉公所的商調函過兩天就會發來了，他請我幫忙跟主任講看看能不能放他走。唉喲，我算什麼東西，哪有辦法請主任放人。」

「張姐，這個時刻主任、處長會放人麼？我聽說之前那個女同事商調函被壓著，直到找了立委關切才放人。」

電話那端的張姐語調更無奈：「他走定了，他離開縣政府就是不喜歡這麼多應酬，結果他老婆每天都在等他回家，他只好調鄉公所，而且他岳父也認識苗栗的立委，我看處長是留不住他了。」

那麼，不只督導考核我要獨撐大局，連站裡所有大小事都要我一肩承擔了。但我卻沒有憂煩的感覺，因為我感覺到神在這環境中陪伴著我，祂似乎將在這件事上有什麼作為！

獅山外傳（五）：兵荒馬亂、不速之客

當今年度的督導考核定案獅山站時，也是夏日蟲季開始的時候。管理站的竹 41 線沿著石子溪而行，後面的六寮溪則在水濂洞附近與石子溪合流。全線是一個兩山夾壁的山谷，一天中半日的陽光被山丘遮住，造成竹四十一線高濕度的環境。我們房間因此都配置除濕機，但一天至少要倒二、三次的水。如此陰濕的環境是黑翅螢繁衍的重要條件。六寮古道更是熱門的賞螢景點，也是貓頭鷹最常拍螢火蟲的地方。

這時我已適應工作，而 James 善於傾聽心事，阿良與瑞銘來了之後，他們對我飼養的昆蟲很有興趣，所以上下班比較不會那麼無聊了。四月份，我開車帶著 James、阿良及瑞銘到附近看螢火蟲。James 是都市人，但阿良、瑞銘兩個本地人卻像是第一次看見螢火蟲似的。

「你們是不出門的麼？新竹苗栗螢火蟲很多耶！」

阿良是育達科大體保生，身材壯碩，只會國語及客家話，他的國語帶著捲舌音：「唉喲，我住苗栗市耶，那裡沒有螢火蟲啊。」

我趁機虧他：「是麼？但你是住頭屋，雖然離苗栗市很近，但不算苗栗市附近嗚鳳山就有一堆螢火蟲了。」

「唉喲，就沒有人帶我去咩，而且晚上我也懶得出去找蟲。」

至於瑞銘，他的話一直很少，問他話，他總是習慣性地聳聳肩作回應。

五月初，James 退伍，阿良跟瑞銘自看過螢火蟲後，便一直跟著我追著賞螢地點跑。五月竹苗的螢火蟲發生地點往北移，且漸接近尾聲，我們假日值班時也會有替代役陪著輪值。五月第一週我與阿良瑞銘一起值班，晚上我們去南庄吃晚餐後，便往東河戰備道尋螢。在橫屏背生態賞魚步道及往北埔方向的柳杉林，我們發現大群的螢火蟲，但也是我今年唯一有拍到螢火蟲照片的地方。三天後我再來，大發生已完全結束了。

在我帶著替代役追逐螢火蟲的時候，也正好是獅頭山督考「中獎」；剩兩個月就要督導考核，處長緊急把我們找去管理處開會研商對策。開完會還有會後會，三長與我們獅頭山人員又在處長室討論。看處長一副緊張的表情，比我們還坐立不安：「軍人沒有選擇戰場的權利，所以我們就戰吧，希望還是第一名，至少要三名內。」

為了榮譽，即使準備不及，還是要爭第二年「免戰牌」的權利。處長指派秘書與管理課先至獅山站全面調查，整理出需要改善的解說牌、路標、步道、遊客中心…等。統計出一堆待改善事項，連解說牌位置要讓不同方向來的遊客看到有字的一面，都列為改善項目。因為獅山站即將少一名職員，管理處接著調派幾個人前來支援：曾在獅山待過長奇，從谷關過來協助兩個遊客中心的重新規劃、管理課志銘則支援所有步道的生態解說牌示重製及管理站的綠美化；國祥走了之後，他的工程業務將全部交給我辦理。鑑於我沒有土木方面的背景。工務課的文昌及俊宏也調來輪流支援，並辦理步道整修；而秘書則代表處長監督準備進度。獅山站一下子成了人員支援的大本營。

另外，為了讓督考書面資料完整，所有活動全部提前舉辦，包括第一線人員救護訓練、清淨家園活動及志工解說訓練，志工訓練我還商請雪霸同事芒果前來跨刀上一門課。主任的壓力很大，講話原就不會修飾的他，在一個午餐脫口而出：「政峰，這次督考，你要是害你們處長拿不到第一名，小心他會把你釘在牆壁上！我是說真的。」

之前James跟我提到之前的湯技士時，就常用到這個詞：「主任每天都把湯哥留到很晚，做不好就把他釘在牆壁上…所以他受不了走了。」

是不是釘在牆壁上，神自有安排，我心裡這麼覺得。

不過國祥離開的空缺。管理處反而不急。處裡不但採納人事室的提議，改提報考試缺，而且降為技佐。而原來的技士則提供給管理處某同事升等佔缺去了。如此一來，獅山站不但要十月底之後才可填滿缺額，且新同事很可能再考高考，因為現在考試分發不得留任原單位，所以獅山站將不斷上演人員出走的戲碼。難怪主任一張嚴肅的臉顯得更「臭」了。

張姐的幹練及在獅山站的資歷，主任反而很多事只找她商議。後來我從張姐那裡得知，主任決定不再申請替代役，

Peter 及 Eric 退伍後，會只剩下阿良跟瑞銘。主任的考量是認為替代役太多，處裡會覺得管理站人力上無急迫性，所以乾脆捨棄替代役，以便有「人力嚴重不足」的充份理由，向管理處爭取更多的正式編制。我比較擔心的是，少了替代役不只是生活無聊，巡查工作、清淨家園回報、GPS 路線輸入及許多大小雜務會落到我們承辦人頭上，如果管理處硬是不補人的話，那種慘況可想而知。

不過俗話說得好：「天不照甲子，人不顧道理」。在兵荒馬亂之刻，管理處又塞了兩個替代役給獅山站。一個是名字與阿良只差一個字的信維，Peter 戲稱他為「阿良的弟弟」。另一個是在小學四年級便到美國旅居唸書的 Roger，他為了參加兄長婚禮而回國，與 James 一樣馬上接到服役通知，於是他以外語專長申請觀光替代役而分發來獅頭山，James 所負責的外國遊客導覽及未完成的外語牌示更正，便交接給 Roger 了。

獅山外傳（六）：替代役風雲

替代役出外晚餐有時間限制，為了節省時間，James、Eric 及 Peter 怎麼吃就是選最近的豐米便當，吃到我都要吐了。北埔都是麵食、板條，這些大男生吃不慣也吃不飽，再過去竹東又太遠了。後來，我乾脆自行騎摩托車到頭份、甚至走寶山的叉路直達新竹吃飯。當然，我最怕的就是接到替代役的電話，這常是主任召我回站辦公的命令。

James 也吃膩了豐米，過去沒有人帶他們出門，我假日值班時，下班後就會帶他們到頭份用餐。國祥值班我也會留在站內，因為他五點半一到就回苗栗了。週休只要我或國祥值班，James 就會跟我開車到苗栗，我們的餐點從最普通的港式燒臘，演變成麥當勞、肯德基與鐵板燒。只因為吃厭了一週來千篇一律的食物。

我們假日出外加菜時，Eric 通常不會隨行，要請也請不動。

「你不出去，那晚上吃什麼？」我關心他的晚餐。Eric 卻不以為意：「沒關係，你們出去吃就好，我自已有泡麵。」

這時 James 拉了我一把，眼神示意我出去。

上車開出一段距離後，James 開口了：「晚餐你不用邀他啦，他個性很保守，不敢走太遠，怕被罵。」

「不過我是替代役管理員，有我帶出去，應該沒有問題吧！」

Peter 這時接口：「簡單的講，他跟我們不對盤，所以不跟我們出去，你忘了，上次志工訓練課程，他擺了你一道？」

我想起志工訓練那天，所有替代役都支援一天的活動，張姐也以志工身份參加。課程空檔 Eric 跟我報備要去南庄郵寄信及繳錢。我以為是站裡的公事而放行，Eric 拉了 Peter 去了半天，下一堂課需要他們搬教材卻不見回來。主任看不到替代役一直詢問。我好不容易把他們 call 回來。張姐發現他們根本就是去郵局辦私事，瞪了我一眼。我馬上警覺。但主任質問他們行蹤時，Eric 語出驚人：「我們有跟峰哥報備，是峰哥讓我們離開的。」

好個 Eric，趁我不察做自已的事，事到臨頭還出賣我，我心生怒氣，張姐急著走過來，在我耳邊開罵：「他怎麼可以這樣子，以後替代役要做什麼，你最好問個清楚，免得被陷害了。」

自那日起，同梯的 Peter 也不喜歡與 Eric 為伍，阿良及瑞銘來的第一天就被 Eric 以學長身份下馬威，所以也不喜歡他。整個情勢就是 Eric 被替代役們孤立了。

車子行駛到峨眉湖附近時，James 接到 Eirc 的電話：「呵呵呵，是吉娃娃。」他故意開擴音，傳來 Eric 沒精神的聲音：「喂~，早點回來啊。」

James 笑得很奸詐的表情：「知道了，好好看家啊！」

掛了電話，James 一副很不屑的語氣：「啐~倒底誰才是學長，他眼裡有沒有管理員？」

阿良立刻接話：「他很喜歡命令我們，那天叫我們做事情好兇喔。」

James：「他根本就是有大頭症。」

在 James 退伍前幾天，四個替代役擺了 Eric 一道。Peter 跟阿良提議中午時合買外送 pizzsa、飲料請 James。Peter 卻神秘兮兮：「峰哥，雖然是你要請客，，但是你不要說是你請的，晚上我們再告訴你怎麼做。」

我好奇小聲地問：「你們是不是要搞什麼詭計？」

「反正你可能猜到了，到時候你就了解了。」

下午，大家高興地吃著 Pizzsa、可樂，因為份量很多，晚餐大家直接吃剩下的東西。吃完後，James 與 Peter 敲我的房門：「峰哥，這頓是大家一起出錢的，只是你先墊而已喔，所以你要收 Eric 三百八十元。」

我點了點頭，不久，Eric 激動地敲我的門：「多少錢，三百八十元喔。」他很不情願地給我錢。

Eric 付錢後的第二天便放假去了，James 與 Peter 笑出聲來，跟我握了手：「峰哥，我們幫你出一口氣了吧，也教訓這隻鐵公雞。」

張姐則在一旁瞪白眼：「你們這些小鬼，要是他知道了，又要在那邊叫了。」

獅山進入夏季，James 也退伍了。阿良對我飼養的昆蟲很有興趣，常與瑞銘陪我到竹東、關西點燈。觀光局系統每月勞務的撥款核銷文件很繁雜，我製作文件要一氣呵成做一天，主任核對至少半天，管理處又規定每月幾號前要核銷完。以前為了避免因主任出差、拜訪地方機關延誤核銷送件，加上今年得標廠商的工頭不諳電腦，送來的文件一改再改。所以只要遇到陳核撥款，主任就會要我留在辦公室，直到所有文件搞定為止。頭幾個月我經常在辦公室待到十點多，國祥離開之後，這部份我也熟了，而我也適應了緊湊的工作，很少被主任留下。雖然督導考核將近，但我假日值班完的晚上，仍可以利用時間帶替代役上山找昆蟲。

觀光單位不像國家公園那麼講究生態，入夜站裡走廊的日光燈徹夜不熄。一隻隻的獨角仙，兩點鋸鍬形蟲趨光飛了過來。阿良常撿來問我：「峰哥，這要怎麼養？」他對蟲的好奇心，讓我帶他去買了一組養蟲容器。

六月初報到的 Roger 和信維兩人，信維一開始比較少話，Roger 是典型的美國派，外向活潑，很快與我們打成一片。他個子不高，但相貌俊俏。也許是美國的風氣使然，他跟 James 都有練健身的習慣，James 身材修長，線條看起來較均勻，但 Roger 的小個子跟他的大肌肉比例很不搭調。Roger 對我的獨角仙標本很感興趣，常拉我出門。管理站只剩下三個人可以值假日班，主任又常因為公事與我們調班，我幾乎假日都會留在這裡。夏季附近獨角仙大發生，我跟 Roger 撿了幾對，也帶他買了一個飼蟲箱。我示範舖土、噴水、餵食果凍，果凍由我這邊無限量供應。但幾次後，都是我發現他的蟲食物吃完而提醒他。

「喂，認真養好麼？這裡我是最忙的，總不能叫我照顧你的蟲吧！」

Roger 嬉皮笑臉，不認真的態度回答：「那土看起來好髒，我不敢弄。」

「那你要不要養，不養的話我要放生了。」我邊唸他邊翻箱中的土。

「要養啊，獨角仙那麼漂亮，好啦，下次我會自己弄的。」

我扯了他一把：「你看，產卵了，還不挖起來。」Roger 跟其他替代役湊近來看：「好多，白白像米粒。」

Roger 卻推托：「峰哥哥，拜託這次你再幫我挖啦，下次我一定自己弄。」

話雖如此，但幼蟲食量很大，要定時清牠的糞便及補土，每次都是我在檢查整理他的蟲箱。後來我給了他一個大罐子裝幼蟲後索性不理他了。我發現 Roger 多年在美國、加拿大唸書，對台灣的風土人情也不習慣，管理站的規矩，常會設法鑽漏洞，但又口無遮欄，在上班公開的場合會直接說出不滿的話來，Peter 跟 Eric 退伍後，當學長的阿良及瑞銘被 Roger 影響，開始使喚不動。

為了分攤國祥留下的部份工作，我們在原有的勞務外包挪出一個人事費用，僱用一位外包人員。鄉下地方要找一個懂文書的人很不容易，後來是主任拜託了峨眉鄉長，僱用了鄉長的女兒小慧。督導考核的日子將近，準備工作緊鑼密鼓，有很多小額的採購要辦理，例如公廁損毀的凡耳、被破壞的洗手乳充填器…等，要在督導委員前來時，所有設施維持良好狀況。這些小物件，幾乎委由張姐及替代役出外採買。我光文書資料就準備不完了，根本沒時間出門。

小慧管理站裡的零用金帳務，在人力不足的時候，他也會在下班後幫忙買一些東西於上班時帶來。由於年齡與替代役們相近，他才來沒幾天就跟他們混得爛熟。督導考核最後確定在七月二十日與二十一日。七月十九日那天，辦公室燈火不熄。四個替代役照例在下班時間外出用餐，由於還有一些接待用的小物品要託他們購買，就讓他們開公務車外出。但這次他們不像以前仍穿著制服出門，四個役男都換上了便服。主任、長奇與我正坐在走廊桌椅談論明天的督考。阿良走了過來：「主任，我們吃過飯後，要跟張姐會合買很多東西，若留守一個人會等很晚才能吃到便當，所以我們想四個一起出門。」

阿良一向是主任最信任的替代役，主任一口就答應了。我卻對他們的舉動感到不尋常，但辦公室還有很多東西要忙，也無法多想。晚上十一點我準備工作告一段落，回到寢室洗澡後還沒見到替代役回來，由於主任跟長奇還在走廊上聊天，我就在寢室用自已的手機打給替代役，讓我吃驚的是，四個人的電話全部是「號碼沒有回應」。

我只好走進辦公室，打給張姐，張姐雖然回到家裡，這麼晚還在弄督考的東西，他的口氣緩和卻帶著怒氣：「你以為他們去了哪裡？他們跟我會合時，小慧在車上！」

原來這就是他們要穿便服一起出去的真相，精明的張姐給了一個提議：「他們只有在頭份買一些塑膠盒，再到新竹特力屋買冰桶，是不是因此晚歸，回來你看一下發票時間就知道了。」

我利用辦公室電話繼續連絡他們，四個人手機仍接不通，我無奈地走了出來，希望他們可別在督考前出了什麼意外，否則明天什麼都別玩了。主任看到我，也開口了：「你是他們管理員，為何快十二點還沒回來，你要打電話表示關心啊！」

這時，樓下自動鐵門開了，四個替代役走了上來，我立刻上前問：「為何這麼晚才回來，手機也不開。」

Roger 搶一步發言：「拜託，你知道我們頭份買好多東西後又去新竹特力屋買，找了好久才找到站裡要買的東西。我們經過綠世界那段路，手機根本沒訊號」

我拿他們交過來的發票，進去辦公室查看，他們所採購的物品沒多少，而最後一張發票的時間竟是：21點45分。

原來，這四個替代役早已脫出我們的掌握了！

獅山外傳（七）：督考大戰

七月二十日督導考核日。我換上平日難得一穿的管理處制服，走出房門。Roger 拿了早餐迎了過來：「帥喔，峰哥你穿制服比較帥。拿去，主任請我們買的早餐。」我接過早餐進辦公室拿相機及今天的流程表，站裡只剩下我跟三個替代役。阿良一早就隨行主任去高鐵接考核委員，他們要與管理處長官全程緊跟委員身邊。

我們倚著二樓欄杆俯視，獅山站煥然一新，牆壁上有新裝的跑馬燈，張貼旅遊資訊及氣象；南邊的南庄遊客中心，解說資料、內部陳設全部改裝，門外空間整齊停放了數輛出借用的腳踏車，象徵參山處推廣單車運動的成功。隨後出現的張姐綁了一個俐落的馬尾頭，一上樓就找我要莓果粉：「楊先生，拿你的莓果來，今天我要跟他們『拼了』」。這個巴西莓果是請阿順幫我買，為了提振精神喝的。給張姐喝了幾次後，他就常借去提神。今天她將兼具志工身份負責考核委員的即時解說。九點左右，座車載著觀光局的長官抵達獅山。管理處及其他兩個外站的同事也出現在廣場上，排成兩列，歡迎督考核委員。張姐領他們進會議室聽取簡報後，隨即從管理站右側上藤坪步道開始今天的路線。

負責掌理全局的管理處同事素英姐，與我一同坐鎮管理站，隨時注意需要補強的地方：解說牌有沒有做擦乾淨、廁所的貼心小語是否有被遊客破壞、各種電力供應要正常運轉⋯⋯。

素英姐不斷叮嚀：「沒有問題吧，委員現在已在藤坪步道上了。」

我很放心地告訴她：「這兩天我們盯打掃人員盯到晚上十點多，確定沒問題才放他們離開，今天工友大哥也帶著清潔人員走在考核隊伍前面，遇有垃圾及枯枝落葉會搶先清除。」

為了衝高分數，步道不能有落葉、欄杆青苔要清除，這是基本的要求。

這時張姐提早往回走，衝到歇心茶樓，關心委員午餐是否準時備妥。管理處一個同事又跑過來跟我說：「委員可能下到六寮了，但是茶樓下面路口一戶住家在六寮溪旁曬衣服，景觀上不太美，你可不可以去勸導一下。」

阿良不在，我帶唯一會講客家話的瑞銘去。

「阿伯可不可以拜託，先將您的衣服收起來，我們有考核要進行。」我跟瑞銘講完後，請他「翻譯」給那個老伯聽。不多話的瑞銘沒開口，似乎在思考客家話如何說，接著是他的招牌動作聳聳肩，我一時傻眼，而那個老伯也疑惑地看著我們。我瞥見遠處大隊人馬向這裡走來！

「瑞銘，委員快到了，拜託你跟阿伯講一下。」我一說完，瑞銘竟神閒氣定，小聲跟阿伯講了兩句話，那阿伯似恍然大悟地點點頭，馬上把衣服收進屋內。而委員剛好也走來這裡，上階梯進歇心茶樓。

用過「桐花套餐」後，委員們立即在管理站會客室翻閱督考資料，全管理處的考核文件都送來獅山站供督考用。看完資料，所有人全往南庄移動，督考路線是刻意安排的，為了取順路之便，以節省時間。另一方面也是考量短短二個多月，不可能全獅山轄區的設施都改善完成，只有針對委員參訪最可能的路線做整理。我跟三個替代役跟隨車隊到八卦力部落。這是賽夏族在南庄的部落，為了發展部落觀光規劃成文化園區，提供遊客民宿、傳統染織DIY體驗，並應民眾要求，只有矮靈祭才會跳的祭舞，付費就能觀賞。委員們停留在此，專心地做著DIY，又欣賞賽夏族舞蹈。我跟替代役們爭得一個空檔，在園區角落休息。南庄下起午後雷陣雨。我們四個人躲進公務車避雨，開始閒聊起來。

晚餐後，大家送委員們回安排好的民宿休息，管理處的服務仍延續到夜晚。民宿準備了客家麻糬DIY，並有兩位同事演奏小提琴及二胡同樂。我覺得傷感，走出民宿外透氣。這是督導考核的行程，還是旅遊的行程！

安頓好了委員休息後，我們返回管理站。我繼續列印明天要使用的文件，影印機放在主任室門口。主任走進去他的辦公室時與我錯身而過，我若無其事地使用影印機，主任進門後卻背對著我停步不前。接著他轉身面對我：「痾…政峰，你今天可以報加班，寫完後拿來給我。」

我聽到差點笑出來，強忍得肚子好痛。過去主任強行把我留下時，他從不管我的晚餐、也不會提醒我報加班。當我加班幾次後，張姐看不下去：「他留你下來你就報加班啊，怕什麼。」後來我開始填加班單後，主任只問當天有沒有出差、值班，問完沒問題就會核章。

但這是第一次，他主動提醒我報加班。我注意到他眼神中的關切之情，一時適應不來。當晚忙完後我打電話給張姐，張姐聽完後一直笑：「不錯啊，表示他愈來愛你了，他現在不愛你要愛誰啊。」

二天的督考結束後，我們如常地作息。主任的表情卻似嚴冬後的春風，言語也多所修飾。一日大家午餐時，他跟張姐說：「這次的督導考核，我們應該是坐三望二。」

張姐張大眼睛：「那不錯啊，至少會在前三名之內，你們處長也比較放心了。」

我們豎起耳朵，主任仍繼續說：「不過處長好像還是希望第一名。」

張姐又是他那招牌的瞪眼表情：「拜託，我們只有二個月時間準備，能拼到第三名就很不錯了，以後再接再厲就好了。」

督考後沒多久，八月主任去台北受一整個月的簡任官訓練。管理處派柯技正前來代理，柯技正一週只來單數天，且下午三點就又趕回管理處辦公。站裡很多事還是由我作主，我們因此過了一整個月的快樂暑假

獅山外傳（八）：曙光

七月份全管理處的人都停止休假，為了準備督考，我也經常跟著替代役外出買零件兼吃晚餐。Roger 的挑嘴，使替代役選擇的美食突破過去的界線。督考前兩個週休都是我值班。第一週休 Roger 帶我跟瑞銘去新竹吃爭鮮壽司，第二週他跟阿良陪我值班，阿良唸書時對竹南、頭份一帶的熟悉，又跟 Roger 帶我去頭份吃快炒。

第一頓飯 Roger 很阿沙力：「怎麼？覺得吃太貴喔，我請你啦。我請你啦！」

第二頓飯因為是阿良早就想找 Roger 吃快炒，所以我也是陪客。只是 Roger 的挑食引動了他們的美食慾。我帶 James 去頭份吃的那家燒臘，James 讚不絕口，但 Roger 吃了一次之後便不再光臨，其他替代役也跟著棄守。我又恢復一人自由晚餐的時間。

八月份管理站我最大，下班後時間很自由，於是晚餐我又跟替代役一起出去吃。他們的版圖向南擴張到竹南，往北則到達竹北。瑞銘畢業於中華大學，學校附近的簡餐店也是替代役的據點之一。我原本習慣吃的店都不合他們的胃口，直到我去拜訪工研院上班的阿貴，他請我去吃竹東的包 Sir 水餃。我覺得很美味，就帶獅山站替代役去吃了一餐，終於突破他們竹東晚餐掛零的紀錄。

但有幾次的用餐，讓我十分不悅。吃包Sir那次，Roger 起鬨：「峰哥，你是我們的管理員，現在站裡你最大，晚餐就給你請啦。」其他替代役則紋風不動坐著，等著我結帳。我勉強地結了帳。後來只要跟他們出去吃飯，他們就要求我請客，我開始拒絕付錢，Roger 卻忿怒地說：「我有沒有請過你？爭鮮是不是我請的，快炒是不是我跟阿良請你的，你敢一次都不請。」

好吧，既然你覺得我欠你的，那我就付清不再相欠。不過 Roger 卻有新的技倆，當用完餐準備付帳時，Roger 摸出口袋：「峰哥，我沒帶錢包出來，你先幫我墊，回去再還給你吧。」

結果等到我跟他收錢時，他反而更兇：「你每個月領得比我們多，請吃個晚餐會死喔，我有沒有請過你，你說。」

沒想到替代役來了一個比 Eric 更難搞的人。從此我不再跟他們出門用餐，頭份、大湖有聚會我就去參加，除了有弟兄姐妹陪我禱告，有時還有愛筵可以享用。

在國祥走了之後，為了健康的因素以及個人的生活，我也希望能離開這裡。畢竟這種工作壓力不但有傷身體，大部分的人也不可能沒有自己下班後的空間、時間。很多人都以為公務員工作環境比民間企業好，這些替代役卻見識到了公部門原來跟部隊一樣勞累。我們的政府，對於社會上出現的血汗醫師、血汗司機、血汗工廠⋯，常迫於民意輿論壓力下表達強烈的關切，卻為何也迫於民意壓力下容許血汗公務員的存在，公務員的身體並不是鐵打的，公務員也是為了照顧家庭依合法徒徑取得資格的。

工作爆肝不說，國家風景區的經營理念也不是我所認同的。為了每年衝高旅遊人數，設施愈做愈方便，地標也愈來愈多，以不斷地吸引喜新厭舊的觀光客。所以管理處每年有許多工程要進行，因此國家風景區，任用人員的職系以土木、建築為最大宗。觀光的本質是地方、是文化、更是生生不息的自然生態。竭澤而漁的觀光經營，大起大落之後，隨之而來的是資源枯竭、特色不再、人氣散盡。

我也不明白觀光局為何不專心做好觀光事業就好，還要做社區關懷、甚至輔導地方產業的業務也攬上來，但現在全獅山風景區只剩我一個承辦人耶！難道現在部會要生存，一定要跨領域涉獵？

但不知主是否應允我離開麼？在這個交通便利，有公車站牌，卻形似孤島的小管理站，我能在此為神盡什麼功用！為此我又進入事求人看職缺，注意到墾丁國家公園在徵一個農業技士，這是在督導考核前一個月，雖然我有回國家公園團隊的心，但我對墾丁興趣不大，專長也不是海洋領域，加上當時管理處為了督考管制休假，所以沒有理會。督考後沒多久，我再次看到墾管處公告同一個職缺，但對返回國家公園體系仍缺乏信心，也沒有列入考慮。

主任受簡任官訓期間，我為了抓住蟲季的尾聲，下班後及週休整天往山上跑，偶爾替代役會帶著便當、點心跟隨我在外面享受蟲季野餐。就在八月接近尾聲，主任也將結訓時，我又在事求人上看到墾管處三度開出同樣的職缺。我開始猶豫了，難道可以試試看麼？就在徵求期限即將截止的八月三十一日，我在孟江家禱告聚會後，趕在午夜零時前衝到便利商店，用宅配寄出履歷。

獅山外傳（九）：死替代役

主任結訓回來後，彷彿變了個人，給人柔和的感覺。雖然站裡的工程業務也是我接手，但主任向管理處要求工務課的文昌、俊宏繼續支援到普考人員分發為止，以彌補我土木背景專長的不足。

主任也准許我抽空公出拍照，因為南庄遊客中心的液晶電視準備放映獅頭山風景區一帶的照片，要用我的照片做一個「南庄動態攝影展」，為了拍出至少百張以上的照片，我的工作忙碌中有自由，隨時騎車在轄區內攝影。督考之前，我已抓住油桐花季及螢火蟲大發生，後來督考中斷拍攝工作，使我少了盛夏的影像。

「楊政峰！你愈來愈好命了喔。」張姐突然站在我的座位前面，脫口而出。我則不出聲繼續埋頭處理公文。

「管理處的同事都說啦，主任很多事都挺你挺到底，哎喲，看不出來咧，他對你愈來愈好了！」

我抬頭笑了一下：「我不相信，他罵我都來不及了。」

張姐瞪了我：「是真的啦，昨天在峨眉湖品嚐東方美人茶活動時，管理處的銘真這樣說的，不信的話你問Roger。」

站在旁邊的Roger點了點頭：「是真的喔，我也親耳聽到的。」

主任對我的信任度提高了，很多事也不過問太緊。假日我比過去有足夠時間安排自已的活動，九月中旬，柏廷與女朋友分手一段時間後，漸走出低潮，偕同小揚來找我。過去在汶水時，小揚常在收假之前申請在管理處住一晚，然後找我一起出去賞螢、抓蟲。退伍後，小揚在台中找到工作，與住在西屯附近的柏廷經常見面。我們分隔快兩年，得知我在獅頭山時，便搭火車來找我玩。

時序逐漸入秋，南庄地區飄起甜根子草陣陣的白花。我帶柏廷與小揚去三角湖玩水，我以前一直想帶他們來的地方，因為他們兩個都愛玩水。在這裡滑進沁涼的溪水中，俗世塵埃盡都滌淨。

下午我安排到尖石點燈，在歇心茶樓用過午餐後，我們至竹東轉南清公路到清泉。天空開始轉陰，上方白蘭部落逐漸被降低的雲層覆蓋。今年夏天，幾乎每日都有午後雷陣雨，一天只有半日放晴，陰濕的獅山站房間水氣更重。我難得與柏廷小揚重逢出遊，還是被天氣打壞了行程。柏廷卻被三毛的文史吸引，駐足在「夢屋」許久，忘了外面加增的雨勢。

本以為這只是尋常的陣雨，但我們在包 Sir 用過晚餐後，雨勢卻更大了，他們也無心上山，我只得送他們去竹南搭火車，感到無限惆悵。

貎丁履歷寄出後，有如石沈大海，我想應該是主預定的時候還沒到吧，等候也是每個基督徒要學習的功課之一。我的玩興在督考後逐漸恢復，開始找弟兄出來相調。我調高雄市政府期間，與高醫的學生弟兄們有一次的相調。其中晨安不久就畢業當兵，退伍後到台北準備出國考試。因為離我這裡較近，就常來找我玩，我除了帶他去抓蟲、還找了以前金門的弟兄承聖及達也的同伴拓翔去小錦屏泡野溪溫泉。頭份另一個剛退伍配搭服事青少年的弟兄玄燁，十月確定考上財稅高考，也在報到前找我四處走走，彷彿回到過去服事相調的日子。

但高普考放榜，我們期待的新同事卻毫無音訊。主任打聽後告訴我們：「原來人事室根本來不及報考試缺，所以必須排增額錄取缺，人事主任卻保持沈默，我跟管理處打聽後才知道。」

好樣的，那只好再等正式錄取人員分配完後一段時間才會輪到我們了。我抱著繼續過日子的心態工作下去，結果正式人員沒補到，阿良及瑞銘將退伍的時候，管理處又送來兩個替代役柏涵、育中，兩週後，再加送一名替代役安修過來，管理處指名固定在南庄服勤。安修報到後，主任以管理站的需求集中分配工作，那幾天，安修卻拿管理處的承諾作後頓，數次進出主任室要求搬到南庄宿舍去住。

我給張姐使個眼色，張眼瞪了主任辦公室一眼，走過來我這邊：「他好大的膽子，以為他是管理處派來的哩。」

我搖搖頭：「快有好戲看了。」

主任走了出來：「阿良、信維、Roger、柏涵、育中，去南庄把宿舍的傢俱、床墊都搬回來，跟大寢室的對調，政峰你過來⋯」

「安修要一個人睡南庄，你每天不定時打電話過去點名，點名不到以逃兵論。」

南庄遊客中心落成較晚，辦公設備很新，宿舍裝潢舒適，但距離獅山辦公室太遠，為了集中管理，所有人還是住獅山宿舍。安修的行為惹惱了主任，主任不給他住好睡好，房間傢俱全搬回來換老舊傢俱，安修讓我每日多了一項工作。

一個我值班的週休，Roger 跟我說他父母要來獅山看他，所以他不回家了，晚上他父母會請所有人吃飯，請我晚餐要等他。那天一早就不見 Roger 蹤影，我照例在辦公室趕沒做完的公文。十點多我走到走廊喘口氣，秋高氣爽的獅頭山湧進大量遊客，廣場上的停車格全被佔滿，當我目光移到公務車時，發現公務車只剩巡查用的箱型車，另一台 TOYOTA INNOVA 公務車不見了。我疑惑主任何時返回管理站了，因為那台他常開去拜訪鄰近鄉鎮公所。我瞧見停在角落 Roger 的那台福斯金龜車後恍然大悟，馬上撥了電話：「喂，你開公務車出去做什麼?」

「巡查啊，有事來南庄。」

「你騙我，主任有規定，替代役不能開 INNOVA，你馬上開回來!」

「唉喲，我父母來看我，我的車太小，所以開這部車啊。」

真是好大的膽子，裝氣派搞到接待用的公務車上了。

Roger 小四時，因為父親工作的銀行派到國外部門而跟著到美國唸書，父親後來調回國內，他繼續留在美國直到完成研究所學業。會不會是長年一個人生活而變得特立獨行我不明白，但同樣是曾居留美國的替代役，Roger 就是與彬彬有禮的 James 完全不同。他對管理站的所有事物愈來愈不滿，在服務台值班時用英文對志工罵髒話，不料那個志工是英文老師退休，憤而向主任告狀，諸如種種不勝枚舉。

獅山站的不便使我常利用網路商店添購日常用品，樓下櫃檯除了是遊客服務處，也兼作獅山站的收發，寄來的信件、包裹會先放在那裡，等中午替代役替換工作人員吃午飯後再拿上去。一天下午，我收到了購買的硬碟，感覺包裹過輕，拆開來只發現硬碟的空包裝盒。我馬上拿起電話要打給良興電子的客服，座位隔壁的 Roger 嗝嗝地笑著，信維伸手擋住我拿手機。

「幹嘛！」我生氣的撥開信維的手。Roger 站了起來，手裡拿著我買的硬碟：「在這裡啦！」

我正要發作，他把硬碟放在我面前：「幹嘛，我幫你檢查硬碟有沒有故障耶，那麼愛生氣。」

此後，我不但不跟他們吃晚餐，在辦公室也懶得跟 Roger 有互動，他卻更不堪寂寞。過了幾個禮拜，我正在房間午睡，信維敲了我的房門，遞給我一個紙箱神秘地笑著。我笑了起來：「謝了，我的 Lowepro 相機背包到了。」接過紙箱後我關門拆開來，赫然發現裡面是管理站的電池回收罐，只有一堆廢棄電池。

我大步走出，狂敲替代役的寢室：「給我拿來！」

信維把門打開，Roger 背著我的攝影背包，誇張地笑著，我一把搶了過來，他才勉強脫手還我：「唉喲，借我試背一下咩。」說著一路跟隨我回寢室：「別生氣咩，欸，你的箱子……」

「砰！」我用力關上房門。門外聽到 Roger 把空箱子放在我的門口，我打開門，用力將箱子踢回替代役寢室。

以前 James 他們會提早一小時起床，除了開鐵門，還出去峨眉街上幫站裡同事買早餐。但因山路曲折，阿良他們也不願那麼早起，他們改成晚餐時順便買次日的早餐。Roger 有一天也學 James 的方式，提早出門到北埔吃美而美的早餐。之後有一天，主任已於前一晚前往管理處開會，Roger 上班後待在辦公室沒多久就與信維往樓下走去，一、二個小時後仍不見影子，我因工作人手不夠，問了阿良：「他們去哪裡？」

阿良避開我的眼神，聲音放低：「他們……去吃早餐！」

張姐轉頭又是一個瞪眼，我拿起電話就叫人回來，阿維在電話中吞吞吐吐地說：「我們出來巡查啊，我們有跟你說過了，是你沒聽見的。」

報備用這種我聽不見的方式，這個替代役到底知不知道他是來當兵的。

十月初我剛過完生日，墾丁國家公園卻來了電話，通知我週五面試，同時面試後又加一場處長複試。經過截止收件一個多月，原以為應徵無望的墾管處職缺，機會原來沒有離開。

獅山外傳（十）：人心籌算自己的道路，惟耶和華指引他的腳步

十月上旬，六寮谷地入夜後帶著陣陣的寒意，我請一天假南下參加面試。上午我就搭公車抵達墾丁。南台灣的太陽火辣辣的，叫人想找個涼爽的地方鑽進去。我走進大街一家泰式簡餐店坐下，點了一份午餐及飲料消磨時間。近面試時間前半小時，我招呼一部計程車前往墾管處。與我一同參加面試的共有三人，我排第三個面試，一進試場，面試委員的陣仗如同墾丁的太陽般熱情，少說也有二十人擔任主考官。

返回獅頭山，一如往常地忙錄。而墾丁那邊久久沒有消息，久得讓我認定，這份工作已不屬於我了。我記得在中秋節前夕，阿順邀請我去他表哥家烤肉過節，他表哥在烤肉時問我：「峰哥，我們中秋夜應該去你們獅頭山管理站烤肉的，對吧？」

「那裡禁止烤肉耶，會罰款喔。」

阿順表哥笑得像個狐狸：「我去一定不會，你信不信。」他咬了一塊烤肉，繼續說：「新竹立委○○○是我的表親，跟他講就OK了。」

阿順表哥就是我的希望，我便前去找他。了解我的工作情形後，他說有認識關西一些人脈，可以幫我打聽關西高中園藝科的職缺。

日子同樣的忙碌，除了例行公事，還有來訪的貴賓長官要陪伴，這部份都由主任或張姐出面應付。十月底阿里山風景區處長帶同仁來「業務觀摩」兩日，一早就只剩下我在管理站，近中午時，替代役下去餐廳準備飯菜及餐具，管理處人事主任打來電話：「政峰喔，你們主任在麼？」

「他跟張姐都出去陪阿里山同事了，你要不要打手機給他。」

人事主任頓了幾秒，緩緩說道：「你的商調函來了。」

這下子換我呆住了，居然連個徵兆都沒有，主任面前我一定很難看，我可是好不容易才跟他打好關係的。

「我把公文傳真給你，要怎麼跟主任報告，自已看著辦吧。」

吃過飯後，我打電話給一起接待客人的張姐。

「喂，商調函喔，主任早知道了，剛副座打電話跟主任說了。既然公文來了，你就好好跟主任說吧，有好的去處他一定會成全你的。」

下班後，久久不見主任與張姐返回。晚上十點多我打了電話問張姐，他早已回家了：「主任喔，他晚上繼續陪阿管處同事吃飯，我看他心情很不好的樣子喔，一直跟阿管處處長抱怨獅山站人少，人也留不住。」

「他沒跟你一起沒回來管理站耶。」

「他吃完飯後又去峨眉找朋友了，你等明天再跟他報告吧。」

墾管處的商調消息，很快在這個沒幾個人的獅山站傳開。我經過替代役寢室，信維招手叫我進去。

信維一臉俏皮：「楊先生你什麼時候走？」

「我怎麼知道，還沒跟主任報告，什麼時候走有差麼？我們不是到後來都會走麼？」

信維笑了起來：「我要知道你的良心到什麼時候啊？你不能比我們先走啊！」

第二天一早，我帶著準備迎接將來的風暴，走進主任室報告我的商調。

「主任，我應徵墾管處的商調，已獲錄取，商調函昨天到了。」

出乎我意料的，主任臉上沒有任何不悅，卻以柔和帶點失落的眼光看著我：「喔，我知道了，公文等一下給我看。」說完繼續批閱他的公文。

我在公文上簽了基於個人的專長背景、國家公園與自然襲產經營之興趣，及生涯規畫考量下，懇請鈞長成全的意見。主任則簽註意見後拿出來給我看，我們正好站在張姐座位前面，內容略為：本人尊重楊技士之生涯規畫，惟其對管理站業務已熟悉，且本站人力吃緊，盼楊技士能再「三思」續留。然後拿給我傳真。主任微笑地說：「你看一下我寫的，好好考慮吧。」

主任說完便公出驗收工程，張姐立刻站起來搶看公文內容：「喔！他要你三思喔，呵呵呵，他希望你不要走，但沒有強留你，你看這語氣是給你看的。」

之後數日，獅山站的全區維護工程開始辦理驗收，主任對承做的廠商並不滿意，雖然他不是主驗官，也全程陪同，並用皮尺一個一個地方量，搞得廠商人仰馬翻。一次不成又限期改善，好幾次我們都整天在外面，我也真正學著閱讀工程設計圖。在一次驗收結束後，已近黃昏。因為我是搭著管理處主驗官公務車出來的，主任開著站裡的 INNOVA 載我一起返回站裡。

在車上，他談起我的商調：「你考慮得如何，還是想走麼？」

我回以微笑，點了點頭。

「好吧，不過走之前答應我一件事，南庄遊客中心的動態攝影展你要完成。」

商調函在這個時候送來，如果放我離開，那麼獅山站的業務就變成主任要辦了。但我去意甚堅，處長採納人事主任的建議，等增額錄取的土木技佐報到，讓我交接完畢後再發同意函出去。我的商調函就暫時存查。

我找孟江談我的商調，孟江說：「這如果是出於主的，就持續不斷地禱告，祂既應許你就必成就。」在事情沒有明朗化之前，都是孟江弟兄陪我禱告。或用電話，或透網路用 skype。

在商調函來之前，我已累積一定數量的照片，十一月份，我請購了一台多媒體播放器，接上掛在南庄遊客中心牆上的液晶電視，開始放映我拍攝的照片。試放映時，主任目光停留在螢幕上，半晌沒說話，神情已透露出滿意與肯定。

十二月中旬，終於等到新進人員冠昱報到。他是學校一畢業就當兵，退伍後剛考上的公職新鮮人，一來就得知即將交接全站業務後，只能報以憨厚的微笑。跟我以前不同的是，現在新分發的公務員需等到取得合格實授後一年才可以轉調，以避免人員流動太頻繁。加上實習及試用期，冠昱還得在獅山熬一年半以上才能調走。最近考選部鑑於許多機關常留不住人才，研議高普考及地方特考合辦，並限制考試及格人員訓練合格三年後才能轉調。我覺得即使限制轉調改為十年，想走的人時間一到還是會走。機關留不住人，問題往往就出在機關本身。

公職考試競爭激烈，能考上的人幾乎是千中取一，但分發後所做的事情常與所學相去甚遠。寫寫公文，依法行政並不需要用到高學歷的人才。但行政部門程序上需遵守許多法令，所以流程原本就僵化、繁鎖及進度遲緩，就像為了做出書面上看出來的績效，而耗費大量人力資源準備督導考核一樣，這是古今中外皆然的官僚體系特質。但追求政績效率的政治人物，以及一般的社會大眾，就難以接受這個事實。現今的政府又太過順應民意，公務員愈依法行政，就愈受社會責難；但屬於他們的老闆執政政府，卻不為他們向社會緩頰，並一再剝削公務員的福利，立下愈來愈多限制公務員生涯發展的制度，就像考試及格限制轉調年限、商調必須任用現職人員，所以像我要調動，非得拜託機關放人不可。

我們督考成績確定是十三個處中的第三名，相關同仁皆敘獎表揚。但我也得知，管理處在年底打考績時，是以課室人數多寡分配甲等。凡四人以下的部門無法給甲等，獅山站同仁因此只能拿乙等考績，即使我們讓管理處督考成績卓著。這兩年來也正逢考試院大修考績法的時候，為了在社會大眾面前展政府改革公務員的決心，草案中強制規定丙等比例。公務員每個人心惶惶，士氣低落。主政者沒待過基層，他們永遠不知道，乙等以下考績是給：新人、為了守法不蓋章的人、長官不愛的人及弱勢的人。

也因為公部門這樣的環境，公務員為了平安度過公職生涯，只要不違法，寧願多一事不如少一事，因此以極高門檻錄取的優秀公務員，大多數到後來都沒有了理想，帶著得過且過的心態，變成只會寫不違法公文的「公文匠」，這對國家及政府部門並無好處。

交接大部份的業務後，鑾丁那邊也等得有點不耐煩。由於人事主任正在喪假期間，我拜託已調人事室的素英姐處理我的同意函。公文終於發出，派令隨之而來，敲定好報到日期後，主任藉宴請志工為我餞行，硬是灌了我許多酒。

「今年我一定會去墾丁找你，因為去年我買了旅展的住宿券，要去住凱撒飯店。」

我敬了一杯酒：「歡迎，主任到的時候說一聲，我會找你。」

獅山一行，讓我經歷神的作為。祂沒有別的目的，只要我多信靠祂，隨時與祂說話、禱告而已。我經歷了聖經箴言十六章第九節的經文：「人心籌算自己的道路，惟耶和華指引他的腳步」

收拾好行李，啟程往南台灣，下一站，又會有什麼樣的際遇！

傳奇再臨

末章：傳奇再臨

建國百年重回國家公園體系，冬季的回歸，感受卻是夏季的高溫與澎湃。白色沙灘接著湛藍的海水，沿著台灣海峽西南端無邊延伸，直到天際。熟悉的公文程式、駕輕就熟的行政流程，以及那似曾相識的機關文化，如同鮭魚的迴游，重溫那久別的土地芬芳。

墾丁國家公園仍然將我分配在遊憩服務課。台灣首座國家公園，陣容也是盛大，超過百人的編制，是為了應付比其他七座國家公園更複雜的業務。但認識每一位同事，記住所有人的名字，是我要學習的最大功課。

我坐上自已的辦公位置，課裡同事楹彬就問：「會不會游泳？」

「我會啊，為何問我游泳？」

楹彬微笑著：「我們這裡很多同事都學會潛水，你會游泳的話，夏天可以一起到附近海域浮潛啊，家川也學過潛水，到時候可以一起去。」

坐在前面一個面帶青澀的年輕人，掛著憨直的笑容轉頭過來：「政峰哥，有機會你也可以在處裡學潛水。我是這裡的勞務工，你剛來有很多事需幫忙的話可以找我，不用客氣。」

突然覺得家川有點面熟：「我看過你們墾丁替代役出一本書『國境之南-過境之男』，你好像書中其中一個替代役。」

家川圓胖的臉笑得更像廟裡的財神：「我就是那梯的作者之一，你也看過這本書喔，書我這裡多的是。」說完他從座位後方拿出「過境之男」。

「哈，我也在計劃撰寫類似的書，所以買了這本書來參考。原來你就是書中的德川家康」

剛來的一、二個月，楹彬及家川只要公出，就會帶我一起出去，以早點認識轄區環境。家川出去時會帶他的 Canon 450D，我則背著 Nikon D200。基於攝影同好的交流，我讓家川看了我網路上的攝影作品，替代役成了我們共同的話題。

「管理處替代役很少耶，跟我要離開雪霸時一樣銳減。」我們到鵝鑾鼻時，終於看到替代役。

「對啊，我們那梯人很多，退伍後課長留我下來當外包勞務工。鵝鑾鼻要幫忙收門票。所以人較多。」說著，家川舉手跟一個替代役打招呼。介紹他給我認識：「政峰哥是我們新來的職員，攝影可以請教他。」

一個替代役以斯文的口氣回答：「你好，很高興認識你，我們這梯三月就要退伍了，之後管理處應該不會再進替代役了。」

我趕上了墾丁末代替代役，家川則是替代役全盛期的「殘黨」，就像詔宇那梯時的風光，他們在役政署的鼓勵下寫了當兵的札記。算算他們服役的時間，剛好晚柏廷那梯一年。雖然那是我未曾經歷的時代，依稀可以從他身上見到替代役的影子。

家川從我的部落格知道我喜歡往外跑，就常帶著我夜間觀察，加上其他同事的引導，開啟我對墾丁生態的認知。墾丁，沒有國家公園的神秘色彩，住家商店包含其中，便利的公路使得假日湧入戲水的人潮。在這個難脫塵世的國家公園，成群梅花鹿奔馳草原，螢光蕈、津田氏大頭竹節蟲、灶馬及夏季月圓之夜冒死過馬路下海的陸蟹，共同合奏起熱鬧的夏夜交響曲；而海洋中五顏六色的珊瑚與魚群展現出更豐富的生態多樣性。來這裡的遊客穿著夾腳拖，在激湧的浪花中戲水，高跟鞋加上時尚的身著，走進充斥美食、秀場的墾丁大街人潮中，在這種連都會區也司空見慣的夜市，他們可曾發現國家公園真正的美！

在家川熱心的帶領下，我嘗試了浮潛，暑假時我參加 PADI 開放水域潛水課程，取得潛水執照，開啟認識海平面下世界的第一步。從高山到海洋，我接觸了不同領域的興趣。人生，原就該多方體驗。

以前我雪霸遇到那位刻薄的會計，已在我離開半年後調走，傳言與他有關的審計則辦理退休，但我仍可在國家公園的行政上感覺出他們所留下的影響。現今任職的審計承繼對國家公園的嚴厲，會計單位為了避免被過多的查核，業務課會簽的各項案件，會計以最保守的方式審查。我總認為國家公園不同於其他的行政機關，除了行政，還有生態、歷史人文、世界遺產專業背景的投入，所以國家公園的同仁不只辦公文，也能做自行研究及撰寫出版品。當同事們憑藉著無限的創意，跳脫行政僵化的思維，完成一件件保育研究案、園區規劃案、生態旅遊活動，甚至親身對民眾的環境教育，都不是一條鞭單位所能理解的。就像國家公園之美常從擅長攝影的同仁手中呈現，行政命令上卻有一條禁止請購單眼相機的規定。行政院總員額法限制政府機關的規模，但正處於蓬勃發展的國家公園，未來若有新的國家公園劃設，卻仍有增加人力經營的必要。我常認為國家公園應排除在政府機關之外，最好能以法人化的方式經營，經費自主自籌，並能脫開僵化的行政規條。公部門為了避免機關違法，立下許多規定，這種方式只為防弊，卻不能興利。國家公園是深具創意與教育的事業，我不希望它受到太多的束縛。

春季時，苗栗的螢火蟲大發生我仍不缺席，家川從我的部落格中感染到星光大道的魅力，也隨我北上。我們同時與柏廷、阿順會合賞螢。五月中旬，為了跟我的演講之便去金門遊覽，剛辭去工作的柏廷來墾丁找我玩了一週，又與家川有所交流，兩座國家公園的替代役因為我再度擦出火花。大時代不斷在改變，替代役終有一日會隨著募兵制推動而消失。但在台灣國家公園的發展歷程中，他們也用青春的見證，參與了一篇又一篇的傳奇。

作者—楊政峯
主編／美術編輯／版面設計—楊政峯
校對—陳榮順、王興傑、林棨烽
封面設計—傅屹璽
插畫—楊濬朋
攝影—林柏廷、施崇豪、楊政峯（依姓氏筆劃順序排列）
出版／發行人—楊政峯
出版者電話—0911153261
地址—高雄郵政 29-217 號信箱
贊助—中華民國島嶼愛鄉協會
印刷—秀威資訊科技股份有限公司
出版時間—中華民國一〇一年六月　初版
定價—新台幣 四四〇元

雪山盟 : 國家公園替代役傳奇 / 楊政峯著 . -- 初版 . --
高雄市 : 楊政峯 , 民 101.06

面 ;　公分

ISBN 978-957-41-9202-1(平裝)
857.7 101010763